張庚画传

主编 韩子勇

文化艺术出版社
Culture and Art Publishing House

图书在版编目（CIP）数据

张庚画传 / 韩子勇主编. — 北京 : 文化艺术出版
社, 2021.8
ISBN 978-7-5039-7099-3
Ⅰ. ①张… Ⅱ. ①韩… Ⅲ. ①张庚（1911—2003）—
传记—画册 Ⅳ. ①K825.78-64

中国版本图书馆CIP数据核字(2021)第146925号

张庚画传

主　　编　韩子勇
责任编辑　张　恬　郑　鸣
责任校对　董　斌
书籍设计　姚雪媛
出版发行　文化艺术出版社
地　　址　北京市东城区东四八条52号（100700）
网　　址　www.caaph.com
电子邮箱　s@caaph.com
电　　话　（010）84057666（总编室）　84057667（办公室）
　　　　　（010）84057696—84057699（发行部）
传　　真　（010）84057660（总编室）　84057670（办公室）
　　　　　（010）84057690（发行部）
经　　销　新华书店
印　　刷　北京雅昌艺术印刷有限公司
版　　次　2021年8月第1版
印　　次　2021年8月第1次印刷
开　　本　787毫米×1092毫米 1/8
印　　张　45.75
字　　数　100千字　图片700余幅
书　　号　ISBN 978-7-5039-7099-3
定　　价　598.00元

序

今年是党的百年华诞，也是中国艺术研究院建院70周年。

70年前，新中国百废待兴，但党和国家就设立了中国戏曲研究院。毛泽东主席亲笔题写院名和“百花齐放，推陈出新”的院训，这足以表明党和国家对文艺、对传统戏曲的高度自觉和重视。

从中国戏曲研究院到中国艺术研究院，70年沧海桑田，中国艺术研究院走过的道路，正是新中国艺术研究的一个缩影。回望来路，百感交集，许多弥足珍贵的往事还历历在目。戏研所的同事提议，利用我院艺术与文献馆丰富的资料，出版《梅兰芳画传》《张庚画传》，以纪念为新中国艺术科学奠基的前辈、先贤，是非常恰当的。

中国艺术研究院最初由“一院两所”（中国戏曲研究院和民族音乐研究所、民族美术研究所）合并而来，这是三条主根主脉。70年间，三生万物，围绕这主根主脉，中国艺术研究院生染出山重水复、郁郁葱葱、硕果累累的学术生态，滋养出马克思主义为指导、理论联系实际的“前海学派”。张庚先生作为延安鲁艺戏剧系的负责人，中国戏曲改革和中国戏曲研究院的重要专家和领导者，较早系统接受马克思主义文艺观的学术大家和“前海学派”的砥柱，为中国戏曲研究和中国艺术研究院的发展进步立下不朽功业。

今年也是张庚先生诞辰110周年，抚今追昔，立此画传，以为缅怀，更为在建设中国艺术学学科体系、学术体系、话语体系的道路上，不忘前师，继承传统，激励来者；为中华民族和中华文化的伟大复兴，自信自强，守正创新，勇攀高峰。

中国艺术研究院院长、党委书记 韓子勇

2021年7月26日

目 录

Contents

壹

张庚评传

张庚评传

安葵　柯凡

张庚（1911.1—2003.9），著名戏剧理论家。湖南长沙人，祖籍浙江，本名姚令圭，后改名姚禹玄，张庚是他的笔名。曾任延安鲁迅艺术学院戏剧系主任，东北鲁迅文艺学院副院长，中央戏剧学院副院长，中国戏曲研究院副院长，中国戏曲学院院长，中国艺术研究院副院长，中国戏剧家协会副主席，中国戏曲学会会长，中国昆剧研究会会长，全国人民政治协商会议第六、第七届委员。

从在湖南读书，到上海左翼剧联的革命活动，再到延安鲁艺教学和下乡，解放战争时期在东北鲁艺的战斗生活，以及新中国成立后投身戏曲改革和戏曲研究工作等，是张庚一生的几个重要阶段。他对古今中外文艺、戏剧理论进行学习和继承，并与中国戏剧的实践相结合，为中国戏剧理论的建设做出了杰出贡献。

一、击水湘江——革命年代的学生生活

（一）从长沙楚怡学校到武汉黄埔分校

张庚于1911年1月22日在湖南长沙出生。其家原是大家族，但到张庚记事时，家道已很没落。张庚的母亲姓曾，是曾国藩的重孙女。1925年，张庚考入长沙楚怡学校。在这里，张庚开始阅读新文艺书籍，并与同学唐川、刘仲达等组织成立了“浊浪”文艺社，编辑刊物《浊浪》。这段学习生活为张庚从事革命文艺事业打下了初步基础。

1926年，北伐军先后打到长沙、武汉，早就想追随革命步伐的张庚遂离家来到武汉，加入了黄埔军校武汉分校（当时名称为“中央军事政治学校武汉分校”）。1927年，蒋介石在上海发动“四一二”反革命政变。5月17日，原武汉政府所辖独立十四师师长、驻守宜昌的夏

斗寅，在蒋介石的策动和十五军军长刘佐龙、四川军阀杨森的支持下，乘武汉军队大部分开赴河南北伐之际，发动了反革命叛乱。当时武汉政府急调叶挺的部队进行反击。黄埔军校的学生也改编成中央独立师，与夏斗寅作战。张庚作为看护兵随队出发，参加了这场激烈的战斗。这是他经受的第一次革命的洗礼。

同年7月15日，汪精卫在武汉召开“分共”会议，宣布与共产党人决裂，接着在武汉地区进行大屠杀。由于革命形势急剧变化，张庚不得已要寻找新的出路，遂回到长沙，而后与一些同学去往上海的劳动大学。

（二）从劳动大学到左翼剧联武汉分盟

凭着楚怡学校打下的基础，张庚虽然没有读高中，却考取了劳动大学的社会系。入学后，张庚先读了一些无政府主义的书，不久就用日文读起马克思主义理论的书籍，如《共产党宣言》，河上肇的《经济学大纲》，布哈林的《历史唯物主义理论》以及普列汉诺夫的一些著作。在这期间他也开始接触新的戏剧，主要是田汉领导的“南国社”的戏剧。

张庚是劳动大学学生剧社的积极分子，演出过由田汉改编的《卡门》以及其他外国进步作家的作品。张庚后来回忆：“在20世纪20年代下半叶到30年代这一段时间中，中国的历史上充满了大事……青年们心里有一个重大的问题：我们到底怎么办？我们往哪里去？回答是要革命，要投奔中国共产党。促使我们下这决心的，首先是事实教训。我们除了此道，别无其他生路可走。这是国家民族的生路，也是个人的生路。促使我们如此快觉醒的，就是马克思主义理论和革命文艺，南国社的文艺活动和他们的政治行动也是吸引我们走向革命的推动力之一。”

学生们的革命倾向被国民党反动派察觉，1931年夏，一批全副武装的士兵到劳动大学，赶出全部学生，封闭了学校。张庚在上海流浪了一段时间后回到武汉，先

张庚评传

后在报馆当校对，在铁路扶轮小学当教员。这时，武汉人盛家伦从上海回来，受上海左翼剧联委托，与中共地下组织取得了联系，在武汉建立了左翼戏剧家联盟武汉分盟。吕骥任组织部部长，张庚任宣传部部长。他们利用《时代日报》的副刊办了一个刊物《煤坑》，在社会上形成一定影响。张庚在《煤坑》上发表了许多新诗、小说、杂文和理论文章，还发表了他翻译的格罗塞《艺术的起源》部分章节。他的小说《白色的饥饿》《青年孟饶夫的第一次长途旅行》《歌》等记叙了大革命时期在武汉的经历，他的新诗则抒写了期待革命爆发以及期待成功的焦急、苦闷的心情。这时期他写的一些评论、理论文章如《五四运动与文艺之开展》等开始试图运用马克思主义对中国文艺的现象和历史发展做出具体的分析。

左翼剧联武汉分盟还与女二中的学生一起成立了一个"鸽的剧社"，因公演《卡门》而引起国民党反动派的注意。剧社便不敢再公开活动。不久，剧社中共地下组织负责人被捕。为保存力量，张庚和一些同学离开武汉到上海。

二、逐浪黄浦——左翼剧联的峥嵘岁月

（一）左翼剧联的常委

张庚到上海一时找不到工作，后经丽尼介绍，到福建泉州黎明高中教了半年书。1933年，由于"福建人民革命政府"被蒋介石打败，反动的气氛笼罩了福建，张庚于是年末离开福建，回到上海，与陈荒煤、吕骥一起住在一个"亭子间"，过着艰苦的生活。

1934年，张庚被推选为左翼戏剧家联盟的常委，主管宣传。同年，张庚由赵铭彝和萧之亮介绍，加入了中国共产党。从1934年到1937年这段时间，张庚与左翼剧联的同志们编剧、导演、演戏，组织工人和学生成立剧社、戏剧研究会等团体，进行"国防戏剧"创

作，开展戏剧宣传活动。例如，张庚参与组织了“上海业余剧人协会”“戏剧生活社”，参加了“蚁社”的工作，指导演出，编辑《生活知识》（后改名《新学识》），宣传戏剧知识和思想，讲授革命形势和左翼戏剧的任务，发表了很多有深刻思想、有较高学术含量的理论文章。

（二）创作与评论

1935年8月1日，中国共产党发表《八一宣言》，号召建立广泛的抗日民族统一战线，党在左联的领导人提出了“国防文学”的口号。这时上海左翼剧联已解散，成立了上海剧作者协会。协会领导和联系剧团积极进行“国防戏剧”的创作和演出，张庚一方面参与《汉奸的子孙》（尤兢执笔）、《洋白糖》（凌鹤执笔）、《我们的故乡》（章泯执笔）、《咸鱼主义》（洪深执笔）等话剧的集体讨论与创作，另一方面也进行了个人创作，例如他的独幕剧《秋阳》曾在各地广泛演出，还一度遭到反动当局的禁止。

这时期张庚在报刊上发表了诗歌、小说和杂文，对帝国主义殖民者给予了尖锐的讽刺，特别是对帝国主义的文化政策，做了深刻揭露。比如《三尊傀儡》《殖民地与文化》《喜雨》等作品。张庚曾用笔名长庚，后来看到鲁迅用长庚的笔名，就改叫张庚。从这些杂文中可以看到他对鲁迅的追慕。

此外他还曾把外国的歌词译成中文。现在能找到的就有歌德作词、舒伯特作曲的《漂泊者的夜歌》，舒伯特作曲的《漂泊者》，莎士比亚作词、舒伯特作曲的《小夜曲》等。

除创作外，在上海期间，张庚主要做戏剧评论和戏剧理论研究工作。他在《生活知识》和《新学识》上先后开辟了“为观众的戏剧讲话”和“艺术新话”两个专栏。在《光明》《文学》《读书生活》《文学界》《戏剧时代》等刊物上发表了多篇有分量的戏剧、电影评论。并于1936年出版了基础理论著作《戏剧概论》。这些文章和著作在实践中产生了广泛的影响，同时也奠定了张庚在戏剧理论方面的基础。

（三）戏剧理论研究

张庚这时期所写的戏剧理论文章大多紧密结合戏剧创作的实践和戏剧运动的实际，同时他也注意到理论的系统性和理论的整体框架。这集中表现在“为观众的戏剧讲话”和“艺术新话”两组文章中。在前一组文章中，他认为，戏剧是由剧作者、导演、演员和观众四方面组成。“戏剧的生命是两重的，一方面是在剧本中，一方面是在舞台上。”因此他强调戏剧的综合性和整体性，“真正现代意义的戏剧应当把握住‘综合艺术’这个观念”，“尽量利用各种艺术的特长，把它们应用在一个统一的目标之下，这才是唯一意义的戏剧，也才是最好的戏剧”。他强调导演的重要，强调演员创造中体验与表现的统一等。

在“艺术新话”一组文章中，张庚论述了各种重要的艺术观念，包括两种现实主义，内容与形式，观念和形象，艺术和科学，从艺术去认识现实，艺术与其他文化的关系，谈风格，谈遗产，谈体制，谈影响，最后论述了艺术究竟是什么。在这些论述中体现了辩证唯物主义精神和对艺术现象做具体分析的方法。他得出的许多结论在当时具有创新性，今天看来也是经得起历史的考验的。比如体制（体裁）问题，他认为：“艺术中体制的产生与消亡绝不是单纯的形式的发展而是由于实践的需要和文化的可能二者的共同作用，这作用形成了一个时代的风格和风格的具体表现的体制的一定系列。”

关于“遗产”，他在《谈遗产》中指出：“所有的文化对于新时代都是遗产，假使它于我们有用，我们绝不因噎废食，拿它丢掉。”“我们现在所要进一步说的，是（有）意识地、有计划地去接受遗产。”因此，他对当时左翼文化人普遍贬低的“旧剧”的价值和作用给予充分的肯定。他说：“近来话剧界的老朋友，仍然像五四时代一样，对旧剧轻视而且不理解。其实，话剧正有多少地方应当从旧剧那里取点经验来补短的。”“一种文化不能充分利用过去的成绩，实在是一种愚笨的行为。因为历史是前人精力支出的结果。我们抛弃过去的努力，再从头做起，先得走一遍老路是无疑的。”在上海他热情地去看各种地方戏，对川剧、蹦蹦戏都给予很高的评价，并主张对戏曲进行积极的改革。

张庚根据这段时期的实践经验，借鉴学习到的戏剧理论，开始建构自己的戏剧理论框架，于1936年出版了《戏剧概论》，简明论述了构成戏剧艺术的各个部分的特点及它们进入戏剧艺术之后的变化。全书包括从历史上考察戏剧艺术的本质、观众与剧场、剧本和剧作者、导演、演员艺术的特质、角色典型的创作过程、舞台装置技能的发展、戏剧与电影八章。在这部著作中，张庚反对了各种片面的观点，主张各种艺术成分都应当充分发挥自己的作用，并服从综合艺术的统一性，以求达到最好的舞台效果。这部书成为张庚戏剧理论系统的起点，后来他在延安写的《戏剧艺术引论》，以及20世纪80年代出版的《戏曲艺术论》则有了新的发展。

三、濯足延河——延安鲁艺“春色如许”的日子

（一）抗战爆发以后

1937年7月7日，卢沟桥事变爆发。8日，上海剧作者协会在东方饭店开会，得知事变消息，临时改变会议议程，决定由陈白尘和于伶以上海剧作者协会和上海戏剧工作者全体的名义，起草电报给保卫卢沟桥的士兵，表达戏剧战线与战士们同仇敌忾的态度。15日，在中国剧作者协会成立的会议上，大家又根据宋之的的建议，讨论决定创作一部反映卢沟桥抗战的戏剧《保卫卢沟桥》。根据集体讨论的提纲，由章泯、尤兢、

张季纯、宋之的、陈白尘、塞克等人分头执笔，然后由夏衍、张庚、郑伯奇、孙师毅整理。第五天付印，几天之后就由戏剧时代出版社出版了。

7月21日，中国剧作者协会决定夏衍、辛汉文、陈白尘、瞿白音、阿英、于伶等七人为筹备演出委员，并推举洪深、于伶、欧阳予倩、唐槐秋、张庚等十九人组成导演团，动员了戏剧、电影界近百人参加《保卫卢沟桥》一剧的演出。8月7日，此剧公演于南市蓬莱大戏院，反响热烈。戏剧的演出成为抗战的积极动员。

接着，戏剧界的同志组织了多个演剧队到各地进行抗战宣传。张庚组织了蚁社流动演剧队一行13人，离开上海，经宜兴、溧阳沿长江西上，边搭台演戏，边宣传抗日的形势。

1937年12月，张庚一行到达武汉，遇到了陈荒煤、崔嵬等老朋友以及北平学生流亡演剧队的新朋友。张庚率领的蚁社流动演剧队也和其他演剧队一样，不仅在城市，也到乡村和工矿演出。不久，张庚接到周扬从延安发来的电报，让他到延安参加鲁迅艺术学院的筹备工作。于是张庚经西安八路军办事处介绍，于1938年3月到达延安。

（二）“鲁艺”戏剧系的教学与创作实践

1938年4月10日，由毛泽东、周恩来、林伯渠、徐特立、成仿吾、艾思奇、周扬等联名发起成立的延安鲁迅艺术学院在中央大礼堂举行成立典礼。1939年，张庚任“鲁艺”戏剧系主任，主要精力在戏剧系的教学。

戏剧系建立之初，张庚在这里开了戏剧艺术引论、话剧运动史、各时代戏剧代表作的研究等三门课。他的课理论结合实际，很受欢迎，同时他还给同学们排戏。张庚在这期间导演过的戏有《流寇队长》（话剧，王震之编剧）、《林中口哨》（话剧，姚时晓编剧）、《军民进行曲》（新歌剧，王震之编剧，冼星海作曲）、《红灯》(独幕剧，王震之编剧)、《冀东起义》(话剧，王震之编剧)、《异国之秋》(歌剧，张庚编剧)、《棋局未终》(独幕剧，姚时晓编剧)、《中秋》(话剧，刘因编剧)等。

1940年，毛泽东根据发展抗日民族统一战线的战略思想，倡导延安也要排一点中外戏剧名著。张庚遵照指示，认真负责地组织了《日出》的排演。演出获得了成功，也使延安观众的眼界更开阔了。之后又演出了《婚事》(果戈理)、《马门教授》(沃尔夫)、《蜕变》(曹禺)、《钦差大臣》(果戈理)、《求婚》(契诃夫)、《蠢货》(契诃夫)、《铁甲列车》(伊凡诺夫)、《带枪的人》(包戈廷)等。

1942年，毛泽东在延安召开了文艺工作座谈会，论述了我们的文艺是为什么人的以及如何为的根本问题。张庚参加了这次重要的座谈会。会后开展了延安整风运动，毛泽东号召大家离开“小鲁艺”到“大鲁艺”(群众中)去。

(三)到群众中去开展“新秧歌”运动

1942年冬天，世界反法西斯战争的形势发生了有利的变化。延安准备在春节期间举行庆祝活动，张庚就和戏剧系里的青年艺术家采用延安一带流行的秧歌，包括小车、花篮、旱船等为群众演出。这是他们在学习毛泽东在延安文艺座谈会上的讲话之后一个“转变方向”的实践。

1943年12月2日，由张庚任团长、田方任副团长的“鲁艺工作团”从延安出发，在绥德专区的绥德、米脂、葭县、清涧、子洲五个县开展秧歌运动，历时四个多月。张庚和团员们如饥似渴地向群众学习，有的记录民歌和曲牌，有的记录民间故事，有的向农民艺术家学舞蹈。同时他们也帮助农民提高艺术素养。比如原来的“旧秧歌”把劳动人民都化妆为丑角，而且常常扮得很丑陋，看到鲁艺演出的“新秧歌”，他们也明白了应该用更好的化妆和表演来表现自己的新生活。据统计，鲁艺工作团在这期间演出专场68次，创作大小剧本16个、歌曲7首。他们演出《惯匪周子山》等成为秧歌剧的保留剧目。回延安以后，工作团的马可创作的《夫妻识字》、贺敬之创作的《栽树》等，是这次创作活动的继续和发展。后来为了向党的“七大”献礼，鲁艺又创作了新歌剧《白毛女》。这部作品可以看成是延安秧歌剧创作的一个总结。《白毛女》先由邵子南写了初稿，后由贺敬之执笔重写，最后一场因贺敬之生病，由丁毅参加创作和修改。整个创作过程是在张庚的组织领导下进行的，他也谈了很多具体的意见。

（四）关注戏剧运动的理论文章

张庚在延安除了担任鲁艺戏剧系主任职务之外，还担任着边区剧协工余剧人协会常委、中央文委和西北局文委合组的戏剧工作委员会成员等职务，担任许多戏剧活动的领导工作。1942年9月，毛主席看到《解放日报》第四版的文章比较缺乏，就亲自拟定了一个征稿办法，聘请陈荒煤、江丰、张庚、柯仲平、范文澜、邓发、彭真、王震之、冯文彬、艾思奇、陈伯达、周扬、吕骥、蔡畅、董纯才、吴玉章等文化界名人（包括政治家）每人负责一个方面的征稿。张庚负责戏剧方面的征稿工作。

张庚这一阶段除了结合教学做戏剧理论的基础研究、撰写戏剧评论外，更多地关注戏剧运动的一些重大问题、关键问题。1939年发表的《话剧民族化与旧剧现代化》总结了五四以来的历史经验和延安时期的实践经验，对于当时戏剧运动的发展具有重要的意义，也为中华人民共和国成立后戏剧工作如何开展做了理论准备。这篇文章指出，从五四时期到左翼剧联时期，很多人认识上存在着片面性。搞剧运的同志不认识旧剧的意义和作用，而且把搞话剧和改革旧剧看成互不相干的两件事。他说，抗战以来，具备了旧剧改革和话剧大众化的条件，因为都市和农村的两个戏剧传统在延安合流了；戏剧的观众也由原来的主要是城市的知识分子、小市民转变为主要是农民和士兵等。戏剧所能反映和必须反映的天地比抗战前大大扩大，因此必须把戏剧运动作为一个整体来看，当前的剧运可以归纳为一句口号：“话剧的民族化和旧剧的现代化。”

在领导鲁艺工作团下乡回来之后，张庚又及时地总结秧歌运动和创作的经验，写成《鲁艺工作团对于秧歌的一些经验》，在《解放日报》上发表。这篇文章同样具有战略的意义。因为在解放战争期间乃至中华人民共和国成立后的一段时间，都把秧歌剧作为戏剧的一种重要样式，并把秧歌的艺术性加以提高完善，创作民族新歌剧。这篇文章从搜集材料、结构剧本、刻画典型、运用语言、写词配曲、表演等具体方面入手，总结了鲁艺工作团通过下乡实现的转变。这就是对群众和群众文艺的态度的转变以及创作方法的转变，同时指出工作团下乡时间还短，仍然存在许多不足，应该更努力地在社会中学习。

四、饮马松辽——鲁艺四团走遍了大半个东北

（一）鲁艺迁校东北，在张家口短暂停留

抗日战争胜利之后，中央决定，鲁艺迁到东北去办学，由吕骥和张庚带队。

行军经过河北怀来时，因东北战场形势变化，中央电令，折转张家口待命。张庚和鲁艺的同志们因此在张家口度过了1946年的春节。

这段时间，张庚和鲁艺的同志们遵照周恩来同志指示的精神，积极开展了群众秧歌活动，将原来的旧内容旧形式换成了新内容新形式。同时开展了改造旧艺人的工作，组织艺人学习，鼓励他们进行新的创作。张庚还把延安秧歌运动期间选出的较好的剧本按专业团体、部队和业余创作分别编为三本秧歌剧选，并分别作序，论述了这些剧本的创作经验和成就。这是为在新解放区推广秧歌运动所做的准备。

（二）在“小延安”佳木斯

1946年春，鲁艺接到中央的命令，继续向东北进发。夏天，他们经齐齐哈尔到达哈尔滨。经过日本帝国主义多年的统治，哈尔滨的民族文化已被摧残殆尽。加上国民党的反动宣传，当地一些老百姓对共产党还有些害怕。鲁艺工作团的同志在困难的条件下积极开展工作。他们和先期到达的总政文工团一起，演出新的文艺节目，例如《李闯王》、歌剧《白毛女》和歌曲《黄河大合唱》等，使群众很快了解并接近了他们。

不久，国共和谈破裂，国民党军队大举进攻解放区。7月下旬，鲁艺奉命从哈尔滨迁到佳木斯。同一时期，原在延安的青年艺术剧院等团体也都到了佳木斯，以延安的文化人为骨干恢复和筹建了新华书店、出版社和各种文艺刊物，延安的一切似乎又在这里重现了，因此群众亲切地把佳木斯叫作“小延安”。

根据上级指示，原鲁艺编为东北大学鲁迅艺术文学院。萧军任院长，吕骥任副院长，张庚任戏剧系主任。不久萧军离任，张庚和吕骥实际负责全院工作。遵照中央指示精神，他们既办学又做工作队和宣传队，宣传党的方针政策，消除国民党反共宣传的影响。

第一是办刊物和出版革命书籍。1946年9月，吕骥、张庚、任虹等发起，在佳木斯陆续办起了《东北文艺》《东北文化》《东北戏剧》等刊物，出版和再版了《白毛女》剧本、《秧歌剧选集》（一、二、三集，张庚编）和大家新创作的剧本，并出版了张庚的《戏剧简论》、吕骥的《民间音乐论文集》等文艺理论书籍。在宣传和普及新的文艺思想方面起到重要作用。

第二是建立戏剧组织，团结新老文艺工作者，发动广大群众，开展新的戏剧活动。1946年11月24日，在佳木斯联合中学大礼堂召开了中华全国文艺协会佳木斯分会成立大会，新老文艺工作者近六百人到会。这是延安文艺座谈会后集中解放区文化人最多的一次盛会。张庚在会上被选为协会理事。张庚和同志们还积极帮助学校建立业余剧团，团结教育戏曲艺人。例如，鲁艺派工作组帮助艺人搞翻身运动。张庚率张僖、高天云、黎舟等进驻春华戏院，领导艺人要求老板减租减息，开展诉苦运动，并耐心帮助染上不良嗜好的艺人戒烟（鸦片），使一些受烟毒残害贫病交加的艺人恢复了艺术青春，重登舞台。1946年12月18日，成立了佳木斯市京戏艺人翻身协会，1947年春节，成立了东北解放区第一个戏曲剧院——佳木斯人民剧院。艺人们开始按照新的思想来演出和改革京剧。

1946年9月，鲁艺在佳木斯招收了一批新学员。从延安排起，这是第七期。分美术、文学、音乐、戏剧四个系。根据上级指示，张庚带领一部分学员到长发屯搞土改。后来他与胡零合作创作了秧歌剧《永安屯翻身》，就是在这段生活积累基础上进行的。

（三）向“南满”行进

1947年5月，鲁艺已先后组织了三个文工团参加土改和为群众演出；1947年7月，根据东北宣传部指示，从三个团中各抽调一部分干部和团员，组成一个新的团——鲁艺四团，到“南满”开展工作。由张庚兼任该团团长，团委委员有张庚、张望、陈紫、陈锦清、丁鸣等。鲁艺四团在向“南满”行进的路上，为农民、林区工人演出，也曾为俘虏来的国民党兵演出，都收到很好的宣传效果。在丹东，他们排了《永安屯翻身》、《火》（胡零编剧）、《复仇》、《参军》（集体创作）等秧歌剧，张庚还新创作了秧歌剧《分浮财》。张庚一方面帮助团员学会做群众工作，一方面鼓励大家进行创作，对每个人的作品都认真分析评论，帮他们修改，以培养文工团员（学员）的创作能力，提高他们的水平，为进城后做准备。

1948年11月2日，沈阳解放。张庚和水华等同志与部队一起进了城，随后鲁艺四团的同志进城，大家马上展开文艺宣传，演出活报剧以及歌剧《白毛女》。解放军“四野”挺进山海关时，东北局决定在沈阳恢复办学，吕骥、张庚分别任“东北鲁艺”正、副院长。

（四）关于秧歌剧与新歌剧问题的思考

在东北期间，张庚率鲁艺四团结合土改等工作，广泛地进行了秧歌剧的创作和演出活动，结合实践，他也在不断地进行理论的总结，同时在深入地思考如何运用这些经验推进中华人民共和国成立后的戏剧建设。

1948年五六月间，张庚对秧歌剧的理论做了系统梳理。他到关东文法专门学校做了一次讲演，随后根据讲稿写出《秧歌与新歌剧》一文，提出了许多创见。

文章论述了民间旧秧歌的历史和特点，指出秧歌能够成为歌剧创作的基础，并且使新歌剧在歌舞结合这一点上具有与西洋歌剧不同的特点。他肯定民间创作的成就，同时强调，要使秧歌剧能够适应新的时代的需要，表现更为复杂和壮阔的生活，在艺术上必须有新的突破和提高。他指出，剧本应是“剧诗”。他还把秧歌的音乐和舞蹈与西方的音乐、舞蹈进行了比较，指出两者各有自己的长处，对于外国的好的东西，要学习，但不应照搬。张庚的这些理论对于秧歌剧的发展具有重要的指导意义，同时为戏曲理论研究打下了基础。

五、畅游曲海——五六十年代投身戏曲改革和戏曲研究

（一）从东北鲁艺到第一次全国文代会

在东北鲁艺，张庚开始了稳定办学的准备，开办了戏剧、音乐、美术各系，并招收了新的学员。他还在这里接着办了刊物《人民戏剧》，努力加强戏剧评论和理论建设。

1949年3月24日，中华全国文学艺术工作者代表大会筹备委员会举行第一次会议，郭沫若任筹备委员会主任，茅盾、周扬任副主任，张庚为委员。7月2日，中华全国文学艺术工作者代表大会在北平正式开幕。7月6日，周恩来副主席为大会做政治报告。毛泽东主席到会做了简短热情的讲话。张庚在会上做了《解放区的戏剧》的专题发言。他简要回顾了解放区的戏剧工作情况，着重讨论了创作中的生活问题、创作方法问题和学习问题，旧剧的改造问题以及创造新形式的问题，主张把解放区的经验推广开去，并建立示范性的剧团，逐渐做到推陈出新。

文代会后，张庚就留在北平，筹备建立中央戏剧学院。

（二）在中央戏剧学院

1950年4月2日，中央戏剧学院正式成立，欧阳予倩任院长，曹禺、张庚任副院长，光未然（张光年）任教育长。

张庚除了抓全院的工作外，主要负责歌剧团和歌剧系。他一方面给学生上戏剧概论和话剧运动史等基础理论课，一方面组织学生进行创作和演出实践，还让学生积极参加土改和农村调查等工作。

歌剧团除恢复演出了《白毛女》等延安时期创作的剧目外，还创作演出了一批新作品，如《全家光荣》《枣红马》《花开满山头》《好军属》等，张庚导演了贺敬之编剧的《节振国》。1952年，张庚和马可等决定组织即将毕业的歌剧系学生创作演出一部新作品，遂由杨兰春和田川编剧，改编了《小二黑结婚》。歌剧系由乔佩娟和陈颙演小芹，歌剧团由郭兰英演小芹，两个剧组的演出都很成功。

结合教学和创作演出实践，张庚这一时期的理论思考主要在三个方面：戏剧概论、话剧运动史和新歌剧的发展。他吸收借鉴外国的理论，同时不断努力与中国戏剧，特别是戏曲的实践经验相结合。他一直重视对话剧运动的资料的积累，在中央戏剧学院结合教学，开始撰写话剧运动史。新歌剧方面，他撰写了《新歌剧——从秧歌剧基础上提高一步》《谈地方戏和新歌剧的关系》等文章，认为地方戏已经在表现新生活上取得了一些新成就，新歌剧在吸收新鲜事物来丰富自己的可能性上比地方戏强，他要求新歌剧工作者参加改革地方戏，“切实地一步一步地来做，我们才能把广泛的旧地方戏改造成为新地方剧。这样的做法，就是把新歌剧做成一种群众性的文艺运动，而不是把它做成一种知识分子圈子里的文艺运动”。这时他虽然研究的是秧歌剧和新歌剧，但着重联系了戏曲的历史和现状，一些观点后来又不断丰富和发展，形成了他的重要的美学观点——剧诗说。

这一时期有两件事影响了张庚后来的艺术道路。一件事是1951年下半年张庚随中国共产党宣传工作考察团去苏联访问了三个月，看了苏联的许多歌剧、话剧和芭蕾。他看得很细致，回国后他给中央戏剧学院的歌剧系和歌剧团讲课时对这些剧目做了细致的艺术分析。他一幕一幕地介绍了芭蕾舞《天鹅湖》《泪泉》和歌剧《欧根·奥涅金》《黑桃皇后》《浮士德》的演出情况，并在与中国戏曲的比较中谈了自己的感受，后写成文章《苏联的歌剧与舞剧》。

第二件事是1952年10月，文化部在北京举办了第一届全国戏曲观摩演出大会，有23个剧种演出了大小81个剧目。张庚后来在《我与戏剧》中回忆说，这两次看戏使他感觉到中国的戏曲与外国的歌剧和舞剧之间存在美学价值上的明显不同，外国的歌剧、舞剧的美主要是抒情性的，中国戏曲的美主要是戏剧性的。二者各有自己的独到之处，很难说是谁高谁低。当时的张庚就发愿，想为戏曲现代化尽一点力，认为如果“下决心用科学方法，整理、发扬、提高中国戏曲的经验，去其糟粕，取其精华，进行一番提纯和改造的工作，那么在中国舞台上就会出现一种以前为世人所不知的新的美学价值。它的光彩绝不会比西洋戏剧的光彩逊色一些，而会互相辉映，大大增深了世界舞台艺术感染和迷人的力量”。

（三）投身戏曲改革工作

1951年，中国戏曲研究院成立。张庚于1953年2月被调到中国戏曲研究院担任副院长。从这时起到1966年“文化大革命”的13年间，张庚在中国戏曲研究院做了很多工作，概括起来有两个方面，一是具体参与和指导戏曲改革工作，二是深入研究戏曲理论和领导戏曲理论建设。

关于戏曲改革，主要是要与演员结合。1955年1月，中国戏曲研究院连续召开会议，讨论如何培养演员的问题。根据中宣部指示精神，决定举办戏曲演员讲习会，提高戏曲演员的政治觉悟和文化艺术水平。由于戏曲演员队伍很大，讲习会要连续举办几期。每一届讲习会有一个中心议题，事前针对戏曲改革所存在的问题和戏曲界的实际状况，采取艺人容易接受的形式，通过对具体剧目的分析，进行历史知识和艺术理论知识的教育，辅以观摩演出和交流经验，提高艺人思想水平和执行戏曲改革政策的自觉性。张庚针对各地具体情况和实际需要做了认真研究，比如对于哪些是精华、哪些是糟粕的问题，表演上不会演新人物的问题，音乐改革摸不到方向、音乐创作找不到尺度的问题，等等，在此基础上安排授课专家有针对性地备课。

从1955年6月7日开始，共举办了三届（每年一届）戏曲演员讲习会，包括了全国重要剧种的许多主要演员，很多人后来都成为各剧种戏曲改革和艺术创造的带头人。

在这三届戏曲演员讲习会上，张庚陆续讲了《谈〈蝴蝶杯〉里的精华与糟粕》《〈秦香莲〉的人民性》《扩大上演剧目的几个问题》《戏曲表演问题》《正确理解传统剧目的思想意义》《戏曲表现现代生活问题》等，辩证地论述了戏曲改革中的很多重要理论问题。

首先，张庚以现实主义、人民性等当时占主流的理论充分肯定了戏曲艺术的价值，肯定了传统剧目的价值，因而有力地保护了民族传统文化。张庚用非常通俗的语言阐述了现实主义、人民性等理论概念。关于人民性，张庚在《谈〈蝴蝶杯〉的精华与糟粕》一文中说："简单点说，就是对老百姓有利的思想，对老百姓有利的看法和意见；说出来的话，是老百姓心里想说的话。拿《蝴蝶杯》来说，卢林官高势大，纵子行凶，随便打死渔人，老百姓非常反对这件事，要为死者申冤报仇。剧本反映了老百姓的这种思想、这种意见，代老百姓说了话，因此就有很强的人民性。再如《秦香莲》，剧作者同情秦香莲，歌颂她的斗争性，痛恨陈世美，暴露他的罪恶，因此也有很强的人民性。"

关于现实主义，张庚说："在艺术作品里说真话，刻画出社会的真实面貌，指出我们应当采取什么态度，这就是现实主义。《蝴蝶杯》写一个蛮不讲理的卢林，指出对待这样的统治者就得反抗，并且指出反抗可以取得胜利的，这就是现实主义。"

剖析《蝴蝶杯》一个剧本可以解决一大片问题。"既然在我们的戏曲遗产中存在许多《蝴蝶杯》这样的剧本，我们就必须下功夫细致地去整理它们，不能因为它们内容上有许多反人民的毒素，就连它人民性的部分一起抛弃掉，这是粗暴的做法。也不能一概不动，就不去整理它们，让它们照原样在舞台上演出。不管是粗暴还是保守，都是对我国戏曲遗产不正确的态度 。"

《秦香莲》则具有另一种代表性。对这个剧本，当时人们提出两点质疑。一是认为包公是统治阶级的人物，写他是好人会起到阶级调和的作用；二是认为秦香莲用不忠不孝不仁不义来批判陈世美，还是宣传封建思想。张庚指出："包公是人民理想中的人物，他替人民说话办事，这一形象完全体现了人们的要求，有人说包公维护了封建统治阶级的利益，是不正确的。"关于秦香莲，他认为应该把人物放到一定的历史条件下去认识。

正是基于这样的认识，张庚旗帜鲜明地反对用教条主义的态度去改革戏曲。他认为在对待遗产的问题上，一定要打破种种清规戒律。比如唯成分论，反对一切清官戏；给一些民间小戏外加思想性；认为戏中的事情一定要符合科学，不允许幻想；不加分析地反对一切出现鬼神的戏；要求戏中的故事一定要符合历史事实；等等。

结合具体作品，张庚从理论上论述了艺术创作中继承与革新的关系。“戏曲，和所有的艺术一样，决不能由每一代人各自另起炉灶，白手起家，而必须继承前人的创造成果，在这个基础上来增加新的东西来丰富它。不继承是不行的，我们没有这个割断历史的自由和本事；不发展同样也是不行的，我们也没有抗拒历史前进运动的自由和本事。这就是戏曲继承和发展的辩证法 。”

（四）加强基础理论研究

除了紧密结合戏曲改革的实践开展研究工作外，张庚在主持中国戏曲研究院的研究工作之初，就十分重视基础理论研究。这首先要解决好理论研究与实践的关系。中国戏曲研究院成立之初，下边设立了多个戏曲演出团体。包括京剧实验工作一团、二团，1951年秋又吸收李少春、袁世海所在的新中国京剧团成立第三团。还有曲艺工作实验团、戏曲实验学校、大众剧场等。并辅导小白玉霜、喜彩莲主班的新中华评剧工作团（1953年吸收了新凤霞所在的部队评剧团后改为院直属评剧团）、新中华秦剧团（即后来的北京河北梆子剧团）。这样建制的好处是能使理论不脱离实际。但因创作演出是“硬任务”，剧团的经营管理方面问题又特别多，所以搞理论研究的干部被拉得团团转，理论研究工作被挤到附属的地位。张庚到研究院后，经和其他院领导研究，先后进行了几次机构调整，到1955年1

月，经文化部批准，中国戏曲研究院下属京、评剧团和戏曲学校等单位都独立出去，分别成立中国京剧院、中国评剧院、中国戏曲学校；曲艺工作团和新中华秦剧团先后划归北京市，中国戏曲研究院成为专门进行戏曲理论研究的机构。

改组后，院长仍由梅兰芳担任，副院长是周信芳、程砚秋、张庚、罗合如、马少波。下面设立研究室，主任由张庚兼任，副主任是郭汉城、李刚。研究室下面设立戏曲剧目研究组、戏曲表演研究组、戏曲音乐研究组、戏曲美术研究组、戏曲史研究组、图书资料组等。这种建制也正与张庚的戏曲理论框架相一致。在此后的研究中，张庚有意识地培养了各个方面的专家。

1958年5月，张庚主持制订了《中国戏曲研究院工作纲要二十二条（草案）》。《纲要（草案）》说："为了对运动中的问题解决得更深刻，我们对于传统也应该做系统地研究，这方面的内容包括挖掘整理剧目，整理老艺人经验，剧种源流的探讨，总括起来可以分成历史和规律性的探讨两个方面，在这些系统研究中必须主要掌握温故知新、厚今薄古的精神。""研究的方法，不是关起门来主观搞一套，也不是问题材料从下面来，但答案却是关起门来做的，而是和实践的团体、人一起来共同讨论，共同研究，共做答案，将群众零散经验集中起来，加以系统化，然后再普及到群众中去。"

《纲要（草案）》还提出了撰写多卷本戏曲史和有关戏曲各方面规律的专著的任务，后来张庚称之为"一史一论"，即《中国戏曲史》和《戏曲艺术概论》。张庚认为这是戏曲基本理论建设中最基本的项目。《戏曲艺术概论》的撰写工作于1959年开始。参加写作的除本院的郭汉城、马可、俞琳、郭亮、龚和德外，还邀请了江苏的梁冰、广东的黄宁婴、湖北的管纵、东北的凡今航、四川的郭铭彝、上海的何慢等同志参加。同时组织了戏曲艺术概论研究班，张庚任班主任。张庚自己撰写了"戏曲的形式"一章。

1960年6月，又组织了戏曲史进修班。除了本院戏曲史研究室的同志外，还有陕西的柳风，福建的陈啸高，安徽的刘敬源，广东的李国平、谢彬筹，河北的李庆番，江西的徐伯轩，四川的郭铭彝，中央戏剧学院的祝肇年、傅晓航，张庚任班主任。大家边研讨边写作，1960年底写出初稿。

经过讨论，1961年张庚又与郭汉城一起主持重新编写，参加这次编写的有何为、李啸仓、俞琳、郭亮、龚和德、黄菊盛、黎新、颜长珂等。黄芝冈先生审阅了全书，并贡献了个人的研究心得。经过近三年的集体奋斗，到1963年完稿并准备付排，但不久“文化大革命”开始，这部书稿便被搁置。

除了“一史一论”之外，张庚对古典戏曲理论和当代戏曲创作的实践都非常重视，他指示刘念兹到福建和当地的同志们一起对南戏历史进行调查研究；指示傅惜华、杜颖陶等同志编辑了《中国古典戏曲论著集成》。他还领导编辑了作为“一代曲选”的《戏曲选》。从1958年开始，先后出版了六辑，包括新中国成立以来各地各剧种创作和改编的优秀剧本46个。通过这些研究和编辑工作也培养了大批的业务骨干。

在此期间，张庚个人撰写了多篇重要论文，论述了戏曲创作论、戏曲表演论、戏曲综合论、剧诗说等基本理论问题，为戏曲理论的基本建设打下重要基础。

（五）中国戏曲学院的教学

在张庚的学术思想中，教学始终位于重要地位。从上海的业余教学，到延安鲁艺的教学，直到新中国成立后在中央戏剧学院的教学，都一直与他的研究工作相辅相成。在他投身戏曲研究工作之后，更感到必须加强戏曲教育，特别是应该有戏曲的高等学校。因此他与戏曲界的许多同志多次提出创办中国戏曲学院的建议。

1956年6月1日，国务院常务委员会通过了文化部筹建中国戏曲学院的报告，文化部成立了以欧阳予倩为主任的中国戏曲学院筹备委员会，并从中国戏曲学校调配了一批工作人员，开始建院筹备工作，张庚是筹备委员会委员之一。张庚在中国戏曲研究院办了几期演员讲习会之后，认为戏曲教学和研究工作可以结合起来，他和晏甬等同志商量后向文化部提出建议，将中国戏曲学院并入中国戏曲研究院内。由短期的讲习会逐渐发展为正规的系，逐渐建成一套适合中国戏曲特点的体制。

经国务院批准，中国戏曲学院于1958年正式成立。1959年1月22日，由周恩来总理签署，国务院任命张庚为中国戏曲学院院长（1961年撤销中国戏曲研究院建制，并入中国戏曲学院，国务院任命梅兰芳为院长，张庚、晏甬、罗合如为副院长）。

1958年10月，开办了第一期研究生班，同时开办了戏曲编剧进修班、戏曲导演进修班、戏曲舞台美术进修班，后来会同江苏省和南京市开办了戏曲音乐进修班。1959年又开办了编剧、表演、美术、音乐、戏曲史五个专业的研究生班。1960年3月开办了梅兰芳表演艺术研究班。1960年9月招收了戏曲文学、戏曲导演、戏曲音乐、戏曲舞台美术四个专业的大学生。至此，戏曲学院已按张庚的设想走向正规。

这时的中国戏曲学院是在东四八条的一座小楼里。学校规模不大，学生数量也不多，但教师都是戏曲界的著名专家。如戏曲文学系的主任是郭汉城，戏曲导演系主任是李紫贵，戏曲音乐系主任是马可、舒模（戏曲舞台美术系在中央戏剧学院上课）。除本科外，学院还举办了学习期限不等的进修班；1963年3月至7月又举办了戏曲编剧讲习会。全国许多有名的剧作家，如陈仁鉴、杨兰春、吴祖光、汪曾祺等都是讲习会的学员。至此，中国戏曲研究院除了培训演员外，也承担了培训剧作家的任务。此后，从中国戏曲研究院到中国艺术研究院都一直坚持这一传统。张庚为每个班次的学员都讲过课，学员们也都自觉地传承他的学术思想和作风。根据国家调整方案，1963年文化部做出决定，自1964年1月1日起，撤销中国戏曲学院，恢复中国戏曲研究院建制。

（六）多次受到错误的批判

由于张庚在学术研究中一直坚持实事求是的观点，敢讲真话，不跟风，所以从20世纪50年代以来，多次受到来自“左”的方面的批判。

第一次是关于中国话剧运动史的批判。早在延安鲁艺时期，张庚就讲授中国话剧运动史的课程，并一直为著述做准备。在1948年11月和1949年出版的《人民戏剧》第一卷第一期和第四期上，发表了张庚的《五十年来剧运大事编年》。在中央戏剧学院期间，张庚系统地讲授了中国话剧运动史，并开始撰写书稿。《戏剧报》于1954年连载了书稿的第一、二章。

1954年，全国掀起了对胡适的批判运动。当时有一种思想方法，要批判一个对象，就一定要找出他在各方面的影响和代理人。张庚在话剧运动史中对胡适在戏剧运动中的作用做了两分法的评价，而没有全部否定，于是这部史稿就成了“胡适反动理论在戏剧界的影响”的一个代表作了。为此，中国戏剧家协会召开了会议对张庚进行了批评，《戏剧报》发表了批判文章，张庚也被迫做了检讨。这样，这部话剧运动史便不幸夭折，此后三十年内没有人再写戏剧史。

不久，又开展对封建道德的讨论，张庚在论述《秦香莲》的人民性的时候曾说忠孝节义这类思想也有人民性的一面，这又被断章取义地作为错误思想来批判。《戏剧报》连续两年发表批判文章。1959年反右倾，张庚的这些话又被当成没有阶级观点和右倾思想的证据。张庚不得不写文章检讨。

1961年，张庚被下放到沛县当副县长，他把这当成一次难得的到基层工作的机会。在下放的半年时间里，张庚走遍了沛县的张店、敬安、大西庄、陈新庄等许多社队，与干部群众座谈，了解群众生产、生活情况，和当地干部、群众一起讨论、解决问题。县里让他分管剧团，他也认真了解剧团情况，给他们做报告，提高他们对执行“三并举”剧目政策和推陈出新的认识。张庚在下放期间还一直关心文艺界的各种讨论，比如“演员的矛盾”以及美学问题的讨论，他都写下许多思考的笔记。

1961年7月15日，张庚回到北京。1962年3月，文化部和中国戏剧家协会在广州召开话剧、歌剧、儿童剧创作座谈会（即“广州会议”），周恩来总理、陈毅副总理都出席会议并讲了话。这次会议使多年来积极为党工作却又受到伤害的专家、艺术家思想得到解放，张庚的心情也很舒畅，他在会上做了《关于“剧诗”》的专题报告。

1962年4月2日，中国戏曲研究院党委副书记马绩代表组织宣布，张庚等同志在反右倾中的问题不是政治问题，而是思想问题和学术问题。这场批判算是结束。但不久，毛泽东同志关于文艺问题做了两个批示，文化部又紧张起来。张庚和中国戏曲研究院的领导认真检讨“不去接近工农兵，不去反映社会主义革命和建设”的问题，积极组织青年研究人员下乡，并组织排演了《红旗谱》《朝阳沟》等现代戏。但此时江青已攫取“京剧革命”的领导权，她说《红旗谱》是歌颂错误路线的，《朝阳沟》搞得“非驴非马”。因此两剧都不许参加全国京剧会演。张庚也被剥夺了写文章的权利。

接着就是史无前例的“文化大革命”。张庚作为中国戏曲研究院的“头号走资派”“文艺黑线的代表人物”和“反动学术权威”，自然首当其冲。他被关进“牛棚”，挨批斗，经受了巨大的精神和肉体折磨。

1969年9月，中国戏曲研究院的全体人员下放“五七干校”劳动，先后在河北怀来、宝坻、静海三个地方劳动。

六、传承文脉——新时期以来对戏曲事业的贡献

（一）为戏曲艺术的复苏和健康发展倾注心血

1975年，邓小平同志主持国务院工作期间对各项

工作进行整顿，“文革”期间被破坏的各项事业得到一定的恢复，有些老同志又被起用。这时张庚被从干校调回，到文化部重新组建的“艺术研究机构”任负责人之一。后来这一机构改名为文化部文学艺术研究所、文化部文学艺术研究院，1979年12月24日，张庚被任命为副院长。1980年10月29日经国务院批准，该院改名为中国艺术研究院。包括戏曲、音乐、美术、舞蹈、话剧等研究所。原中国戏曲研究院的大部分同志调回戏曲研究所。

除了中国艺术研究院的工作外，张庚还在中国戏剧家协会第三次（1979年11月）和第四次（1985年4月）全国代表大会上被选为中国戏剧家协会副主席，并被推选为中国人民政治协商会议全国委员会第六届、第七届委员。1984年，文化部艺术科学规划领导小组成立，张庚任副组长。1987年，中国戏曲学会成立，张庚被推举为会长。

戏曲事业由于遭到“文革”的破坏，其复苏经过了一个艰难的过程。戏曲教育中断了十年，戏曲队伍出现严重的断代，很多人心有余悸，担心“百花齐放”的政策不能持久。针对这种状况，文化部和中国戏剧家协会等召开多次会议，张庚在会上都做了重要讲话，根据历史经验和现实情况深刻地阐述了党的戏曲政策，并认为“尽管我们在执行（按：双百方针）过程中还可能遇到这样那样的困难，但这个方针是一定能够贯彻下去的。这一点我们要有信心”。

除了双百方针之外，戏曲的问题主要是剧目问题，即必须贯彻“三并举”的剧目政策。这又与学术问题紧密相连。张庚对现代戏、历史剧和传统戏的问题和它们在新时期的新发展、新问题都有细致的论述。“总结三十年编演现代戏的经验教训，集中到一定，就是一定要解决质量问题。注意质量，保证质量，提高质量，这是搞好现代戏的关键。”1980年成立了中国戏曲现代戏研究会，张庚是发起人之一。从成立到20世纪初，研究会开了十几次年会，张庚大都热情地参加，并就各个专题做重要发言。

1984年，在福建召开的历史剧座谈会上，关于历史真实和艺术真实的关系以及什么是历史剧的问题引起了热烈争论。新时期以来，反映古代生活的历史剧创作更加多样化，很难用严格的“历史真实”加以框范。张庚根据这一创作现象和座谈会上的意见，提出可以用“新编古代剧”这一概念，避免不必要的争论，推动创作的发展。

为了应对外来文化的增多及戏曲危机的逐步显现，20世纪80年代末戏曲界出现了一股“探索风”，“荒诞川剧”《潘金莲》、湘剧《山鬼》等作品都引起很多争议。张庚敏锐地观察这些新的艺术现象，热情鼓励创新探索，同时主张对探索的成败得失要认真总结。他说：“在艺术上，思想活跃是好的，它能激发想象力和创造性，把戏剧推上一个新天地。这种景象是多年少有的，是难得的。”但是，“既是探索，就应当有所总结，保留好的去掉不成功的，继续前进”。

面对着改革开放的新形势，张庚及时地提出戏曲必须继续改革创新以适应新观众、争取新观众。他在《戏曲剧目工作座谈会开幕词》中说：“在这个新时代，一个尖锐的问题是，戏曲面临着一代新的青年观众。这些新观众对戏曲这种艺术十分生疏，对传统戏的内容很不熟悉，对戏曲的表现方法也很不理解。戏曲要更好地为四个现代化服务，要生存，要发展，要繁荣，就必须培养新的观众，争取新观众。”“面对这种新情况，戏曲艺术如不从内容到形式都加以改革，就不可能跟着时代一起前进。”“要尊重戏曲的基本形式、基本特点和基本规律，要保存和发扬戏曲传统中的精华，同时又要不断创造出表现新生活内容的新技巧、新程式，是戏曲成为新时代的新艺术，为实现‘四化’和满足人民群众的精神生活需要，做出更大的贡献。”

20世纪80年代末以后，各类戏剧评奖活动增多，这对推动创作、鼓励创新起到了积极的作用；但是又出现了有些剧团只迎合“评委”而忽视观众的现象。张庚看到这种情况又及时地提出了“还戏于民”的口号。他说，要“更充分地认识到观众在戏剧生存发展中的极端重要性，要重视观众，还戏于民。这些年戏剧活动搞得不算少，但却相当地脱离观众”。张庚的提醒引起了新闻界、评论界广泛重视，但今天看来，这仍然是一个需要继续好好解决的问题。

（二）戏曲理论的系统工程建设

张庚之所以特别关注戏曲的现状，也是着眼于民族文化的根脉，因此他以更大的精力来领导戏曲基础理论和系统工程的建设。他认为，只有基础理论的系统工程建设好了，戏曲事业才能健康地持续地向前发展。

1987年，张庚在《中国戏曲志》编辑委员会第一次会议上提出“戏曲学有四个层次：论是最高的层次，第二个层次是史，第三个层次是志，第四个层次是资料汇编”。20世纪90年代初，张庚在全国艺术研究工作座谈会上再次提出艺术研究“有几个层次，它是一个系列”，认为第一步是把材料收集起来记录下来出成资料。第二步，把资料加以整理、研究、条理化，写成志。第三步，写史。“进一步整理我们所掌握的资料，然后深入一层去研究我们中国艺术的发展的规律。”第四步，论。论要比史更深一步，不研究到一定的程度，真正可以称为理论的东西是写不出来的。张庚还特别强调了理论的具体运用——评论，“如果一个人能把评论写好，写出的评论被创作艺术的人承认，那你就是把艺术理论搞通了”。

张庚这一关于艺术研究系统的思想是在多年的研究工作中形成的。早在20世纪50年代，他就提出过搞戏曲志的建议，但在当时的条件下不可能实行。现在具备了系统的理论建设的条件，所以张庚就有计划地、迅速地提出并领导了基础理论建设的系统工程。

首先是组织力量重新修订了《中国戏曲通史》。张庚和郭汉城共同主编，他们带领一批研究人员用两年的时间修订完成，于1980—1981年由中国戏剧出版社分三卷出版。

接着是《中国大百科全书·戏曲 曲艺》卷。早在新中国成立后不久，国家就有出版大百科全书的计划。1978年，国务院决定编辑出版《中国大百科全书》，并成立了中国大百科全书出版社。戏曲卷编辑委员会主任由张庚担任（戏曲、曲艺合在一卷出，曲艺卷编辑委员会主任是陶钝）。编写工作调动了全国各地很多戏曲工作者。这部书的内容包括自戏曲起源形成以来至当代的发展历程和方方面面的状况，因此是对戏曲面貌的全面描述，也是戏曲理论研究的一个总结。该书由中国大百科全书出版社于1983年出版。

在完成《中国戏曲通史》和《中国大百科全书》戏曲卷之后，张庚又和郭汉城一起主编了《中国戏曲通论》。前面讲到，20世纪60年代，张庚曾组织编写了《戏曲艺术概论》，后因形势变化未能出版；但这次撰写的《中国戏曲通论》不是原书的修订，而是重新撰写。这是因为经过二十多年的实践，张庚和大家的认识都有了新的发展，而且形势和目的也与当年不同。张庚领导大家写这本书，不仅是要完成当年的夙愿，而且有更强的现实针对性。他在《中国戏曲通论》的前言中说："有些人为什么这么贬低自己的民族艺术，看不到自己的长处呢？""看来，仅仅在政策方面做研究，只着眼于戏曲改革中当前的问题还是不够的，还得提高戏曲的理论水平，找出它的规律性，也许这样，才能配合着成功的演出实践，从根本上说服人们，平心静气地，认真严肃地来对待戏曲。"

《中国戏曲通论》出版后在戏曲界和理论界引起热烈反响，并被一些艺术院校选为教材。1994年中国艺术研究院优秀科研成果评奖，《中国戏曲通论》获得唯一的一个一等奖。评奖委员会的评语说：该书"在前人研究成果的基础上有新的开拓，体现了张庚、郭汉城同志系统的戏剧理论思想，体现了集体的智慧，是现阶段戏曲理论界具有代表性的成果"。

在《中国戏曲通史》《中国戏曲通论》基本完成之后，张庚又组织了一批较为年轻的研究人员撰写《当代中国戏曲》。根据张庚的指导思想，编写组进行了广泛的调查研究和搜集资料的工作，并经反复讨论写出初稿、二稿。张庚对书稿进行了认真的审阅，提出了具体的修改意见。书稿于1989年完成，1994年由当代中国出版社出版。这部书系统地叙述了新中国成立以来戏曲事业取得的成就，辩证地总结了戏曲改革和戏曲创作的经验和教训，具有很强的现实意义，并为当代戏曲史的写作打下了基础。《当代中国戏曲》完成之后，张庚便组织戏曲研究所的研究人员准备编写中国近现代戏曲史。后因各种原因，近代史的撰写延后，后由贾志刚主编完成，于2011年由文化艺术出版社出版；当代史在张庚的指导下拟出了框架，后由余从、王安奎主编完成，于2005年由学林出版社出版。张庚生前虽然没有看到这两部书，但书中凝聚着张庚先生的心血。

另一项更为浩大的工程是全国30个省市自治区（台湾地区暂缺）每省一卷的《中国戏曲志》。早在20世纪50年代，张庚在主持中国戏曲研究院工作期间，就曾计划编纂中国戏曲志，后因政治运动而未能搞成。20世纪80年代初，戏曲研究所的几个同志提起此事，得到张庚的支持。经过调查研究及征询各省文化部门的意见，由中国艺术研究院向文化部呈送了开展这一工作的报告。经文化部批准，嗣后经协商，由文化部、国家民委和中国戏剧家协会三家发起并领导编纂工作。《中国戏曲志》列入国家“六五”至“七五”期间哲学社会科学重点科研项目。张庚任编委会主任，副主任是马彦祥、郭汉城、刘厚生。后来确定由张庚任主编，余从任常务副主编，薛若琳任副主编。各省市自治区都成立了编辑部，据统计，参加这一工作的有五六千人。

要很好地完成这项任务，不仅要有严密的组织工作，更要有科学的指导思想。而由于这是一件新的事情，开始做时大家都不太明白该怎样做。在许多关键时刻，张庚根据调查研究和自己的深厚学识，给予了正确的指导，使这一繁重复杂的工作得以顺利进行。

1983年9月，在湖南长沙召开了《中国戏曲志》编纂工作会议，张庚致开幕词并做专题报告。他在开幕词中说：“为了总结历史和适应时代戏曲革新的需要，我们采取志书体裁，比较系统地、全面地记录整理各地戏曲艺术的发展历史，反映在党的领导下各地戏曲改革和艺术革新的成就，集中新中国成立以来戏曲历史、理论及调查研究的成果，使之成为具有科学性、知识性、资料性的戏曲文献，这是艺术科研中的新事物，是亘古未有的创举。”“志书是具有民族特色的历史著作的一种传统形式。在我国封建社会里，历代都有修志的经验可资借鉴，这是我们不可忽视的珍贵遗产。但是我们今天的时代与旧时代根本不同了……这就是我们是以马克思主义、毛泽东思想为指导，运用辩证唯物主义和历史唯物主义的观点和方法进行编纂工作的。我们要坚持实事求是、真实地反映戏曲的历史和现实的面貌，体现戏曲发展规律，使戏曲志真正成为‘信史’。”针对各地提出的问题，张庚在专题报告中总结了中国编纂史书的经验，对于“秉笔直书”“生不立传”等说法做了深刻的、实事求是的阐述。

（三）戏曲理论观点的发展

张庚在领导戏曲理论工程建设的过程中，也不断进行理论本身的思考，总结提升过去的理论观点，吸收借鉴新的研究成果，使自己的理论又有新的发展。

关于戏曲文化的论述。改革开放以后，民族文化受到外来文化和流行文化的冲击，戏曲观众减少，出现了危机。此时对戏曲的价值也出现了不同意见的争论。如果只把戏曲当成一种娱乐手段，大可以任其自生自灭。张庚及时地指出，戏曲是一种具有不可替代的价值的民族文化。张庚在20世纪五六十年代，曾对苏联、欧洲和印度进行过学术考察，80年代以来，他也一直重视对世界各国戏剧历史和现实的观察研究。1987年，他与郭汉城一起发起召开了中国戏曲国际研讨会。邀请国内外的专家在世界格局中研究中国戏曲的特点、规律和价值。他在纵横比较中提出了“独树一帜的中国戏曲文化”的观点。他在《中国大百科全书》戏曲卷总纲性条目《中国戏曲》中说：“世界上有三种古老的戏剧文化，一是希腊悲剧和喜剧，二是印度梵剧，三是中国戏曲。”他还在《中国戏曲通论》中指出：“中国戏曲是现在世界上唯一还活着的古老戏剧，它不仅仍在我们现在这个十亿人口的国家之内发荣滋长，而且对于东亚各国如日本、朝鲜、越南的戏剧都起着一定的影响，而形成了一个独立的戏剧文化系统。”

张庚指出，戏曲深刻地反映了广大群众的美学观点和爱憎感情，并深刻地影响了民族的心理，因此也给予其他民族文化以巨大的影响。所以张庚对戏曲的生命力充满信心。同时，张庚也提出了戏曲现代化的任务。他说：“戏曲是中国文化中的一部分，因为它在整个文化中是与广大人民群众有密切关系的。它的现代化也就紧密联系着广大人民生活发展的过程。”

关于戏曲特点的论述。张庚根据多年的研究积累，在《中国戏曲》一文中把戏曲的基本特点概括为三点：综合性、虚拟性和程式性（在其他文章中也有论述）。关于“综合性”，张庚说：戏曲“既包括时间艺术（例如音乐），又包括空间艺术（例如美术），而戏曲作为表演艺术，本身就是时间艺术与空间艺术的结合。”“中国戏曲是以唱、念、做、打的综合表演为中心的戏剧形式。它拥有丰富的表演艺术手段，它不是某个天才艺术家一时一地的发明，而是中国各民族长期的共同的创造，是千百年来由许多知名的和无名的艺术家一点一滴创造积累起来的。”他还说，西方的歌剧、话剧、芭蕾等也讲综合性，但是“西洋的歌剧、话剧、芭蕾等是习于运用包括了间接与表演有关这种较广泛的综合原则的，而戏曲则是偏于多用直接与表演有关的这种较严格的综合原则的”。关于“虚拟性”，张庚说：“所有的艺术都不能不作变形，只是变形的程度不同罢了。戏曲的变形和生活的原型距离较大，这种变形手法之一就是虚拟。”关于“程式性”，张庚说：“程式，是戏曲反映生活的表现形式。程式这个词有规范化的意义。程式都是直接或间接来源于生活的。”“正因为程式在戏曲中既有规范性又有灵活性，所以戏曲艺术才被恰当地称为有规则的自由动作。”

关于戏曲表演体系的论述。张庚是中国较早学习和介绍斯坦尼斯拉夫斯基的戏剧家之一。后来他也较早地认识到斯坦尼斯拉夫斯基的理论不能照搬到中国戏曲中，因此一直重视对中国戏曲表演理论的研究，并认为中国戏曲有自己的丰富而精湛的体系。他在晚年关注的重点之一就是中国戏曲表演体系，希望能有较好的研究成果。他自己也写了多篇文章论述这一问题。他指出，戏曲是以表演为中心的；戏曲艺术的特点基本上是从表演艺术的特点中产生出来的。戏曲表演既是体验的艺术，又是表现的艺术。戏曲表演体系是长期实践的产物，并要不断发展。

关于戏曲美学的研究。早在20世纪五六十年代，张庚就对美学问题十分关注，并且撰写了《桂林山水》等结合山水欣赏论述美的主观性和客观性的文章；他逐步深入研究和论述的“剧诗说”既属于创作论，其实质也是戏曲美学。而在80年代以后，张庚更写了数篇专论戏曲美学的文章。其主要内容包括：①中国戏曲的美学基础是“物感说”。张庚说，如同亚里士多德的《诗学》影响了欧洲几千年一样，中国的《乐记》也影响了中国上千年。《乐记》说：“凡音之起，由人心生也，人心之动，物使之然也。”这就是说，艺术创作是主观与客观的结合，这与西方的“模仿说”是不同的。②戏曲的美学特点是重“神似”。中国美学思想中有“神似”“形似”之辩，在“神似”说中又有“形神兼备”和“离形得似”两种说法。张庚在《戏曲美学三题》一文中提道：“戏曲编演艺术多年以来接受了这两种说法，在不同的条件下，对人物形象做不同程度的夸张变形，其总的精神是首先要求神似而不过于拘泥于外形的逼真。”③中国的美学理论讲“情境”“意境”“意象”。张庚在《中国戏曲的美学特点》一文中说:“我们戏曲的传统讲究的也是‘情景交融’,要有‘意境’,要主客观结合。这种精神贯彻于戏曲的各个方面,剧本、导演、表演、舞台美术等等,在中国舞台上,并不企图创造一种纯属主观真实的幻觉。”而由于过去对中国自己的美学传统讲得不够,因此戏曲受到写实主义的冲击很厉害。这就向创作实践和理论批评两方面都提出了重要的任务:在实践中应当重视发扬中国自己的美学传统;理论工作者则有责任“把中国的艺术理论现代化,用现代的语言把它讲解清楚,使每个人都能看懂”。④戏曲美学是发展的。戏曲是不断向前发展的,因此戏曲美学的特点也是不断发展的。戏曲美学研究必须随着创作实践的发展而发展。

七、泽被后学——对戏曲人才的培养和对后来学者的影响

(一)对戏曲人才的培养

张庚从做教学工作和担任领导工作的一开始,就十分重视对人才的培养,在延安,在东北,在中华人民共和国成立后,他都为培养戏剧人才倾注了大量的心血,在延安鲁艺,在东北鲁艺,在中国戏曲研究院和中国戏曲学院,都培养出许多业务骨干和专业人才。他的理论著作也直接地影响着很多年轻人的人生途程。在20世纪60年代,张庚曾带过研究生,后因“文革”中断。新时期后,张庚提出并获得上级批准在中国艺术研究院开设了研究生部(后改为研究生院)。张庚担任研究生部主任,并亲自指导硕士、博士研究生,从此开始了全面的戏曲学研究生教育。此外,从20世纪五六十年代到八九十年代,张庚在领导几项大型理论

工程时，更是把培养人才作为重要的任务。许多参加过集体写作的同志都深感受益，而张庚的学术思想和学术作风也给大家带来深刻影响。

张庚不但重视对戏曲理论人才的培养，而且重视对各方面戏曲人才的培养。前面讲到，在20世纪50年代，办了三届戏曲演员讲习会，取得了实在的成果。在新时期，他除了积极倡导在北京继续办戏曲演员讲习会外，还倡导各地办。“各省办一下讲习会、训练班，把县里管文教的领导人、文化馆负责人、剧团团长以及编剧、导演、演员、舞台工作者等等，分期分批，轮训一遍。”有些省这样做了，取得了很好的效果。中国艺术研究院戏曲研究所按照张庚先生指示的精神，从20世纪80年代开始，连续办了九届戏曲编导培训班。来自全国各地数百名编剧、导演等方面的学员在北京进行了短期的学习，每一届张庚都到班上讲课。这时中国艺术研究院在前海西街恭王府的院子里，条件很简陋，但由于学术氛围很浓，学员们都很高兴。有人把戏曲研究所这一学术群体称为“前海学派”，这些学员也为自己承继了“前海学派”的学风、成为“前海学派”的一员而自豪。

（二）张庚学术思想的研究和《张庚文录》的出版

新时期以来，人们越来越认识到张庚的学术成就的价值和他的学术思想的重要性，也感到需要进行研究和总结。除了一些学者写出研究论文外，从20世纪80年代起，开了几次学术研讨会。

1987年，《戏剧评论》编辑部召开了张庚戏剧理论研讨会。参加这次会议的主要是张庚的朋友、同事和学生。曹禺、陈荒煤、舒强、郭汉城、晏甬、马远、沈达人等都热情地回忆张庚的学术道路，热情评价他的学术成就。《戏剧评论》同年第二期发表了讨论专辑。

1987年12月，文化部艺术委员会、中国戏剧家协会、中国艺术研究院、中央戏剧学院、中国戏曲学院、中国戏曲志编委会、中国戏曲学会、中国昆剧研究会等单位联合召开了张庚同志从事戏剧工作55周年、阿甲同志从事戏剧活动50周年祝贺会和学术研讨会，并举办了大型图片展览。周谷城、宋任穷、夏衍、陈荒煤、朱穆之等同志参加了会议。曹禺做了题为《张庚的道德文章》的发言，对张庚的学术成就和他的人格给予了高度评价。文化部给张庚送了奖状："张庚同志五十五年来为我国戏剧事业做出重要贡献，特此表彰。"会后，中国戏剧出版社出版了《张庚阿甲学术讨论文集》。

1990年1月22日，张庚七十九岁诞辰。中国艺术研究院在东四八条原中国戏曲研究院大礼堂为他举行了庆祝活动。

为了把张庚的学术成果整体地保留下来，使后辈得以完整地了解和更好地学习，中国艺术研究院和湖南省委宣传部共同策划出版张庚的全集，张庚自己决定题名为《张庚文录》。由张庚提议，中国艺术研究院领导决定由王安奎具体负责，张庚的儿子张小果、儿媳张章参加编辑工作。经过近两年的工作，文集七卷于2003年9月出版。但遗憾的是这部文集送到张庚的病床前时，他的神志已经不清醒了！2002年，中国文联和中国剧协决定出版张庚的自选集，作为"晚霞丛书"之一种。张庚委托王安奎从他的文章中选出了40篇，经张庚审定同意，交中国戏剧出版社出版。这部书也是在张庚去世后才与读者见面。

2003年9月，张庚因眼病住进北京医院做手术。眼睛的手术是成功的，但九十多岁的人经过一次手术，身体受到打击，因此健康状况急剧恶化了，最终医治无效，于2003年9月27日逝世。张庚理论联系实践的工作方法、他的学术思想和对中国戏剧事业的贡献，是永远被世人铭记的。

（柯凡根据安葵《张庚评传》整理改写）

贰

张庚画传

一 惟楚有才，投身革命

张庚父母的先祖均为大家族出身，至父母辈家境逐渐陷于拮据，但仍举家筹措，四处挪借学费，送张庚至长沙著名的私立学校——楚怡学校就读。张庚在这个学校接触到新文艺，他积极编刊撰文，吸收了不少进步思想。革命风云的涌动，使这位才华横溢的热血青年踏上一条新征程。他投身革命，组织左翼剧社活动，从事戏剧创作、导演和表演实践。颠沛流离和困窘苦难无法阻止他前进的步伐，张庚孜孜不倦地关注戏剧评论和理论研究，将马克思主义理论与戏剧实践相结合，同时努力吸收国际戏剧理论新成果，逐渐成长为一名不断探寻戏剧艺术真谛的革命文艺实践者和理论家。

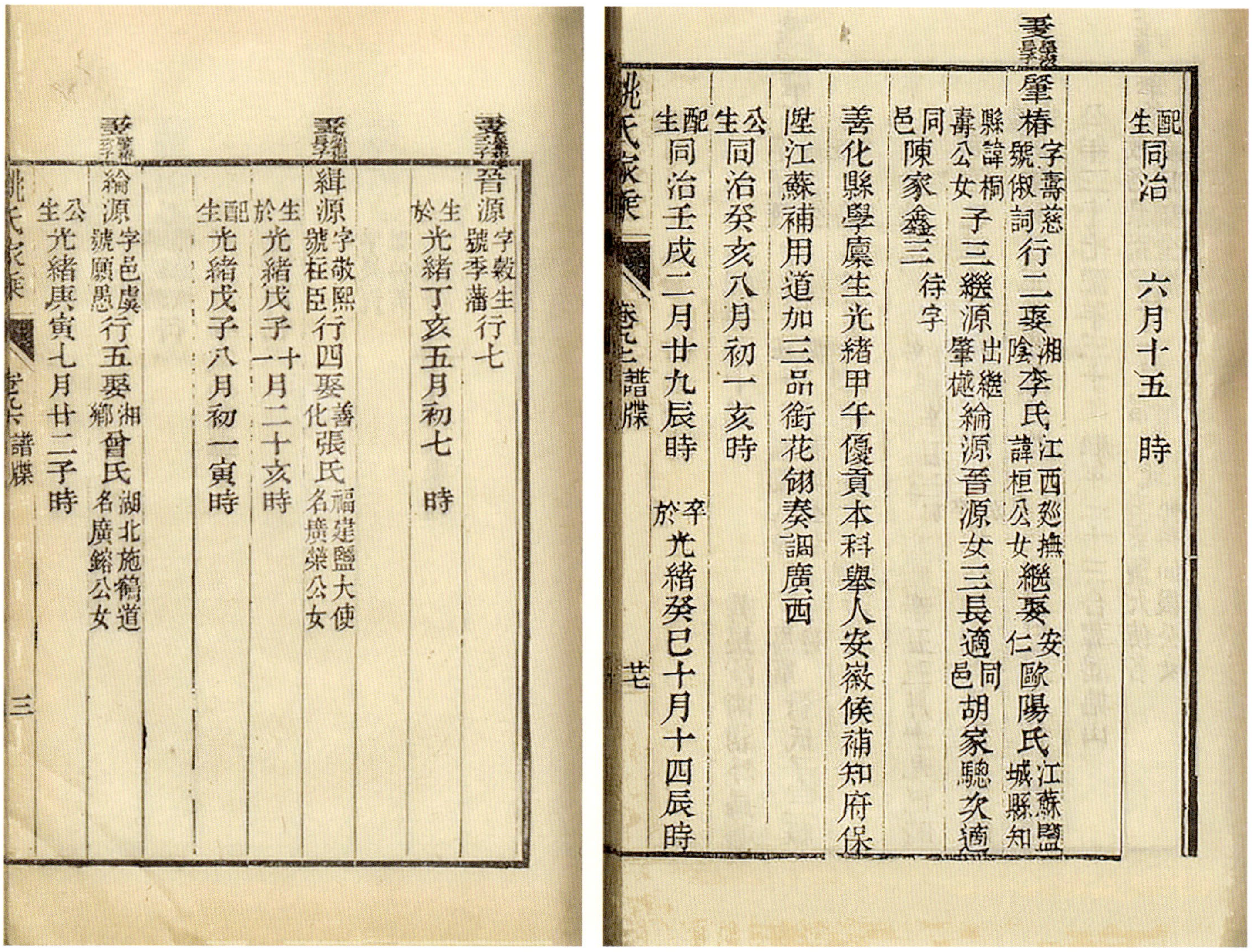

姚氏家乘 卷七譜牒 廿七

配生同治 六月十五 時

肇椿字壽慈號假詞行二娶湘陰李氏江西巡撫諱桓公女繼娶安仁歐陽氏江蘇鹽城縣知縣諱桐壽公女子三繼源出繼肇樾綸源晉源女三長適同邑胡家驄次適同邑陳家鑫三待字

善化縣學廩生光緒甲午優貢本科舉人安徽候補知府保陞江蘇補用道加三品銜花翎奏調廣西

公生同治癸亥八月初一亥時

配生同治壬戌二月廿九辰時 卒於光緒癸巳十月十四辰時

晉源字穀生號季藩行七

生於光緒丁亥五月初七 時

緝源字敬熙號桓臣行四娶善化張氏福建鹽大使名廣榮公女

生於光緒戊子十一月二十亥時

配生光緒戊子八月初一寅時

綸源字邑虞號愿愚行五娶湘鄉曾氏湖北施鶴道名廣鎔公女

公生光緒庚寅七月廿二子時

姚氏家乘 卷七譜牒 三

《吴兴姚氏家乘》（宣统二年刻本，龚肇智提供）

张庚父亲姚纶源（字邑虞，号愿愚），兄弟三人，兄姚继源（过继给姚肇樾），弟姚缙源。祖父姚肇椿，字寿慈，善化县学廪生，光绪甲午（1894）举人，《吴兴姚氏家乘》记载，任安徽候补知府保升江苏补用道加三品衔花翎奏调广西，妻李氏，为江西巡抚李桓之女。

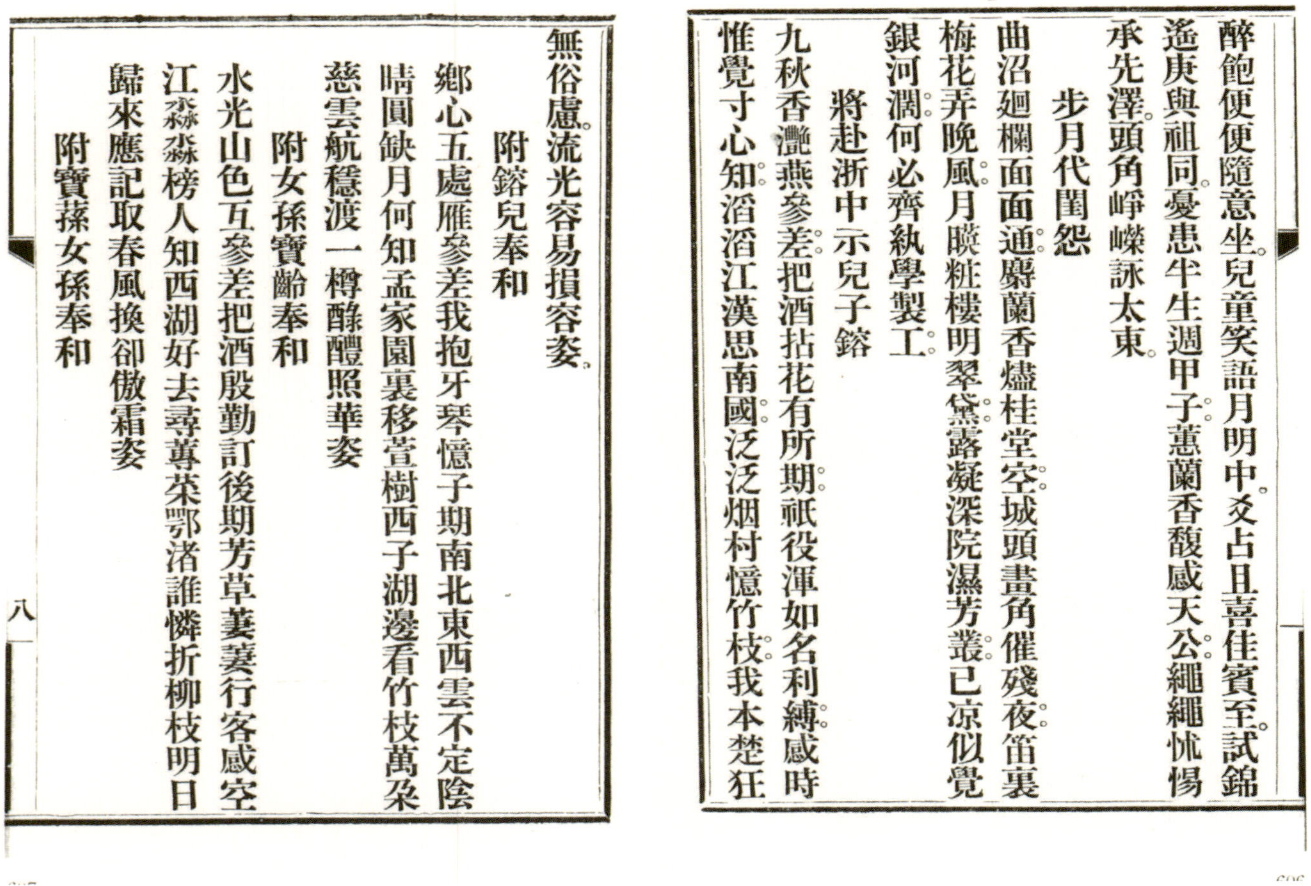

醉飽便便隨意坐兒童笑語月明中爻占且喜佳賓至試錦
遙庚與祖同憂患半生週甲子蕙蘭香馥感天公繩繩怵惕
承先澤頭角崢嶸詠太東

步月代閨怨

曲沼廻欄面面通麝蘭香爇桂堂空城頭畫角催殘夜笛裏
梅花弄晚風月曚粧樓明翠黛露凝深院濕芳叢已凉似覺
銀河濶何必齊紈學製工

將赴浙中示兒子鎔

九秋香灩燕參差把酒拈花有所期祗役渾如名利縛感時
惟覺寸心知滔滔江漢思南國泛泛烟村憶竹枝我本楚狂
無俗慮流光容易損容姿

附鎔兒奉和

鄉心五處雁參差我抱牙琴憶子期南北東西雲不定陰
晴圓缺月何知孟家園裏移萱樹西子湖邊看竹枝萬朶
慈雲航穩渡一樽醁醴照華姿

附女孫寶齡奉和

水光山色互參差把酒殷勤訂後期芳草萋萋行客感空
江淼淼榜人知西湖好去尋蓴菜鄂渚誰憐折柳枝明日
歸來應記取春風換卻傲霜姿

附寶蓀女孫奉和

八

张庚曾外祖母郭筠与张庚外祖父曾广镕、母亲曾宝菱的唱和之作（引自《清代闺秀集丛刊54·艺芳馆诗集》）

曾氏故居富厚堂（曾国藩故居管理处提供）

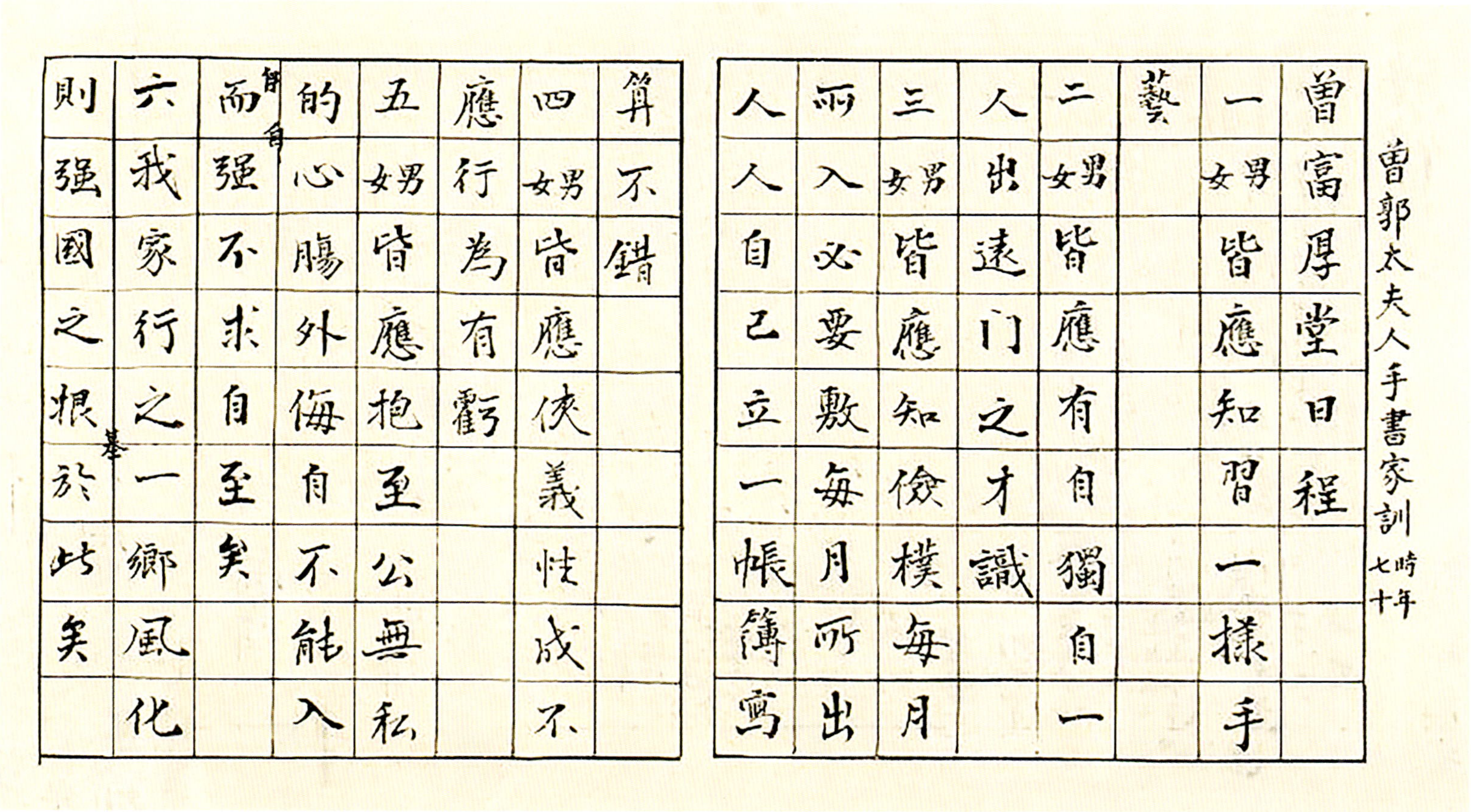

曾郭太夫人手書家訓 時年七十

曾富厚堂日程

一 男女皆應知習一樣手藝

二 男女皆應有自獨自一人出遠门之才識

三 男女皆應知儉樸每月兩入必要數每月所出人人自己立一帳簿寫算不錯

四 男女皆應俠義性成不應行為有虧

五 男女皆應抱至公無私的心腸外侮自不能入而強不求自至矣

六 我家行之一鄉風化則強國之根於此矣

曾宝菱祖母郭筠（曾纪鸿夫人）手书《曾富厚堂日程》

张庚母亲曾宝菱，为曾国藩重孙女，其谱系为曾国藩 — 次子曾纪鸿 — 三子曾广镕 — 长女曾宝菱。张庚母亲的祖母为郭筠。

曾纪鸿，曾国藩次子，父亲去世后荫赏举人，充兵部武选司郎官。酷爱数学，并通天文、地理、舆图诸学。妻郭筠，富有才名。

郭筠（1847—1916），字诵芬，自署书斋名曰“艺芳馆”，故晚号艺芳老人。她是曾国藩次子曾纪鸿的夫人，翰林才子曾广钧之母，为江苏淮扬道道台郭沛霖之女。由于丈夫曾纪鸿及夫兄曾纪泽都逝世过早，年轻守寡的郭筠成了富厚堂的女主人。郭筠人品、才学兼优，诗、文皆工，尝与子女唱和，著《艺芳馆诗集》行世，为近代有名的女诗人之一。

张庚母亲曾宝菱，为曾国藩次子曾纪鸿之后。图为曾氏故居富厚堂（曾国藩故居管理处提供）

帥

曾氏故居富厚堂（曾国藩故居管理处提供）

曾国藩故居富厚堂，又名毅勇侯第，位于湖南省娄底市双峰县东部的荷叶镇富托村（旧属湘乡），始建于清同治四年（1865）。

楚怡学校

张庚就读于湖南私立楚怡学校。楚怡学校校名多次更迭，初期校舍较为简陋，后迁至长沙市北区稻谷仓巷新建教学楼，又增设幼稚园和楚怡中学。（杨莎莎提供）

1936年6月，张庚（立左二）与段薇杰（立左一）、徐懋庸（立左三）、吕骥（立左四）、钟敬之（立左五）、旅冈（坐者）合影于上海寓所

1937年，救亡演剧四队京沪线上演出张庚创作的话剧《秋阳》，图为剧中人小黑子

1937年6月，上海蚂蚁剧团演出话剧《爱与恨》，导演张庚，舞台设计徐赓敖、钟敬之、吴仞之

楚怡学校

张庚就读于湖南私立楚怡学校。楚怡学校校名多次更迭，初期校舍较为简陋，后迁至长沙市北区稻谷仓巷新建教学楼，又增设幼稚园和楚怡中学。（杨莎莎提供）

1928年，张庚（左三）与姚纲章（左二）、吕骥（左四）、薛藩（左五）等在上海江湾合影

第二十期　一九三二年五月[illegible]二日　1

煤坑

每十天出版一次

零售：每份大洋二分（本埠一百二十文）
預定：全年大洋陸角（外埠加郵一角八）

通訊處
武昌，水陸街，藝術專科學校轉。

第二十期目錄

藝術社會學底方法論（註）

藏原惟人作　禹玄譯

——讀弗里采底「藝術社會學」——

一

弗里采這書，事實上，可以說是馬克思主義藝術論底歷史上劃期的著作。

第一，這書作爲藝術學底一部門，以與藝術史和藝術政策相別，作爲理論藝術學或法則藝術學，而給藝術社會學以確定的基礎，在這點，就可以說是劃期的。

弗里采以前的理論藝術學，從我們底觀點看來，可以大別爲三類：第一，將藝術的法則看做藝術底內在物，從古代藝術學直到最近形式主義藝術論差不多完全屬於這個結局。而將本來是社會現象的藝術從社會斷絕，去發現其自身底內在法則，這點實在是這派底根本缺陷；所以今日資產階級藝術學底難產症實在是其必然的歸宿。

與這個相對，可以舉出從米海里斯，泰勒，居友，以下，由布赫爾，革羅遂所代表的第二派，所謂社會學派，乃至經濟學派。這派以爲藝術底原因不是在藝術自身中；而正當地求之於社會環境乃至其基礎的經濟。雖然，因爲還沒有達到社會，經濟這些東西之正當的客觀的認識之故，所以還不能解決這問題。

解決這沒有解決的問題的是第三派，馬克思主義藝術學了。屬於這派的人是蒲力汗洛夫，盧拉卡爾斯基，霍善斯坦因，他們，在嚴密的意味上是藝術社會學最初的奠基人們。

然而這些不過是最初的基石而已。例如蒲力汗洛夫在樹立藝術方法論這點上，是完成了馬克思主義藝術理論底眞實出發點，不過他所處理的方法是斷片的；其範圍極有限，他還說不到研究了什麼藝術社會學。就是最初使用藝術社會學這名詞的霍善斯坦因，在體系方面其範圍也多少祇處理了造形藝術中的繪畫與彫刻中之主要部分，人類的裸體而已，而且他底方法比之蒲力汗洛夫來是很缺嚴密的。

在這兒，從蒲力汗洛夫底方法論出發，更其擴大霍善斯坦因底範圍，而確立藝術社會學成爲一門獨立學問，這名譽是落在弗里采身上了。誠然，他底對象還祇限於造形藝術，而其歷史的範圍也不出於歐洲，不過在這範圍內他却蒐集了非常豐富的材料，在這兒設立了幾個

一五九

1932年5月，张庚参与创办的左翼剧联武汉分盟机关刊物《煤坑》第20期，张庚以笔名“禹玄”翻译日本无产阶级文艺理论家藏原惟人的艺术论文章

1936年，张庚与友人徐步（左）、李伯龙（中）在上海

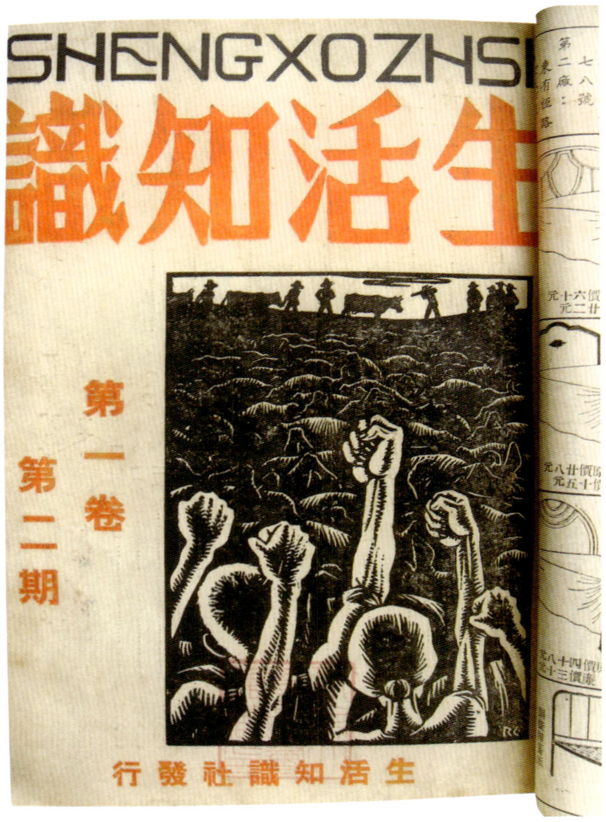

《生活知识》1935年第一卷第二期封面，张庚在此期开设“为观众的戏剧讲话”专栏

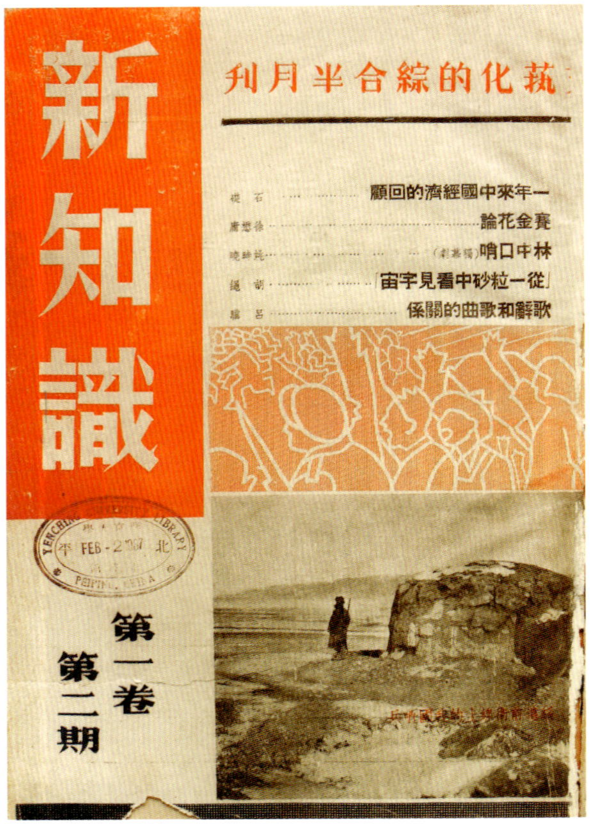

《新知识》1937年第一卷第二期封面，张庚在此期发表《如何布置戏剧高潮》

上海左翼剧联机关刊物《新学识》1937年第一卷第二期封面

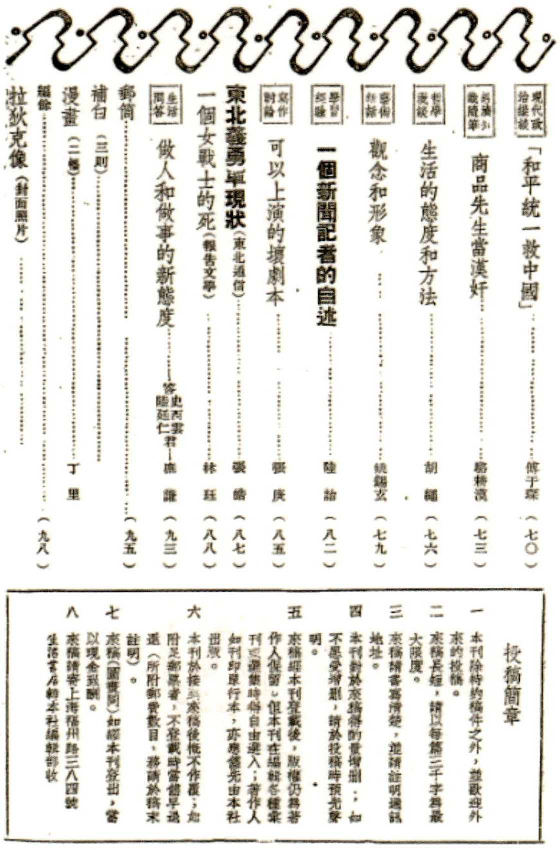

投稿簡章

一 本刊除特約稿件之外，並歡迎外來的投稿。
二 來稿長短，請以每篇三千字為最大限度。
三 來稿請書寫清楚，並請註明通訊地址。
四 本刊對於來稿得酌量增刪；如不願受增刪，請於投稿時預先聲明。
五 來稿經本刊登載後，版權仍為著作人保留，但本刊在編輯各種叢刊或選集時得自由選入；著作人如刊印單行本，亦應優先由本社出版。
六 本刊於接到來稿後概不作覆；如附足郵票者，不登載時當儘早退還（所附郵費數目，務請於稿末註明）。
七 來稿（圖畫同）如經本刊登出，當以現金致酬。
八 來稿請寄上海福州路三八四號生活書店轉本社編輯部收

张庚《可以上演的坏剧本》，载于《新学识》1935年第一卷第二期

上海左翼剧联机关刊物《新学识》1937年第二卷第一期封面

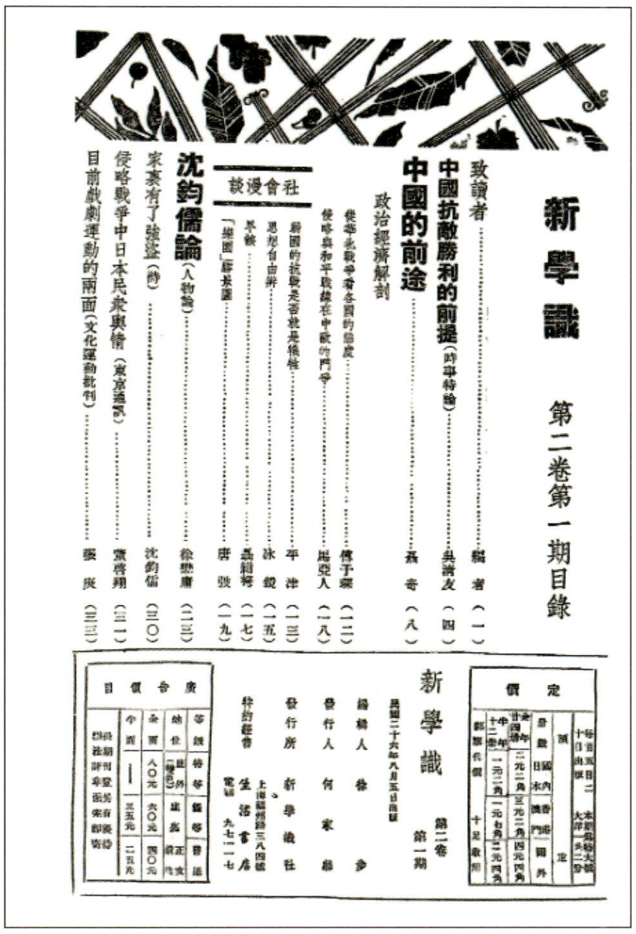

新學識 第二卷第一期目錄

新學識 第二卷 第一期
民國二十六年八月五日出版
編輯人 徐步
發行人 何家槐
發行所 新學識社
特約經售 生活書店

张庚《目前戏剧运动的两面》，载于《新学识》1937年第二卷第一期

1935年，张庚与徐步共同编辑综合性刊物《生活知识》（半月刊），发表左翼剧联创作的剧本，张庚开辟专栏介绍戏剧知识。《生活知识》办了一年多，遭当局禁止，改名为《新知识》，再次遭禁后并未放弃，继续更名为《新学识》，张庚以笔名发表多篇文章，系统阐释新艺术观。

1936年6月，张庚（立左二）与段薇杰（立左一）、徐懋庸（立左三）、吕骥（立左四）、钟敬之（立左五）、旅冈（坐者）合影于上海寓所

1937年，救亡演剧四队京沪线上演出张庚创作的话剧《秋阳》，图为剧中人小黑子

1937年6月，上海蚂蚁剧团演出话剧《爱与恨》，导演张庚，舞台设计徐赓敖、钟敬之、吴仞之

20世纪30年代，张庚（前排左四）与蚂蚁剧团成员合影

1937年8月，张庚参与创作整理并导演的话剧《保卫卢沟桥》

1938年2月15日，张庚（左二）、陈锦清（左三）赴延安前与蚁社流动演剧队

二　延安东北，领航鲁艺

延安鲁艺是全国革命文艺的灯塔，也是革命文艺工作者的摇篮。张庚承担了筹建鲁艺的工作，他担任鲁艺戏剧系主任，成为延安戏剧界主要负责人之一。正如《鲁迅艺术学院院歌》所唱的：我们是艺术工作者，我们是抗日的战士；踏着鲁迅开辟的道路，为建立新的抗战艺术，为继承他的革命传统，努力不懈。张庚上课讲授戏剧理论，指导导演实践，总结积累戏剧创作经验，培养了大批革命新文艺工作者。与此同时，他又注意学习陕北丰富多彩的民间文艺形式，深入思考悠久民族文化传统在现代的作用。抗战胜利以后，张庚接受中央指示，带领鲁艺整体迁至东北办校。师生们不畏冰天雪地的严酷，长途跋涉，将革命文艺的光芒输送到足迹所至的每一寸土地。

1938年，张庚与崔嵬（右）在延安鲁艺

1938年，延安鲁艺各院系教员合影（左起：天蓝、佚名、胡考、方华、钟敬之、佚名、王震之、徐一新、沙可夫、胡一川、江丰、沃渣、佚名、张庚、左明、魏克多、佚名、吕骥；左上：崔嵬、丁里）

1939年，延安鲁艺实验剧团及文工团赴前方工作

延安鲁艺全景

1939年，张庚导演的新歌剧《军民进行曲》舞台设计图，此剧由安波等编剧，作词王震之，舞台设计钟敬之，作曲冼星海

1939年，张庚导演的话剧《冀东起义》舞台设计图，此剧由王震之编剧，舞台设计钟敬之

1941年，延安鲁艺演出话剧《日出》第三场

1941年，延安鲁艺实验剧团演出张庚导演的多幕话剧《中秋》

1942年，毛主席和延安文艺工作者在延安文艺座谈会开会期间的合影（二排左九为张庚）

延大鲁艺宣传队演出秧歌剧《赵富贵自新》

时任延安鲁艺戏剧音乐系主任的张庚组织并指导演出的新歌剧《白毛女》

1943年的延安鲁艺秧歌队

1944年，延安民众剧团演出秦腔《血泪仇》

1944年，延安中央党校演出新编京剧《逼上梁山》

1945年夏，延安鲁艺戏剧音乐系部分戏剧、音乐、舞蹈等教员，后立者左五为张庚

1945年，张庚在延安鲁艺

1945年，张庚与周巍峙（中）、吕骥（右）合影

1946年，张庚（左五）与周扬（左一）、成仿吾（左二）、沙可夫（右一）、吕骥（右三）等人在张家口合影

1948年6月，张庚在辽宁瓦房店

1947年，东北文协成立时张庚与其他成员合影，后排左起：罗光达(左十)、王季愚(左九)、赵洵(左七)、张庚(左六)、葛陵(左五)、公木(左四)、吴伯箫(左三)、黎舟(左一)；前排左起：李文、吴晓邦、塞克、吕骥

1946年6月，鲁艺首次抵达哈尔滨市，于大光明电影院演出歌剧《白毛女》（引自《鲁艺在东北》）

1948年春，张庚（左二）与东北鲁艺四团同人合影

1948年9月，张庚与鲁艺四团团务委员合影。前排左起：夏风、陈紫、张庚、张望、丁鸣。后排左起：郝汝惠、胡零（引自《鲁艺在东北》）

1949年2月21日，许广平访问东北鲁艺时与师生合影，左二为张庚（马克辛提供）

1949年2月，张庚（前排左一）、丁玲（前排左二）、郭沫若（前排左三）、吕骥（前排左四）赴北平途经沈阳，与鲁艺全体师生合影（引自《鲁艺在东北》）

1949年，张庚（第三排中间右数第五）与东北鲁艺师生合影

1949年，张庚（二排右二）在东北鲁艺

1987年5月，原鲁艺三团的同志在北京聚会。前排左二起：丁鸣、苏扬、晏甬、唐荣枚、吕骥、舒非、张庚、古元、关鹤童、刘炽、干学伟（引自《鲁艺在东北》）

1987年5月11日，张庚（站立讲话者）在东北鲁艺三团40周年纪念会上

东北鲁迅文艺学院副院长张庚题字“革命精神代代传”（引自《鲁艺在东北》）

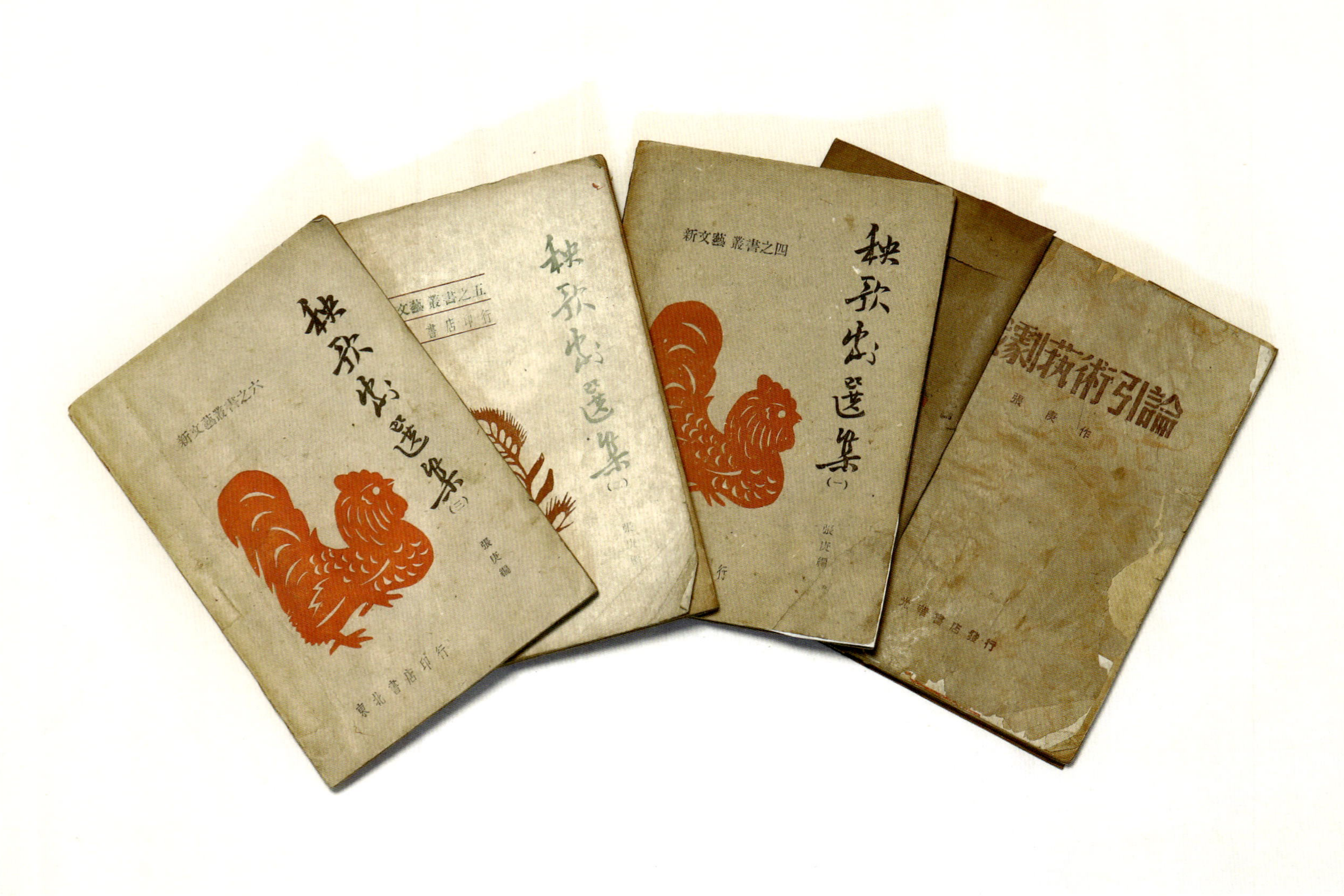

张庚著作《秧歌剧选集》（东北书店1947年版）、《戏剧艺术引论》（光华书店1948年版）

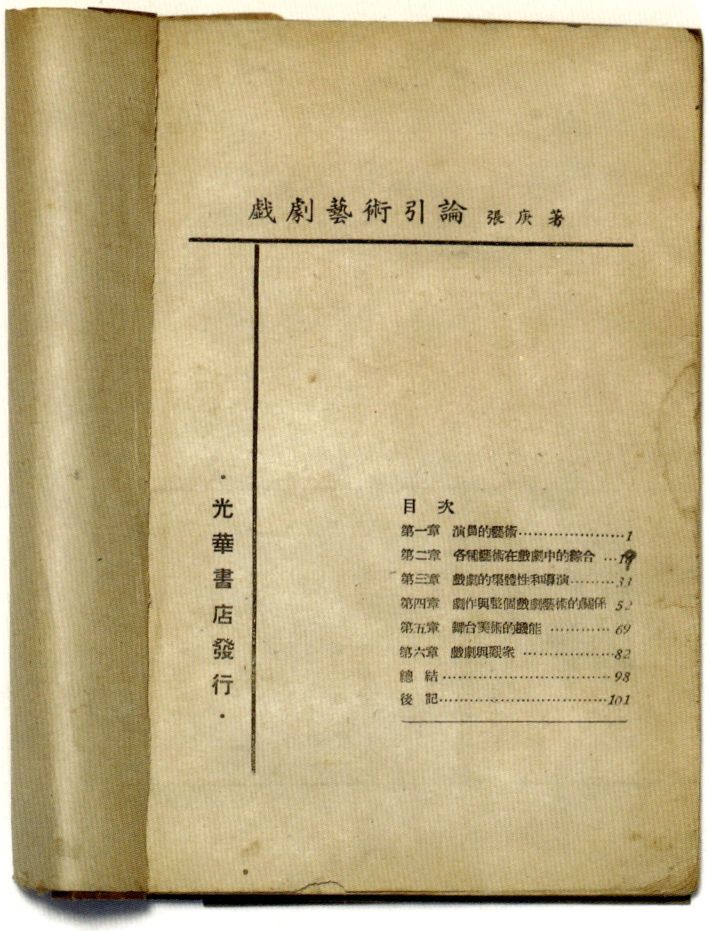
戲劇藝術引論　張庚著

·光華書店發行·

目次

第一章　演員的藝術……………………1
第二章　各種藝術在戲劇中的綜合 …19
第三章　戲劇的集體性和導演………33
第四章　劇作與整個戲劇藝術的關係 52
第五章　舞台美術的機能 …………69
第六章　戲劇與觀衆 ………………82
總　結…………………………………98
後　記…………………………………101

张庚著作《戏剧艺术引论》目录页

中华人民共和国成立后，张庚为筹建、参与中央戏剧学院、中国戏曲研究院、中国戏曲学院等机构的建设工作做出了巨大贡献。他一面开拓戏剧高等教育事业，一面参与新中国戏曲改革。新文艺工作者与民族戏曲队伍的结合形成了新的力量，对中国戏曲艺术发展道路产生了深远的影响。张庚在《戏剧艺术引论》中提出：在戏剧艺术中，所有艺术表现手法综合的结果，不是限制的增加，而是思索自由的扩大。早在抗战时期，他即以《话剧民族化与旧剧现代化》一文总结历史经验，探讨戏剧运动的发展方向。随着对戏曲认识的不断推进，他的学术思想越来越深邃，越来越成熟。张庚的学术思想既是他投身戏曲研究的重要成果，也为中华人民共和国成立后新文艺工作者参加戏曲改革提供了理论基础。在多年的理论论争和实际考验中，张庚成为一名敢于坚持真理的戏剧理论家。

20世纪50年代，张庚在工作

1949年7月2日，第一次中华全国文学艺术工作者代表大会会场

1949年7月，第一次中华全国文学艺术工作者代表大会主席团合影，三排左五为张庚

1949年，时任中央戏剧学院副院长的张庚(右三)陪同茅盾(一排左三)、 周扬(右一)、李伯钊(左二)参加学院建院大会

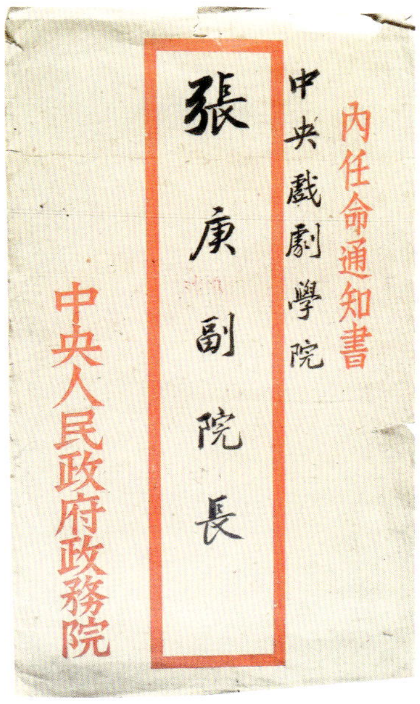

内任命通知書

中央戲劇學院

張庚副院長

中央人民政府政務院

1949年12月16日，中央人民政府政务院任命张庚为中央戏剧学院副院长（信封）

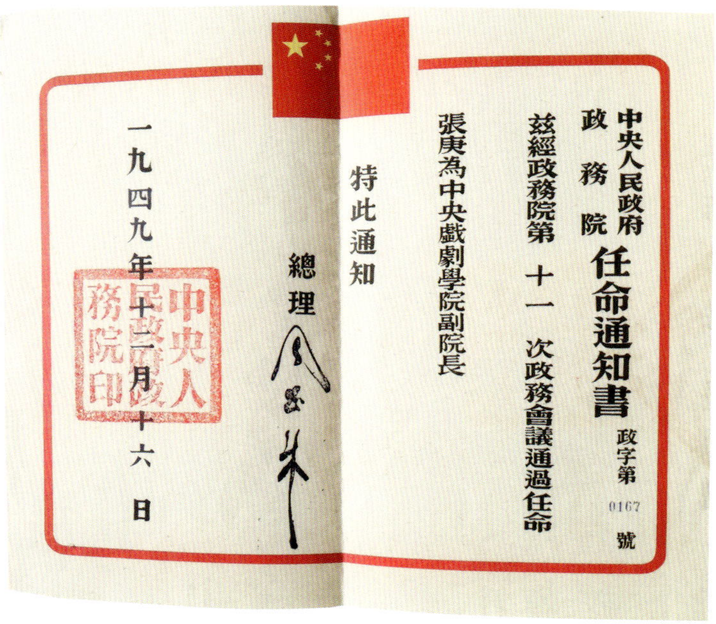

中央人民政府政務院任命通知書

政字第0167號

茲經政務院第十一次政務會議通過任命

張庚為中央戲劇學院副院長

特此通知

總理

一九四九年十二月十六日

中央人民政府政務院印

1949年12月16日，中央人民政府政务院任命张庚为中央戏剧学院副院长（任命通知书）

1951年，张庚（后排左六）、张玮（前排左二）与中央戏剧学院歌剧团和歌剧系师生在颐和园留影

1951年11月9日，张庚访问苏联时参观梯比里斯少年先锋宫与苏联小朋友合影

1951年8月，张庚（前排左一）参加中共宣传工作团访问苏联，与同行在莫斯科合影

1952年10月，中央人民政府文化部第一届全国戏曲观摩演出大会开幕典礼

20世纪50年代，张庚(前排左四)与中央戏剧学院领导刘露（前排左一）、马可（前排左二）、欧阳予倩（前排左三）、舒强（前排左五）及第一届本科优秀学员合影

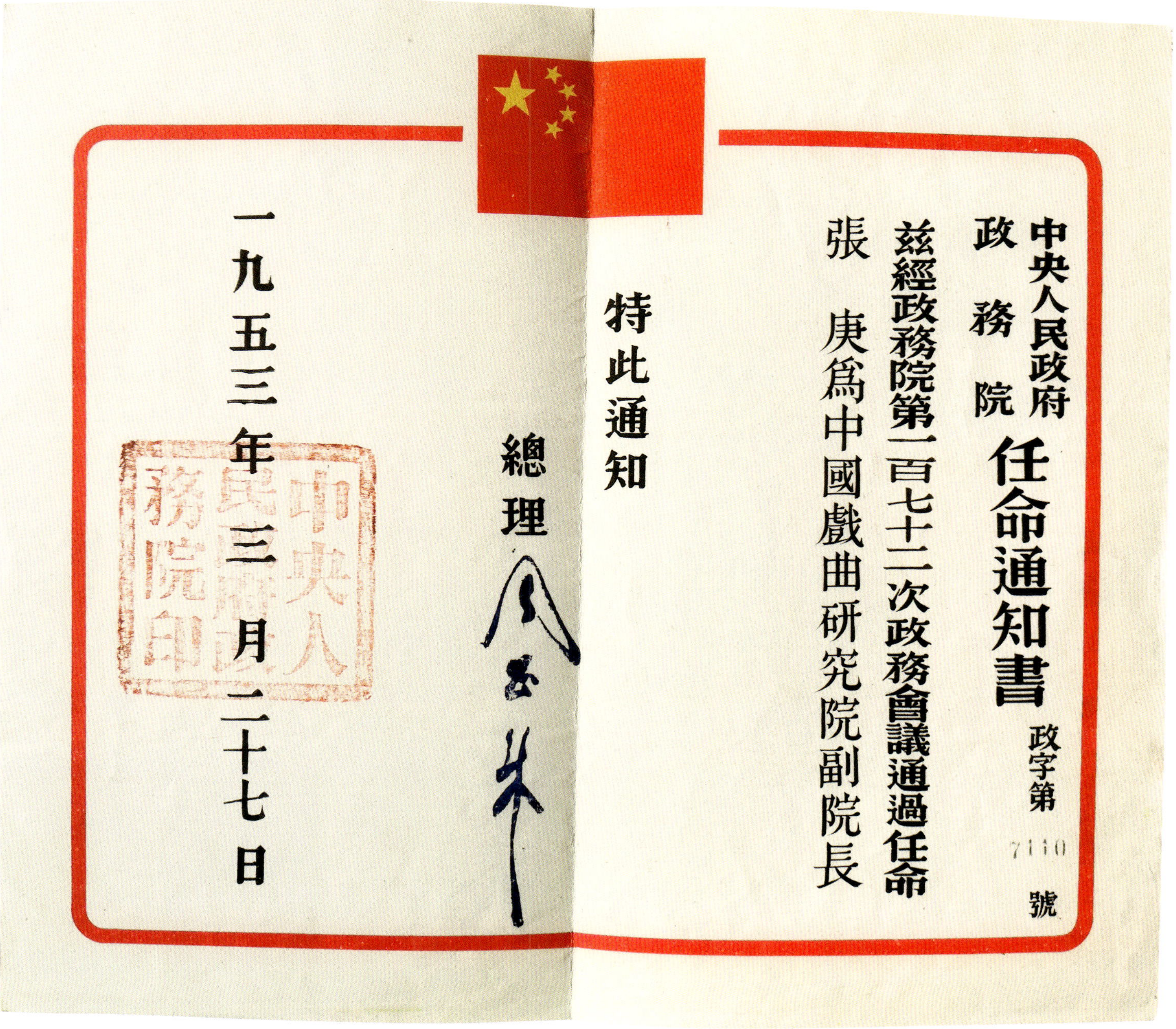

中央人民政府

政務院任命通知書

政字第7110號

茲經政務院第一百七十二次政務會議通過任命

張庚爲中國戲曲研究院副院長

特此通知

總理 周恩來

一九五三年三月二十七日

中央人民政府政務院印

1953年3月27日，中央人民政府政务院任命张庚为中国戏曲研究院副院长（任命通知书）

1954年3月27日，张庚在中央音乐学院民族音乐研究所成立典礼上讲话

1955年，中国戏曲研究院欢迎周信芳副院长就任，于颐和园听鹂馆联欢合影，罗合如（前左三）、程砚秋（前左四）、周信芳（前左五）、张庚（前左六）

1955年，中国戏曲研究院四位副院长罗合如（左一）、程砚秋（左二）、周信芳（左三）、张庚（左四）于颐和园听鹂馆合影

1955年8月，第一届戏曲演员讲习会结业典礼全体人员合影，程砚秋（二排左六）、周扬（二排左七）、梅兰芳（二排左九）、罗合如（二排右六）、张庚（二排右七）

文化部委托中国戏曲研究院于1955年、1956年和1957年先后举办三期戏曲演员讲习会，学员们在政治思想、戏曲政策、戏曲理论、文化修养和业务水平等方面有所提高，对处于变革时期的戏曲改革起到极大推动作用。当时，共培训全国各剧种戏曲演员一千三百多人，这些同志大部分成为各地戏曲剧种发展的中流砥柱。第四届讲习会举办于1983年，中间间隔26年。

1955年9月，张庚访问德意志民主共和国

1955年9月22日，张庚与程砚秋（右）访问德意志民主共和国时在莱比锡季莱特洛夫纪念馆门前合影

1955年9月13日，张庚与程砚秋（右）访问德意志民主共和国时在魏玛剧院门前留影

1956年，张庚（左二）与顾仲彝（左一）、魏照风（左三）、赵铭彝（左四）在上海豫园合影

1956年5月9日，张庚（一排左七）在中国戏曲研究院会见以红线女（一排右六）、马师曾（一排右七）为首的广东粤剧团

1956年6月16日，张庚与罗合如（右）、陕西易俗社秦腔旦角演员孟遏云（中）合影

1956年6月19日，白云生在第二届戏曲演员讲习会开幕典礼上讲话

1956年9月2日，第二届戏曲演员讲习会部分同志合影。二排左起：李刚、陈伯华、张庚、梅兰芳、罗合如、韩力、黎舟

1956年9月2日，第二届戏曲演员讲习会期间张庚（前二左四）、梅兰芳（前二左六）与部分演员合影

1957年6月15日，第三届戏曲演员讲习会上海班全体辅导员合影，张庚（一排左五）、周信芳（一排左四）

1956年9月2日，第二届戏曲演员讲习会期间张庚（前二左四）、梅兰芳（前二左六）与部分演员合影

1956年10月3日，张庚（左三）与吴雪（左二）、林林（左四）等由印度孟买乘船去象岛参观石窟

1956年10月3日，张庚等人参观印度象岛石窟

1956年11月5日，张庚参观印度阿旃陀石窟

1957年6月15日，第三届戏曲演员讲习会上海班全体辅导员合影，张庚（一排左五）、周信芳（一排左四）

1957年，第三届戏曲演员讲习会期间，盖叫天授课，示范京剧表演动作

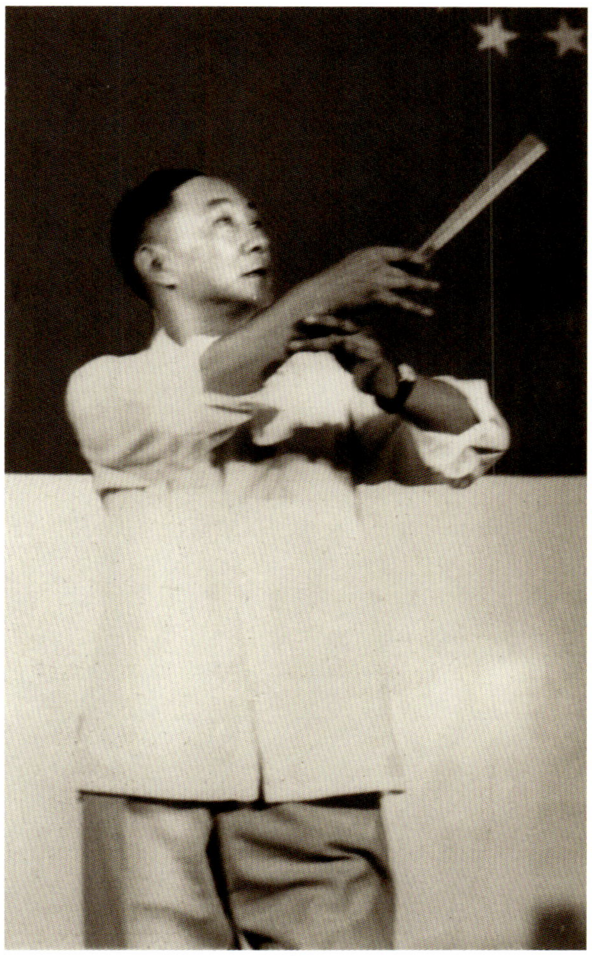

1957年，第三届戏曲演员讲习会期间，俞振飞授课，示范昆剧小生表演动作

川剧表演教学，阳友鹤表演动作“二龙荡舟”

川剧表演教学，演员阳友鹤表演动作“佛手形”

1957年8月，张庚与盖叫天（饰演《恶虎村》中黄天霸）合影

1957年10月31日，越南文化代表团来中国戏曲研究院参观并进行座谈，左一为张庚

1957年10月31日，张庚（左五）与越南文化代表团在中国戏曲研究院陈列室前合影

1957年10月31日，张庚、郭汉城（右）接待越南文化代表团刘仲户（左），参观中国戏曲研究院戏曲陈列室

20世纪50年代，中国戏曲研究院戏曲陈列室一角

1957年10月31日，张庚（右一）为越南文化代表团介绍中国戏曲研究院陈列室展品

1957年12月10日，张庚（前右）代表中国戏曲研究院全体同志向北京郊区和平社农民赠送书籍

1957年12月20日，梅兰芳（前右）、张庚（前左）在天津越剧团、郑州曲剧团联合举办的联欢会上

1957年12月28日，萧长华先生从事艺术生活70年和80寿辰大会 ，荀慧生（前排左一）、老舍（前排左二）、梅兰芳（前排左三）、刘芝明（前排左四）、田汉（前排左五）、张庚（前排左六）

1958年，张庚在武汉东湖

1958年1月，晋南剧协全体与寒声（前排左一）、张庚（前排左三）、郭汉城（前排左四）、鲁煤（前排左五）、李大珂（前排左六）合影

1958年6月，张庚在戏曲表现现代生活座谈会上致开幕词

1958年7月，中国戏曲研究院副院长张庚（二排左三）与文化部副部长刘芝明（二排右五）等同志与江苏省锡剧团演员在北京长安戏院演出后合影

1958年10月，张庚在中国戏曲学院开学典礼上致辞

1958年10月5日，张庚（左三）参加亚非作家会议于塔什干

中華人民共和國國务院

任 命 書

1959年1月22日，中华人民共和国国务院任命张庚为戏曲学院院长（任命书正面）

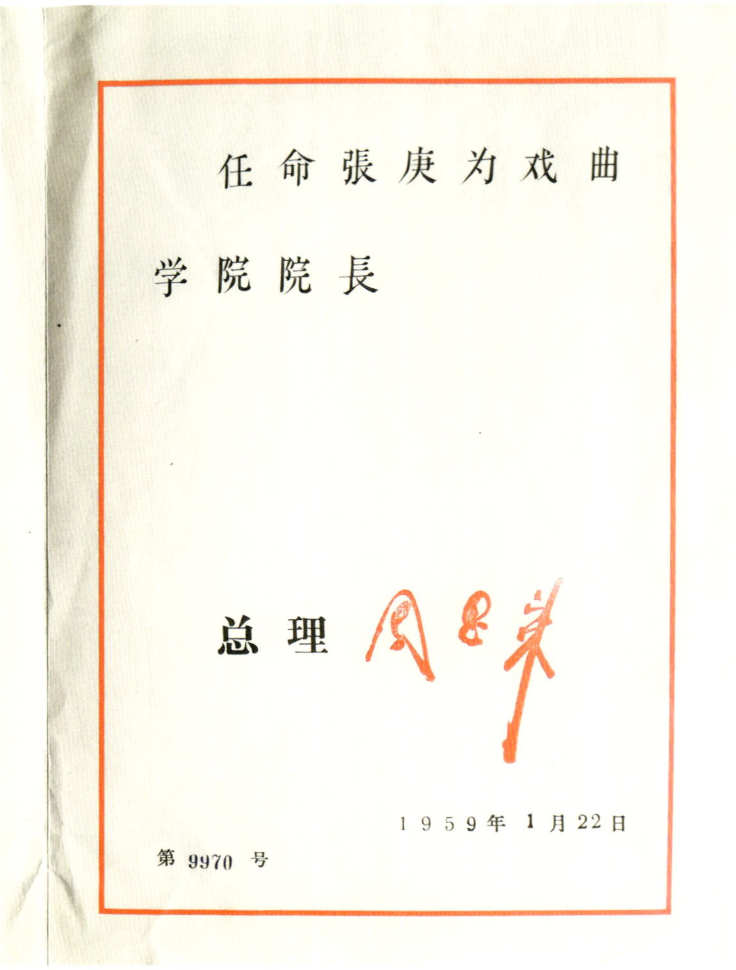
任命張庚为戏曲学院院長

总理 周恩来

1959年1月22日

第9970号

1959年1月22日，中华人民共和国国务院任命张庚为戏曲学院院长（任命书内页）

1958年7月，评剧《杨三姐告状》，新凤霞饰杨三姐（左三），张德福饰高占英（右四）

评剧《刘巧儿》，新凤霞饰刘巧儿

1959年5月，张庚（前排左三）与怡兵（前排左二）、钱俊瑞（前排左四）等同中国评剧院演出《金沙江畔》的演员合影

评剧《秦香莲》，小白玉霜饰秦香莲

张庚早年即提出，号称“蹦蹦戏”的评剧没有固定的做工，也没有故意拖长的“技术白”，性格是触到事件才表露的。“蹦蹦戏”是没有技术基础的，一到了都市，就大大地吸收既成的戏剧音乐形式，来补充自己，修饰自己。而评剧演员则处处用平凡人的情感来打动观众，用日常的表情、身段和语气来表现演作过程中的一瞬的情感，因而更接近现实生活。

1959年6月10日，张庚（前排右三）、罗合如（前排右一）等在北京广和剧院与江西省古典戏曲演出团演员合影

1959年6月27日，江西省古典戏曲演出团演出赣剧《借靴》，童庆礽饰刘二（右）

1959年6月27日，江西省古典戏曲演出团演出赣剧《还魂记》，潘凤霞饰杜丽娘（中）

1959年6月14日，江西省古典戏曲演出团演出九江高腔、青阳腔《三请贤》，吴厚德饰张飞

1959年7月1日，张庚在梅兰芳入党宣誓仪式上讲话

1959年7月1日，梅兰芳入党宣誓

据张庚晚年回忆，梅先生向他所在的中国戏曲研究院党委正式提出加入中国共产党的申请，当被问起，对入党介绍人的选择有什么特别的想法时，梅先生表示，这事儿他曾经思考过，想得很明白，入党是为了追求真理，而不是为了追求名利，在这个问题上他只想照着组织的规矩办。张庚说，按党章规定，梅先生可以在基层党组织系统中选择自己信任的同志当介绍人。梅先生庄重地对张庚说："我想请您做我的入党介绍人。"

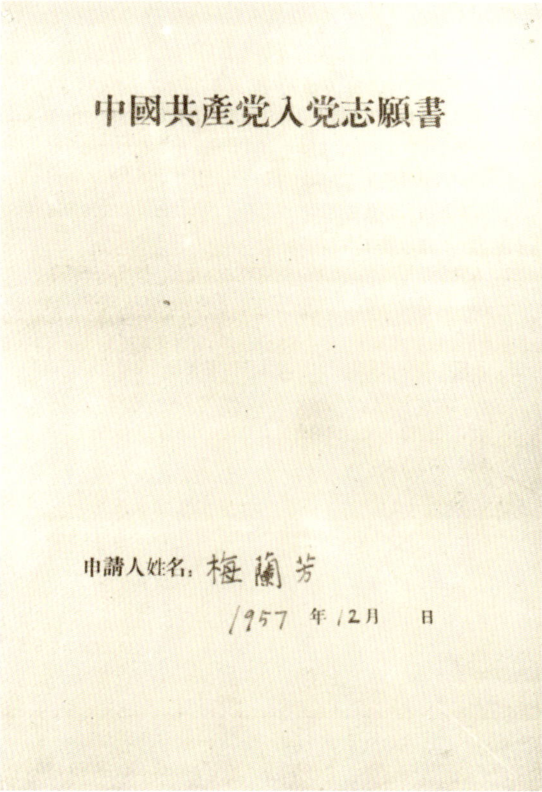

中國共產党入党志願書

申請人姓名：梅蘭芳

1957 年 12月 日

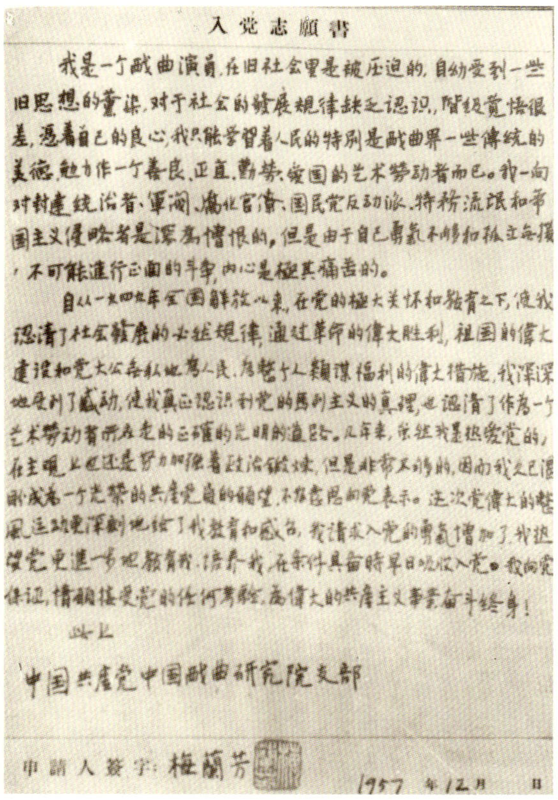

入党志願書

我是一个戲曲演員，在旧社会里是被压迫的，自幼受到一些旧思想的薰染，对于社会的發展規律缺乏認識，階級覺悟很差，憑着自己的良心，我只能学習着人民的特别是戲曲界一些傳統的美德，努力作一个善良、正直、勤勞、爱国的艺术勞动者而已。我一向对封建統治者、軍閥、腐化官僚、国民党反动派、特務流氓和帝国主义侵略者是深為憎恨的，但是由于自己勇氣不够和孤立無援，不可能進行正面的斗争，内心是極其痛苦的。

自从一九四九年全国解放以来，在党的極大关怀和教育之下，使我認清了社会發展的必然規律，通过革命的偉大胜利，祖国的偉大建設和党大公無私地為人民、為整个人類謀福利的偉大措施，我深深地受到了感动，使我真正認識到党的馬列主义的真理，也認清了作為一个艺术勞动者所應走的正確的光明的道路。几年来，我雖然是热爱党的，在主觀上也還是努力加强着政治鍛煉，但是非常不够的，因而我久已渴望成為一个光榮的共產党員的願望，不敢冒昧向党表示。這次党偉大的整風運动更深刻地給了我教育和感召，我請求入党的勇氣增加了。我热望党更進一步地教育我、培养我，在条件具备時早日吸收入党。我向党保証，情願接受党的任何考驗，為偉大的共產主义事業奮斗終身！

此上

中国共產党中国戲曲研究院支部

申請人簽字：梅蘭芳

1957 年 12月 日

梅兰芳的入党志愿书

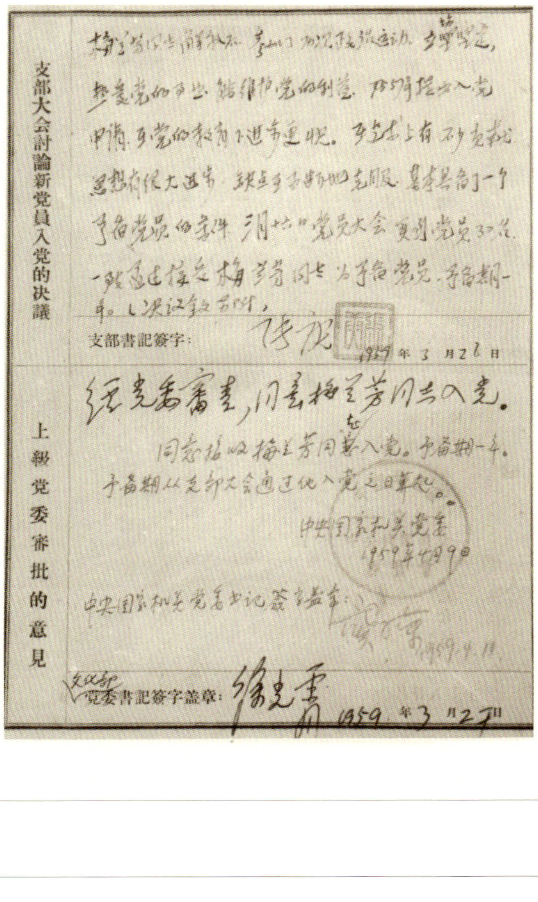

支部大会討論新党員入党的决議

支部書記簽字：

1959 年 3 月 2 日

上級党委審批的意見

經党委審查，同意梅兰芳同志入党。

党委書記簽字蓋章：

1959 年 3 月 27 日

梅兰芳的入党志愿书，张庚作为支部书记记录入党决议

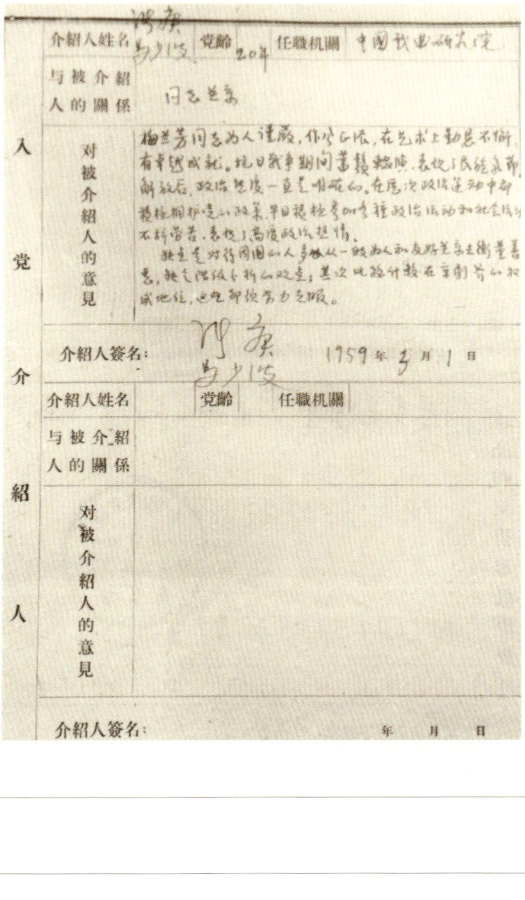

入党介紹人

介紹人姓名	张庚 马少波	党龄	二0年	任職机關	中国戏曲研究院
与被介紹人的關係	同志关系				
对被介紹人的意見					

介紹人簽名：张庚 马少波 1959 年 3 月 1 日

介紹人姓名		党龄		任職机關	
与被介紹人的關係					
对被介紹人的意見					

介紹人簽名： 年 月 日

梅兰芳的入党志愿书，张庚为梅兰芳的入党介绍人之一

1959年，张庚在桂林

1959年，张庚在桂林

1959年9月29日，张庚（前排左二）、马师曾（前排左三）、梅兰芳（前排左五）、马健翎（前排左七）、俞振飞（前排左八）、罗合如（前排左九）、马少波（前排左十）、常香玉（二排左四）、言慧珠（三排左二）、红线女（三排左四）、陈伯华（三排左五）、马远（三排右二）、晏甬（三排右四）与各剧团领导及演员在北京丰泽园饭庄合影

1959年10月10日，梅兰芳（左二）、张庚（左三）、晏甬（右一）在中国戏曲学院研究生班开学典礼上，张庚致辞

1959年10月18日，张庚（后排左六）与罗合如（后排左三）、田汉（后排左七）等观摩潮剧《辞郎洲》后与演员合影

广东潮剧《陈三五娘》

1959年12月，张庚与山东省柳子戏演员握手

1959年，山东柳子戏《孙安动本》，何东明饰徐龙（中）、崔明雨饰张从（右一）

1959年，山东柳子戏《黄桑店》，张春雷饰秦琼（中）、李永秀饰罗舟（右）、何东明饰史大奈（左）

20世纪60年代，齐燕铭（前排右一）、张庚（前排左四）等在上海观看沪剧《浦江畔》后合影

沪剧 《陆雅臣》，筱文滨饰陆雅臣（右）

沪剧 《借黄糠》，丁是娥饰大女儿（左）、周云聪饰李俊明

沪剧《星星之火》，筱爱琴饰杨桂英（右五）

沪剧《罗汉钱》，丁是娥饰小飞娥（右），筱爱琴饰艾艾（左）

1960年，安徽庐剧《程红梅》演出结束后，张治中（前右五）、齐燕铭（前右三）、 周巍峙（前左三）、张庚（前右一）与演员们合影

1960年4月18日，安徽庐剧《程红梅》

庐剧（倒七戏）《借罗衣》，丁玉蘭饰二嫂子（左）、李昌霖饰汉宝子

1960年，张庚（二排左七）与中国戏曲研究院同仁业余排演《青春之歌》演员合影

1960年2月12日，张庚（前右三）上台祝贺云南花灯剧团演员演出成功

1960年2月12日，云南花灯剧《大茶山》演出照

1960年2月12日，云南花灯剧《闹渡》

1960年2月12日，云南花灯剧团演出《闹渡》等几个小戏，张庚（二排左五）、罗合如（二排左七）上台与演员合影

1960年4月28日，梅兰芳表演艺术研究班开课期间，马师曾（后排左三）、红线女（前排左二）内部演出粤剧《苦凤莺怜》，张庚（后排右五）与周巍峙（后排左七）、马彦祥（后排右八）等上台与演员合影

1960年4月28日，张庚（右二）、晏甬（右三）等在后台慰问演出粤剧《苦凤莺怜》的演员，左一为红线女，左二为马师曾

1960年4月28日，粤剧《苦凤莺怜》，马师曾饰余侠魂（左），红线女饰崔莺娘

1960年5月，粤剧《关汉卿》，马师曾饰关汉卿（左），红线女饰朱帘秀

1960年，中国戏曲学院梅兰芳表演艺术研究班学员们认真学习毛主席著作

1960年，中国戏曲学院梅兰芳表演艺术研究班学员（右起）陈伯华、常香玉、红线女、袁雪芬

1960年6月17日，梅兰芳（一排左八）、周扬（一排左九）、张庚（一排右二）与为期三个月的梅兰芳表演艺术研究班全体人员合影

1960年3月，张庚（前排左四）、晏甬（前排左三）、郭汉城（前排右三）等与《戏曲艺术概论》编写组合影

中國戲曲研究院

豫剧《朝阳沟》，杨华瑞饰钅张环妈，高洁饰栓保娘，马琳饰银环，高颂喜饰巧真

1958年7月，豫剧《五姑娘》，马琳饰五姑娘（右），王善朴饰阿天（左），冯文景饰杨金元（中）

河南豫剧《刘胡兰》，柳兰芳饰刘胡兰，高洁饰胡兰娘

张庚在看了河南省豫剧院三团演出的《朝阳沟》后指出：他们的剧目的时代气息、生活气息和乡土气息是很浓厚的。我们听了演员口里的台词，感到语言既新鲜又富于民族气派；听了演员的歌声，感到既是豫剧的，又洋溢着新时代新人物的感情；表演出来的也的确是有性格的活生生的农民，但又油然生出一种既兴奋，又喜悦的心情。我觉得我的确在这儿看到了今天正在许多剧种里萌芽滋长的新戏曲，它的思想感情是新的，艺术是新的，又千真万确是在民族艺术的土壤中生长出来的。

1960年4月18日，张庚（左五）、周巍峙（右四）接见河南省豫剧三团《冬去春来》演员

1960年4月18日，河南豫剧《 冬去春来》，柳兰芳饰田桂英

1960年4月20日，齐齐哈尔市评剧团赴京演出《儿女颂》，周巍峙（前排右三）、张庚（前排右七）等与演员合影

1960年5月，张庚（二排左二）、齐燕铭（中）等和中国戏曲学校实验京剧团演出《四川白毛女》的演员刘秀荣（前右五）等合影

1960年5月12日，张庚接见邢台曲剧团《杨八姐游春》演员

1960年7月19日，张庚（二排左一）与梅兰芳（二排左五）、 罗合如（二排左三）、晏甬（二排右一）等会见沈阳京剧团《西海郡王》全体演员

1960年6月，田汉（立者一排左五）、张庚（立者一排左八）等与安徽淮北梆子《捻军颂》全体演员合影

1960年6月11日，安徽省淮北梆子剧团演出《寇准背靴》后，张庚（后左三）与演员合影

1960年6月11日，淮北梆子《寇准背靴》，顾锡轩饰寇准

1960年6月11日，淮北梆子《寇准背靴》，顾锡轩饰寇准（右）

张庚在全国梆子声腔剧种学术讨论会上曾指出，梆子腔和皮黄腔是继昆山腔和弋阳诸腔后最突出的两大声腔系统，在继承传统与借鉴民间艺术的基础上，创造性地把板式变化的音乐结构运用于戏曲，使之适应于表现一个时代新人物和戏剧中的新矛盾的需要，而形成戏曲艺术的一种新体制。清中叶以来梆子腔的流布遍及南北各地，除了它在内容上能适应群众的思想和愿望外，这种适应群众新的审美要求的艺术革新，也是它能赢得广大观众的重要原因。

1960年冬，张庚（前排左四）、罗合如（前排左六）与中国戏曲研究院部分同志合影

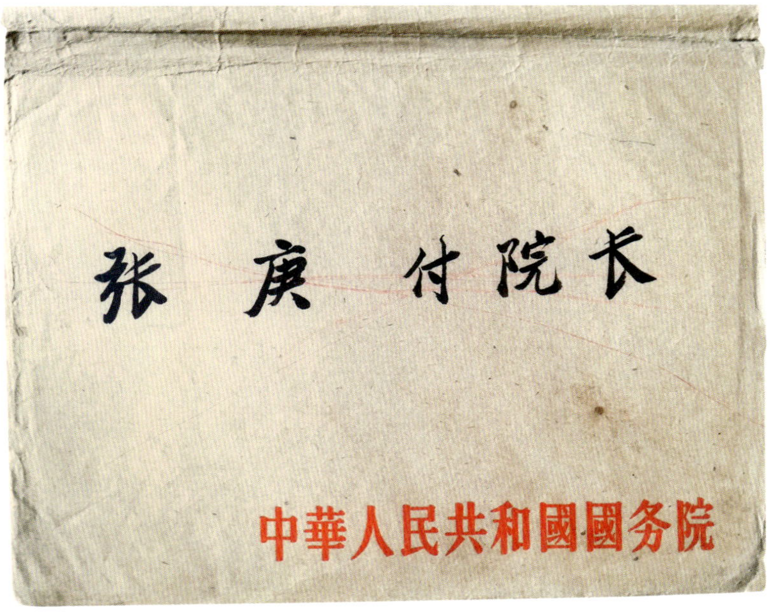

1961年4月22日，中华人民共和国国务院任命张庚为中国戏曲学院副院长（信封）

中華人民共和國國务院

任　命　書

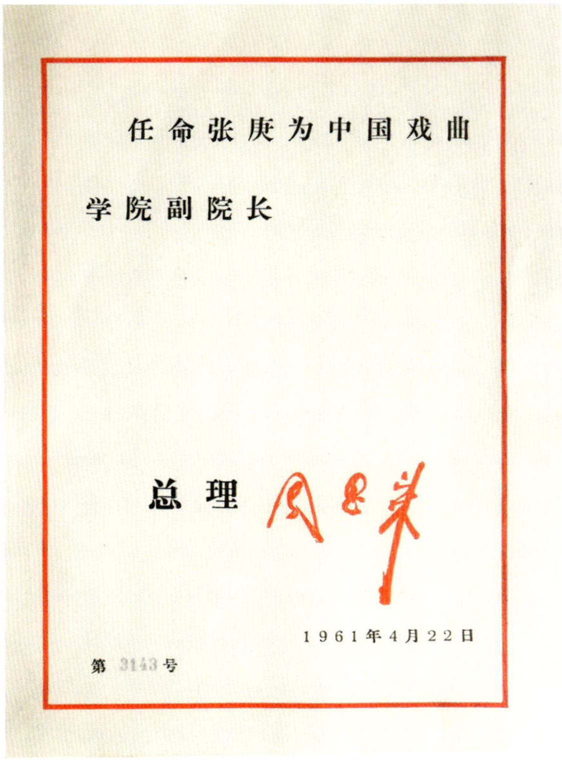
任命张庚为中国戏曲学院副院长

总理 周恩来

1961年4月22日

第3143号

1961年4月22日，中华人民共和国国务院任命张庚为中国戏曲学院副院长

1961年，张庚（二排右五）、晏甬（二排右六）与中国戏曲学院1959级研究生班全体同学合影

1961年8月，张庚（右二）与晏甬（左一）、田汉（左二）、李慧芳（左三）、小白玉霜（左四）、周贻白（右一）等祭扫洪深墓

1961年8月，张庚（左四）与李慧芳（左一）、周贻白（左五）、田汉（左六）、小白玉霜（左八）等祭扫宋之的墓

1962年1月5日，张庚（前排左五）、晏甬（前排左六）与上海京剧院二团座谈会后合影

1962年4月1日，张庚和曹禺（右）在广东省潮阳市海门莲花峰

1962年4月，张庚（右四）与老舍（右三）等参观上海嘉定孔子庙

1962年7月12日，张庚（前排左五）、晏甬（前排左六）、郭汉城（前排左四）等领导、授课教师与中国戏曲学院1959级研究生班戏曲编剧专业毕业生合影

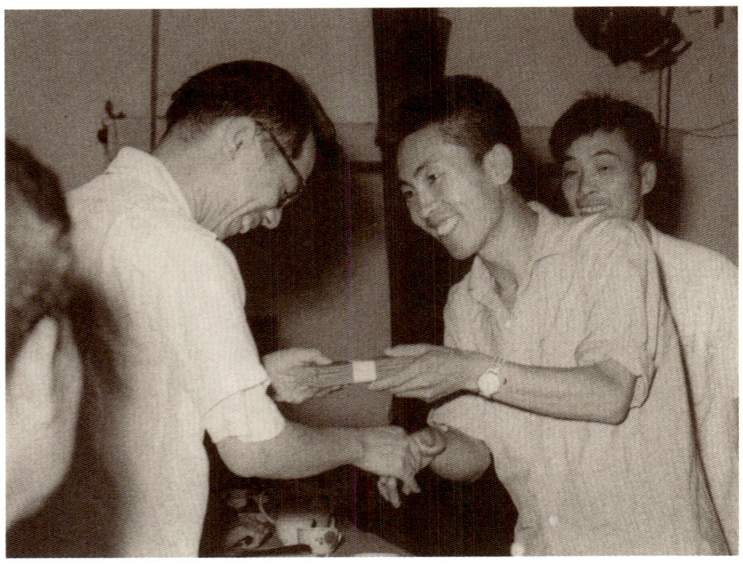

1962年7月12日，张庚（左一）给中国戏曲学院1959级研究生班戏曲史专业同学颁发毕业证书

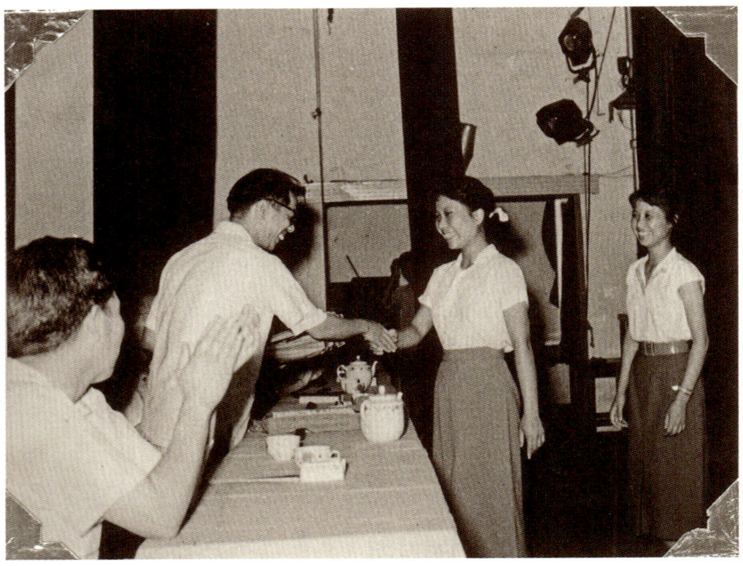

1962年7月12日，张庚给中国戏曲学院1959级研究生班同学颁发毕业证书

1962年7月12日，张庚（前排左五）与中国戏曲学院1959级研究生班导演专业、音乐专业毕业生合影

1962年7月12日，张庚（前排左四）、黄芝冈（前排左三）与中国戏曲学院1959级戏曲史研究生班合影

1962年7月12日，张庚（一排左五）、晏甬（一排左六）、郭汉城（一排左四）与中国戏曲学院1960级理论进修班毕业合影

1962年10月25日，中国戏曲学院教职员在北京北海庆霄楼举办秋季联谊会，张庚（左二）书写诗句

1962年11月12日，张庚（左七）与晏甬（右四）等接见济南市吕剧团演出《三打四劝》的全体演员

1963年3月，彭真（前排右九）、张庚（前排右十二）、晏甬（前排右十四）等在中国戏曲学院接见晋南蒲剧院青年剧团演员

蒲剧《 烤火·下山》，王秀兰饰殷碧莲（左一）、曹琐之饰倪厚（右一）

蒲剧《徐策跑城》，阎逢春饰徐策

蒲剧《挂画》，王存才饰耶律含嫣

蒲剧《燕燕》，王秀兰饰燕燕（左）、筱月来饰小千户

张庚在《〈蒲剧十年〉序》中指出，蒲剧是个历史悠久的剧种，剧目丰富，表演的功夫很深，多少年来局限在晋南一隅不大被外人所知。中华人民共和国成立以来，蒲剧之所以发展得很迅速，很健康，一方面固然因为它本身的底子厚，但更重要的还是因为正确地执行了党的戏曲政策：一方面非常重视传统，努力去继承和发扬蒲剧；一方面又始终深入群众，艰苦朴素地在农村演出蒲剧。这样也就在群众拥护的基础上发展了蒲剧，大胆地表现了现代人民的新生活。

1963年3月1日，张庚（立者左二）与周巍峙（立者左三）、田汉（立者右九）、林默涵（立者右十）、阳翰笙（立者右十三）等与成都市川剧院《金山寺》全体演员合影

川剧《投庄遇美》，周企何饰梅媪（中），谢文新饰张鸿渐（右一），阎传凤饰舜华（左一）

张庚指出，历史悠久，传统深厚，昆、高、胡、弹、灯声腔俱备，生、旦、净、末、丑行当齐全的川剧艺术，在我国三百多个地方戏曲剧种中，以其独特的形式风格与多样统一的艺术表现手段，受到中外戏剧界的注目。川剧艺术所积累的丰富的创作经验，对于探讨中国戏曲美学特征，对于发现与研究中国戏曲反映生活的独特的艺术规律，都会起到不可替代的作用。

1963年5月30日，北方昆曲剧院演出《草诏》后，张庚（左三）与金紫光（左一）、晏甬（右二）、老艺人白玉珍（右三）等合影

白玉珍与虞俊芳合演昆曲《秋江》

1963年5月30日，张庚（右二）、晏甬（右一）、金紫光（左一）与演出《草诏》后的北昆老艺人白玉珍交谈

昆曲《胖姑学舌》，韩世昌饰胖姑（左）

昆曲《单刀会》，侯永奎饰关羽，丛兆桓饰鲁肃，白玉珍饰周仓

昆曲《长生殿》，白云生饰唐明皇，李淑君饰杨贵妃

在昆曲传习所成立60周年纪念演出座谈会上，张庚指出，昆曲本身有两重性：一、它代表着中国戏曲艺术的几百年的老传统；二、它是中国成百个戏曲剧种中的一个剧种。昆曲艺术的继承是全国各剧种共同的问题，而不仅仅是昆曲本身的问题。昆曲要按照自己的规律去发展、去改革、去创造。20世纪90年代中期，张庚与北昆艺术家丛兆桓谈及昆曲时说，别看现在没有多少人重视它，这两年亚洲和欧洲都已看到它了。一旦人们认识了它、理解了它，大约七八年后，它的价值就会被世界文化界重视起来。这一论断准确地预见了2001年昆曲入选联合国非遗名录的荣耀。

1963年6月，张庚（二排右三）与广西京剧团《雁荡山》全体演员合影

1963年6月26日，张庚（左十四）、晏甬（右十）接见宜昌京剧团来京演出演员

1963年7月5日，张庚（左一）在戏曲编剧讲习会结业、文学导演音乐专修班毕业典礼上讲话

1963年7月5日，文化部戏曲编剧讲习会结业纪念（前排左十为张庚）

1963年7月5日，中国戏曲学院戏由文学、导演、音乐专修班毕业纪念，张庚（前左九），郭汉城（前左四）

1963年，张庚（左二）与贺敬之（左一）、罗大纲（左三）、萧三（左四）、冯至（左五）、季羡林（左六）、朱光潜（左七）在北戴河

1964年1月20日，张庚（左一）接见内蒙古自治区二人转、二人台联合演出团的演员

1964年1月20日，张庚（左六）、 晏甬（右八）接见内蒙古自治区二人转、二人台联合演出团来北京中国戏曲研究院演出的全体演员

1964年1月20日，内蒙古二人台《打金钱》，色楞·道尔基饰马立渣（右），杜荣芳饰马妻

1964年1月20日，内蒙古二人台《探郎》，解美云饰海棠（右一），樊六饰周母（中），杜翠仙饰惆洪

1964年1月20日，内蒙古二人台《走西口》，刘银威饰太春（左），祁凤英饰玉莲

1965年7月11日，张庚（三排左八）与“四清”工作队西街工作组在吉林省柳河县孤山子公社合影

1964年，张庚在广州开会期间留影

1972年，张庚在“五七”干校

改革开放后，60多岁的张庚依然以饱满的热情担任中国艺术研究院副院长、中国戏剧家协会副主席、文化部艺术科学规划领导小组副组长等职务。他坚持贯彻“百花齐放，推陈出新”的方针，深入基层调查研究，培养并勉励青年学者，在戏曲研究领域发挥着组织领导和顾问的作用。张庚带领中国艺术研究院戏曲研究所的学术力量，完成了《中国戏曲通史》《中国戏曲通论》《当代中国戏曲》等重点科研课题，又团结全国各地专家共同完成了《中国戏曲志》《中国大百科·戏曲 曲艺》卷的编纂工作。张庚从更宏观的视角出发，在体系上对中国戏曲艺术进行总结和整理，持续关注戏曲美学、戏曲表演体系、戏曲文化、戏曲研究方法论等领域的进展，同时也奠定了艺术学科的基本研究体系。饱经风霜的张庚思维活跃，目光犀利，与戏曲界同行一道秉持着理论联系实际的优良学风，共同建构起民族化的戏曲艺术体系和理论体系。

1976年，张庚（左一）、苏一平（左四）、董锡玖（左五）等与澳大利亚访华学者贺大卫（左三）合影

1978年，全国科学大会期间，张庚（三排中）等文艺工作者在北京友谊宾馆合影

1979年10月至11月第四次文代会期间，张庚（左一）与曹禺（左三）、赵丹（左四）、张瑞芳（左六）、李准（左七）、黄宗英（左八）等在李准家小院内聚会

1979年8月21日，张庚、冯其庸（右）与京剧净角侯喜瑞先生（中）

1980年，张庚（右二）和舒模（左三）等在四川都江堰二王庙调研

1980年7月，张庚（左三）、郭汉城（右三）出席全国戏曲剧目工作座谈会

1979年8月21日，张庚、冯其庸（右）与京剧净角侯喜瑞先生（中）

1979年8月21日，张庚等访问侯喜瑞先生。

1980年，张庚（右二）和舒模（左三）等在四川都江堰二王庙调研

1980年7月，张庚（左三）、郭汉城（右三）出席全国戏曲剧目工作座谈会

1981年10月，张庚（左二）与吴雪（左一）、贺敬之（左三）、胡沙（左四）、刘厚生（左五）、马少波（左六）等在中国戏曲现代戏研究会年会上

1981年3月,《中国大百科全书》戏曲卷分编委会在南京“美龄宫”合影

1982年6月,张庚(第二排右五)与《中国大百科全书》戏曲卷分编委于北京东方饭店合影

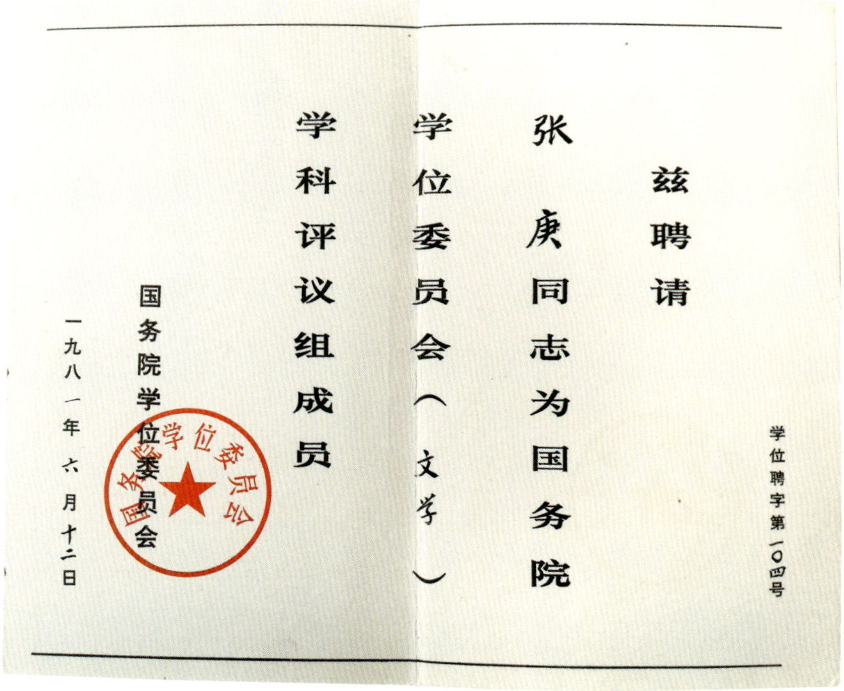

学位聘字第一〇四号

兹聘请

张庚同志为国务院学位委员会（文学）学科评议组成员

国务院学位委员会

一九八一年六月十二日

1981年6月12日，国务院学位委员会给张庚的聘书（内页）

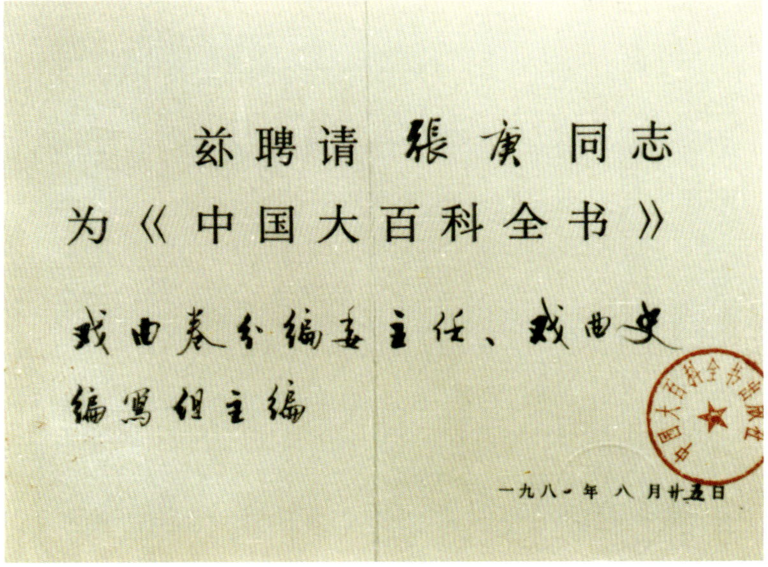

兹聘请張庚同志为《中国大百科全书》戏曲卷分编委主任、戏曲史编写组主编

一九八一年八月廿五日

1981年8月25日，张庚担任《中国大百科全书》戏曲卷分编委主任、戏曲史编写组主编的聘书

《中国大百科全书·戏曲 曲艺》卷

1982年9月，张庚（一排左四）在湖南长沙高腔学术讨论会上讲话

1982年9月，张庚参加高腔学术讨论会期间留影

1983年2月2日，张庚（右二）与朱穆之（右七）、吕骥（右五）等参加人民音乐家冼星海骨灰回国悼念会

1983年2月2日，张庚（右二）参加冼星海纪念音乐会、人民音乐家冼星海骨灰回国悼念会

1983年2月，张庚在广西桂林和社会科学“八五”规划会参会人员合影，葛一虹（左二）、白鹰（左三）、张庚（左五）、王朝闻（左六）、郭汉城（左八）、余虹（左十）

1983年春，张庚（中）参加《中国戏曲志》签约

《中国戏曲志》

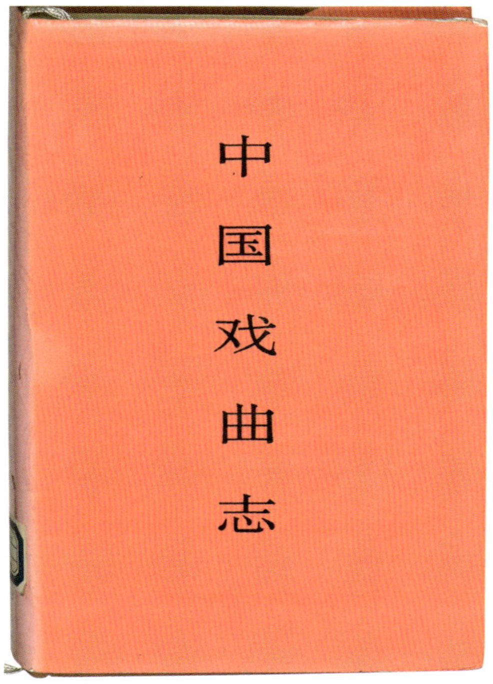
中国戏曲志

中国戏曲志

1983年5月，张庚（前排左六）、郭汉城（前排左七）参加沈阳音乐学院建院45周年纪念活动

1983年5月，张庚（右三）为沈阳音乐学院题字

1983年10月，张庚与范钧宏（左）、张真（右）在山东烟台合影

1983年10月，张庚与郭汉城（左一）、龚和德（右一）在北京西郊合影（龚和德提供）

1983年12月15日至24日，张庚在戏曲导演艺术座谈会期间同与会者合影（前排左起：李紫贵、张庚、阿甲，后排左起：李笑非、余笑予、王肯、胡导、夏阳、杨兰春、黄沙、马科）

1984年，张庚（二排右二）与苏一平（一排右一）、刘炽（二排左一）、吕骥（二排左四）、葛一虹（二排右三）等同《延安文艺》丛书编委合影

1984年7月14日，在《聂耳全集》编辑委员会讨论会上，张庚（右三）与杨光（右一）、向延生（右二）等讨论编辑方针

1984年7月14日，张庚参加《聂耳全集》编辑委员讨论会议时签到

1984年7月14日，张庚与杨光（左一）、向延生（左二）在聂耳陈列室

1984年7月14日，张庚（左一）与向延生、杨光、曾晓田、周巍峙等参观聂耳陈列室

1984年，张庚（左四）、郭汉城（左三）等《戏曲艺术概论》编写组人员在扬州江都讨论工作

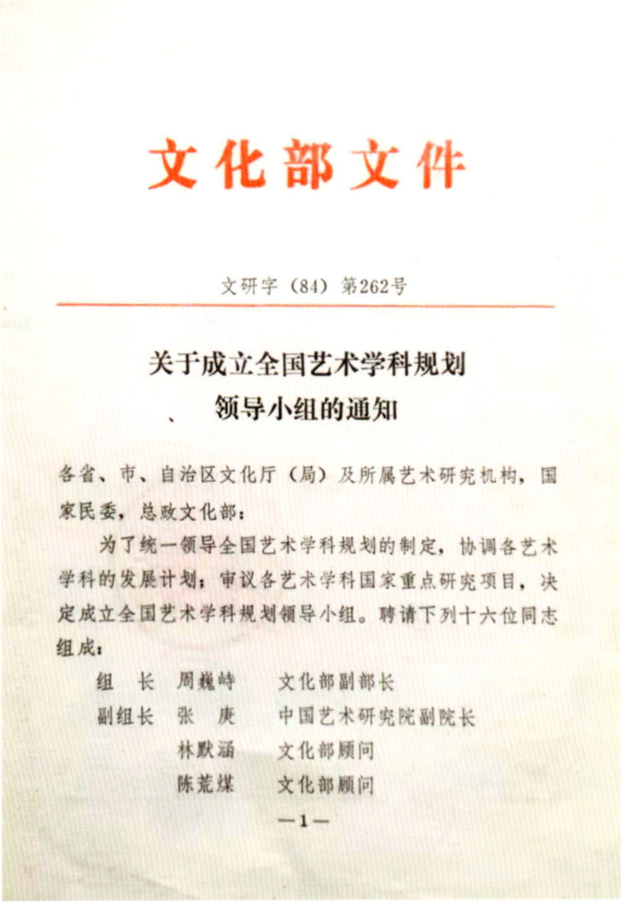

文化部文件

文研字（84）第262号

关于成立全国艺术学科规划领导小组的通知

各省、市、自治区文化厅（局）及所属艺术研究机构，国家民委，总政文化部：

为了统一领导全国艺术学科规划的制定，协调各艺术学科的发展计划；审议各艺术学科国家重点研究项目，决定成立全国艺术学科规划领导小组。聘请下列十六位同志组成：

组长	周巍峙	文化部副部长
副组长	张庚	中国艺术研究院副院长
	林默涵	文化部顾问
	陈荒煤	文化部顾问

—1—

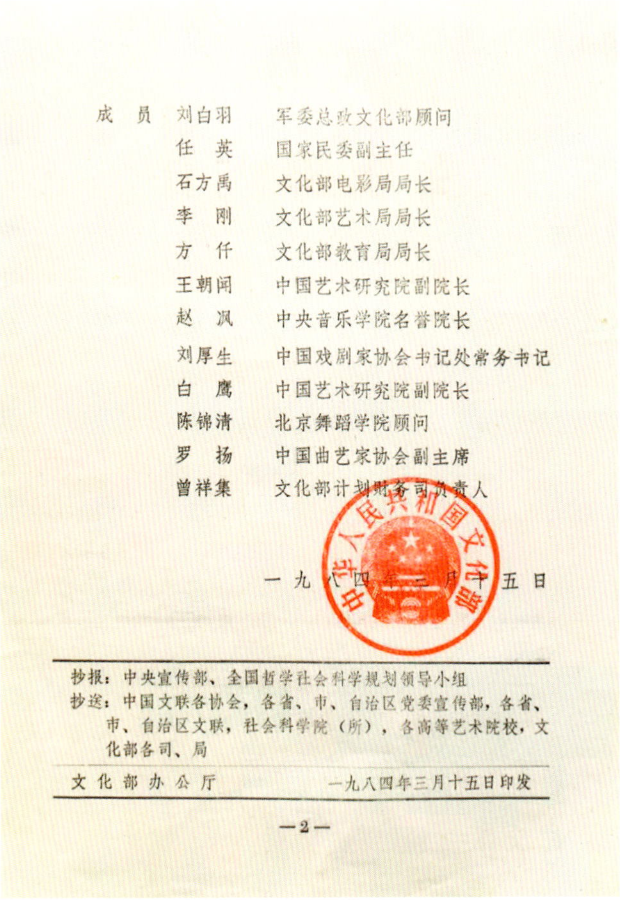

成员	刘白羽	军委总政文化部顾问
	任英	国家民委副主任
	石方禹	文化部电影局局长
	李刚	文化部艺术局局长
	方仟	文化部教育局局长
	王朝闻	中国艺术研究院副院长
	赵沨	中央音乐学院名誉院长
	刘厚生	中国戏剧家协会书记处常务书记
	白鹰	中国艺术研究院副院长
	陈锦清	北京舞蹈学院顾问
	罗扬	中国曲艺家协会副主席
	曾祥集	文化部计划财务司负责人

一九八四年三月十五日

抄报：中央宣传部、全国哲学社会科学规划领导小组

抄送：中国文联各协会，各省、市、自治区党委宣传部，各省、市、自治区文联，社会科学院（所），各高等艺术院校，文化部各司、局

文化部办公厅　　一九八四年三月十五日印发

—2—

1984年3月15日，文化部关于成立全国艺术学科规划领导小组的通知，任命张庚为副组长

1984年10月，张庚（二排右七）与参加福建、安徽、浙江、江西剧协戏剧创作座谈会的同志们合影

1984年10月29日至11月3日，湖南召开目连戏学术讨论会，张庚（前排左八）与参会人员合影

1984年11月20日，张庚（前左六）、郭汉城（前左三）参加中国少数民族戏剧学会成立大会

1984年11月14日，张庚（前排左七）与郭汉城（前左四）、阿甲（前左五）、张君秋（前左六）、李伯钊（前左八）、贺敬之（前左九）、王朝闻（前左十）参加第一届全国戏剧理论著作奖授奖大会，与参会人员在北京华侨大厦合影

1985年8月6日，张庚（右一）和陈白尘（中）、林元（右二）、陈颙（左一）在哈尔滨戏剧理论讨论会期间

1985年9月，张庚与薛若琳（中）、苏国荣（右）在1985级戏曲理论研究生课程班开学见面会上

1985年9月10日，张庚（前排左八）参加中央戏剧学院建院35周年活动与周巍峙（前排左九）、金山、孙家琇等合影

1986年，张庚在《中国戏曲志》湖南、福建、天津卷编纂工作会议上讲话

1986年11月20日，张庚出席在北京举办的汤显祖逝世370周年纪念大会

1986年5月21日，张庚（三排左七）参加全国戏剧美学学术讨论会合影

1986年7月1日，张庚(左四)与夫人张玮（左五）及绍兴文化局、绍剧团的同志合影

1987年，张庚（左二）、李希凡（右一）出席《戏曲艺术长河》拍摄论证会

1987年，张庚（左四）与黎舟（左一）、颜长珂（左二）参加《戏曲艺术长河》拍摄论证会

20世纪80年代，张庚与朱家溍（左）在《中国戏曲脸谱艺术》筹备会议上

1987年3月，张庚、张玮夫妇访日时留影

1987年3月，张庚（前排左三）、张玮（前排左二）访问日本，于京都大学人文科学研究所参加座谈会

1987年3月13日，张庚、张玮与京都大学汉学教授清水茂（左一）、戏曲研究学者赤松纪彦（左四）在日本京都大学文学研究室

1987年3月15日，张庚、张玮夫妇与日本中国古代文学研究家田中谦二（中）在东京都饭店

1987年3月，张庚（前排右二）、张玮（前排左一）访问日本舞蹈家花柳千代（右三）

1997年8月21日，张庚（左二）等与日本舞蹈家花柳千代座谈交流

2002年12月，张庚（右二）出席花柳千代《日本舞蹈的基础》出版首发式

2002年，张庚与老朋友花柳千代合影

1987年4月15日至21日，张庚出席首届中国戏曲艺术国际学术讨论会

1987年4月15日至21日，首届中国戏曲艺术国际学术讨论会期间，张庚(左三) 与郭汉城(左一) 、廖奔（左二）、苏国荣(左四)、薛若琳(左五) 等合影

1987年4月，张庚（左五）出席中国戏曲国际学术会议期间为赵如兰（左六）教授祝寿

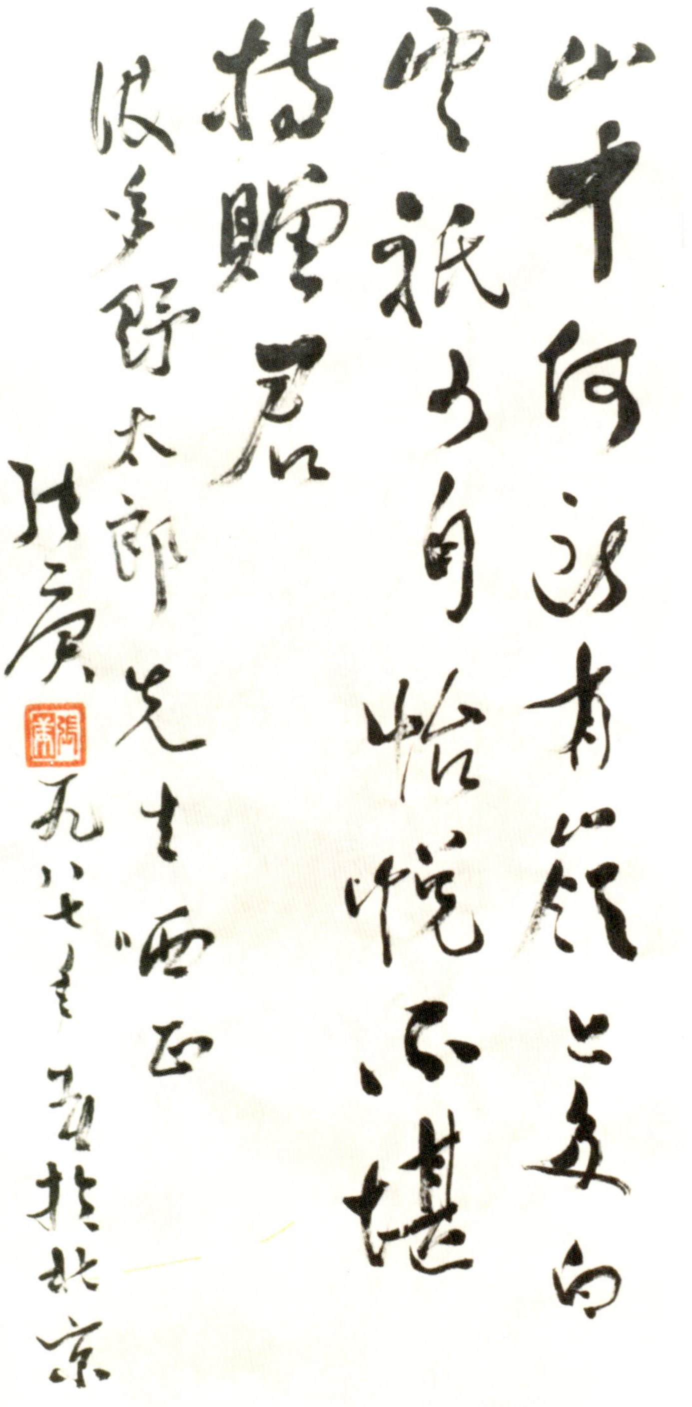

1987年春，张庚在首届中国戏曲艺术国际学术讨论会期间为日本朋友波多野太郎先生书写的条幅

1987年4月15日至21日，首届中国戏曲艺术国际学术讨论会期间，主席台上的张庚（右）、薛若琳

张庚在首届中国戏曲艺术国际学术讨论会上发言，王维澄（左一）、张庚（左二）、英若诚（左三）、曹禺（左四）

1987年4月15日至21日，首届中国戏曲艺术国际学术讨论会观摩演出后，张庚与演员握手

1987年4月15日至21日，首届中国戏曲艺术国际学术讨论会期间，张庚（左二）、郭汉城（左三）与张继青(左一)、石小梅（左四）合影

1987年5月，昆曲《牡丹亭·拾画叫画》，石小梅饰柳梦梅

1987年5月，昆曲《牡丹亭·拾画叫画》，石小梅饰柳梦梅

1987年5月，昆曲《牡丹亭》，张继青饰杜丽娘，徐华饰春香

中国戏曲志编辑委员会

1987年5月，昆曲《牡丹亭》，张继青饰杜丽娘，徐华饰春香

1987年4月，张庚（左）、郭汉城（右）与张继青在首届中国戏曲艺术国际学术讨论会期间

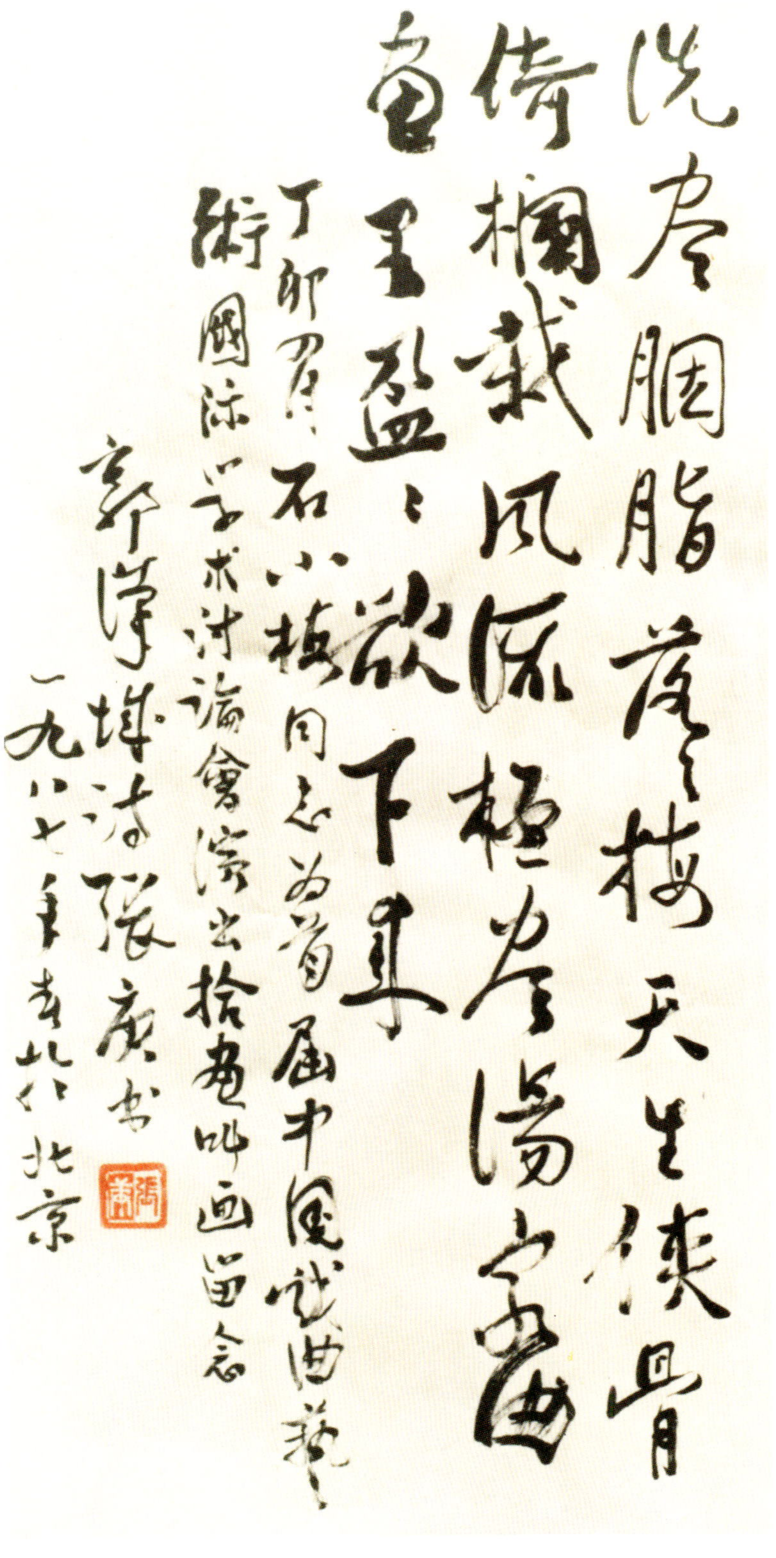

1987年4月，张庚为石小梅书写的条幅

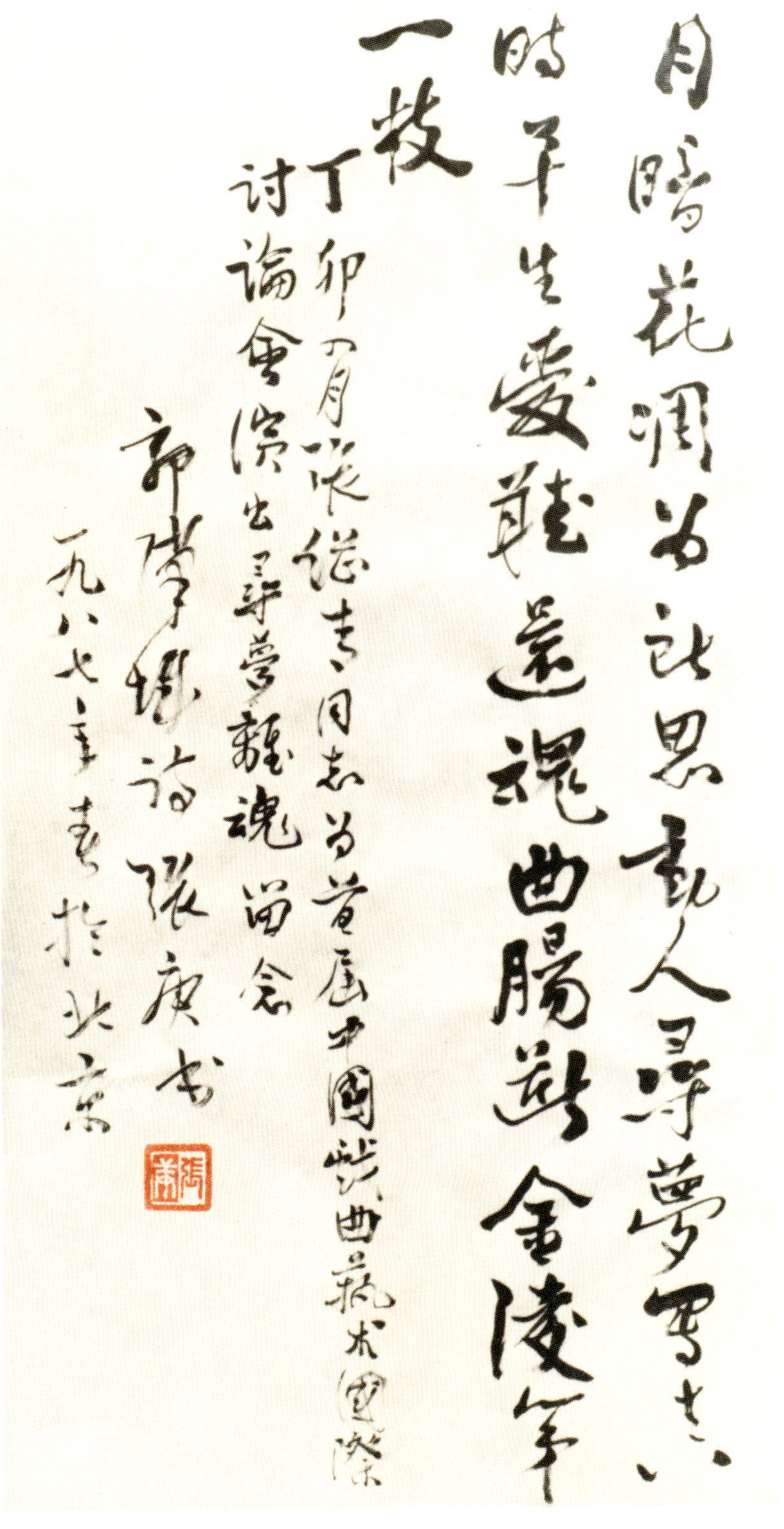

1987年春，张庚为张继青书写的条幅

中国戏曲志编辑委员会
百花饭店

1987年4月24日，张庚（左十三）在《中国戏曲志》编辑委员会第一次全体会议暨中国戏曲学会成立大会上参加全体合影

1987年6月，张庚（一排左四）、郭汉城（一排左三）参加戏曲理论研究班毕业合影

1987年6月，张庚、郭汉城与戏曲理论研究班干部合影

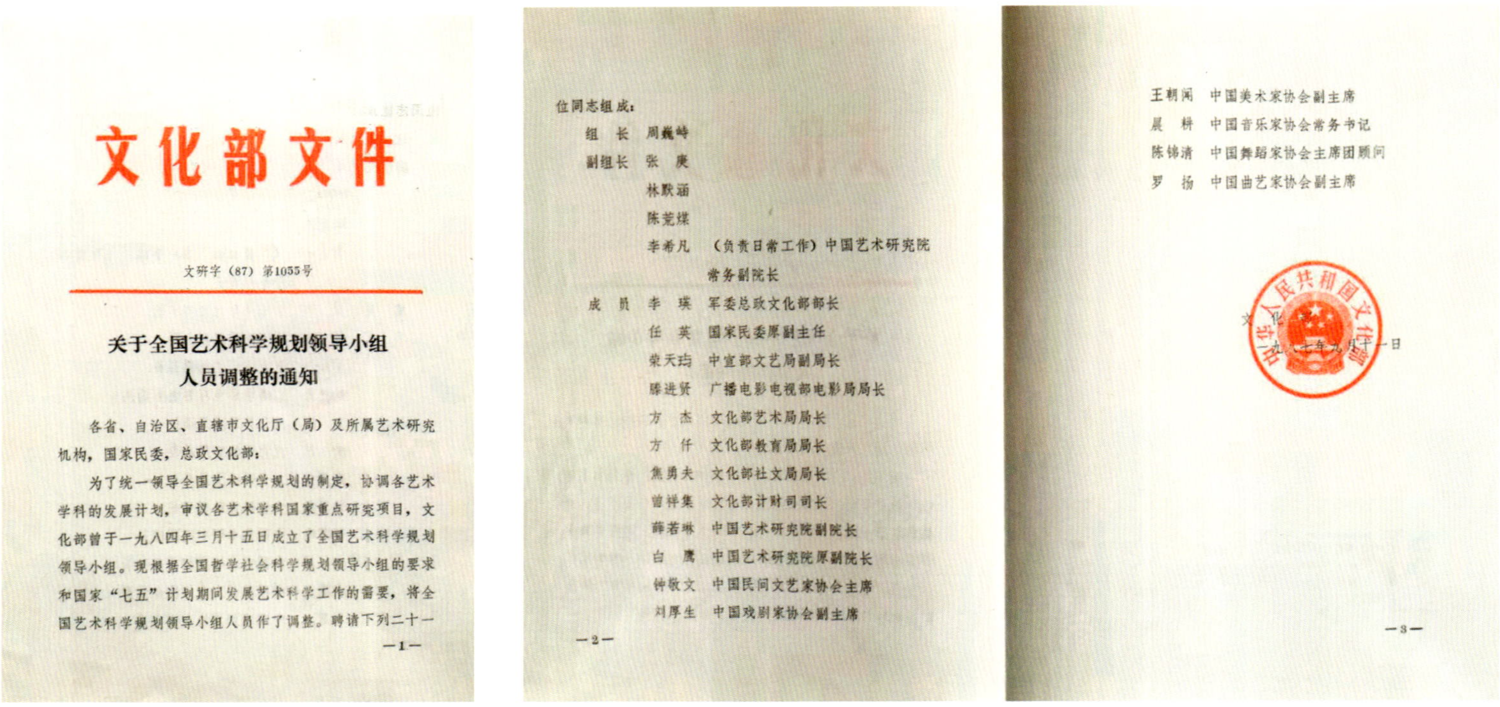

文化部文件

文研字（87）第1055号

关于全国艺术科学规划领导小组人员调整的通知

各省、自治区、直辖市文化厅（局）及所属艺术研究机构，国家民委，总政文化部：

为了统一领导全国艺术科学规划的制定，协调各艺术学科的发展计划，审议各艺术学科国家重点研究项目，文化部曾于一九八四年三月十五日成立了全国艺术科学规划领导小组。现根据全国哲学社会科学规划领导小组的要求和国家“七五”计划期间发展艺术科学工作的需要，将全国艺术科学规划领导小组人员作了调整。聘请下列二十一

—1—

位同志组成：

组　长　周巍峙

副组长　张　庚

林默涵

陈荒煤

李希凡　（负责日常工作）中国艺术研究院常务副院长

成　员　李　瑛　军委总政文化部部长

任　英　国家民委原副主任

荣天玙　中宣部文艺局副局长

滕进贤　广播电影电视部电影局局长

方　杰　文化部艺术局局长

方　仟　文化部教育局局长

焦勇夫　文化部社文局局长

曾祥集　文化部计财司司长

薛若琳　中国艺术研究院副院长

白　鹰　中国艺术研究院原副院长

钟敬文　中国民间文艺家协会主席

刘厚生　中国戏剧家协会副主席

—2—

王朝闻　中国美术家协会副主席

晨　耕　中国音乐家协会常务书记

陈锦清　中国舞蹈家协会主席团顾问

罗　扬　中国曲艺家协会副主席

文　化　部

一九八七年九月十一日

—3—

1987年9月11日，文化部关于全国艺术科学规划领导小组人员调整的通知，任命张庚为副组长

1988年5月25日，张庚（左三）在沈阳参加沈阳音乐学院建院50周年活动，与李愚（左一）、黄星（左二）、刘炽（左四）等合影

1988年6月3日，马少波剧作研讨会，张庚（坐者左一）发言，左二为胡可，左三为马少波

1988年6月3日，在马少波剧作研讨会上，郭汉城（左二）发言，左一为张庚，左三为马少波

1988年3月，张庚（后排左四）参加北京部分戏曲家元宵节书画联谊会

1988年3月，在北京部分戏曲家元宵节书画联谊会上，张庚（右一）观看蔡若虹（左一）的书法作品

1988年3月，在北京部分戏曲家元宵节书画联谊会上，张庚（右三）、郭汉城（右二）、蔡若虹（右一）等在一起

1988年3月，在北京部分戏曲家元宵节书画联谊会上，张庚（右二）等参会人员在一起交谈

1988年，中国戏曲学会在徐州召开第一届常务（扩大）理事会，张庚（前排左四）和郭汉城（前排左三）、吴雪（前排左五）、马远（前排左六）等部分与会者合影

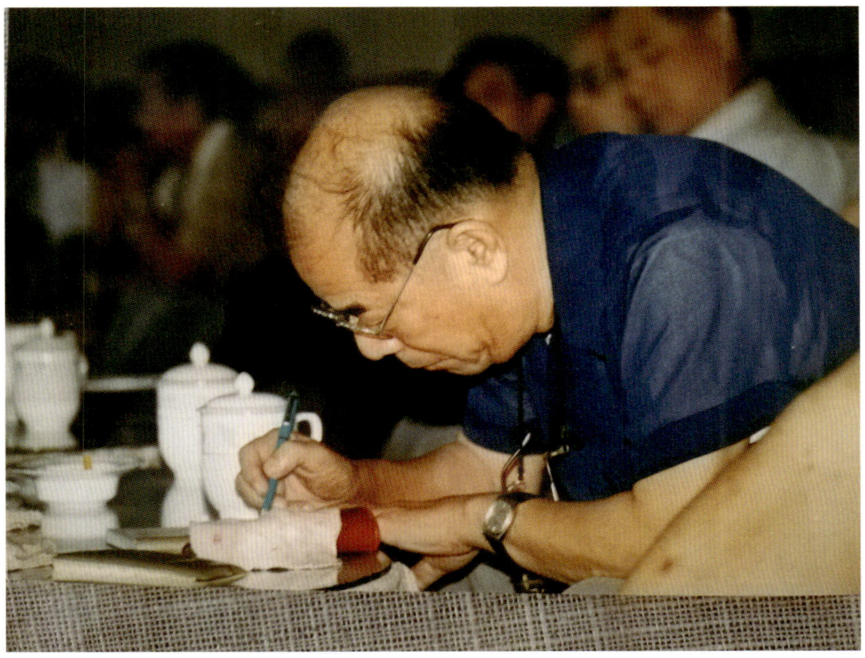

1988年9月，张庚在山东淄博参加中国戏曲学会召开的探索性戏曲研讨会

1988年8月31日，张庚在山东淄博观看五音戏后与演员握手

1988年9月17日，浙江省越剧三团来京演出及召开座谈会，张庚（二排左四）、郭汉城（二排左五）等与参会人员合影

1988年9月17日，张庚与浙江越剧三团人员交谈

1988年，在浙江越剧三团来京演出座谈会上，张庚（左四）、郭汉城（左三）出席并发言

1988年12月18日，张庚在天津观看《曹操与杨修》后同导演马科握手

1988年12月26日，张庚在天津全国京剧汇演期间观看上海京剧院《潘月樵传奇》

1989年10月，京剧《曹操与杨修》荣获“中国戏曲学会奖”，张庚授奖

上海京剧院演出的京剧《曹操与杨修》，尚长荣饰曹操（右），言兴朋饰杨修（左）

张庚在为《〈曹操与杨修〉综合本》作序时指出，为人所首肯的海派京剧《曹操与杨修》继承了剧种的传统，又有新的创造，故事是新的，人物也是新的，对剧种的艺术有所发展，推着剧种发展前进；从中就会出现新的演员、新的流派，培养观众新的欣赏趣味。这发展了他早年认为海派京剧“从京戏以外输入新鲜的血液”“发展了一种新的、市民的戏剧，展开了自己的特性，在整个戏剧史上，是一个演变”的看法。

1990年2月10日，在中国艺术研究院戏曲研究所元宵联谊会上，张庚题字

1990年2月10日，张庚（前右）、郭汉城（前左）参加中国艺术研究院戏曲研究所元宵联谊会

中国艺术研究院戏曲研究所元宵联谊会，张庚（右一）、郭汉城（左一）等在一起

1990年3月12日，张庚、刘厚生（左）参加《中国戏曲通论》首发式

1990年3月12日，《中国戏曲通论》首发式现场，张庚（左四）与苏国荣（左二）、刘厚生（左三）、郭汉城（左五）等在一起

张庚、苏国荣（左）在《中国戏曲通论》首发式上

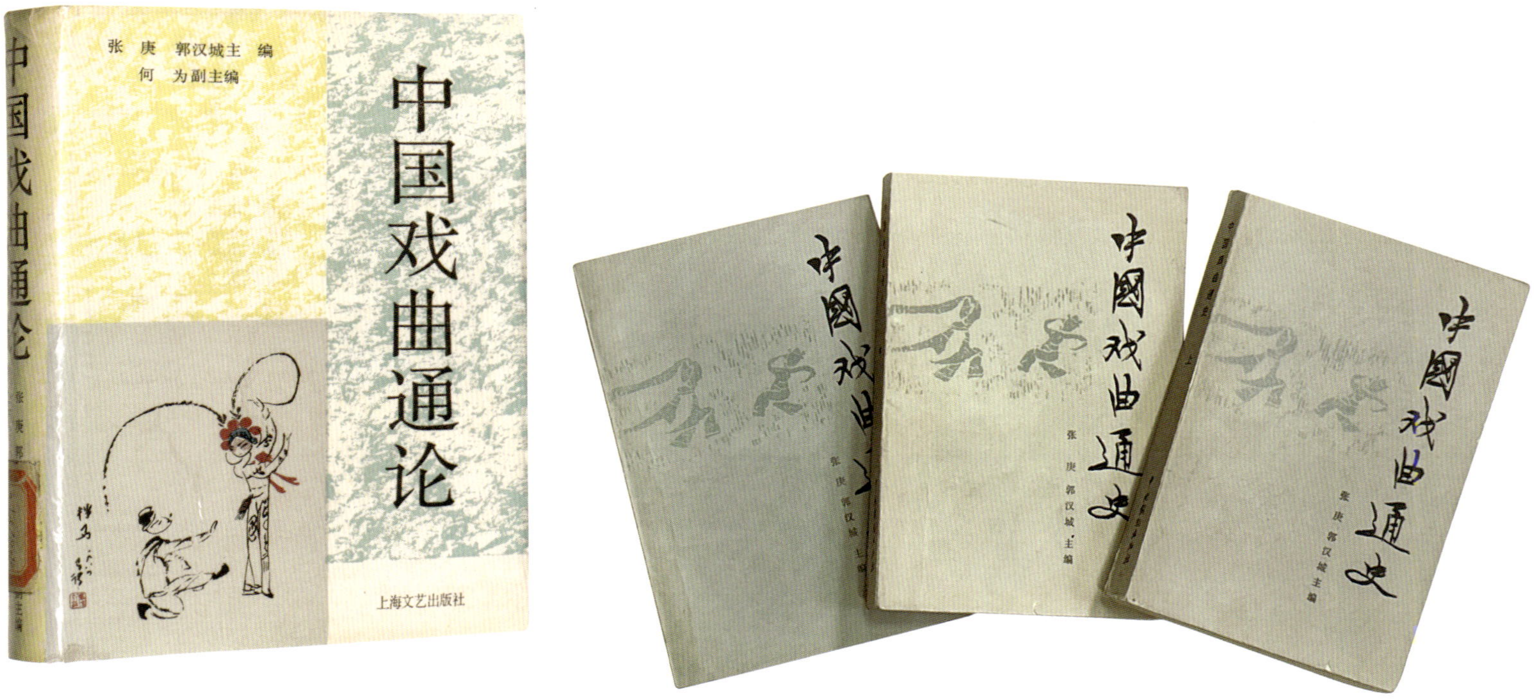

继《中国戏曲通史》之后，《中国戏曲通论》的出版完成了中国艺术研究院戏曲史论研究的基本学术规划，为中国戏曲理论体系建设奠定了坚实的基础

1990年6月4日，张庚（左五）和荣高棠（左三）、马少波（左六）等观看禹州豫剧团谷秀荣折子戏专场

1990年12月6日，张庚在工人俱乐部观看安庆市黄梅戏二团演出《血狐帕》后与韩再芬握手

1990年12月11日，张庚观看安徽宣城地区皖南花鼓戏《羯鼓惊天》后会见演员

1991年1月19日，张庚在人民剧场观看江苏省昆剧院演出的《血冤》

1991年3月，张庚（右三）与福建省梨园戏实验剧团同志亲切交谈

1991年3月2日，张庚与郭汉城在福建观看梨园戏

1991年5月26日，张庚（前排左七）与张力挥（前排左三）、晏甬（前排左四）、郭汉城（前排左五）、曲润海（前排左八）、赵寻（前排左九）、胡沙（前排左十）、何孝充（前排左十五）等在扬州参加中国戏曲现代戏研究会成立10周年纪念活动

1991年11月12日，张庚（前排左一）与朱茗仙（前排左五）、叶露茜（前排左四）、凤子（前排左三）等在纪念田汉及左翼剧联60周年大会后合影

1992年4月10日，在郭汉城学术成就研讨会上张庚（右一）发言，右二为郭汉城

1992年4月10日，张庚（左一）、郭汉城（右一）在郭汉城学术成就研讨会现场

1992年4月10日，张庚（左二）与郭汉城（左一）在郭汉城学术成就研讨会上

张庚与郭汉城在郭汉城学术成就研讨会上

浙江小百花越剧团演出的《西厢记》

1993年10月，张庚向浙江小百花越剧团创演的《西厢记》颁发“中国戏曲学会奖”，主演茅威涛接受奖章

在“中国戏曲学会奖”颁发仪式上，张庚与茅威涛等浙江小百花越剧团演员合影

1992年9月5日，张庚（左二）与王朝闻（左一）等参加福建木偶雕刻家徐竹初（右三）木偶雕刻艺术展

1992年12月2日，张庚与林默涵（右一）观看内蒙古包头漫瀚剧团演出《契丹女》

1993年4月11日至13日，张庚和郭汉城（左）、柳以真（右）参加在苏州召开的昆剧座谈会

1993年4月，张庚（前左二）与陈颖（前左一）、郭汉城（前左三）、柳以真（前左四）、蔡正仁（后左五）、丛兆桓（后左六）、雷子文（后左九）、王蕴明（后左十）等观看昆剧《卖油郎占花魁》

2000年7月，张庚（二排左四）、郭汉城（二排左五）、刘厚生（二排左六）、胡可（二排左七）、曲六乙（二排左八）等在全国少数民族戏剧创作讲习班上与学员合影

1995年夏，张庚（前排左一）和吴雪（前排左二）、林默涵（前排左三）、万国权（前排左四）、郭汉城（后排左三）、刘厚生（后排左四）、丛兆桓（后排左五）等在全国政协京昆室

1995年6月24日，张庚（右一）到国史学会参加《白毛女》演出50周年纪念座谈会，坐者右二为舒强

1996年10月26日，张庚（右三）参加中国话剧艺术研究会“金狮奖”颁奖会

1997年5月27日，张庚（右二）参加东北鲁艺三团建团56周年纪念会

2000年5月19日，张庚和赵毅敏（中）、吕骥（右）再度相聚

中国大百科全书
戏曲 曲艺
前海戏曲研究丛书
中国戏曲通史（上）
中国戏曲通史（中）
中国戏曲通史（下）
中国戏曲通论（上）
中国戏曲通论（下）
张庚 郭汉城 主编
张庚文录 1/7
张庚文录 2/7
张庚文录 3/7
张庚文录 4/7
张庚文录 5/7
张庚文录 6/7
张庚文录 7/7
张庚文录 补遗卷
张庚日记（三）1988-1998
张庚日记（二）1963-1967
张庚日记（一）1951-1962

张庚著述

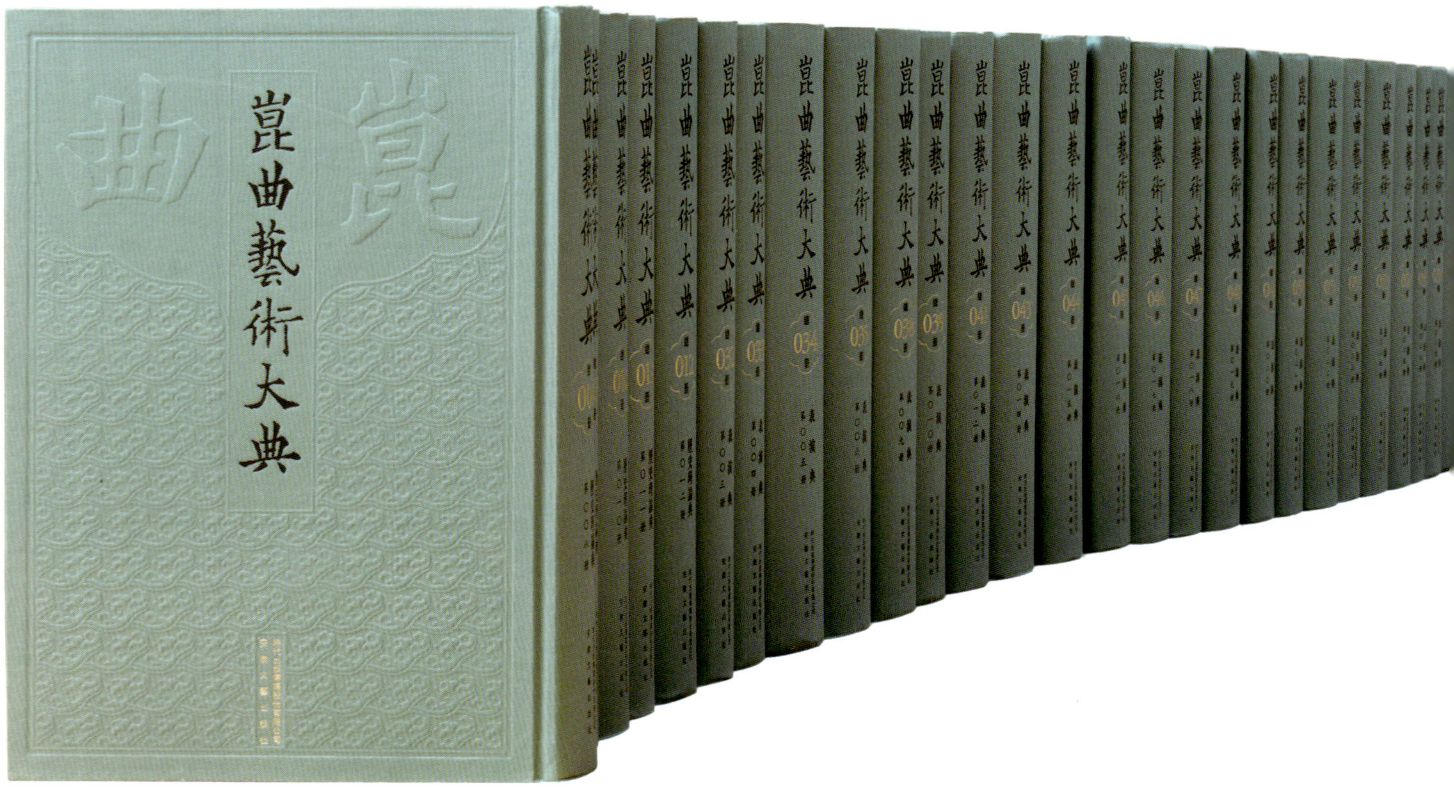
崑曲藝術大典

戏曲研究所部分科研成果

2020年12月28日，中国艺术研究院在北京举办首届学术提名活动发布仪式，活动包含张庚戏曲学术提名、杨荫浏音乐学术提名、王朝闻美术学论文提名、冯其庸红学论著学术提名，共计28项学术提名。以中国艺术研究院的学术先贤命名，旨在继承发扬前辈治学传统与文化精神，引导优良学术风向

中国艺术研究院学生绘制的张庚素描像

张庚戏曲学术提名获奖者合影。张庚戏曲学术提名分为理论著作和创作实践两个方面，针对2019年度具有学术研究价值的理论研究成果、戏曲新创作品及有突出成就的戏曲主创者情况进行综合讨论，共推选出理论著作类《粤剧表演艺术大全》1部，创作实践类“闽剧《生命》创作”“评剧《新亭泪》创作”“昆剧《当年梅郎》创作”“张曼君导演艺术”“谢涛晋剧须生表演艺术”“朱绍玉戏曲音乐创作”“罗周编剧艺术”7项。获奖者合影，左起：代晋剧表演艺术家谢涛领奖的徐琳、代编剧罗周领奖的张静、江苏演艺集团昆剧院副院长施夏明、北京京剧院作曲家朱绍玉、中国艺术研究院院长韩子勇、文化和旅游部艺术司副司长周汉萍、导演艺术家张曼君、福建闽剧院院长周虹、《粤剧表演艺术大全》主编倪惠英、中国评剧院院长侯红

张庚是中国卓越的戏剧理论家，现代戏曲学的开拓者，戏剧戏曲学科、艺术学科的奠基人。他的学术思想、学识修养和治学风范影响广泛而深远，在参加戏剧界各种研讨会议时，他的发言高瞻远瞩而又平易近人，尤其重视戏剧工作中的实际问题。张庚培养并带动了一大批理论与实践相结合的戏剧、戏曲理论工作者，深受戏剧界同仁的爱戴。在从事戏剧工作55周年祝贺会上，张庚以答谢词《讲几句心里话》朴实而谦虚地为自己一生的工作进行了总结：“我是一个普通的党员，参加党以前，我什么都不是，我之所以在戏剧界做些事，主要是由于党的需要、党的工作、党的指派，而且是不断地在党的领导下、指导下来做的。我感觉到个人非常渺小，我做的事情，也不是我一个人做的，在每一个时期的工作中，都是有一帮的同志跟我一起，有的同志是指导我，有的同志是帮助我，有的同志是和我一起工作。我所做过的这些事情，都不是我一个人，而是大家共同做的。今天我受到党和广大的同志、群众的关怀，对我做这样高的评价，我是很不敢当的。”

1987年，北京《戏剧评论》杂志编辑部召开张庚戏剧理论研讨会，曹禺、陈荒煤、舒强、郭汉城等出席会议

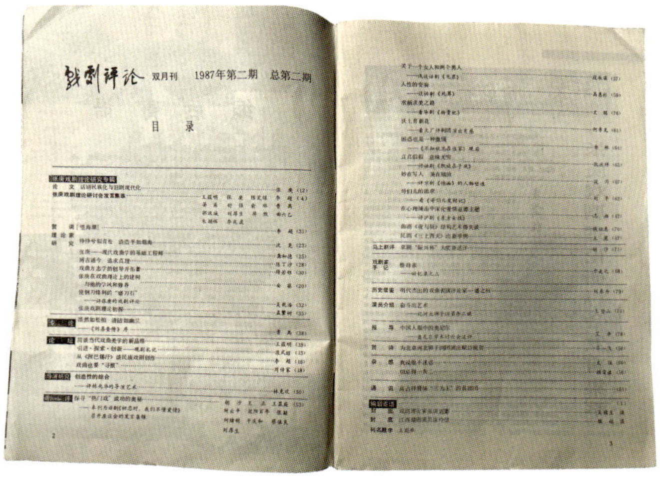

《戏剧评论》1987年第2期为张庚戏剧理论研究专辑，刊发相关论文与研讨会发言

1987年12月25日，祝贺张庚、阿甲从事戏剧工作55、50周年活动现场，曹禺（前左二）发言，前左三为张庚，前左四为夏衍

在祝贺张庚、阿甲从事戏剧工作55、50周年活动中，张庚与阿甲领取奖状

张庚、阿甲（右）与任跟心（中）在祝贺张庚、阿甲从事戏剧工作55、50周年活动现场

祝贺张庚、阿甲从事戏剧工作55、50周年会议

祝贺张庚、阿甲从事戏剧工作55、50周年活动现场，张庚、阿甲（右）与曹禺（中）合影

1987年12月25日，祝贺张庚、阿甲从事戏剧工作55、50周年活动现场，张庚（右一）向来宾介绍展览

1987年12月25日，祝贺张庚、阿甲从事戏剧工作55、50周年活动现场，张庚（左二）发言

1987年12月28日，祝贺张庚、阿甲从事戏剧工作55、50周年活动现场，张庚、阿甲(左)、郭汉城（右）在主席台

张庚晚年回忆阿甲时说，阿甲始终从事京剧工作，他对于京剧可以现代化，可以演现代生活的看法仍然是执着的。久而久之，他的实践经验日益丰富，也就能讲出些道理了，他写出了《戏曲表演论集》，还排了《红灯记》，剧中那些人物的动作既是京剧的，又很有现实感。他如果多活两年，他的那个愿望——研究和整理戏曲表演体系，一定会做起来，做成功。

1987年12月25日，祝贺张庚、阿甲从事戏剧工作55、50周年活动现场，张庚（左一）与曹禺（右一）、阿甲（左二）、刘厚生（左三）欢谈

1987年12月25日至28日，由文化部艺术委员会、中国戏剧家协会、中国艺术研究院、中央戏剧学院、中国戏曲学院、中国京剧院、《中国戏曲志》编委会、中国戏曲学会、中国昆剧研究会9个单位主办的祝贺张庚从事戏剧工作55周年、阿甲同志从事戏剧工作50周年活动，在北京隆重举行，周谷城、宋任穷、夏衍、曹禺、陈荒煤等出席。祝贺活动期间，主办单位组织了张庚、阿甲戏剧工作学术讨论会，来自外地及首都戏剧界代表宣讲了45篇论文，曹禺做了题为《张庚的道德文章》的发言，高度评价张庚的学术成就与品格。庆祝活动同时举办张庚戏剧活动展览，阿甲导演的部分戏曲剧目的展览、演出。28日，举行了张庚、阿甲与老战友、老朋友的座谈会。祝贺活动期间，有30多个单位和个人向张庚、阿甲发来贺电、贺信、贺诗、贺画。

1987年12月28日，祝贺张庚、阿甲从事戏剧工作55、50周年活动现场，张庚、阿甲接受来宾赠送的礼物

六 朴素生活，坦荡襟怀

张庚毕生从事戏剧研究和实践，阅历丰富，既曾领受过荣耀，又曾经历过打击与种种不公正待遇。但张庚对此都处之以淡然的态度，他关注的重心始终停留在戏曲研究上。张庚生活中关系亲密的友朋，多是心意相通的同志与同行，多年来一直保持着君子之交，连老伴张玮都是他戏剧界志同道合的战友。从《张庚日记》可以看出，越到晚年，张庚的个人生活就越与专业工作密不可分，真正实现了生活与工作合一。张庚的成就与贡献将与他朴素的笑容一样，永久地为世人所铭记。

1987年12月28日，祝贺张庚、阿甲从事戏剧工作55、50周年活动现场，张庚、阿甲接受来宾赠送的礼物

1990年1月22日，在张庚从事艺术活动60年活动中，张庚在切蛋糕

1990年1月22日，在张庚从事艺术活动60年活动中，张庚发言

1990年1月22日，在张庚从事艺术活动60年活动中，张庚（二排左二）与郭汉城（二排左三）及参加活动人员合影

1990年1月22日，张庚从事艺术活动60年活动现场

1990年1月22日，张庚从事艺术活动60年活动现场，张庚与葛一虹（左）合影

1990年1月22日，张庚从事艺术活动60年活动现场，与高占祥（右）、吴雪（中）在一起

1990年1月22日，中国艺术研究院与中国戏剧家协会联合，在东四八条原中国戏曲研究院大礼堂举办活动祝贺张庚同志从事艺术活动60周年并庆贺79岁寿辰。

2003年10月13日，张庚同志追思会，中国艺术研究院院长王文章讲话。前排右起：张玮、童明康、王文章、郭汉城

2004年3月29日，张庚学术思想研讨会，王文章讲话

2004年3月29日至30日，中国艺术研究院、中国戏剧家协会、中国戏曲学会主办张庚学术思想研讨会，来自北京及各地的戏剧界专家学者及张庚生前好友近百人出席会议。会议缅怀张庚的光辉业绩，探讨他的学术思想，研究及总结张庚对中国戏曲事业做出的杰出贡献。

2011年10月11日，张庚先生诞辰100周年国际学术研讨会，中国艺术研究院院长王文章致辞

2011年10月12日，为纪念张庚先生百年诞辰，中国艺术研究院、中国戏曲学会在北京联合举办“戏曲学的新发展——张庚先生诞辰100周年国际学术研讨会”，来自海内外50多位学者参会。

六 朴素生活，坦荡襟怀

张庚毕生从事戏剧研究和实践，阅历丰富，既曾领受过荣耀，又曾经历过打击与种种不公正待遇。但张庚对此都处之以淡然的态度，他关注的重心始终停留在戏曲研究上。张庚生活中关系亲密的友朋，多是心意相通的同志与同行，多年来一直保持着君子之交，连老伴张玮都是他戏剧界志同道合的战友。从《张庚日记》可以看出，越到晚年，张庚的个人生活就越与专业工作密不可分，真正实现了生活与工作合一。张庚的成就与贡献将与他朴素的笑容一样，永久地为世人所铭记。

20世纪80年代，张庚和小朋友们在一起

20世纪80年代的张庚

张庚（右三）与王昆、任虹、田冲、张奇虹合影

张庚(前排右)、张玮（后排左三）夫妇与老朋友吴祖光(后排左二)、新凤霞（前排左）夫妇，林涵表（后排左四）、高聘仙（后排左一）夫妇在吴祖光家中聚会

1975年10月，张庚（左六）与张光年（左二）、吕骥（左四）、赵寻(左七）、周巍峙（左八）、司徒慧敏（左十）等合影

1980年，张庚在五台山菩萨顶

1980年，张庚（左三）与寒声（左一）、贾克（左二）、石丁（左四）在山西五台山合影

1980年，张庚（左）、凤子（右）等人合影

1980年，张庚和寒声（右）在绍兴

1983年，张庚在广西桂林清龙江

1984年，张庚在母校楚怡学校留影

1986年6月3日，张庚在广州华南植物园

1988年3月，张庚参加北京部分戏曲家元宵节书画联谊会时签到

1989年4月27日，张庚在北京景山公园（吴印咸提供）

1989年，张庚和贺敬之（左二）、王昆（左四）等合影

1991年4月23日，张庚、张玮同张虹（右）在一起

1993年11月16日，张庚坐江轮途经三峡白帝城

1993年11月12日，张庚在武汉黄鹤楼

1998年，张庚居家留影

2002年国庆前，张庚、张玮夫妇在中国革命博物馆和中国历史博物馆（现中国国家博物馆）前合影

张庚在家中

2021年3月3日，张庚夫人张玮在家中

张庚愉悦的一刻

1997年9月27日，张庚与陈怀平（左）、花砚茹（右）

1997年9月27日，张庚与袁凤霞（左一）、陈怀平（左二）、冯霞（左四）、张淑玲（左五）

1998年12月，张庚和袁玉堃（右）在中国剧协第五次全国代表大会上

1999年1月23日，张庚（前排左二）88岁生日时与张玮（前排左三）、刘颖南（前排左一）等聚会于京广大厦

1999年3月4日，张庚（左四）和延安鲁艺戏剧系二期学员潘之汀（左一）、陈强（左二）、王礼易（左三）、沈定华（左四）在延大校友会上（林里提供）

2000年，张庚与刘德福（左）、金兰（右）在家中

2000年2月，张庚和葛一虹（右）在家中

2002年秋，上海劳动大学同窗来访

2003年2月13日，张庚（左）和贺敬之（右）等参加延安鲁艺校友会活动

2003年2月13日，张庚在延安鲁艺校友会上与老战友重逢

张庚与王朝闻（左）在广西阳朔乘船游览

张庚、张玮（左一）与李笑非（左三）

张庚和李铁映（左一）

张庚（左四）和张颖（左一）、阿甲（左二）、邸力（左三）、凤子（左五）

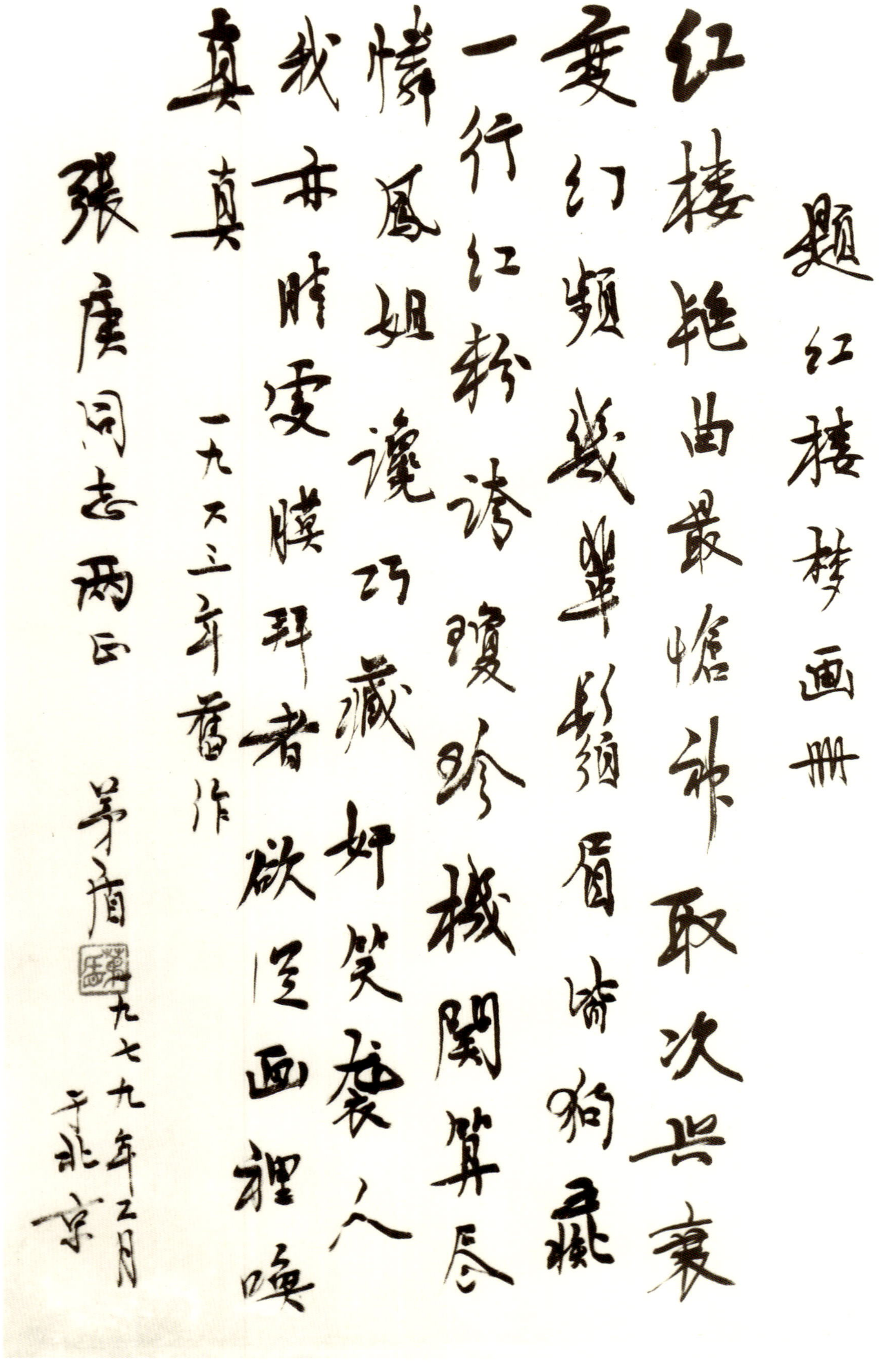

题红楼梦画册

红楼艳曲最怆神取次兴衰变幻频幾辈须眉谄狗彘一行红粉誇瓊珍機關算盡憐鳳姐讒巧藏奸笑襲人我亦昨曾摹拜者欲從畫裡喚真真

一九六三年舊作

張庚同志兩正

茅盾

一九七九年二月于北京

1979年2月，茅盾（沈雁冰）书赠张庚《题红楼梦画册》

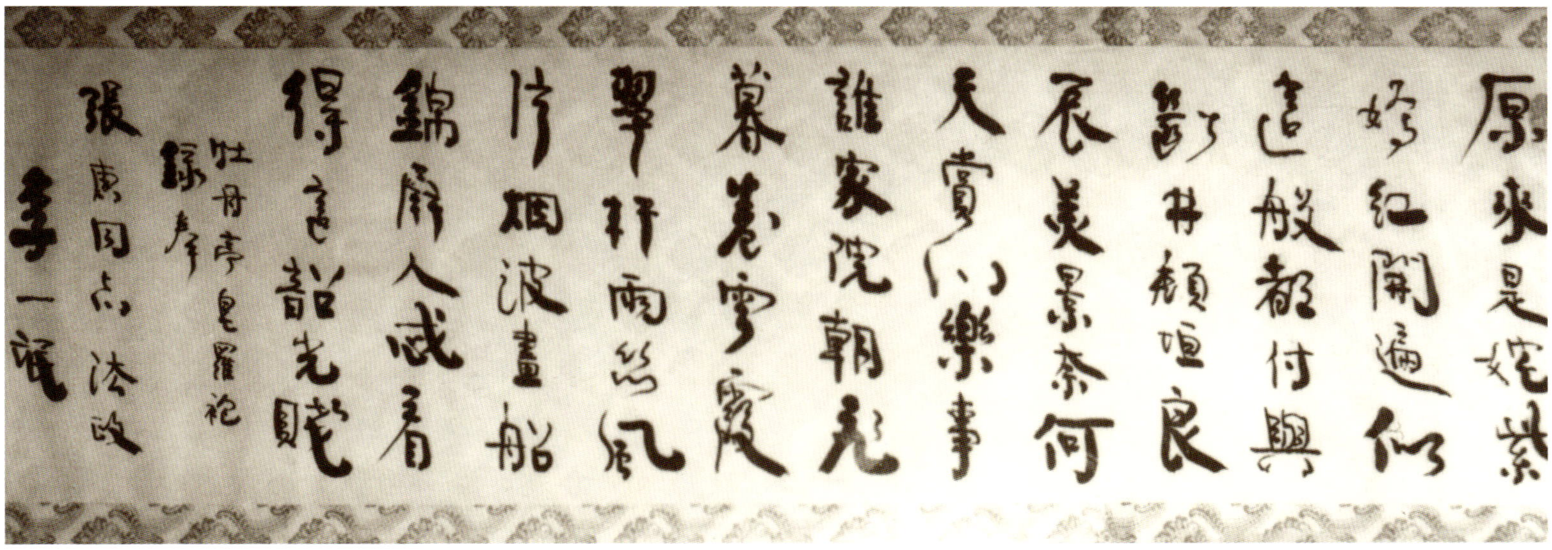

1980年，李一氓题录《牡丹亭》【皂罗袍】赠张庚

七 人去物在，萦思牵情

2003年9月27日，张庚因病辞世，他留下的戏曲研究和艺术理论成果至今仍等待后来者继承总结、发扬光大。张庚年轻时创作诗歌，抒写志向，年长后经常挥毫落墨，借以抒怀言志。工作与生活中，他总是一丝不苟地记日记、写心得，洒脱的笔迹与严谨的态度相互补充，倾吐着一位学术长者真诚而又深刻的人生寄语。友朋互赠的书法条幅、掌握时间的手表、工作中获得的奖章和证书、老年读书时所用的放大镜、辅助走路的手杖，以及四壁图书的书房，构成了一幕丰富的人生场景，也可以说是一幕主角隐于背后的精彩戏剧，引导无数后来者去品味，去思考……

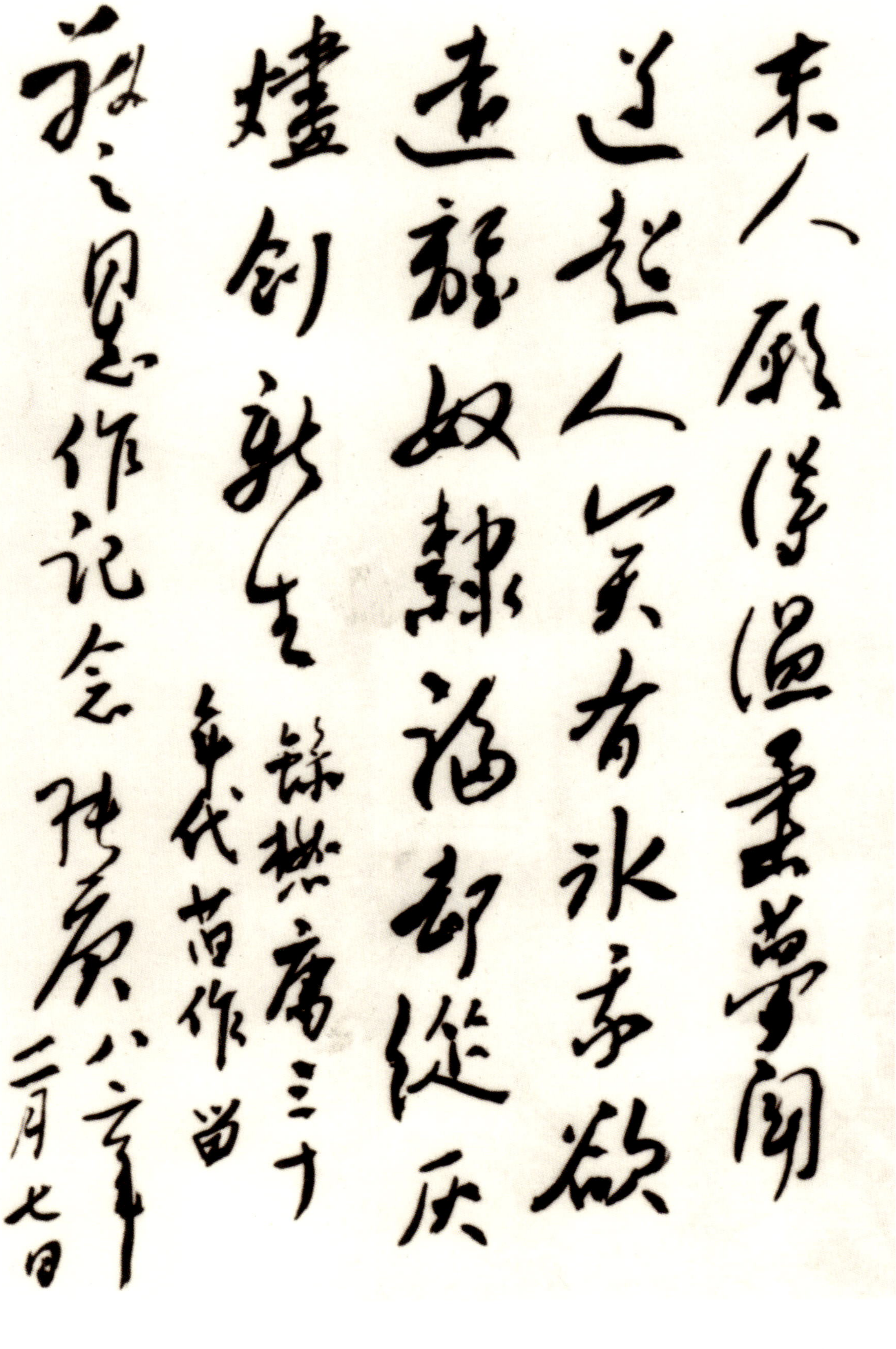

1982年2月7日，张庚题赠钟敬之的行书条幅

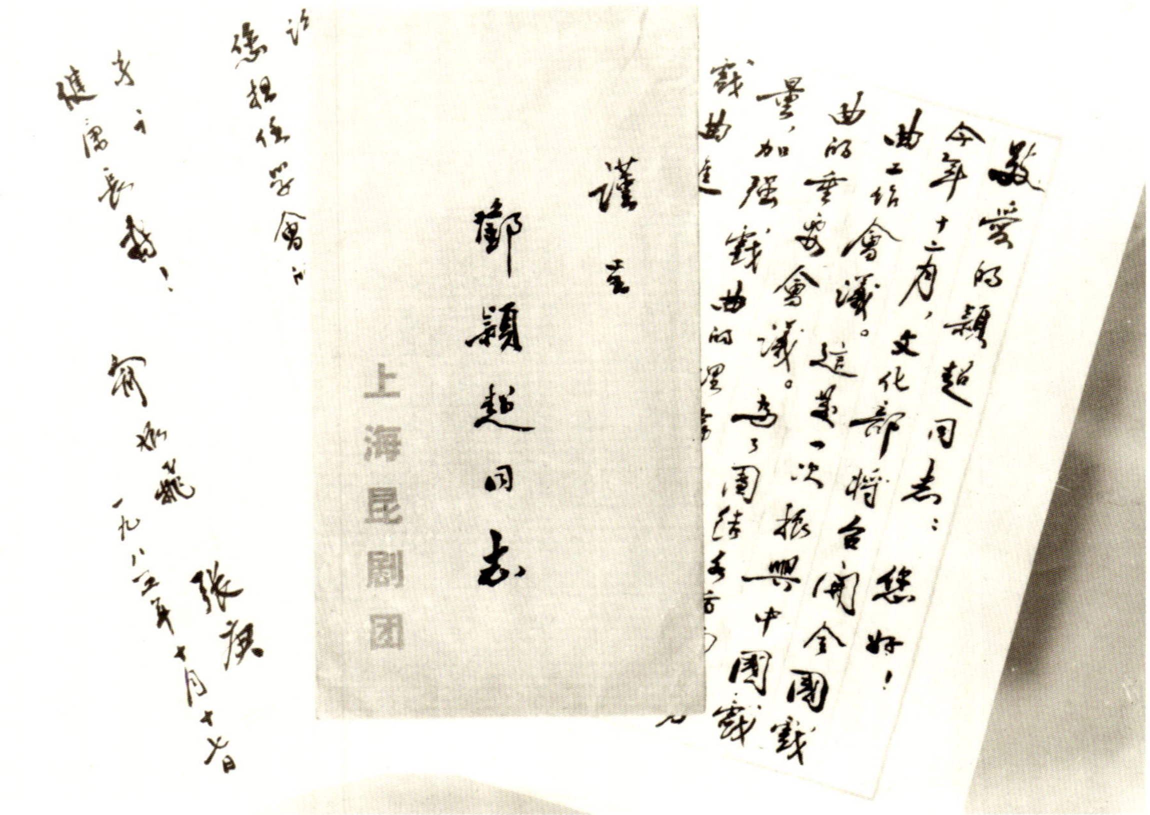

1985年10月17日，俞振飞、张庚给邓颖超的信（信封）

敬爱的颖超同志：您好！

今年十二月，文化部将召开全国戏曲工作會議。這是一次振興中國戲曲的重要會議。為了團結各方面的力量，加强戲曲的理論研究，以推動戲曲進一步革新創造，更好地為建設社會主義精神文明服務，我們一些同志倡議，在戲曲工作會議

1985年10月17日，俞振飞、张庚给邓颖超的信之一

期間成立中國戲曲学會。此事，已得到穆之、巍峙同志的熱情支持。戲曲界非常懷念恩来同志，他在一九五一年五月頒布的關于戲曲改革工作的指示，對于戲曲的繁榮發展起了偉大的歷史作用。我們深信，在党和政府的正確領導下，十年動亂所帶給戲曲的嚴重破壞，是

1985年10月17日，俞振飞、张庚给邓颖超的信之二

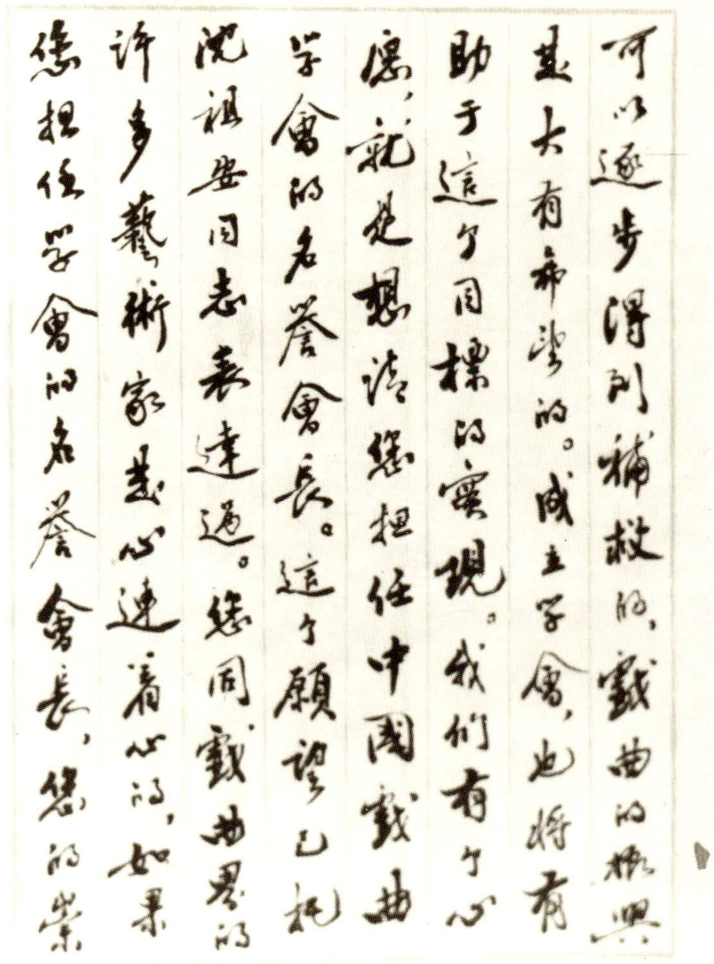

可以逐步得到補救的。戲曲的振興
是大有希望的。成立學會，也將有
助于這个目標的實現。我們有个心
愿，就是想請您担任中國戲曲
學會的名譽會長。這个願望已托
沈祖安同志表達過。您同戲曲界的
許多藝術家是心連着心的，如果
您担任學會的名譽會長，您的崇

1985年10月17日，俞振飞、张庚给邓颖超的信之三

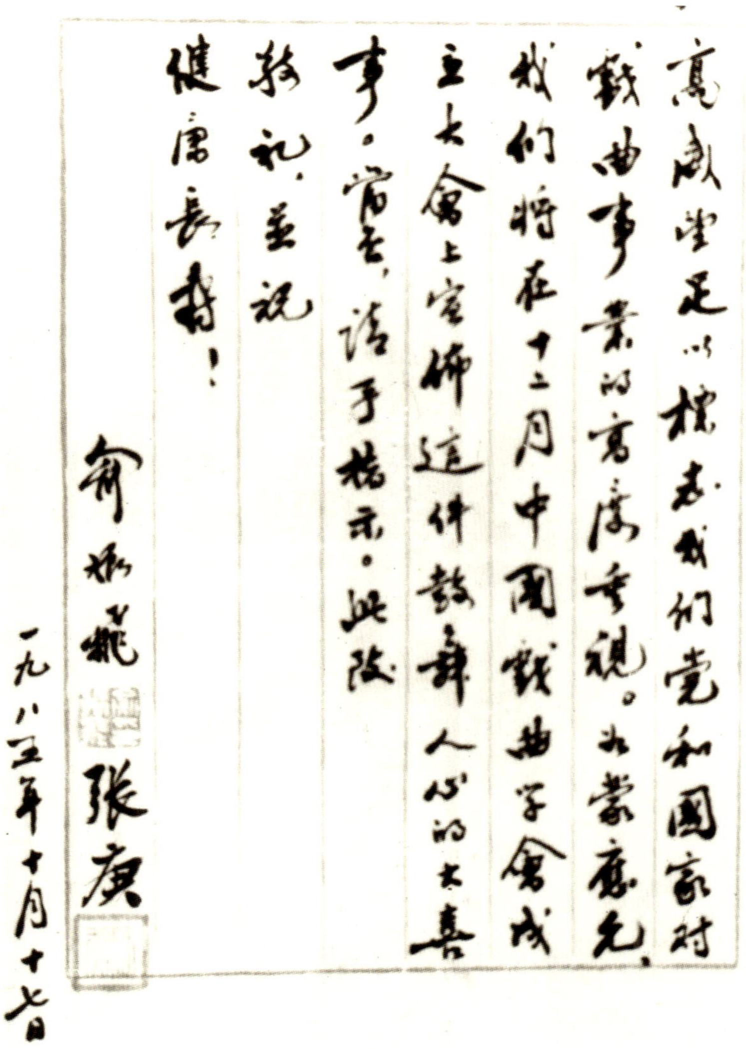

高威望足以標志我們党和國家對
戲曲事業的高度重視。如蒙應允，
我們將在十二月中國戲曲學會成
立大會上宣佈這件鼓舞人心的大喜
事。當否，請予指示。此致
敬礼，並祝
健康長壽！

俞振飛 張庚
一九八五年十月十七日

1985年10月17日，俞振飞、张庚给邓颖超的信之四

张庚在题字

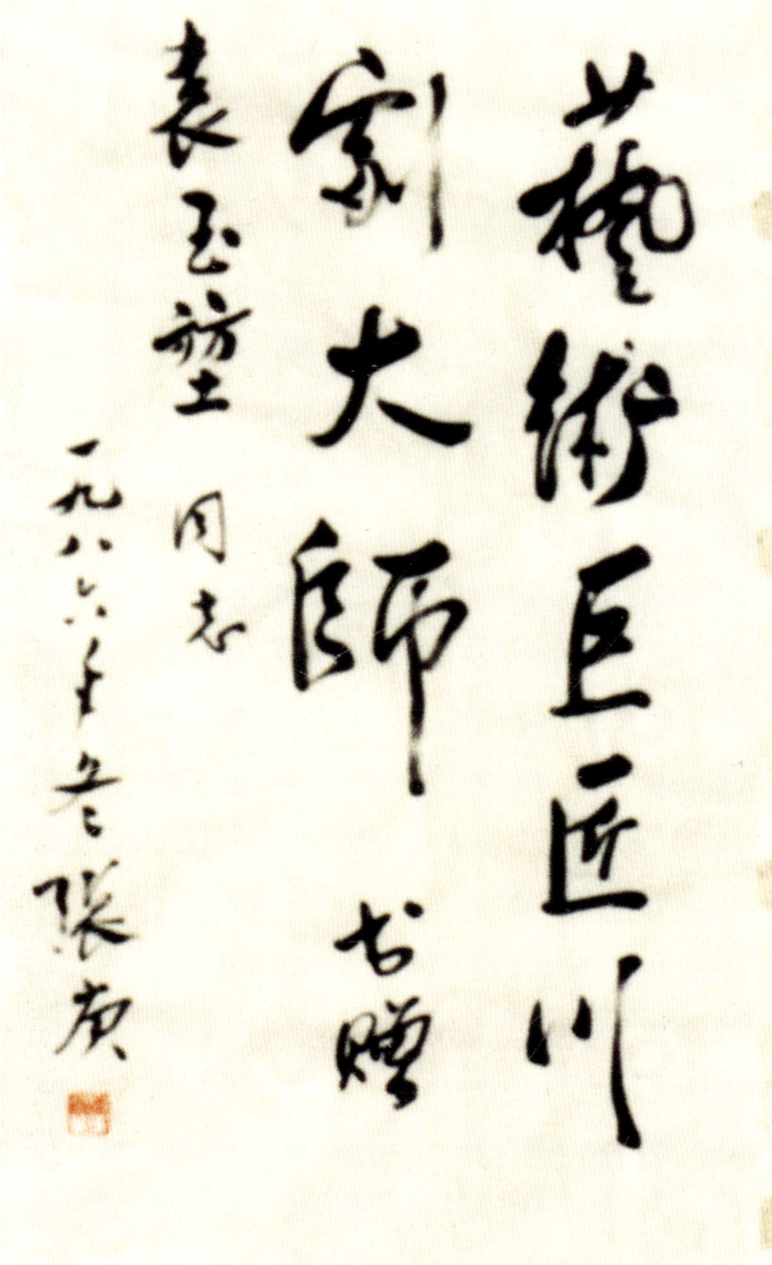

1986年，张庚为袁玉堃舞台艺术学术座谈会题字

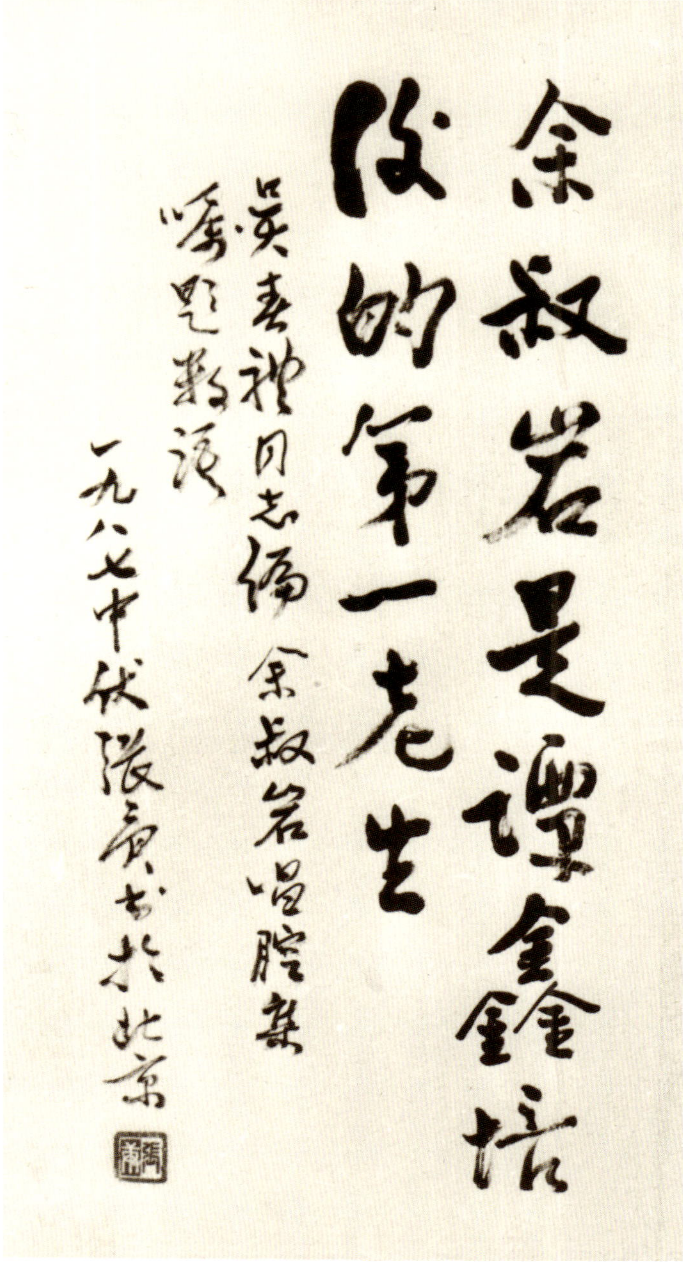

1987年夏，张庚为吴春礼编《余叔岩唱腔集》题字

张庚在天津戏剧博物馆题字

张庚在沈阳音乐学院题词

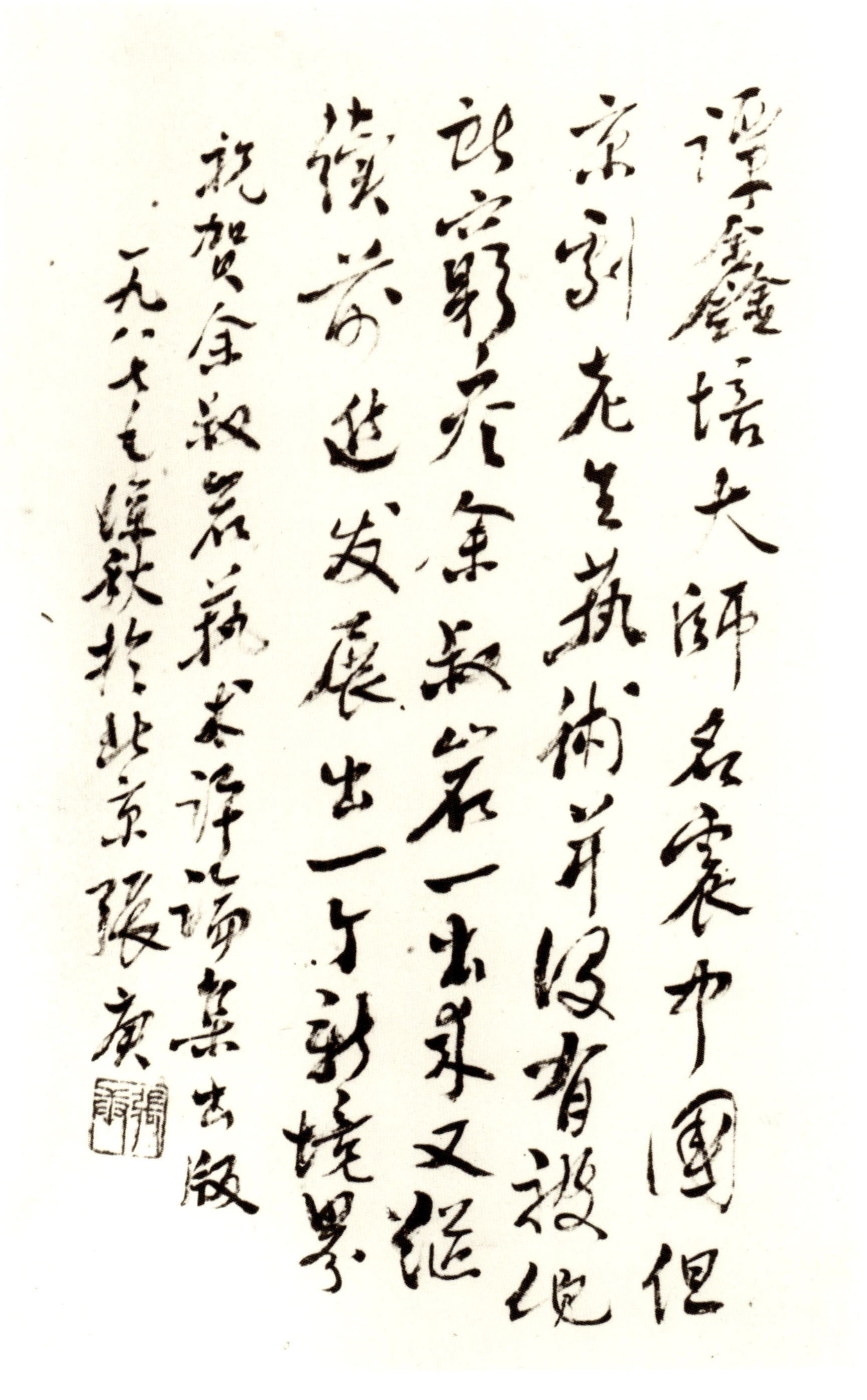

1987年，张庚为《余叔岩艺术评论集》题字

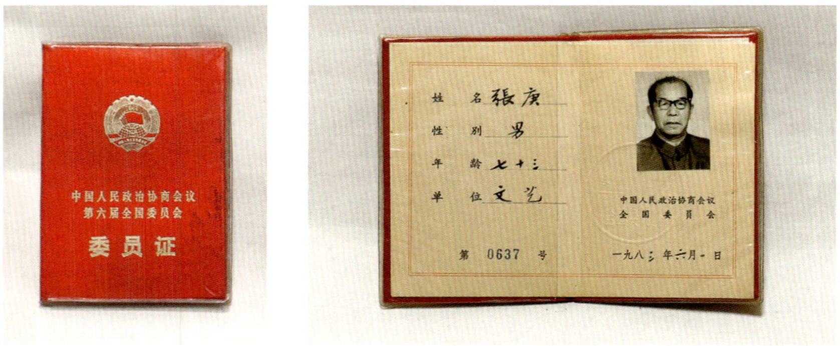

1983年6月，张庚任中国人民政治协商会议第六届全国委员会委员的委员证

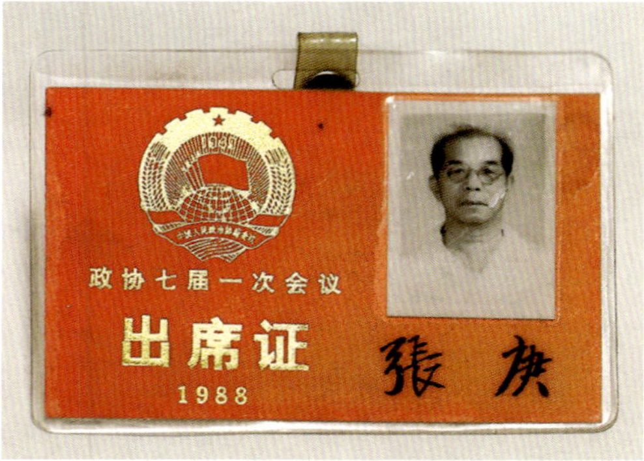

1988年3月24日，张庚参加全国政协七届一次会议的出席证

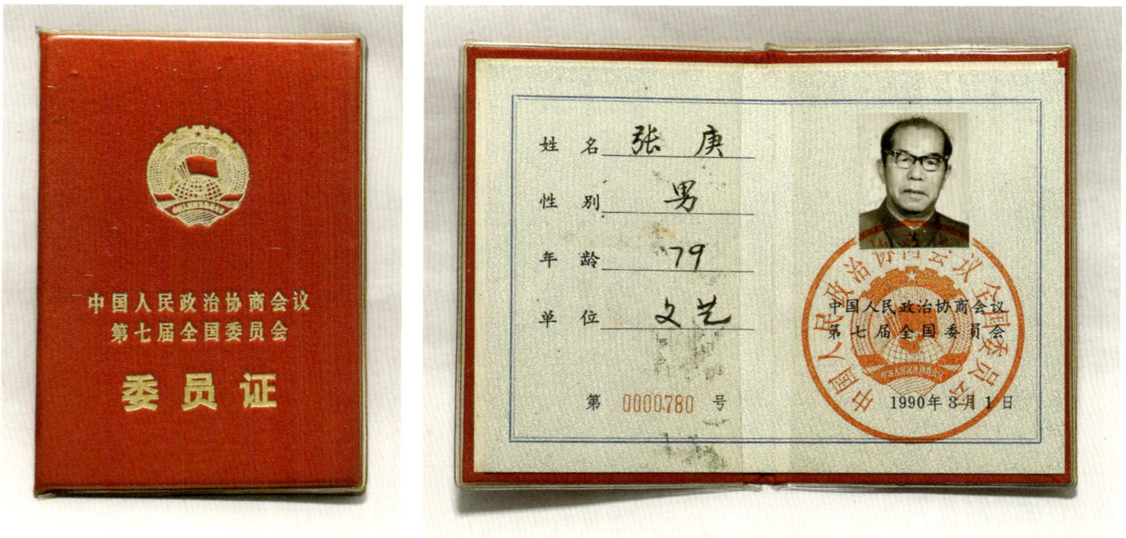

1990年3月1日，张庚任中国人民政治协商会议第七届全国委员会委员的委员证

张庚藏中国大百科全书纪念章

张庚参加中国人民政治协商会议第七届全国委员会委员第四次会议纪念章

1985年，张庚参加国务院学位委员会第一届学科评议组工作留念

张庚生前使用的手表

张庚用过的放大镜

张庚用过的手杖

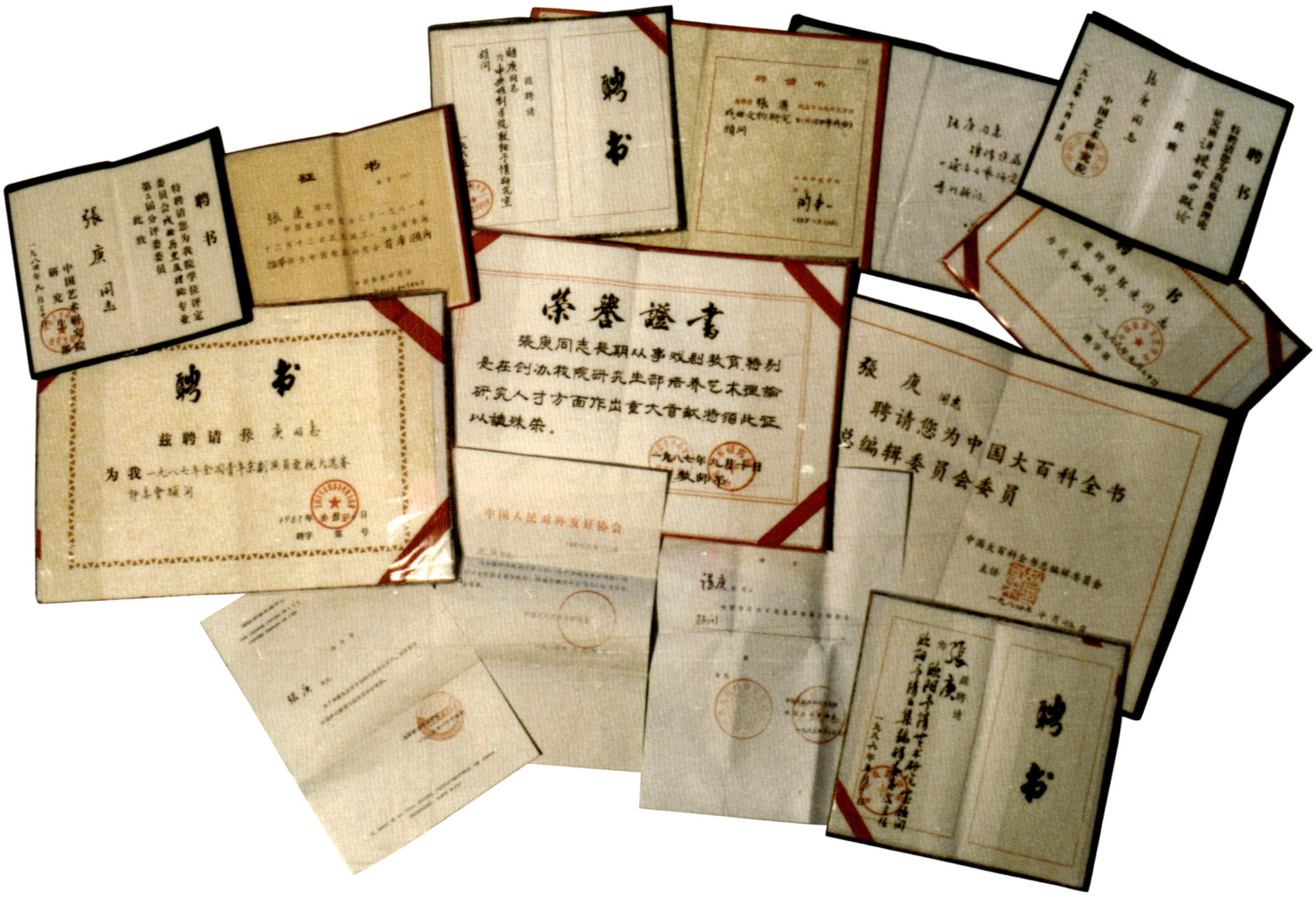

张庚的各类聘书及荣誉证书书影

张庚寓所客厅一角

张庚寓所书房一角

2001年7月，张庚时年90岁，摄于中国艺术研究院

八 学术遗泽，传诸方来

张庚的个人著述已出版的有《张庚文录》《张庚日记》等多种，《张庚文录》做过一次补遗，目前仍发现有未及收入的佚文。这里留下几件新发现的张庚手稿和印本，以见张庚的学术风范，并供后来者研究之用。

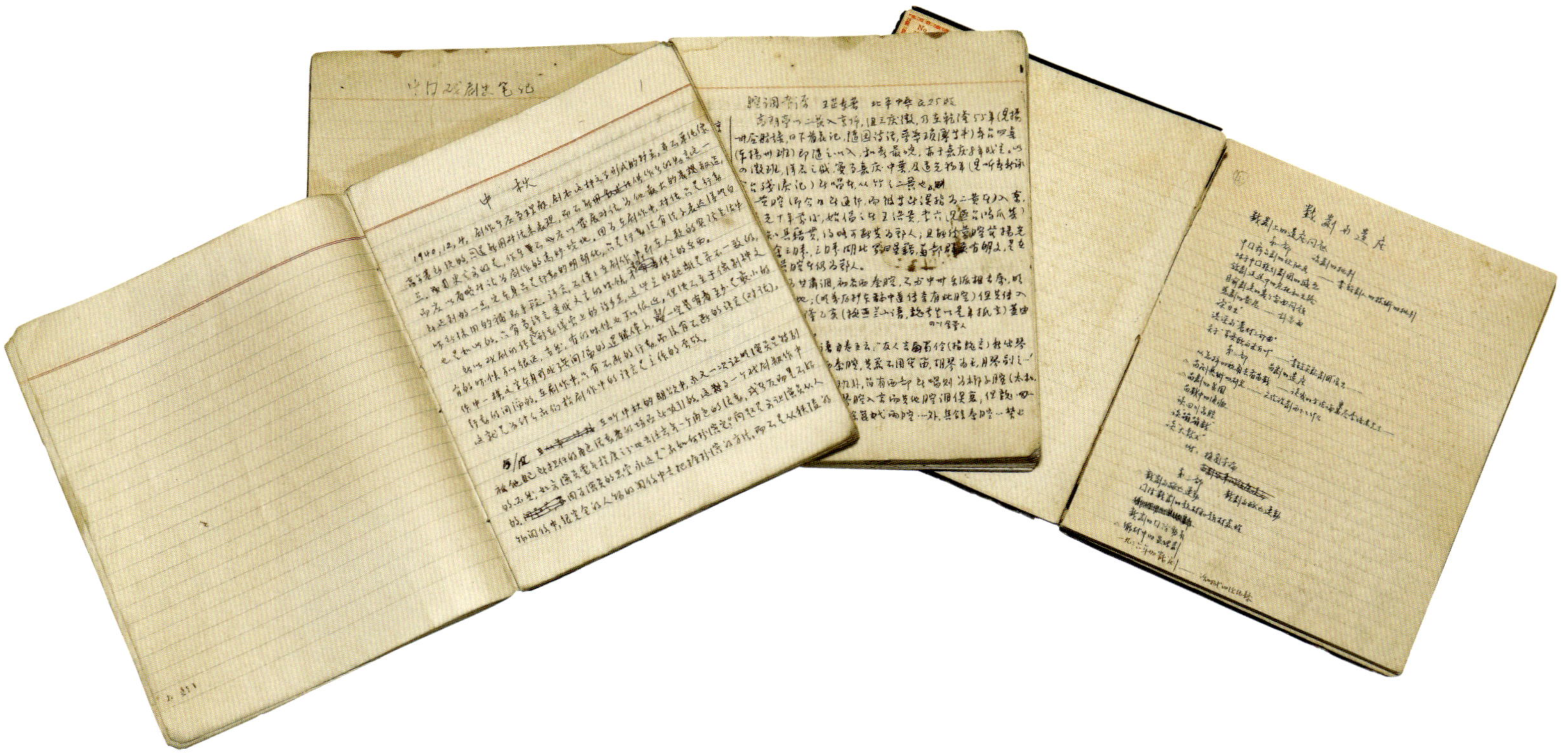

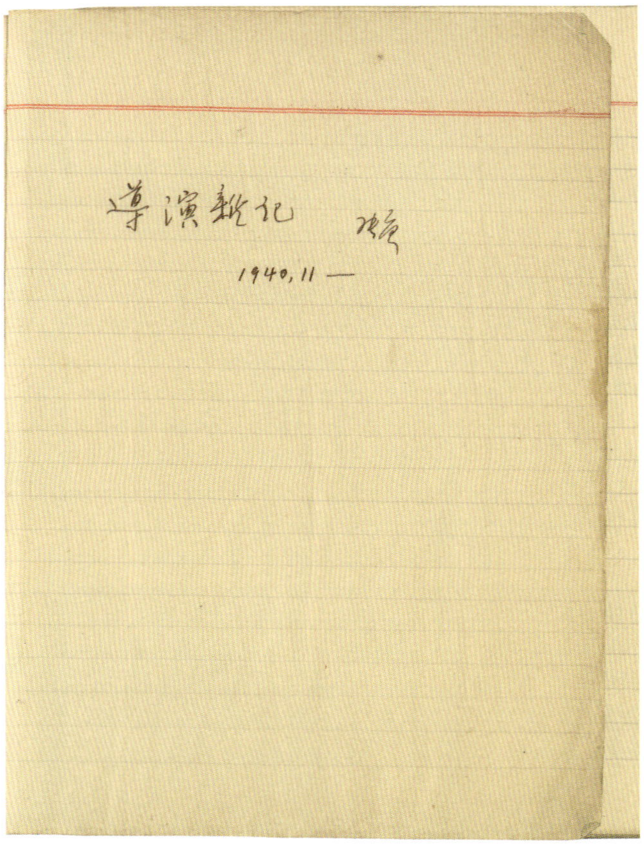

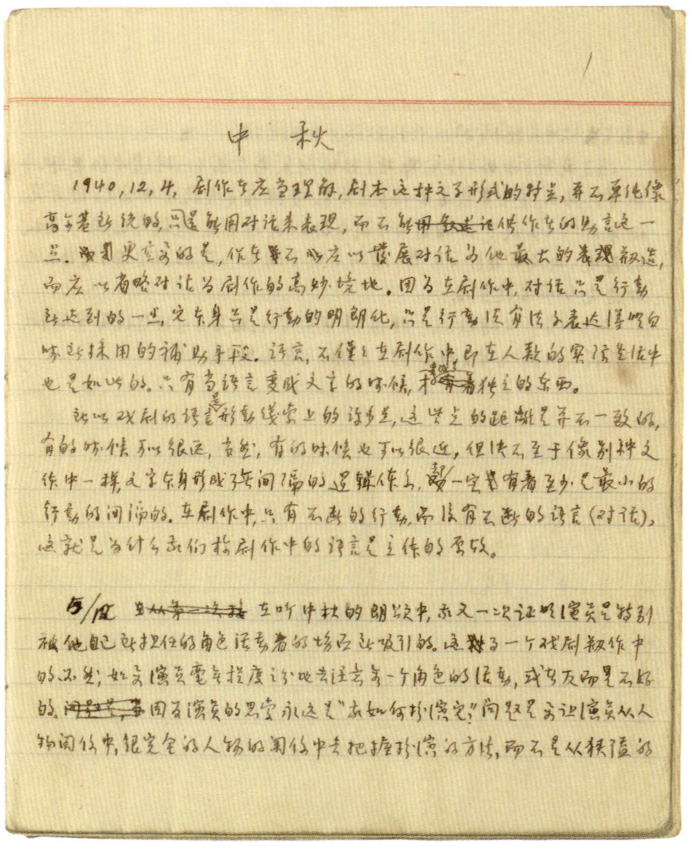

张庚的导演笔记

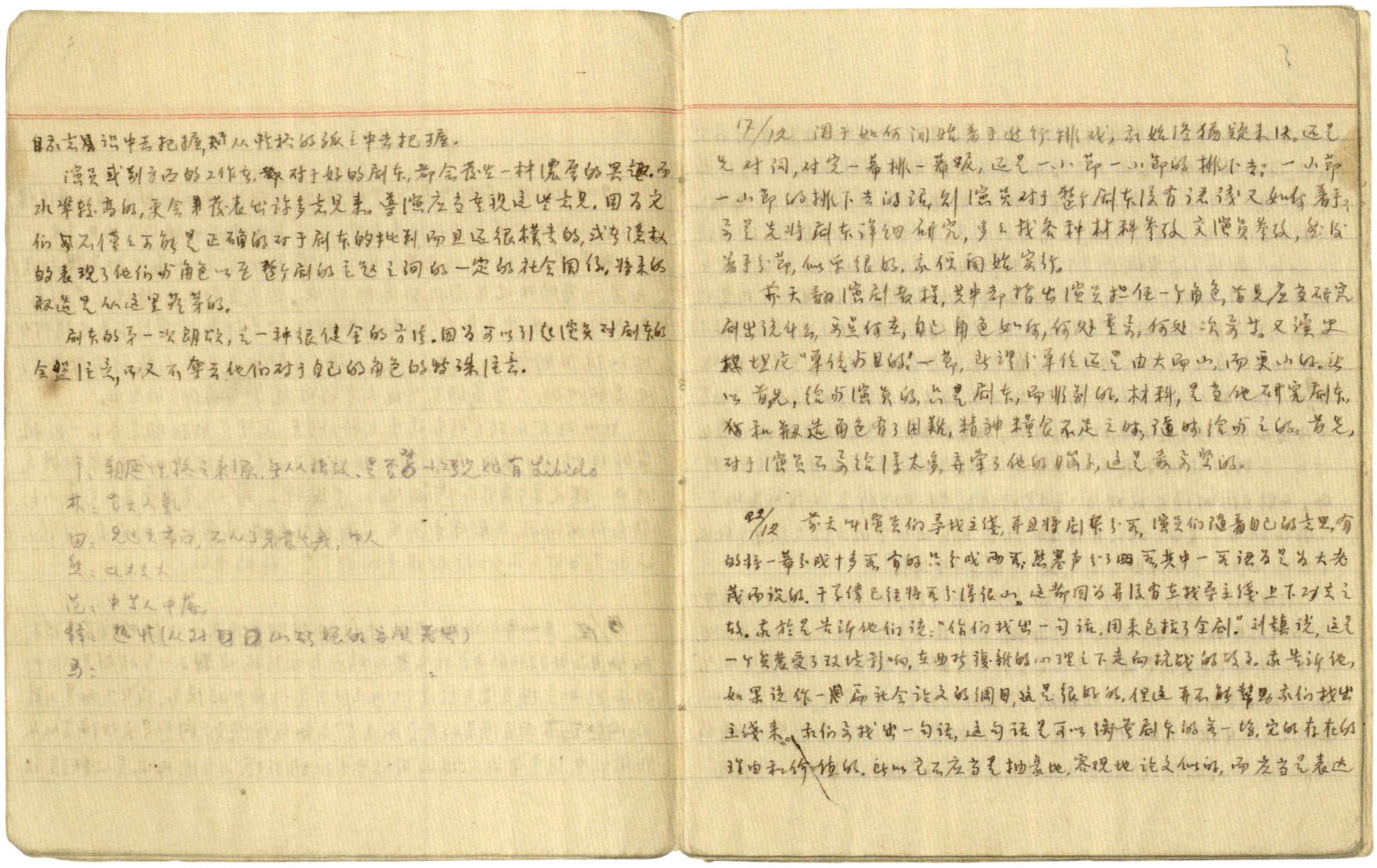

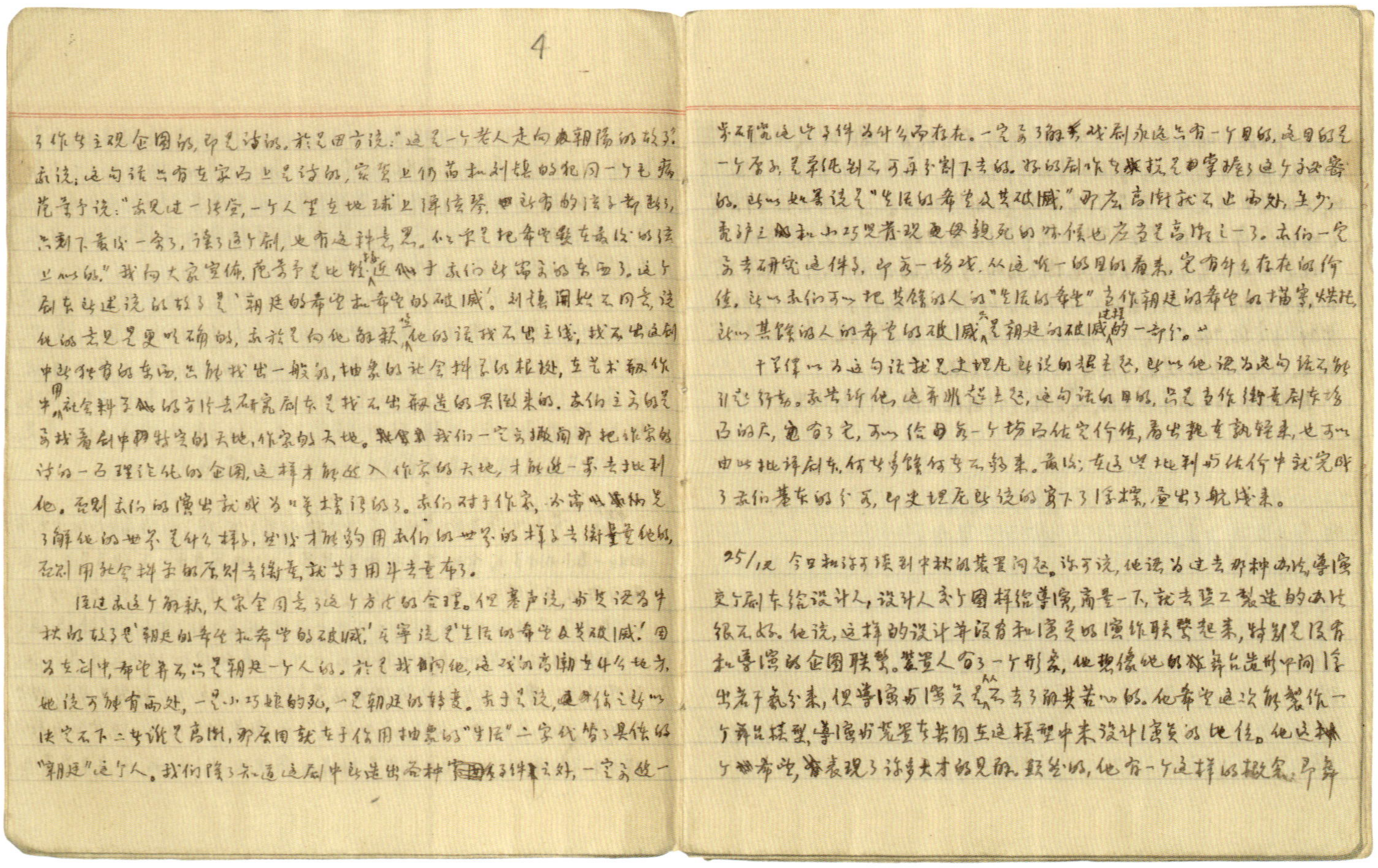

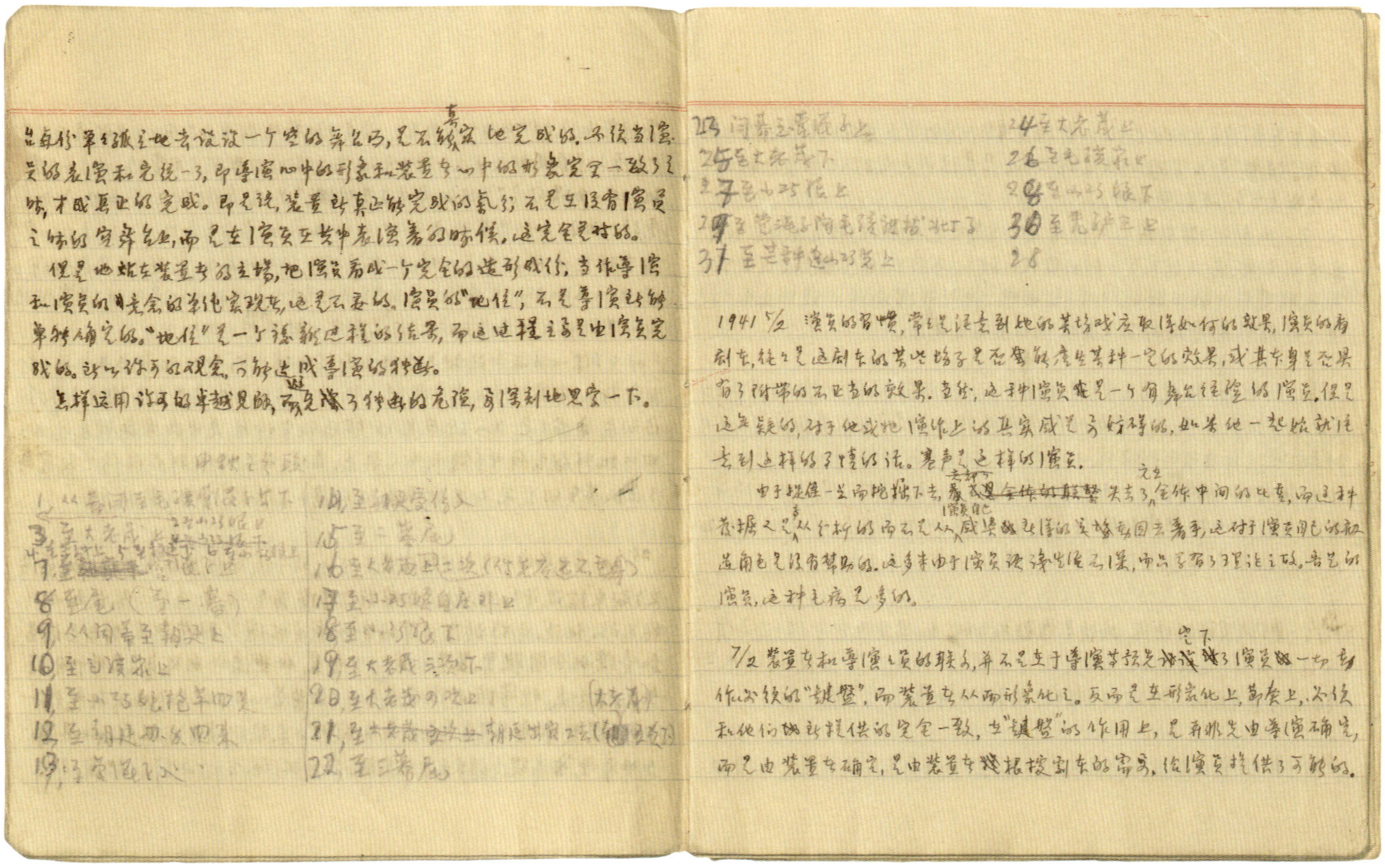

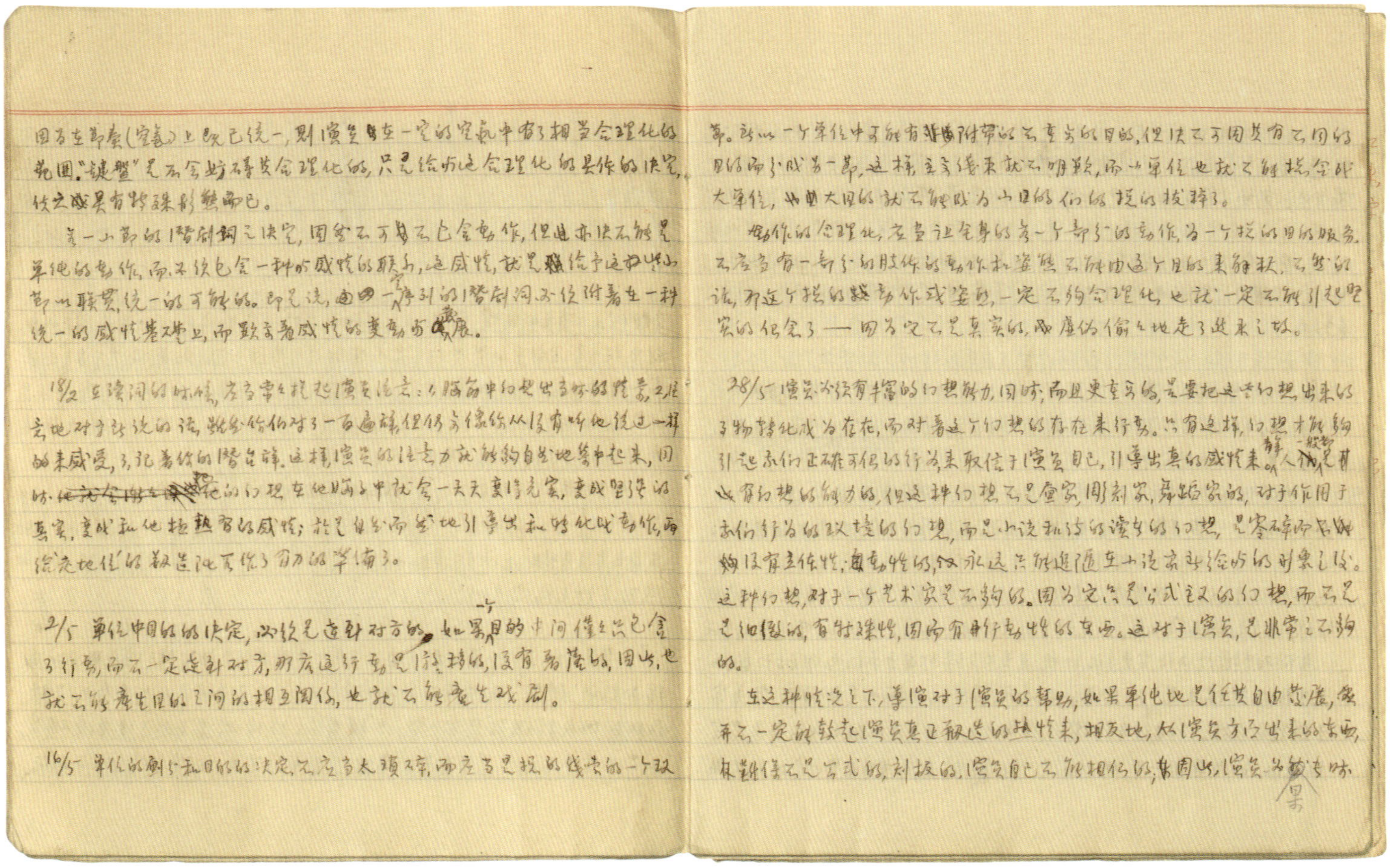

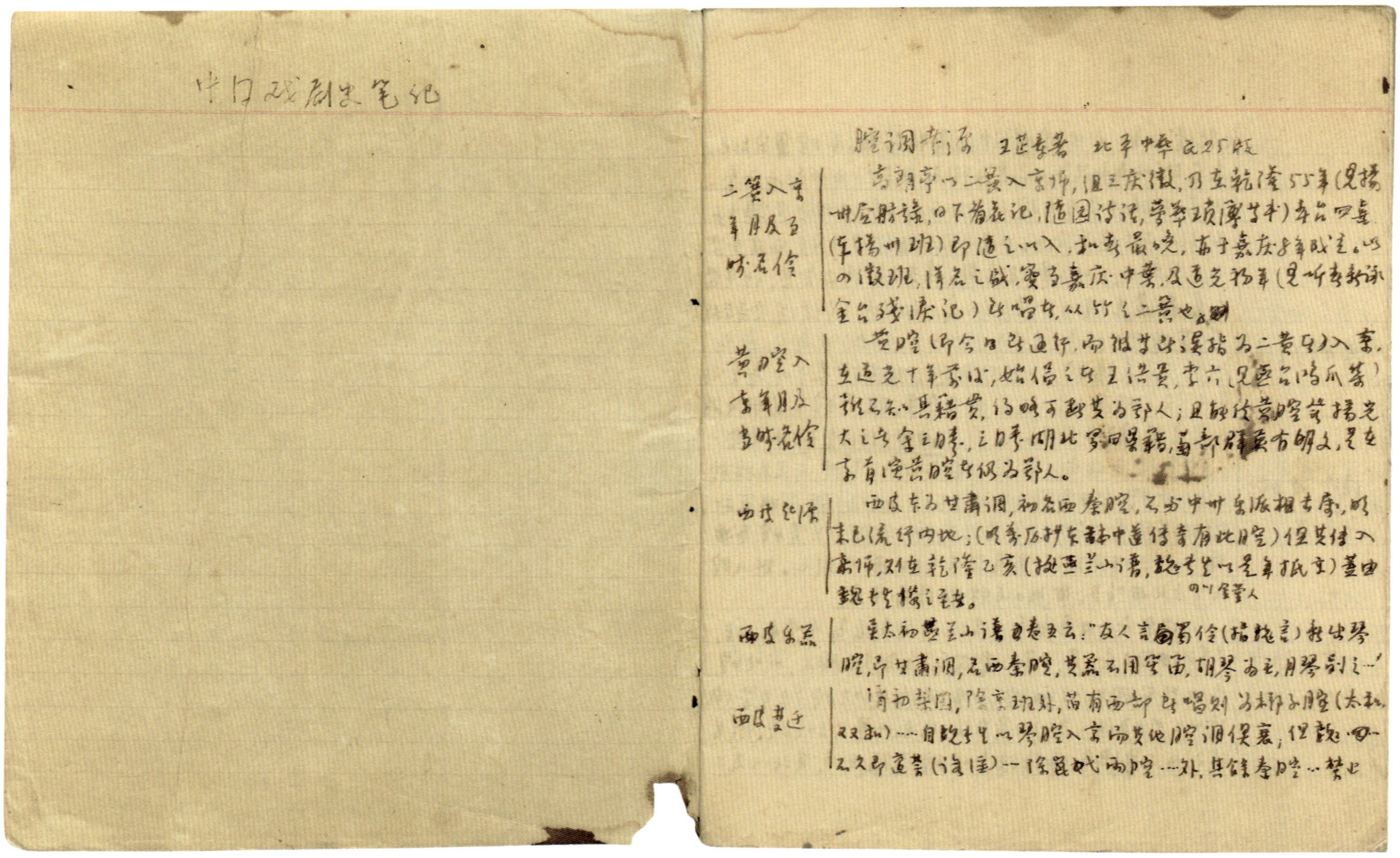

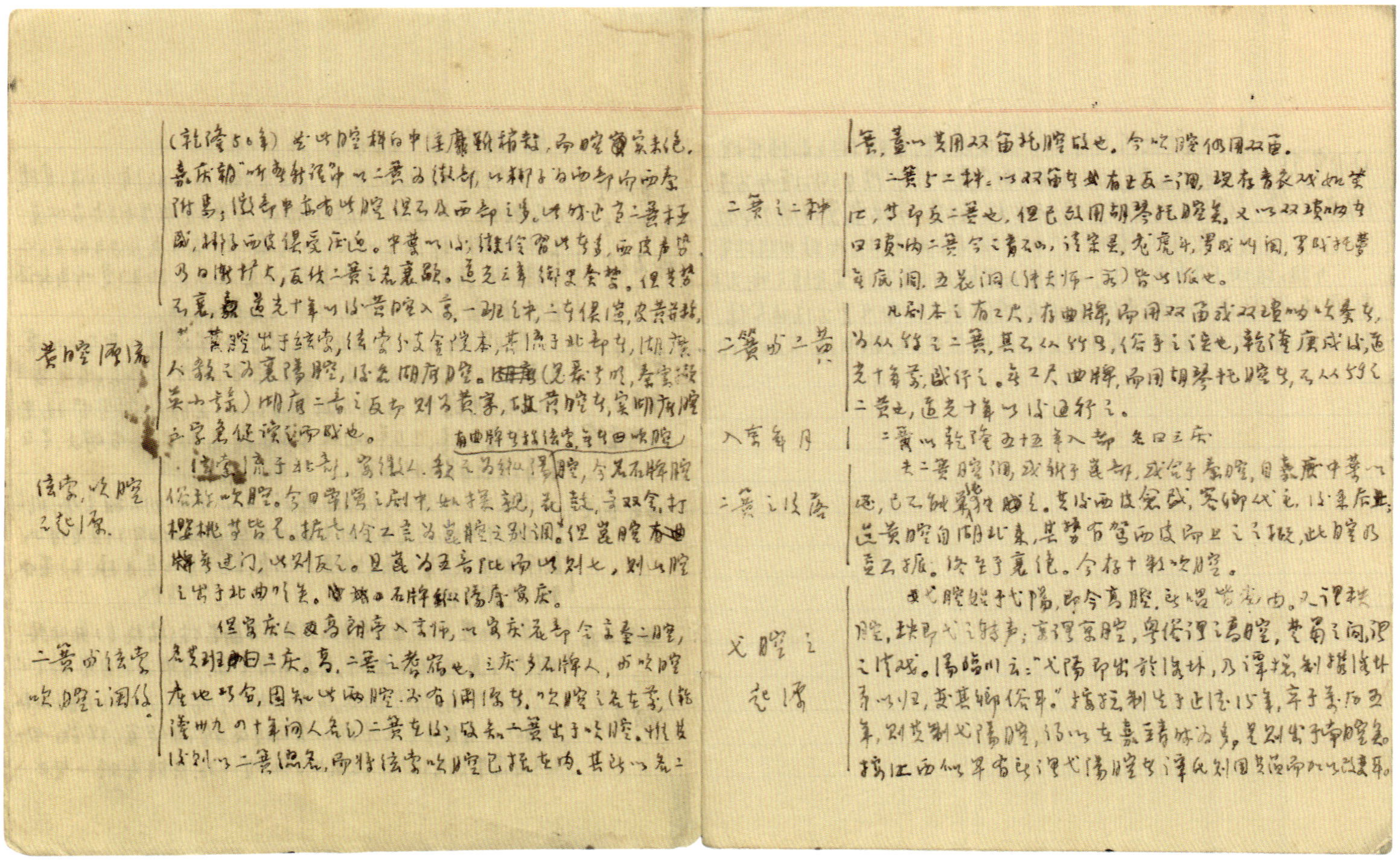

《中国戏剧史笔记》手稿

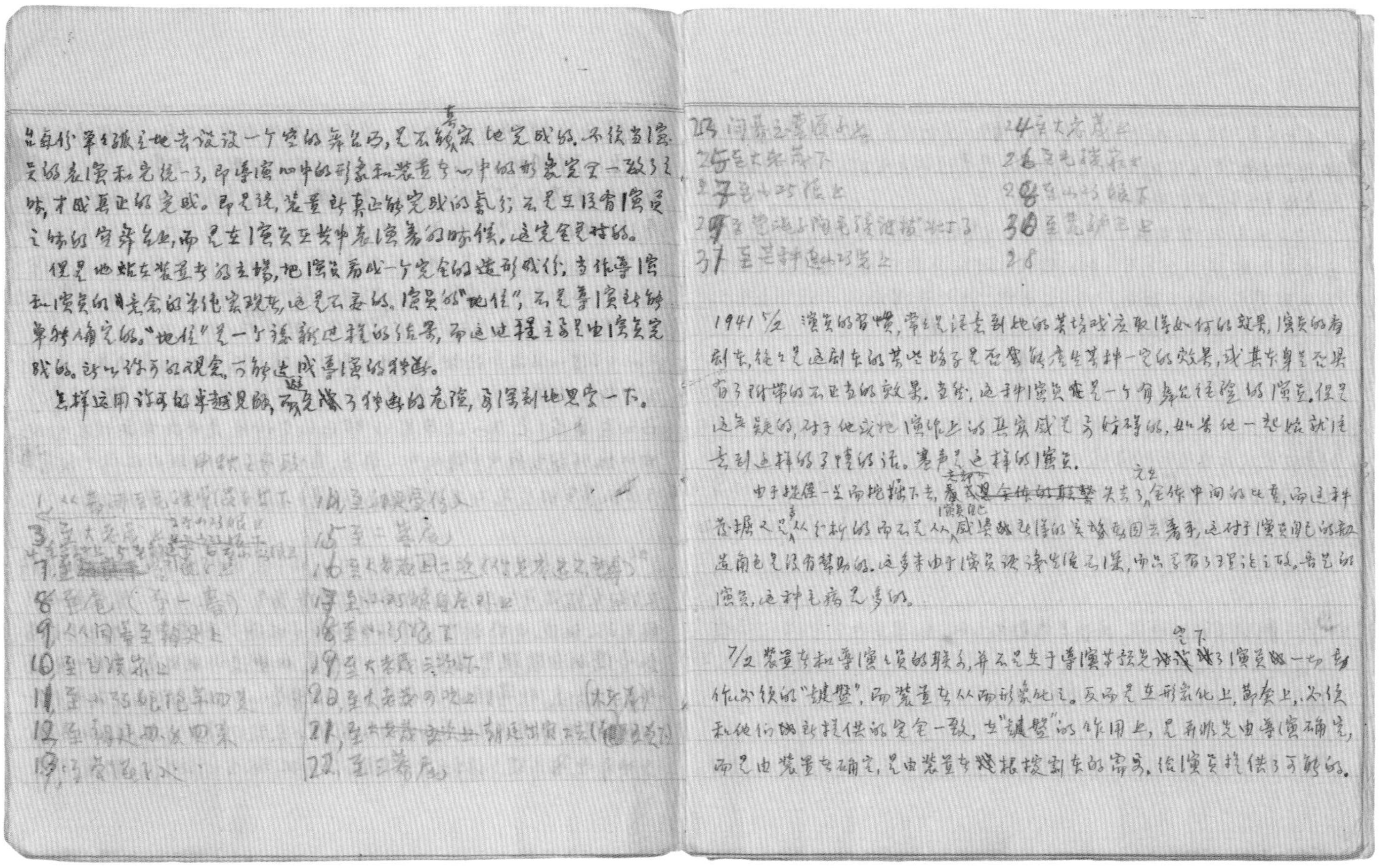

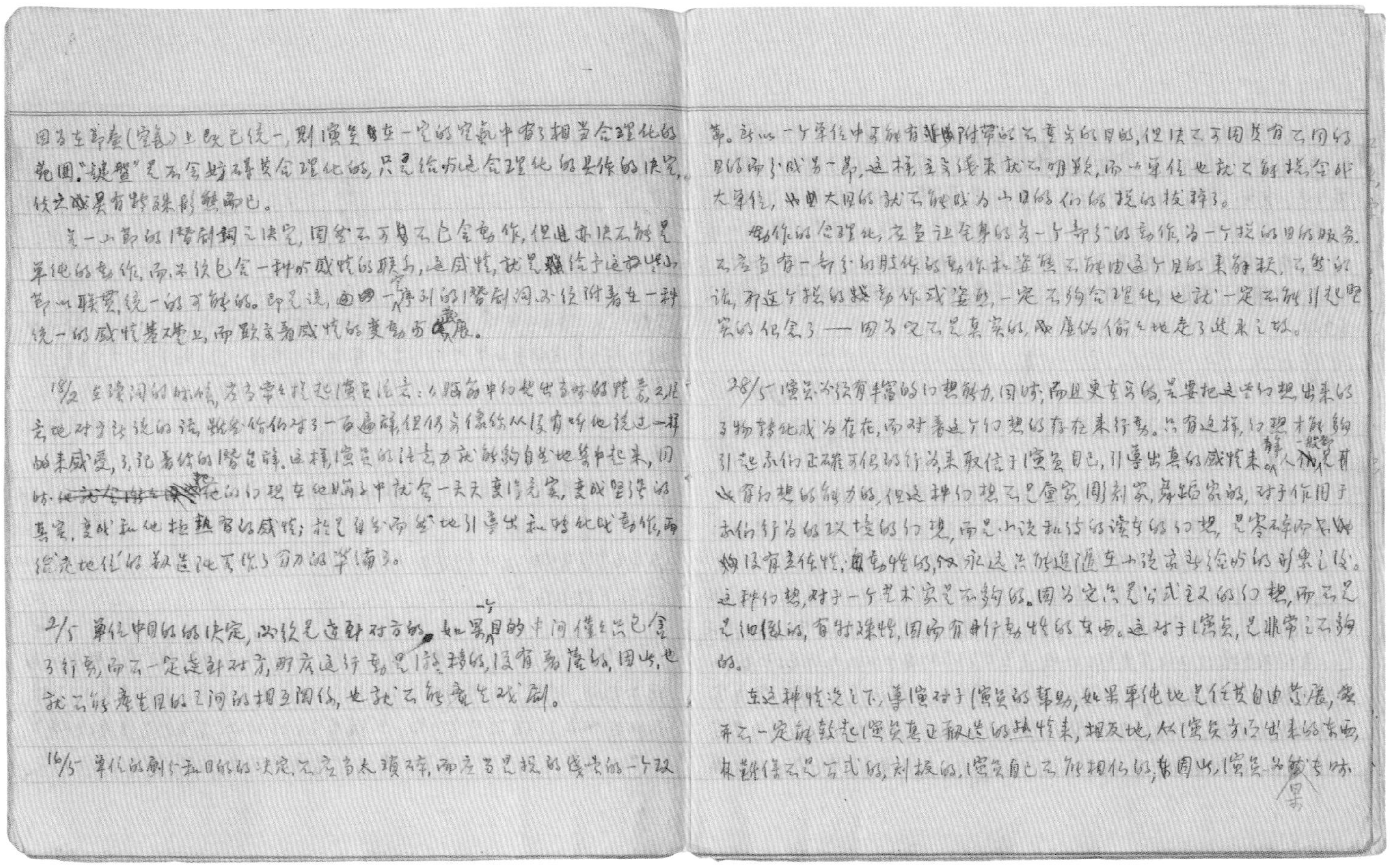

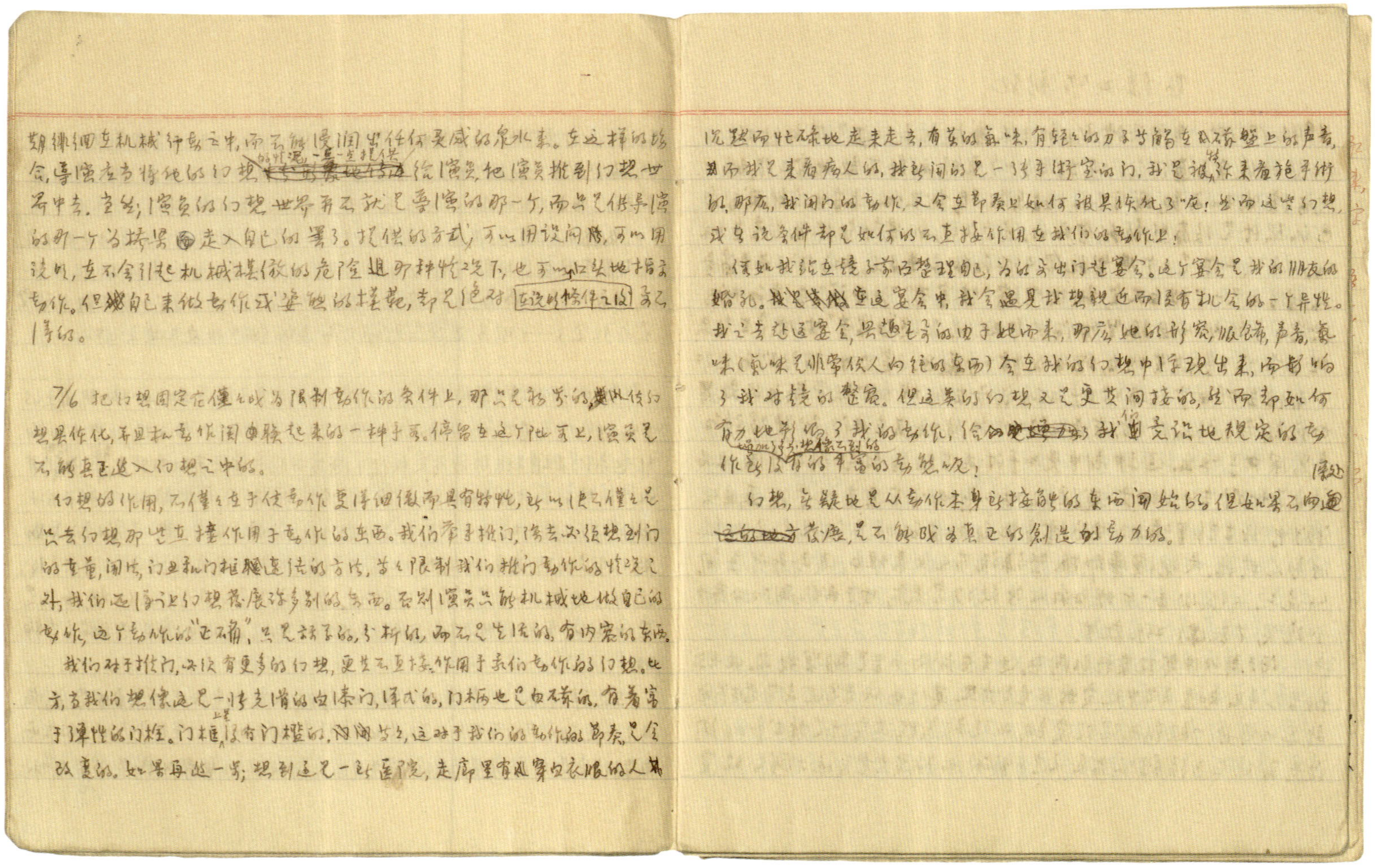

466

中國近五十年劇運概況

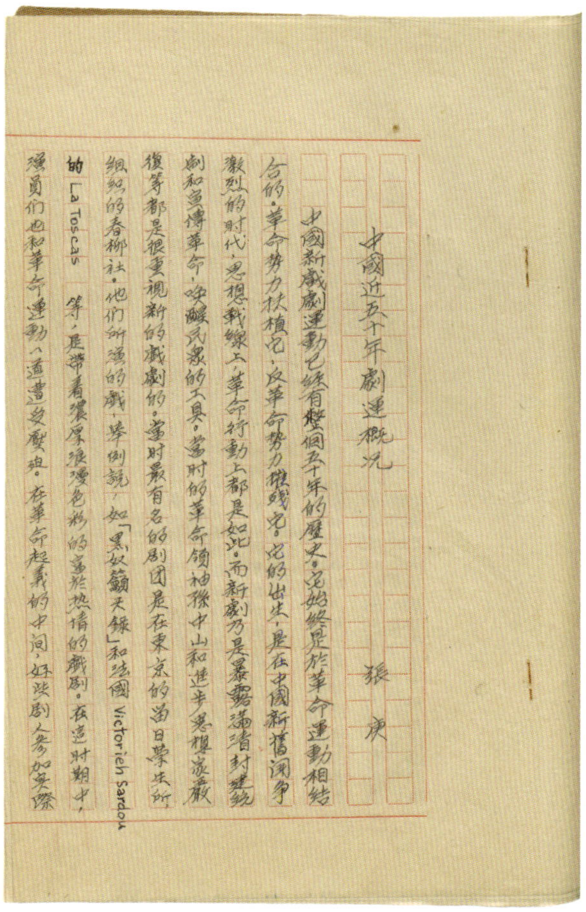

中國近五十年劇運概況

張庚

中國新戲劇運動已經有整個五十年的歷史。它始終是於革命運動相結合的。革命勢力扶植它，反革命勢力摧殘它。它的出生，是在中國新舊鬬爭激烈的時代，思想戰線上，革命行動上都是如此。而新劇乃是暴露滿清封建統治和宣傳革命，喚醒民衆的工具。當時的革命領袖孫中山和進步思想家嚴復等都是很重視新的戲劇的。當時最有名的劇團是在東京的留日學生所組織的春柳社。他們所演的戲，翻譯劇，如「黑奴籲天錄」和法國 Victorien Sardou 的 La Toscas 等，是帶着濃厚浪漫色彩的富於熱情的戲劇。在這時期中，演員們也和革命運動一道參與。在革命起義的中間，好些劇人參加實際

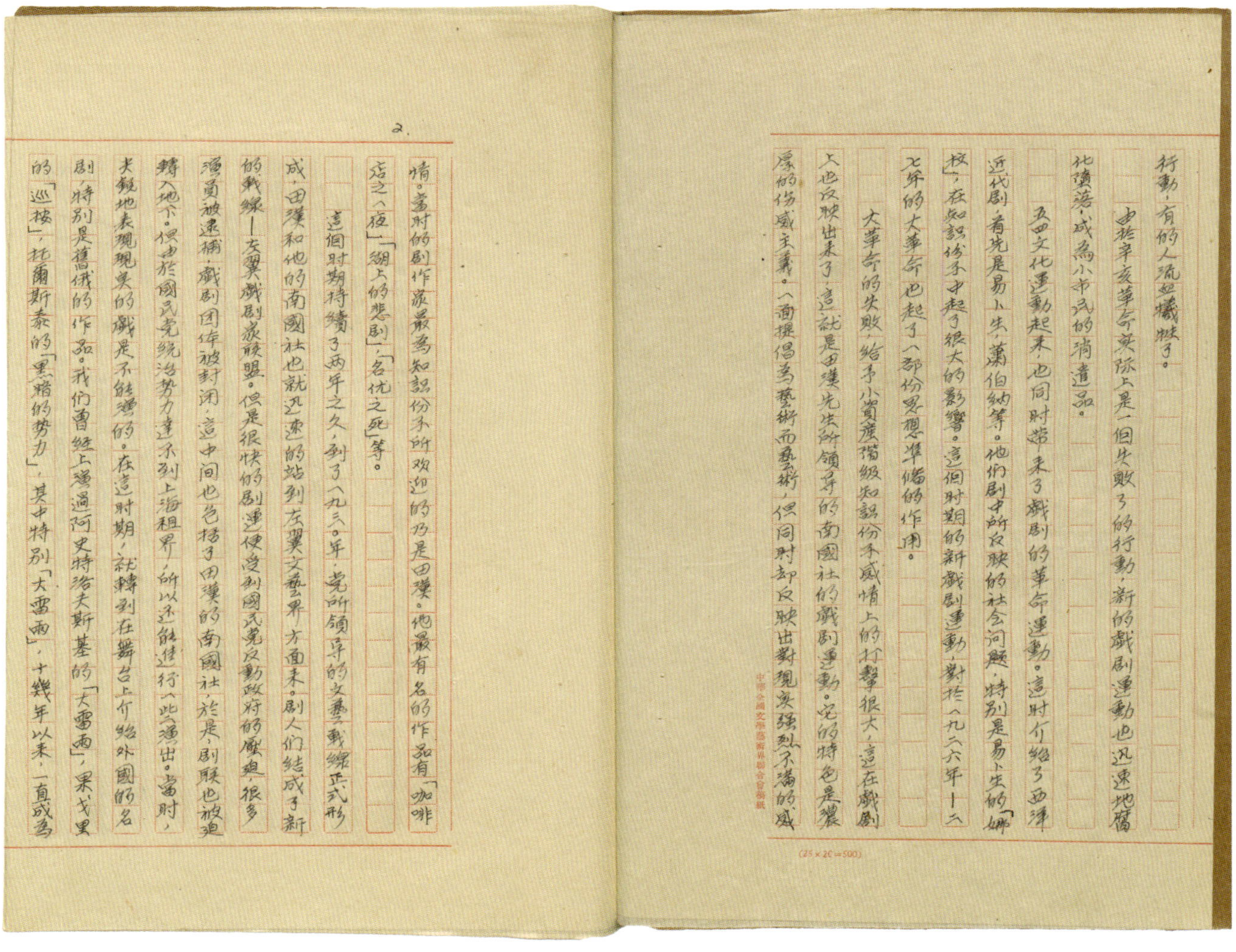

行動，有的人流血犧牲了。

由於辛亥革命實際上是一個失敗了的行動，新的戲劇運動也迅速地腐化墮落，成為小市民的消遣品。

五四文化運動起來，也同時帶來了戲劇的革命運動。這時介紹了西洋近代劇，首先是易卜生，蕭伯納等。他們劇中所反映的社會問題，特別是易卜生的「娜拉」，在知識份子中起了很大的影響。這個時期的新戲劇運動，對於一九二六年——一九二七年的大革命也起了一部份思想準備的作用。

大革命的失敗，給予小資產階級知識份子感情上的打擊很大，這在戲劇上也反映出來了，這就是田漢先生所領導的南國社的戲劇運動。它的特色是濃厚的傷感主義。一面提倡為藝術而藝術，但同時卻反映出對現實強烈不滿的感

中華全國文學藝術界聯合會稿紙

(25×20=500)

2.

情。當時的劇作家最為知識份子所歡迎的乃是田漢。他最有名的作品有「咖啡店之一夜」、「湖上的悲劇」、「名優之死」等。

這個時期持續了兩年之久，到了一九三〇年，黨所領導的文藝戰線正式形成，田漢和他的南國社也就迅速的站到左翼文藝界方面來。劇人們結成了新的戰線——左翼戲劇家聯盟。但是很快的劇運便受到國民黨反動政府的壓迫，很多演員被逮捕，戲劇團体被封閉，這中間也包括了田漢的南國社，於是，劇聯也被迫轉入地下。但由於國民党統治勢力達不到上海租界，所以還能進行一些演出。當時，大膽地表現現實的戲是不能演的。在這時期，就轉到在舞台上介紹外國的名劇，特別是舊俄的作品。我們曾經上演過阿史特洛夫斯基的「大雷雨」，果戈里的「巡按」，托爾斯泰的「黑暗的勢力」，其中特別「大雷雨」，十幾年以來，一直成為

张庚《中国近五十年剧运概况》手稿

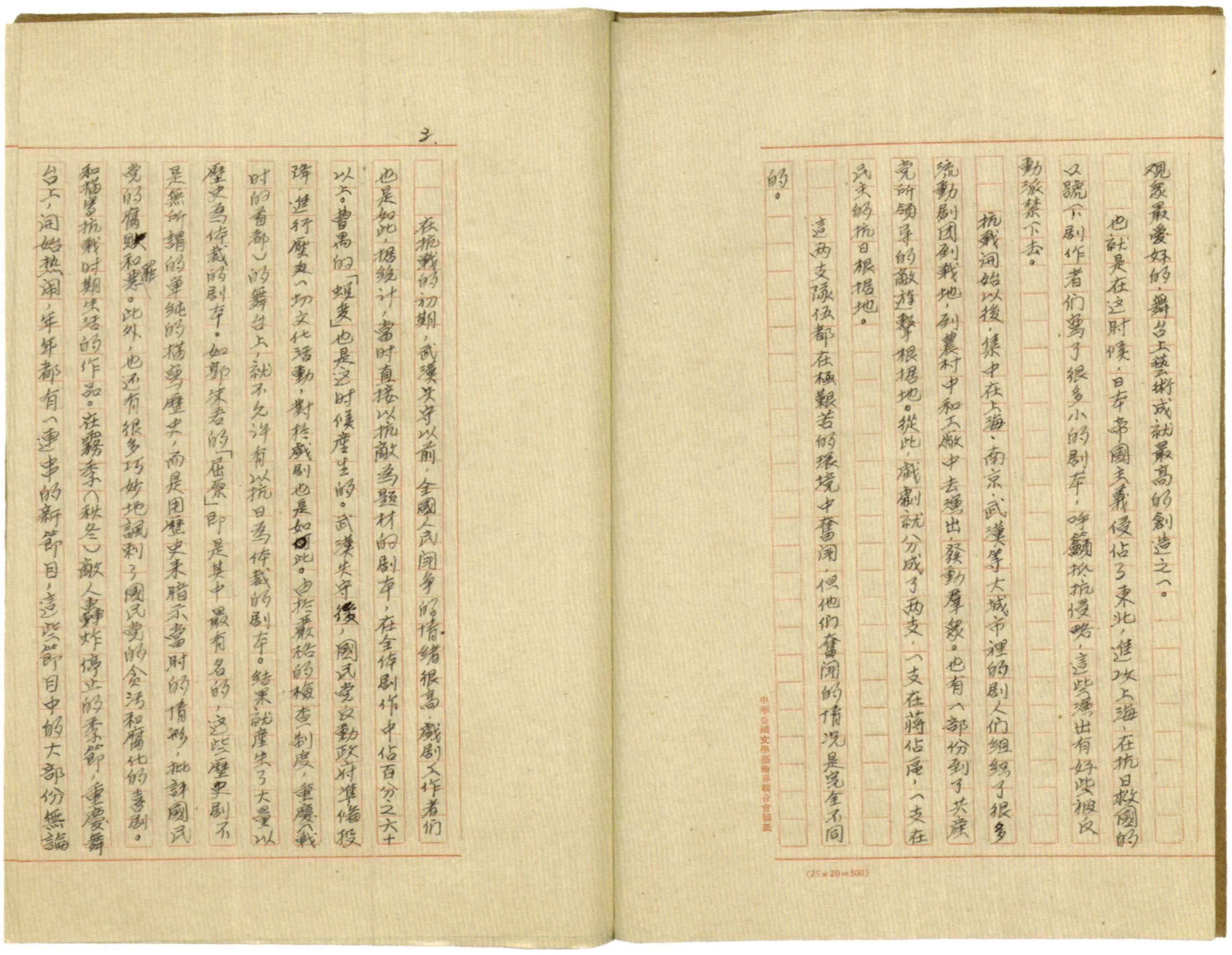
觀衆最愛好的，舞台上藝術成就最高的創造之一。

也就是在這时候，日本帝國主義侵佔了東北，進攻上海，在抗日救國的口號下，劇作者們寫了很多小的劇本，呼籲於抗侵略，這些演出有好些被反動派禁下去。

抗戰開始以後，集中在上海、南京、武漢等大城市裡的劇人們組織了很多流動劇團到戰地，到農村中和工廠中去演出，發動羣衆。也有一部份到了共產党所領導的敵後游擊根據地。從此，戲劇就分成了兩支，一支在蔣佔區，一支在民主的抗日根據地。

這兩支隊伍都在極艱苦的環境中奮鬥，但他們奮鬥的情況是完全不同的。

3.

在抗戰的初期，武漢失守以前，全國人民鬥爭的情緒很高，戲劇工作者們也是如此，據統計，當时直接以抗敵為題材的劇本，在全体劇作中佔百分之六十以上。曹禺的「蛻變」也是這时候產生的。武漢失守後，國民党反動政府準備投降，進行壓迫一切文化活動，對於戲劇也是如此。由於嚴格的檢查制度，重慶（戰时的首都）的舞台上，就不允許有以抗日為体裁的劇本。結果就產生了大量以歷史為体裁的劇本。如郭沫若的「屈原」即是其中最有名的，這些歷史劇不是無所謂的单純的描寫歷史，而是用歷史來暗示當时的情形，批評國民党的腐敗和黑暗。此外，也還有很多巧妙地諷刺了國民党的貪污和腐化的喜劇。和描寫抗戰时期生活的作品。在霧季（秋冬）敵人轟炸停止的季節，重慶舞台上，開始熱鬧，年年都有一連串的新節目，這些節目中的大部份無論

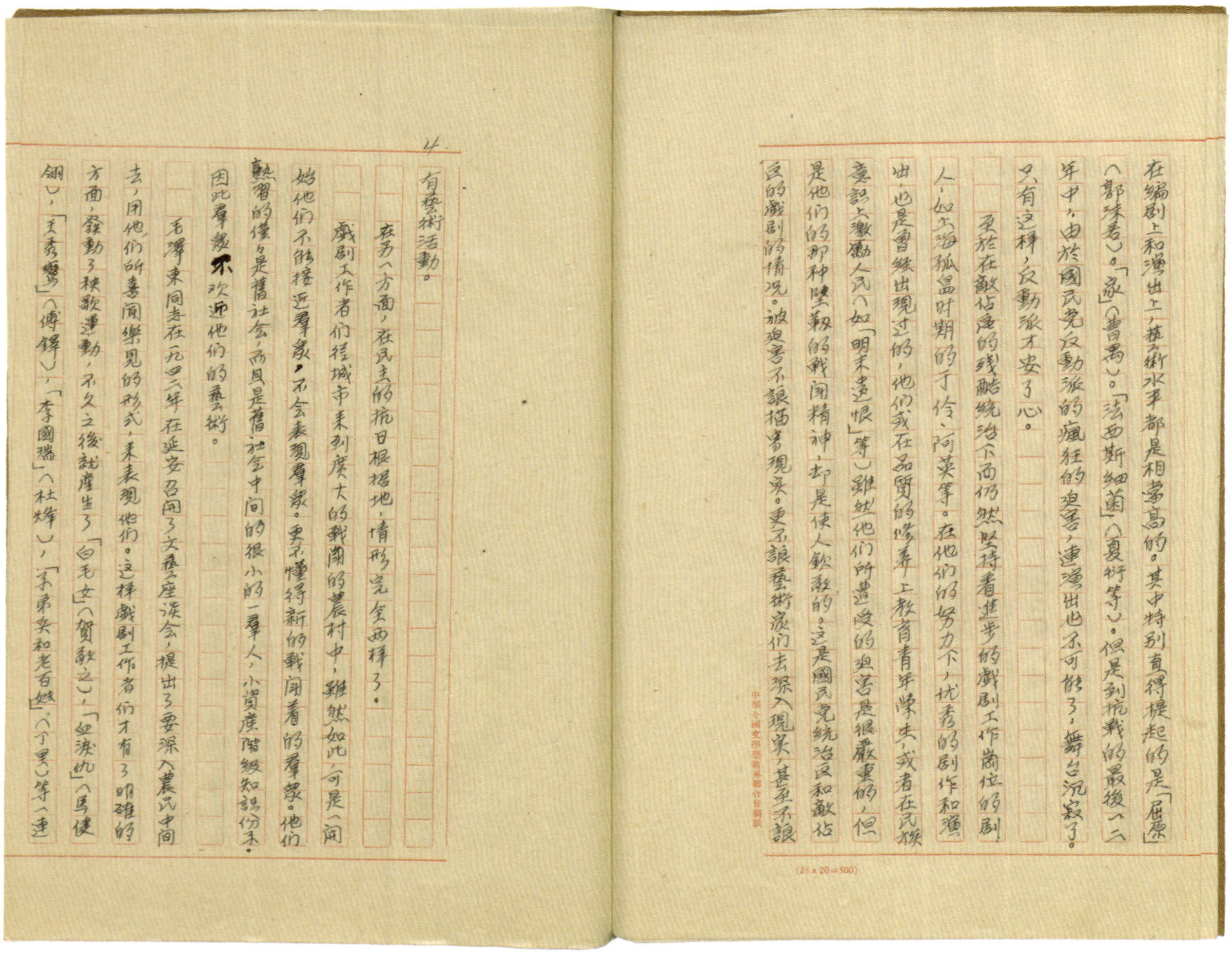
在編劇上和演出上，藝術水平都是相當高的。其中特別值得提起的是「屈原」（郭沫若），「家」（曹禺），「法西斯細菌」（夏衍等）。但是到抗戰的最後一二年中，由於國民党反動派的瘋狂的迫害，連演出也不可能了，舞台沉寂了。只有這样，反動派才安了心。

至於在敵佔區的殘酷統治下面仍然堅持着進步的戲劇工作崗位的劇人，如上海孤島时期的于伶、阿英等。在他們的努力下，优秀的劇作和演出，也是曾継出現过的，他們或在品質的修養上教育青年學生，或者在民族意識上激勵人民（如「明末遺恨」等），雖然他們所遭受的迫害是很嚴重的，但是他們的那种堅毅的戰鬥精神，却是使人欽敬的。這是國民党統治區和敵佔區的戲劇的情況。被迫害不讓描寫現實。更不讓藝術家們去深入現實，甚至不讓

4.

有藝術活動。

在另一方面，在民主的抗日根據地，情形完全兩樣了。

戲劇工作者們從城市來到廣大的戰鬥的農村中，雖然如此，可是一開始他們不能接近羣衆，不会表現羣衆。更不懂得新的戰鬥着的羣衆。他們熟習的僅々是舊社会，而且是舊社会中间的很小的一羣人，小資產階級知識份子。因此羣衆不欢迎他們的藝術。

毛澤東同志在一九四二年在延安召開了文藝座谈会，提出了要深入農民中间去，用他們所喜聞樂見的形式，來表現他們。這样戲劇工作者們才有了明確的方面，發動了秧歌運動，不久之後就產生了「白毛女」（賀敬之），「血淚仇」（馬健翎），「王秀鸞」（傅鐸），「李國瑞」（杜烽），「子弟兵和老百姓」（丁里）等一連

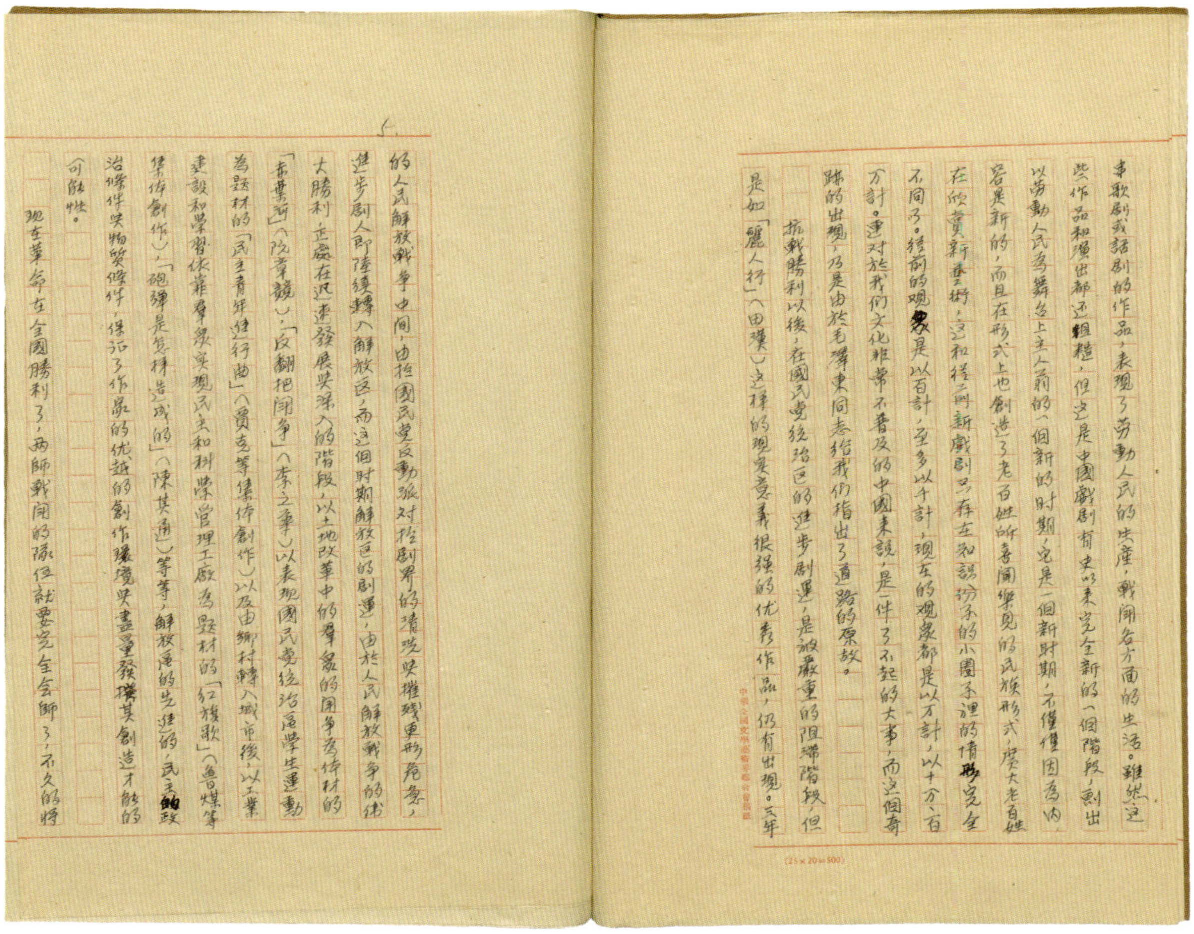

5.

事歌劇或話劇的作品，表現了勞動人民的生產，戰鬥各方面的生活。雖然這些作品和演出都還粗糙，但這是中國戲劇有史以來完全新的一個階段，劇出以勞動人民為舞台上主人翁的一個新的時期，它是一個新時期，不僅僅因為內容是新的，而且在形式上也創造了老百姓所喜聞樂見的民族形式，廣大老百姓在欣賞新藝術，這和從前新戲劇只存在知識份子的小圈子裡的情形完全不同了。從前的觀眾是以百計，至多以千計，現在的觀眾都是以萬計，以十万、百万計。這对於我們文化非常不普及的中國來說，是一件了不起的大事，而這個奇跡的出現，乃是由於毛澤東同志給我們指出了道路的原故。

抗戰勝利以後，在國民黨統治區的進步劇運，是被嚴重的阻滯階段，但是如「麗人行」（田漢）這樣的現實意義很強的優秀作品，仍有出現。三年的人民解放戰爭中間，由於國民黨反動派对於劇界的壓迫與摧殘更形危急，進步劇人即陸續轉入解放區，而這個時期解放區的劇運，由於人民解放戰爭的偉大勝利，正處在迅速發展與深入的階段，以土地改革中的群眾的鬥爭為題材的「赤葉河」（阮章競）、「反翻把鬥爭」（李之華）以表現國民黨統治區學生運動為題材的「民主青年進行曲」（賈克等集体創作）以及由鄉村轉入城市後，以工業建設和學習依靠群眾實現民主和科學管理工廠為題材的「紅旗歌」（魯煤等集体創作）、「炮彈是怎樣造成的」（陳其通）等等，解放區的先進的，民主的政治條件與物質條件，保証了作家的優越的創作環境與盡量發揮其創造才能的可能性。

現在革命在全國勝利了，兩師戰鬥的隊伍就要完全會師了，不久的將來，在戲劇上，將會有一個高潮，戲劇藝術將會走上新的更高的水平，這是可以預言的。

我們中國的新戲劇，歷來受俄國偉大戲劇家的影響是很深的，從劇作來說，果戈里，阿史特洛夫斯基，高尔基，在我們舞台上是留下了十分深的影響的。「巡按」、「大雷雨」、「夜店」翻來覆去的在各地上演，最後，「夜店」還被搬上銀幕。蘇維埃的劇作：「怒吼吧！中國」、「鐵甲列車」、「帶槍的人」、「前線」、「俄羅斯問題」、「俄羅斯人」、「望穿秋水」和一些短劇我們都上演過，其中第一，第三，第四，第六個劇，給觀眾留下了深刻的印象。

中國的演員对史坦尼斯拉夫斯基体系十分熱衷學習，史氏的書，丹青科的書，我們都有譯本，而且，有幾种譯本。我們在過去深感遺憾的是

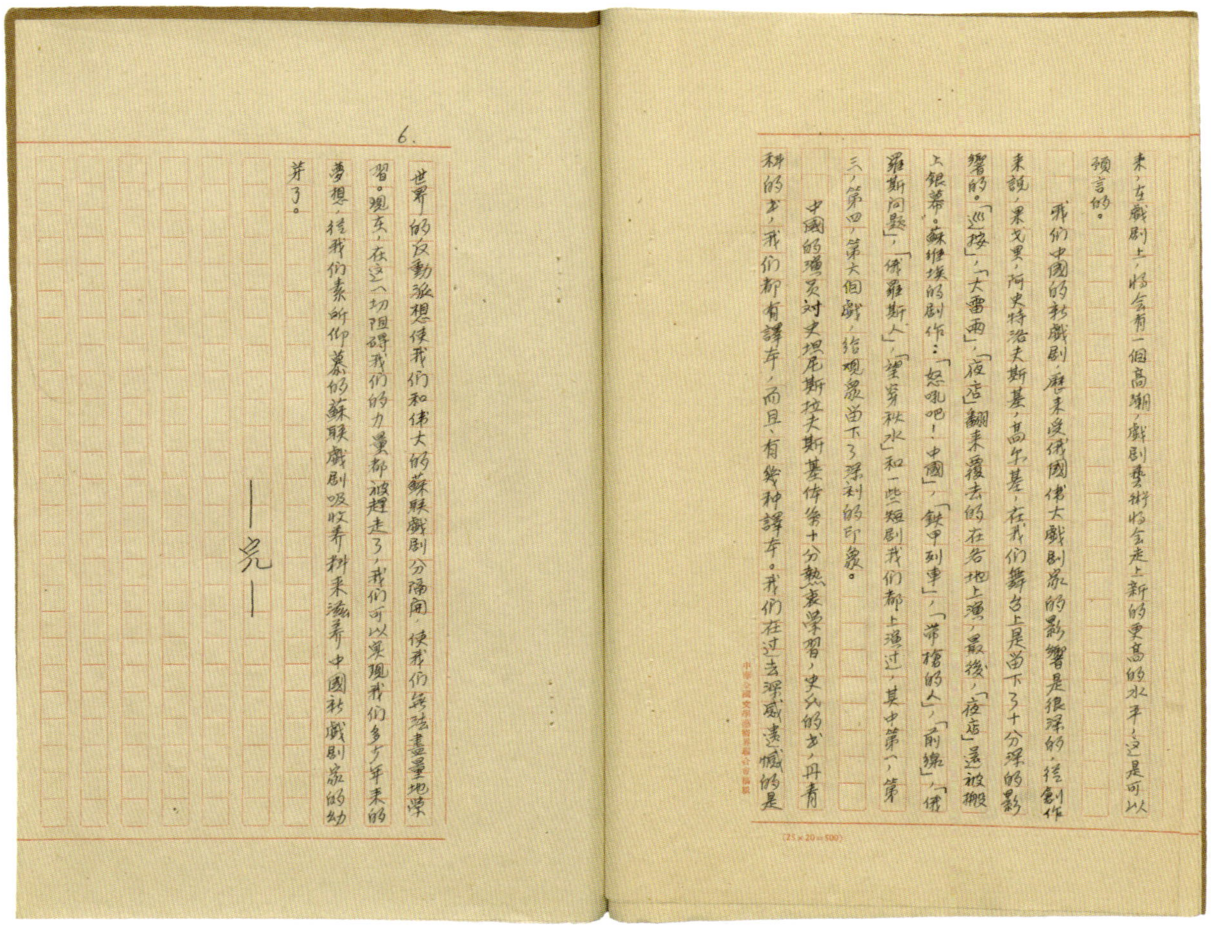

6.

世界的反動派想使我們和偉大的蘇聯戲劇分隔開，使我們無法盡量地學習。現在，在這一切阻礙我們的力量都被趕走了，我們可以實現我們多少年來的夢想，從我們素所仰慕的蘇聯戲劇吸收養料來滋養中國新戲劇家的幼芽了。

——完——

张庚《中国近五十年剧运概况》写于1949年10月中旬，是应文化部对外文化联络局邀请为苏联文化代表团所写的中国戏剧运动概况介绍，发表于1950年中央戏剧学院院刊《戏剧通讯》创刊号。

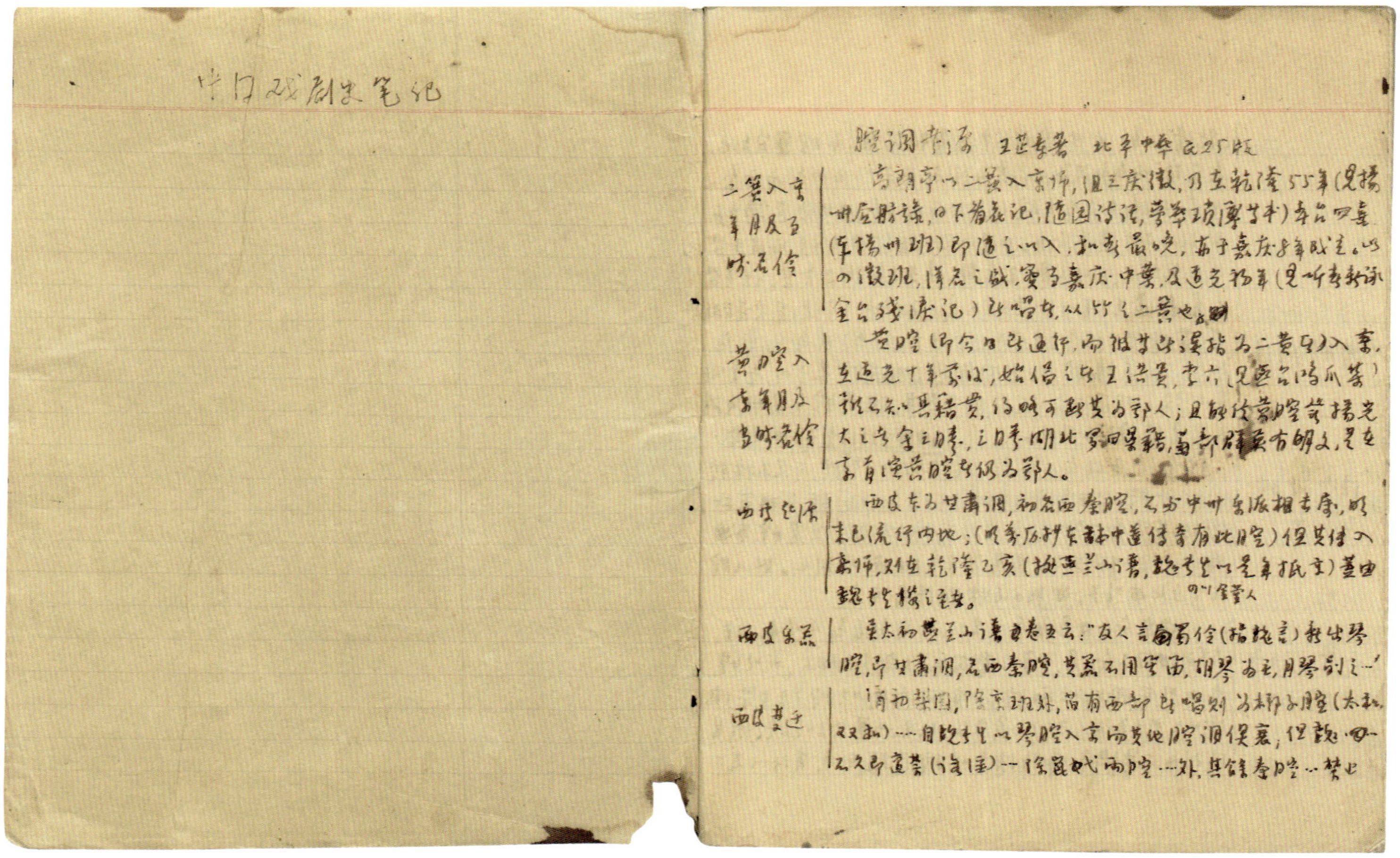

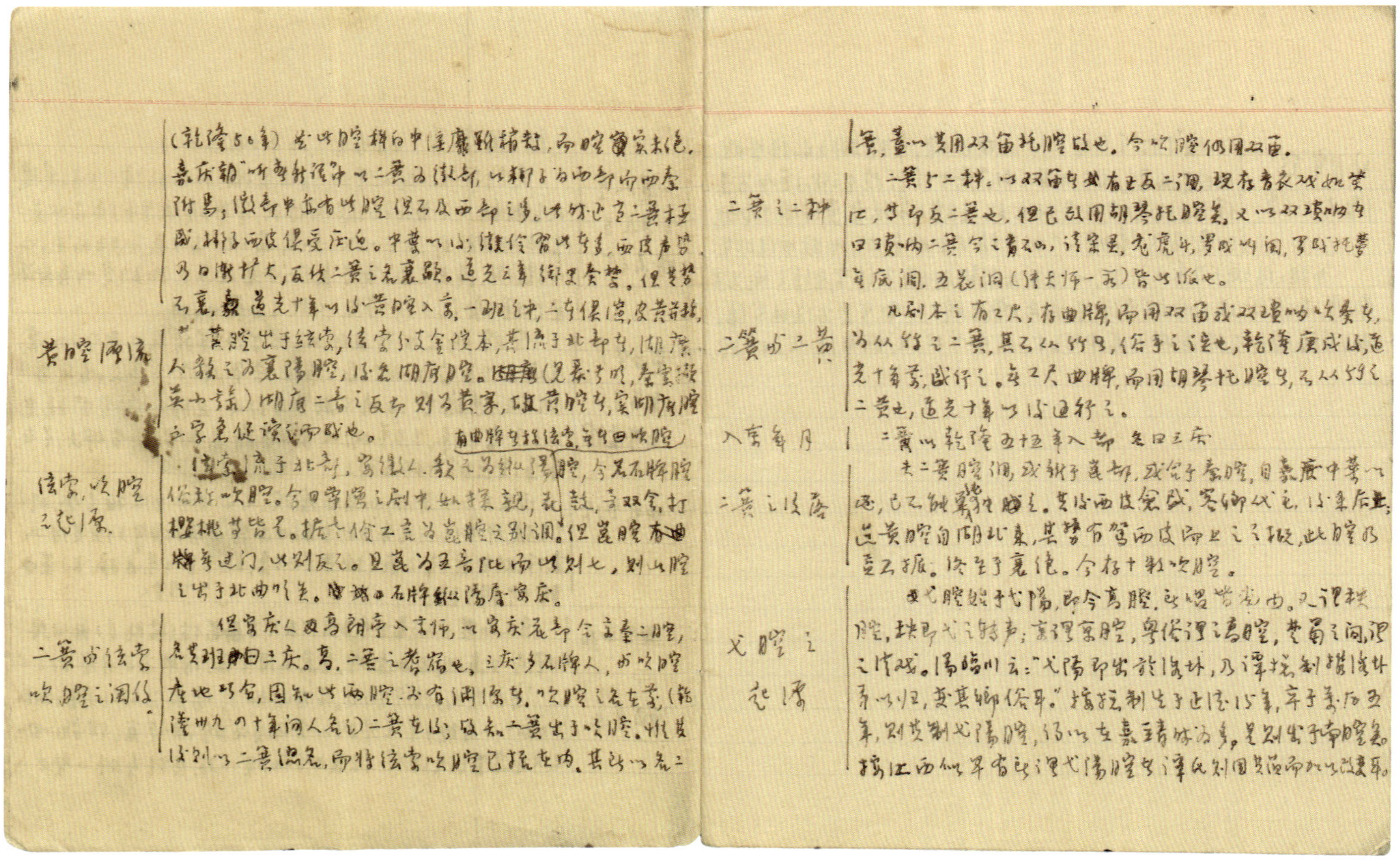

《中国戏剧史笔记》手稿

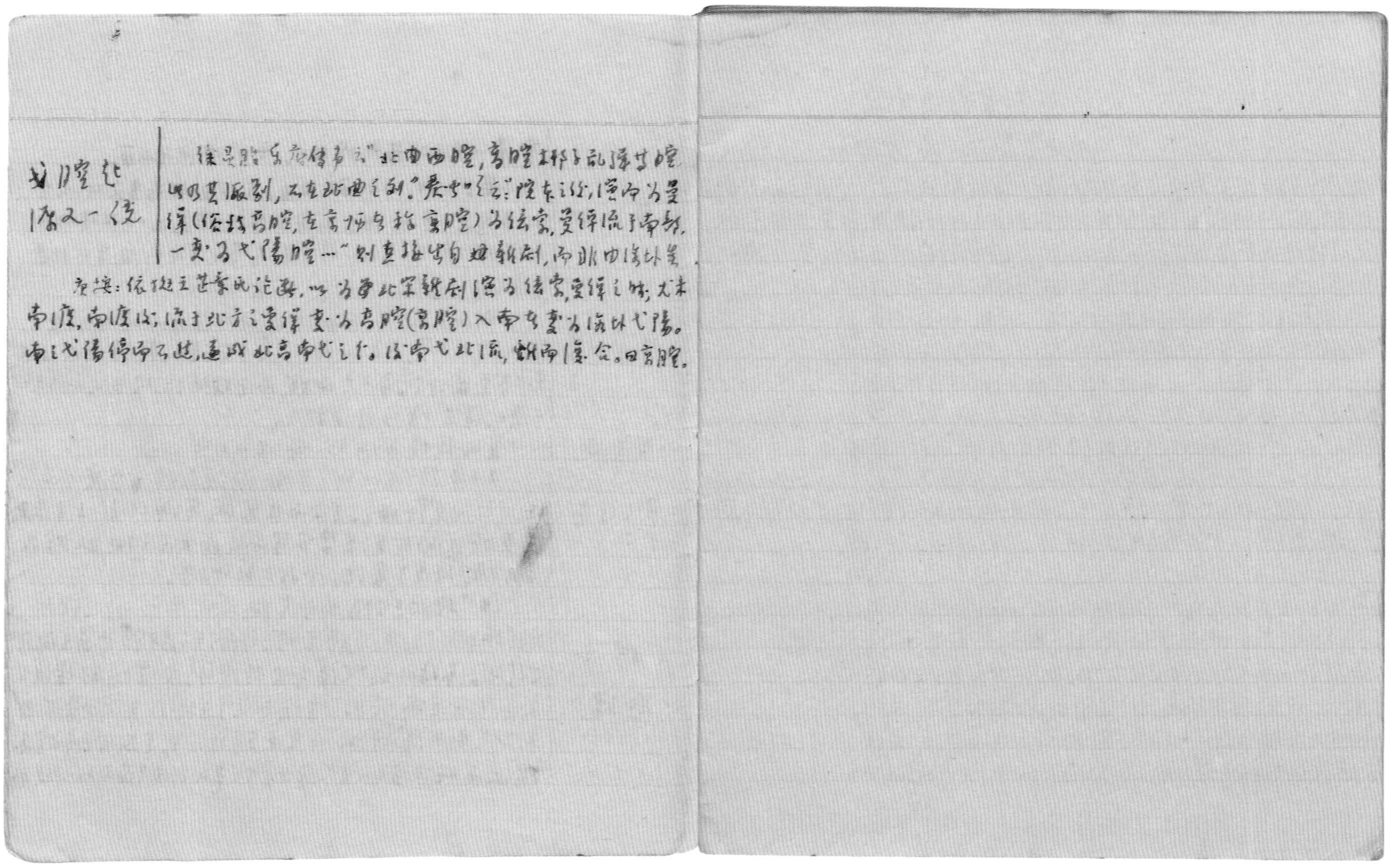

弋腔北传又一说

徐灵胎《乐府传声》云："北曲西腔，高腔梆子乱弹皆腔……不在北曲之列。"……则亦认为自北剧，而非曲传北生。

庚按：依据王芷章氏论断，以为弋北宋杂剧传为弦索变体之时，尤未南渡，南渡后，流于北方之变体称为高腔(京腔)入南者乃称为弋阳。南之弋阳传而不进，遂成北高南弋之势。后南弋北流，与北腔合，曰京腔。

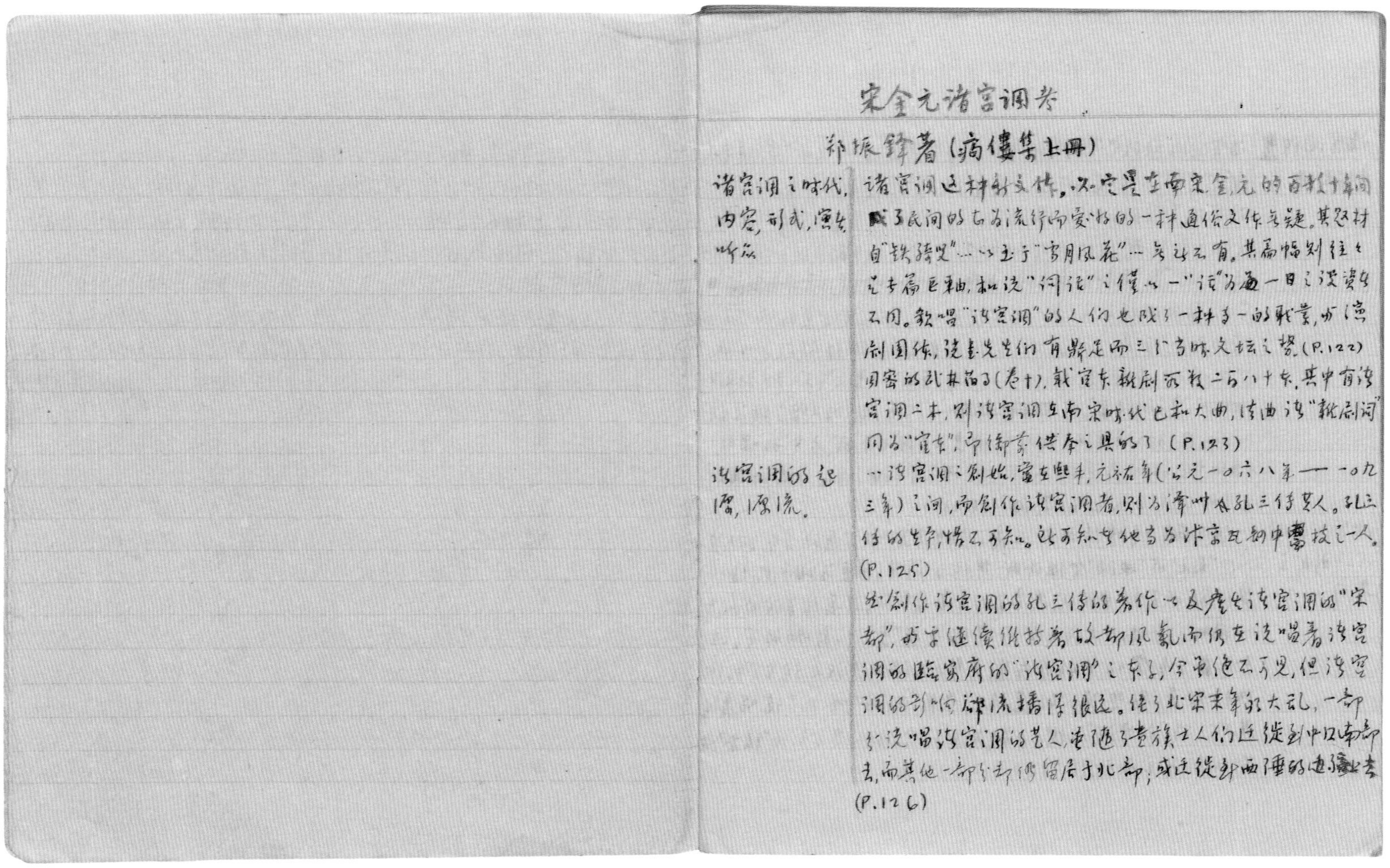

宋金元诸宫调考

郑振铎著（痀偻集上册）

诸宫调之时代，内容，形式，演唱听众

诸宫调这种新文体，不知它是在南宋金元的百数十年间赢得了民间的广为流行而爱好的一种通俗文体无疑。其题材自"铁骑儿"……以至于"雪月风花"……无所不有。其篇幅则往往是长篇巨轴，和说"词话"之仅以一"话"为一日之谈资者不同。歌唱"诸宫调"的人们也成了一种专一的职业，成为戏剧团体，读书先生们有些是而三……之文坛之势。(P.122)

周密的武林旧事(卷十)，载官本杂剧段数二百八十本，其中有诸宫调二本，则诸宫调在南宋时代已和大曲，法曲诸"杂剧词"同为"官本"，而御前供奉之具的了 (P.123)

诸宫调的起源，源流。

……诸宫调之创始，当在熙丰、元祐年(公元一〇六八年——一〇九三年)之间，而创作诸宫调者，则为泽州人孔三传其人。孔三传的生平，惜不可知。所可知者他当为汴京瓦舍中献技之一人。(P.125)

当创作诸宫调的孔三传的著作以及产生诸宫调的"宋都"，……故都风气而仍在说唱着诸宫调的临安府的"诸宫调"之本子，今虽绝不可见，但诸宫调的影响却流播得很远。经了北宋末年的大乱，一部分说唱诸宫调的艺人，当随了贵族士人们迁徙到中以南部去，而其他一部分却仍留居于北部，或迁徙到西陲的边疆去。(P.126)

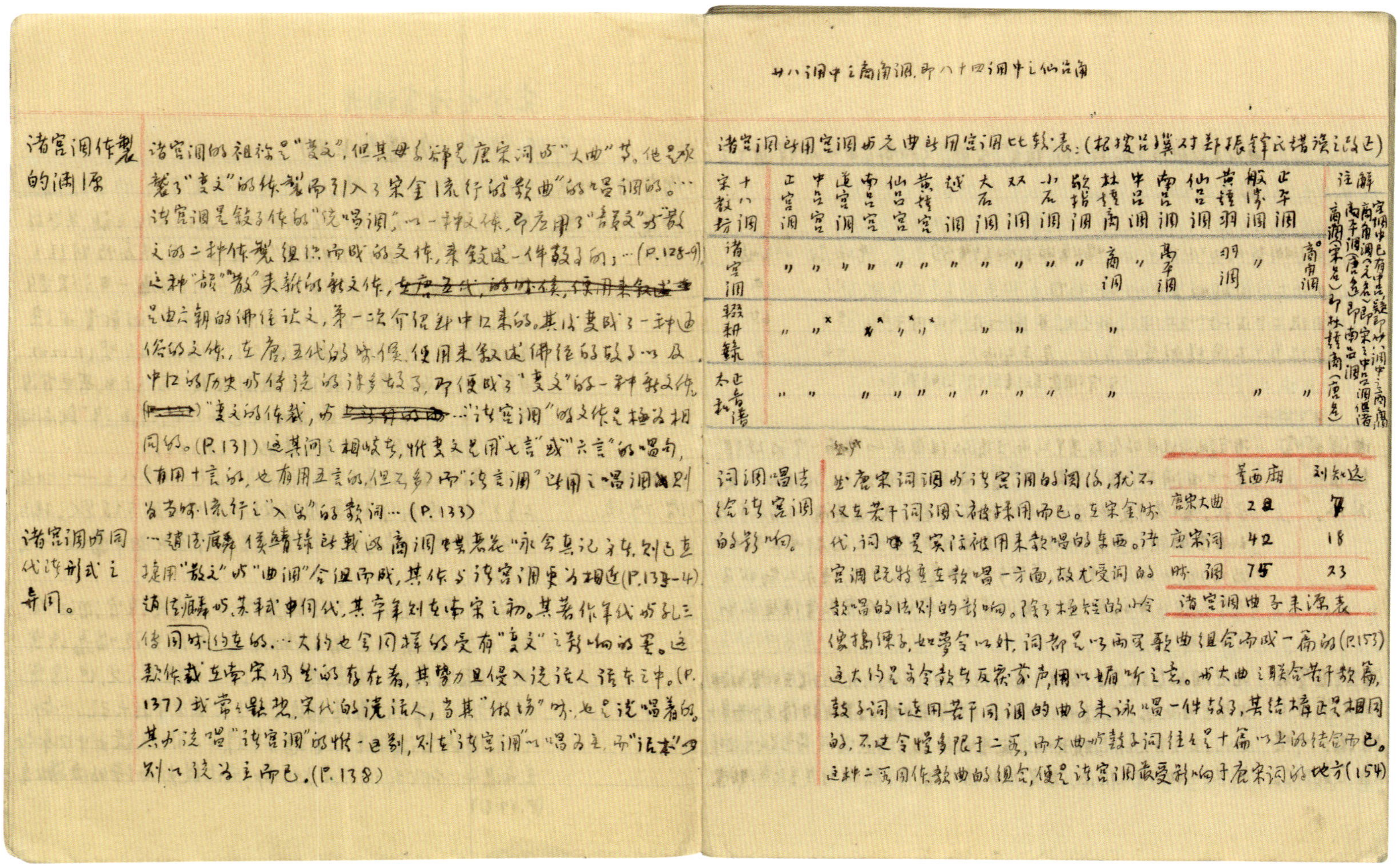

诸宫调体制的渊源

诸宫调的祖祢是"变文"，但其母系却是唐宋词的"大曲"等。他是吸收了"变文"的体制而引入了宋金流行的"歌曲"的唱调的。……诸宫调是叙事体的"说唱调"。以一种文体，即应用了"韵文"和"散文"的二种体制组织而成的文体，来叙述一件故事的；……（P.128-9）

这种"韵""散"夹杂的新文体，是由六朝的佛经译文，第一次介绍到中国来的。其后变成了一种通俗的文体，在唐、五代的时候，便用来叙述佛经的故事以及中国的历史和传说的许多故事，即便成了"变文"的一种新文体。"变文"的体裁，和……"诸宫调"的文体是极为相同的。（P.131）这其间之相歧者，惟变文是用七言或六言的唱句，（有用十言的，也有用五言的，但不多）而"诸宫调"则用之唱调则为当时流行之"大曲"的歌词……（P.133）

诸宫调与同代诸剧式之异同。

……赵德麟侯鲭录所载的商调蝶恋花"咏会真记"之事，则已是援用"散文"与"曲调"合组而成，其体与诸宫调更为相近（P.133-4）。赵德麟与苏轼年同代，其卒年则在南宋之初。其著作年代与孔三传同时，约在的……大约也是同样的受有"变文"之影响的罢。这些体裁在南宋仍坚的存在着，其势力且侵入说话人诸家之中。（P.137）我常常疑想，宋代的说话人，当其"做场"时，也是说唱着的。其与说唱"诸宫调"的惟一区别，则在"诸宫调"以唱为主，而"话本"则以说为主而已。（P.138）

廿八调中之商角调，即八十四调中之仙吕角

诸宫调所用宫调与大曲所用宫调比较表：（据拔吕璞对郑振铎氏错误之改正）

宋教坊十八调	正宫调	中吕宫	道宫调	南吕宫	仙吕宫	黄钟宫	越调	大石调	双调	小石调	歇指调	林钟商	中吕调	南吕调	仙吕调	黄钟羽	般涉调	正平调	注解
诸宫调	〃	〃	〃	〃	〃	〃	〃	〃	〃	〃	〃	商调	〃	高平调		羽调	〃	商角调	宫调中已有中吕宫，疑即廿八调中之商角调（元名）即宋之中吕调。高平调（唐名）即南吕调。商调（宋名）即林钟商（唐名）
辍耕录	〃	〃×	〃×	〃×	〃×			〃	〃		〃								
太和正音谱	〃	〃		〃	〃	〃	〃	〃	〃	〃		〃					〃	〃	

词调唱法给诸宫调的影响。

至唐宋词调与诸宫调的关系，就不仅在若干词调之被採用而已。在宋金时代，词曲是实际被用来歌唱的东西。诸宫调既特重在歌唱一方面，故尤受词的歌唱的法则的影响。除了极短的小令像捣练子，如梦令以外，词都是以两段歌曲组合而成一篇的（P.153）这大约是为令歌者反复歌声，俾以娱听之意。与大曲之联合若干数篇，数子词之连用若干同调的曲子来咏唱一件故事，其结构正是相同的，不过令慢多限于二段，而大曲与鼓子词往往是十篇以上的结合而已。这种二段同体歌曲的组合，便是诸宫调最受影响于唐宋词的地方（154）

	董西厢	刘知远
唐宋大曲	28	7
唐宋词	42	18
时调	75	23

诸宫调曲子来源表

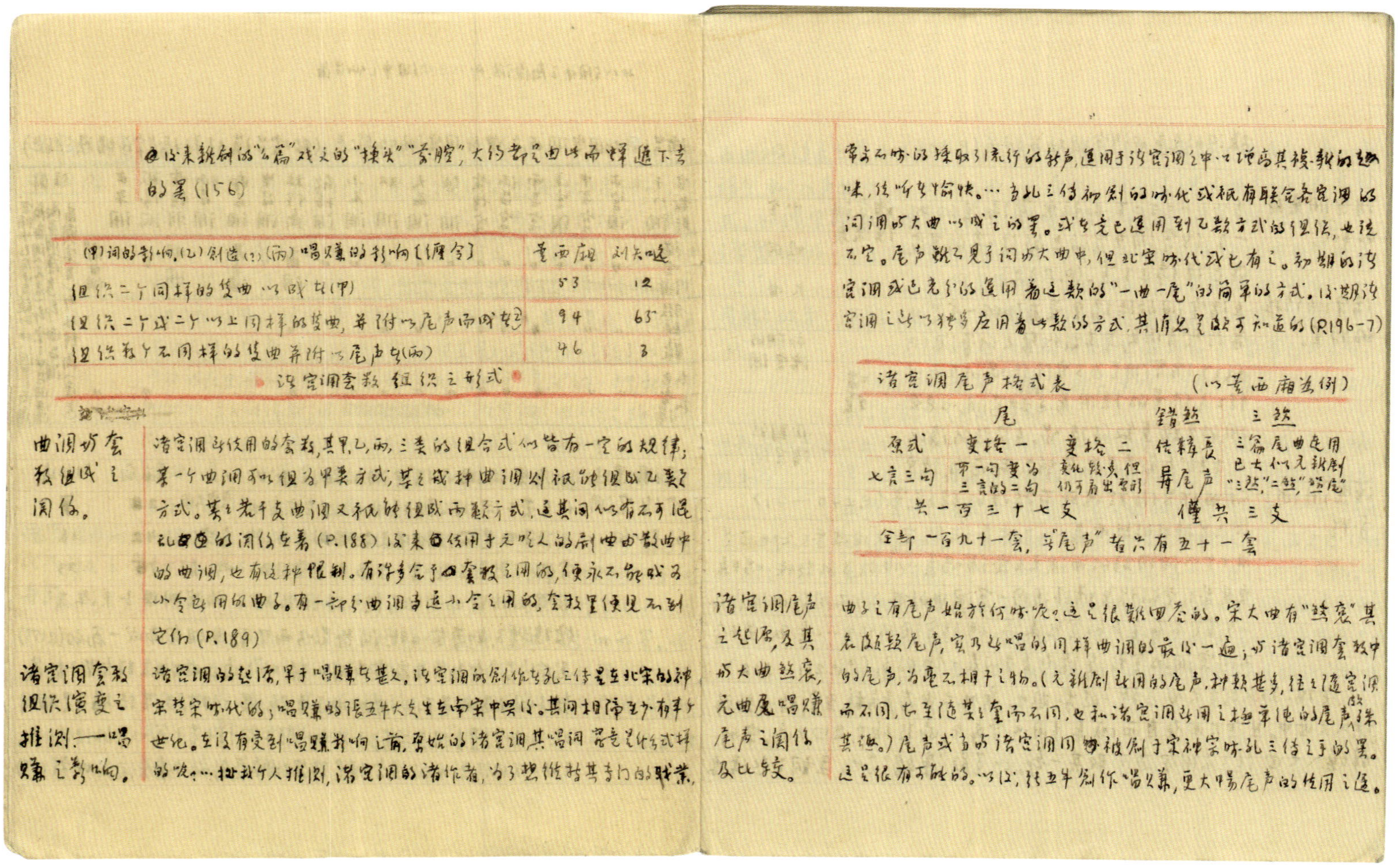

……后来新剧的"么篇"戏文的"换头""前腔"，大约都是由此而蜕变下来的罢（156）

（甲）词的影响，（乙）创造（？）（丙）唱赚的影响【缠令】	董西厢	刘知远
组织二个同样的只曲以成者（甲）	53	12
组织二个或二个以上同样的只曲，并附以尾声而成者（乙）	94	65
组织数个不同样的只曲并附以尾声者（丙）	46	3

诸宫调套数组织之形式

曲调与套数组成之关系。

诸宫调所使用的套数，其甲乙丙三类的组合式似皆有一定的规律：某一个曲调只能组为甲类方式，某几种曲调则只能组成乙类方式。某些若干支曲调又只能组成丙类方式。这其间似有不可混乱的关系在着（P.188）后来所使用于元明人的剧曲与散曲中的曲调，也有这种限制。有许多合于套数之用的，便永不能成为小令所用的曲子。有一部分曲调专适小令之用的，套数里便见不到它们（P.189）

诸宫调套数组织演变之推测——唱赚之影响。

诸宫调的起源，早于唱赚者甚久。诸宫调的创作者孔三传是在北宋的神宗哲宗时代的；唱赚的张五牛大夫生在南宋中兴后。其间相隔至少有半个世纪。在没有受到唱赚影响之前，最始的诸宫调其唱调究竟是什么式样的呢？……据我个人推测，诸宫调的诸作者，为了想维持其专门的职业，

常常不时的采取了流行的新声，运用于诸宫调之中，以增高其新鲜的趣味，使听者愉快。……当北三传初创的时代或只有联合各宫调的词调与大曲以成之的罢。或者竟已运用到乙类方式的组织，也说不定。尾声虽不见于词与大曲中，但北宋时代或已有之。初期的诸宫调或已充分的运用着这类的"一曲一尾"的简单的方式。后期诸宫调之所以特多应用着丙类的方式，其消息是颇可知道的（P.196-7）

诸宫调尾声格式表（以董西厢为例）

尾			错煞	三煞
原式	变格一	变格二	结构与异尾声	三篇尾曲连用已大似元新剧"三煞""二煞""煞尾"
七言三句	第一句变为三言的二句	变化较大但仍可看出原形		
共一百三十七支			仅共三支	

全部一百九十一套，有"尾声"者只有五十一套

诸宫调尾声之起源，及其与大曲煞衮，元曲尾唱赚尾声之关系及比较。

曲子之有尾声始于何时呢？这是很难回答的。宋大曲有"煞衮"其名颇类尾声，实乃只唱的同样曲调的最后一遍；与诸宫调套数中的尾声，为毫不相干之物。（元新剧所用的尾声，种类甚多，往往随宫调而不同，甚至随某些套而不同，也和诸宫调所用之极单纯的尾声殊甚远。）尾声或当与诸宫调同时被创于宋神宗时孔三传之手的罢。这是很有可能的。以后，张五牛创作唱赚，更大阐尾声的使用之途。

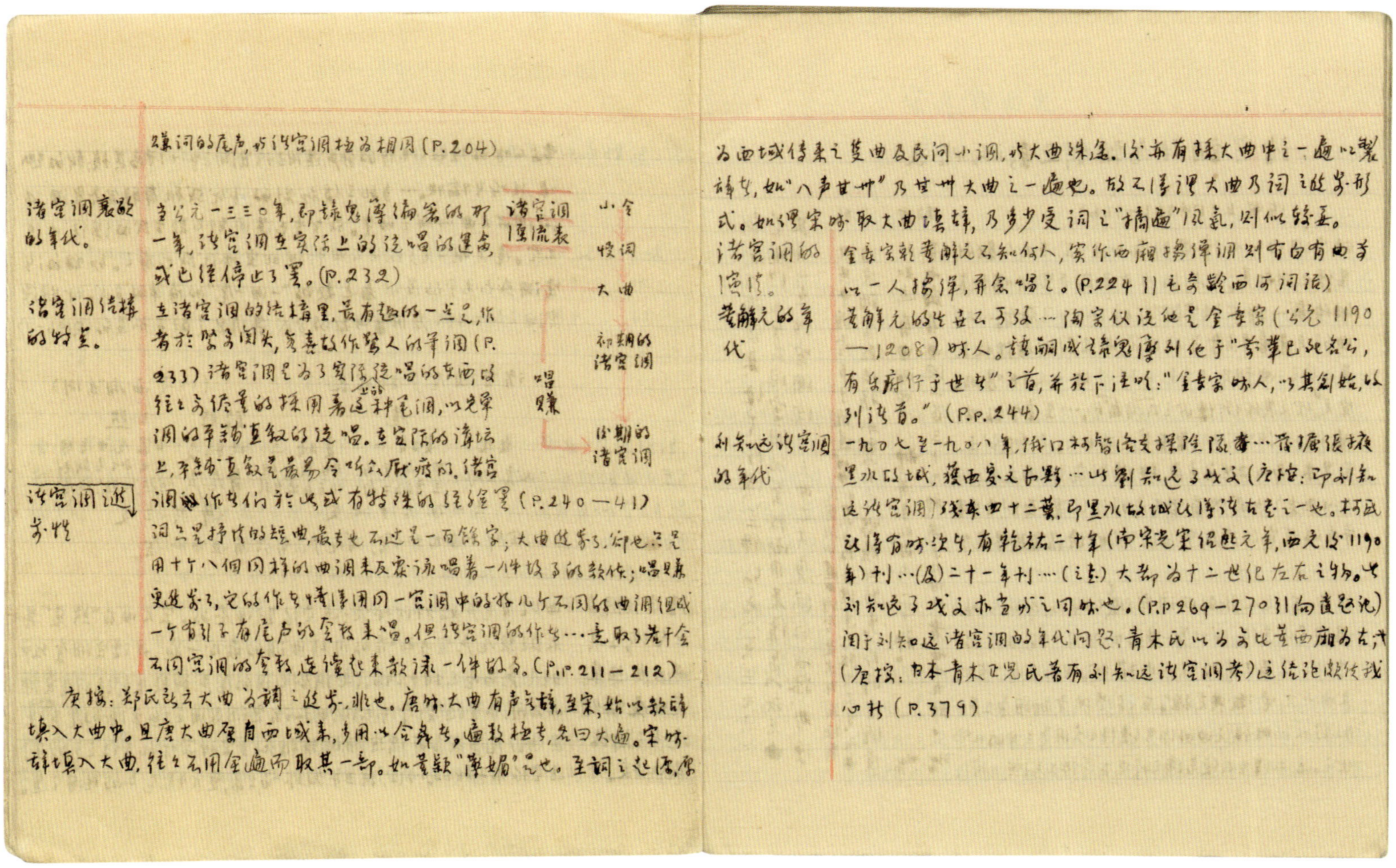

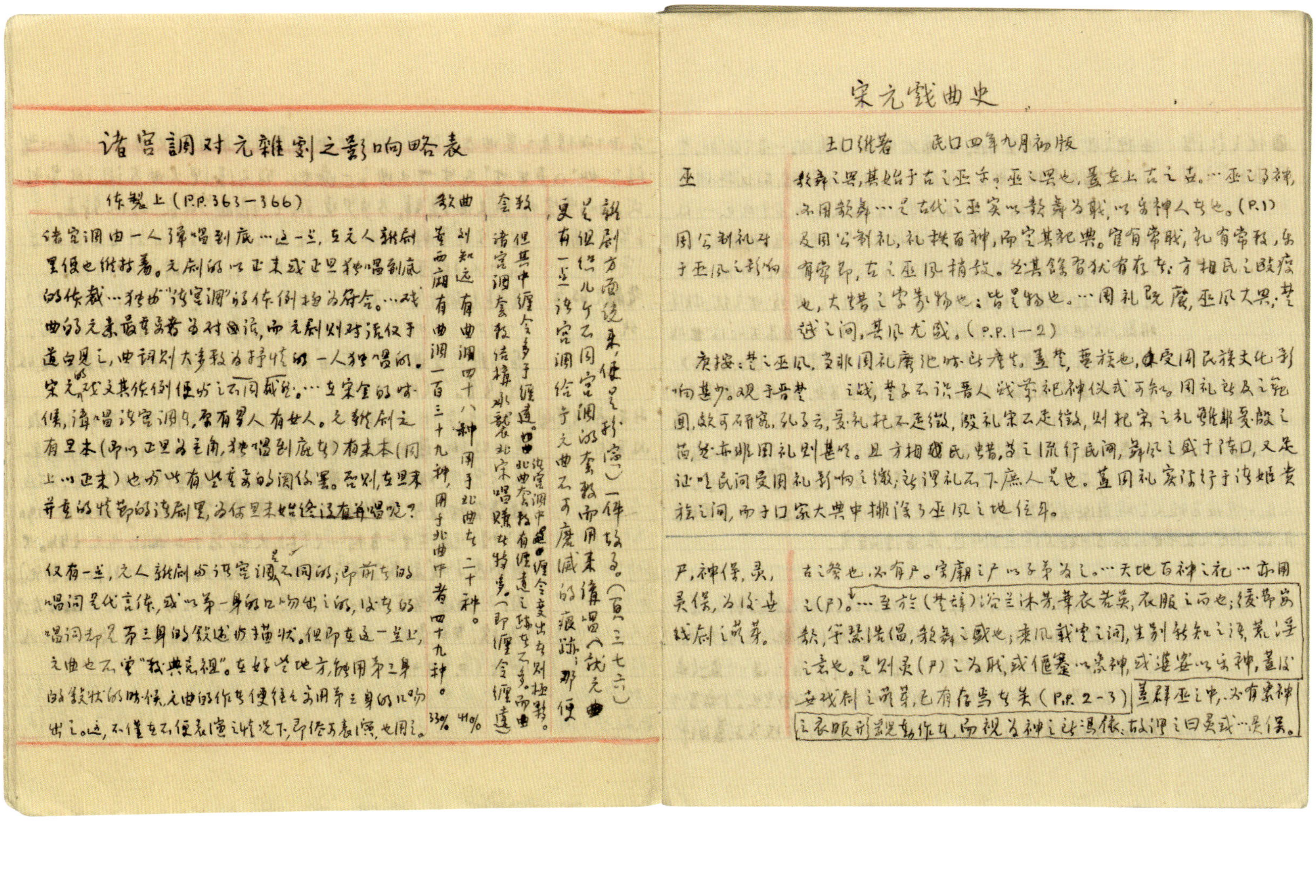
诸宫調对元雜劇之影响略表
宋元戲曲史

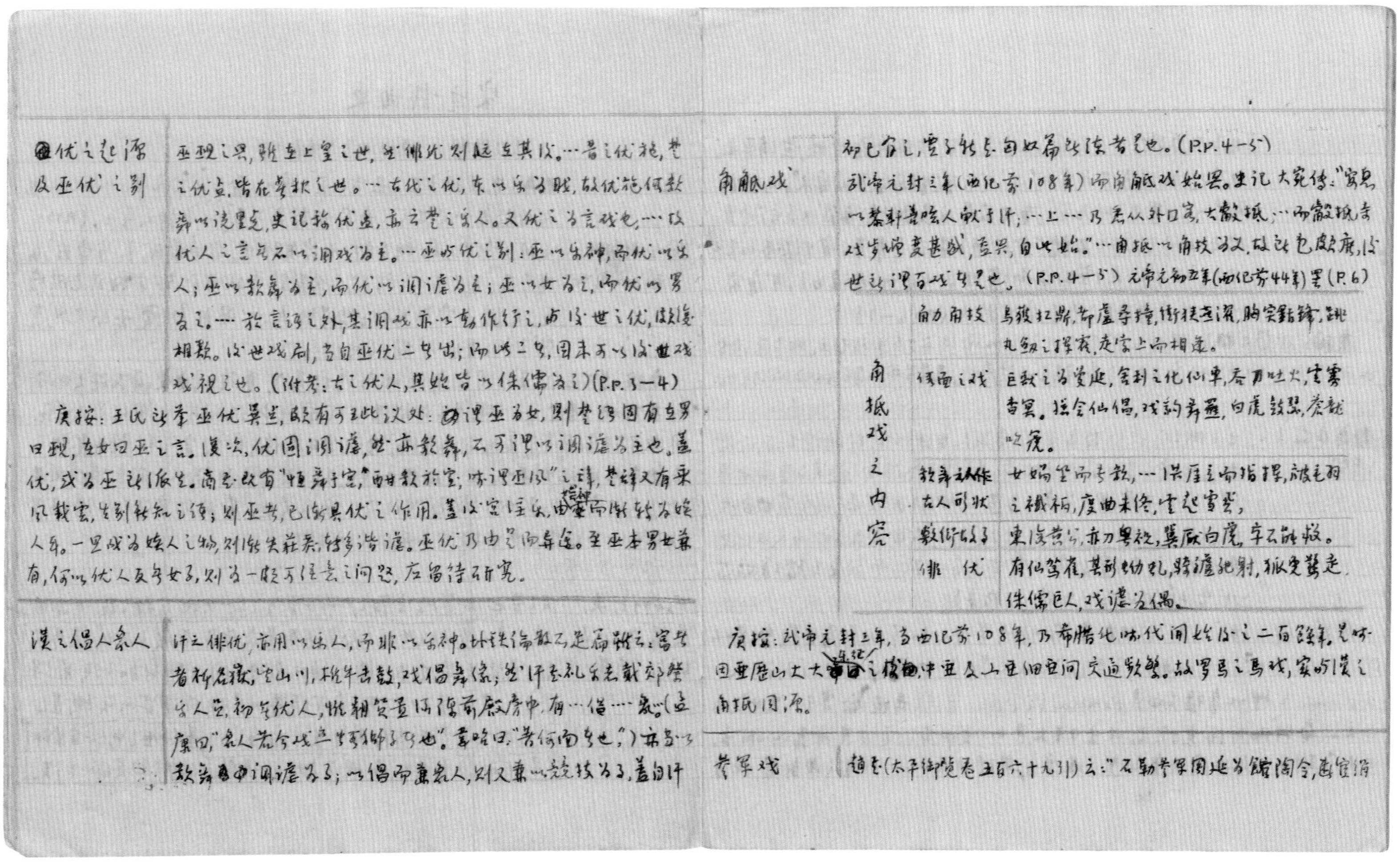

优之起源及巫优之别

巫觋之兴，虽在上皇之世，然俳优则远在其后。……晋之优施，楚之优孟，皆在春秋之世。……古代之优，本以乐为职，故优施假歌舞以说里克，史记称优孟，亦云楚之乐人。又优之为言戏也，……故优人之言无不以调戏为主。……巫与优之别：巫以乐神，而优以乐人；巫以歌舞为主，而优以调谑为主；巫以女为之，而优以男为之。……于言语之外，其调戏亦以动作行之，与后世之优，颇复相类。后世戏剧，当自巫优二者出；而此二者，固未可以后世戏剧视之也。（附考：古之优人，其始皆以侏儒为之）(P.P. 3—4)

庚按：王氏论巫优异点，颇有可议处：如谓巫为女，则楚语固有在男曰觋，在女曰巫之言。汉以后，优固调谑，然亦歌舞，不可谓以调谑为主也。盖优，或为巫之派生。商书既有"恒舞于宫，酣歌于室，时谓巫风"之语，楚辞又有乘风载云，生别新知之句；则巫者，已渐具优之作用。盖以宫廷乐，由娱神而渐转为娱人矣。一旦成为娱人之物，则渐失庄严，转多谐谑。巫优乃由是而异途。至巫本男女兼有，何以优人反无女子，则为一颇可注意之问题，尚留待研究。

汉之倡人象人

汉之俳优，亦用以乐人，而非以乐神。盐铁论散不足篇云："富者祈名岳，望山川，椎牛击鼓，戏倡舞像；"然汉书礼乐志载郊祭乐人员，初无优人，惟朝贺置酒陈前殿房中，有……倡……象人。（孟康曰："象人若今戏鱼虾狮子者也。"韦昭曰："著假面者也。"）亦当以歌舞调谑为事；以倡而兼象人，则又兼以竞技为事，盖自汉

初已有之，虽不能出西京赋所陈者是也。(P.P. 4—5)

角觝戏

武帝元封三年（西纪前108年）而角觝戏始兴。史记大宛传："安息以黎轩善眩人献于汉；……上……乃悉从外国客，大觳抵，……而觳抵奇戏岁增变甚盛，益兴，自此始。"……角抵以角技为义，故所包颇广，后世所谓百戏者是也。(P.P. 4—5) 元帝初元五年（西纪前44年）罢(P.6)

角抵戏之内容		
	角力角技	乌获扛鼎，都卢寻橦，冲狭燕濯，胸突铦锋，跳丸剑之挥霍，走索上而相逢。
	假面之戏	巨兽之为曼延，舍利之化仙车，吞刀吐火，云雾杳冥。总会仙倡，戏豹舞罴，白虎鼓瑟，苍龙吹篪。
	歌舞扮作古人形状	女娥坐而长歌，……洪崖立而指挥，被毛羽之襳襹，度曲未终，云起雪飞，
	敷衍故事	东海黄公，赤刀粤祝，冀厌白虎，卒不能救。
	俳优	有仙驾雀，其形蚴虬，骍驴驰射，狨猿超走，侏儒巨人，戏谑为偶。

庚按：武帝元封三年，当西纪前108年，乃希腊化时代开始后之二百余年。是时因亚历山大大帝东征之横亘中亚及小亚细亚间，交通频繁。故罗马之马戏，实与汉之角抵同源。

参军戏

赵书（太平御览卷五百六十九引）云："石勒参军周延为馆陶令，断官绢

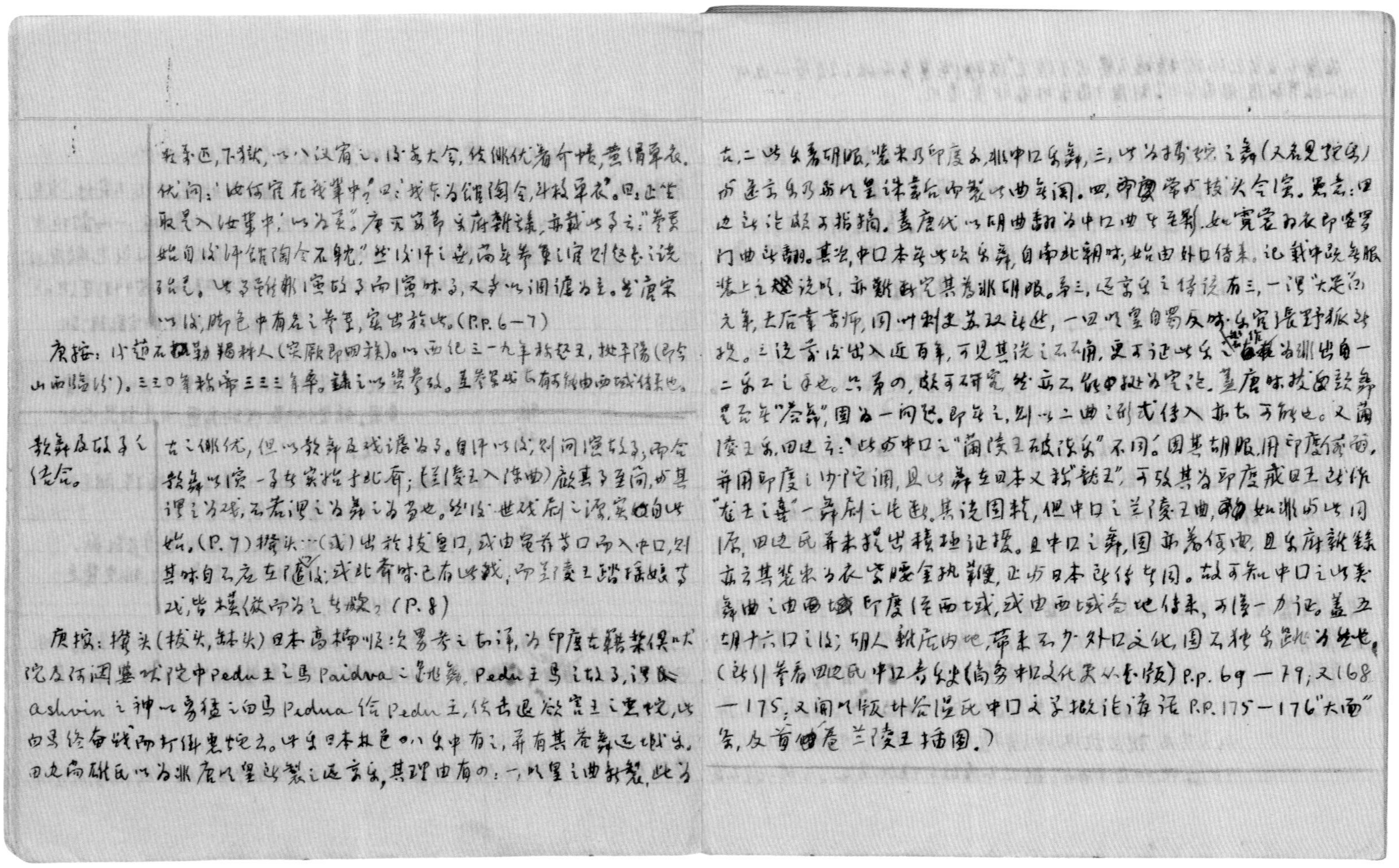

数百匹，下狱，以八议宥之。后每大会，使俳优著介帻，黄绢单衣。优问："汝何官，在我辈中？"曰："我本为馆陶令，斗数单衣。"曰："正坐取是，入汝辈中。"以为笑。"唐段安节乐府杂录，亦载此事云："参军始自后汉馆陶令石耽。"然后汉之世，尚无参军之官，则段氏之说殆非是。此事虽演故事而实时事，又专以调谑为主。然唐宋以后，脚色中有名之参军，实出于此。(P.P. 6—7)

庚按：此赵石勒为羯种人（突厥即回族）。以西纪三一九年称赵王，据平阳（即今山西临汾）。三三〇年称帝，三三三年卒。录之以资参考。盖参军戏亦有可能由西域传来也。

歌舞及故事之结合

古之俳优，但以歌舞及戏谑为事。自汉以后，则间演故事，而合歌舞以演一事者，实始于北齐；（兰陵王入阵曲）顾其事至简，与其谓之为戏，不若谓之为舞之为当也。然后世戏剧之源，实自此始。(P.7) 拨头……（或）出于拔豆国，或由龟兹等国而入中国，则其时自不应在隋以后，或北齐时已有此戏，而兰陵王踏摇娘等戏，皆模仿而为之者欤？(P.8)

庚按：拨头（拔头，钵头）日本高楠顺次郎考之，谓为印度古籍梨俱吠陀及阿闼婆吠陀中Pedu王之马Paidva之跳舞。Pedu王马之故事，谓ashvin之神以勇猛之白马Pedua给Pedu王，使击退欲害王之毒蛇，此白马终奋战而打倒毒蛇云。此乐日本林邑八乐中有之，并有其旧舞迹可考。田边尚雄氏以为非唐代皇帝所制之还京乐，其理由有四：一，此皇之曲新制，此为

古，二此乐著胡服，装束乃印度式，非中国乐舞，三，此为拔头之舞（又名是陀乐）与还京乐乃系代皇诛韦后而制此曲无关。四，而窦常之拔头令宾。田边氏论证颇可指摘。盖唐代以胡曲翻为中国曲者甚多，如霓裳羽衣即婆罗门曲所翻。其次，中国本无此种乐舞，自南北朝时，始由外国传来。记载中既无服装上之说明，亦难断定其为非胡服。第三，还京乐之传说有三，一谓"大足元年，太后幸京师，同州刺史苏环所进，一曰明皇自蜀反时，乐宫张野狐所投。三说前后出入近百年，可见其说之不确，更不能证此乐之舞为非出自一二乐工之手也。只第四，颇可研究，然亦不能由此断为定论。盖唐时拔头既舞，是否为"合舞"，固为一问题。即有之，则以二曲之形式传入亦大可能也。又兰陵王乐，田边云："此与中国之"兰陵王破阵乐"不同。因其胡服，用印度假面，并用印度之沙陀调，且此舞在日本又称'龙王'，可能其为印度戒日王所作"龙王之喜"一舞剧之片断。其说固新，但中国之兰陵王曲，亦如非此曲同源，田边氏并未提出积极证据。且中国之舞，固亦著假面，且乐府杂录亦云其装束为衣紫腰金执鞭，正与日本所传者同。故可知中国之此类舞曲之由西域印度经西域，或由西域各地传来，可备一方证。盖五胡十六国之后，胡人移居内地，带来不少外国文化，固不独乐舞为然也。（所引参看田边氏中国音乐史（商务中国文化史丛书版）P.p. 69—79；又168—175；又开明版竹谷冯氏中国文学概论讲话P.P. 175—176"大面"条，及首卷兰陵王插图。）

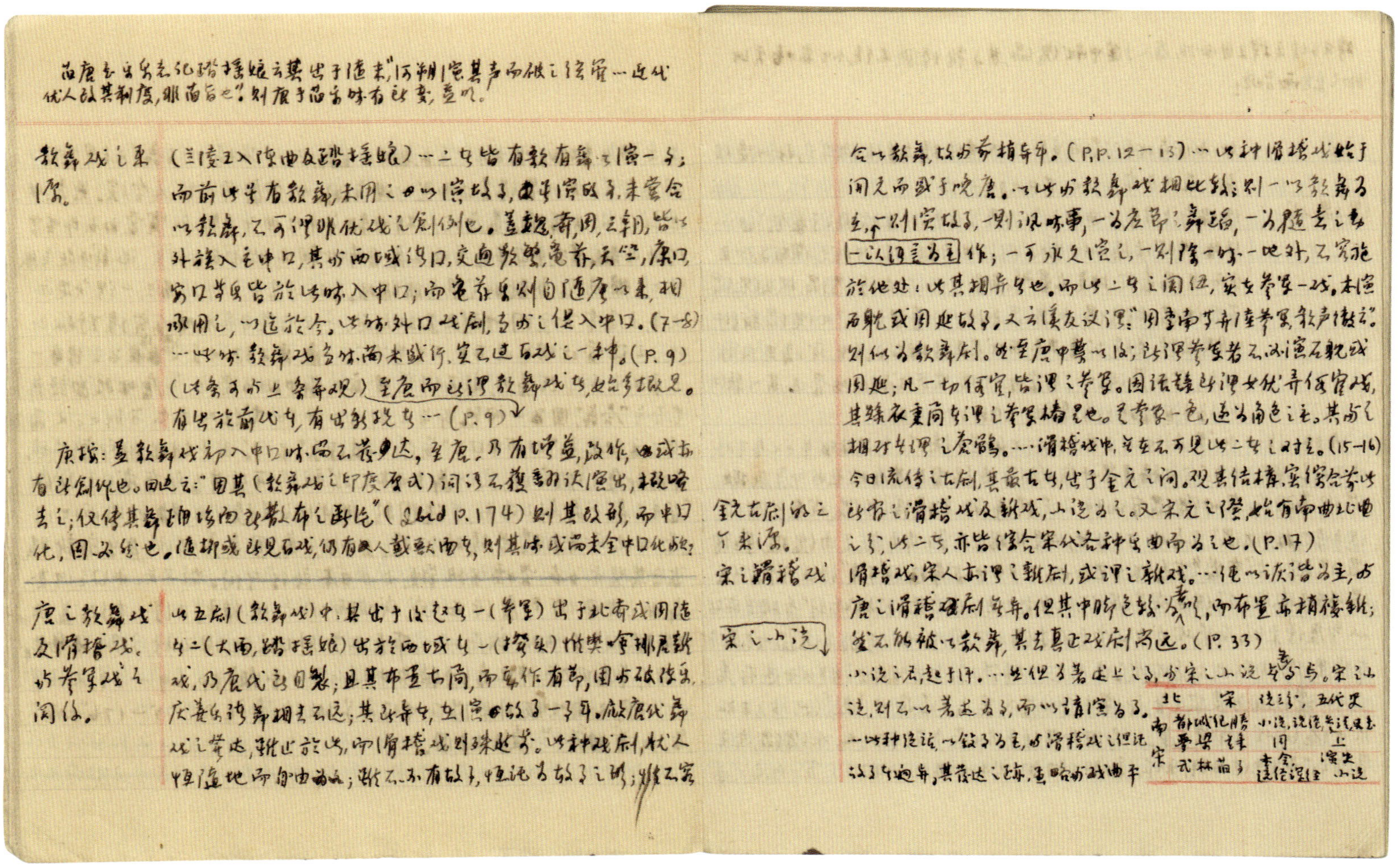
歌舞戏之来源。
唐之歌舞戏及滑稽戏。
金元古剧的之来源。
宋之滑稽戏
宋之小说
北宋
南宋

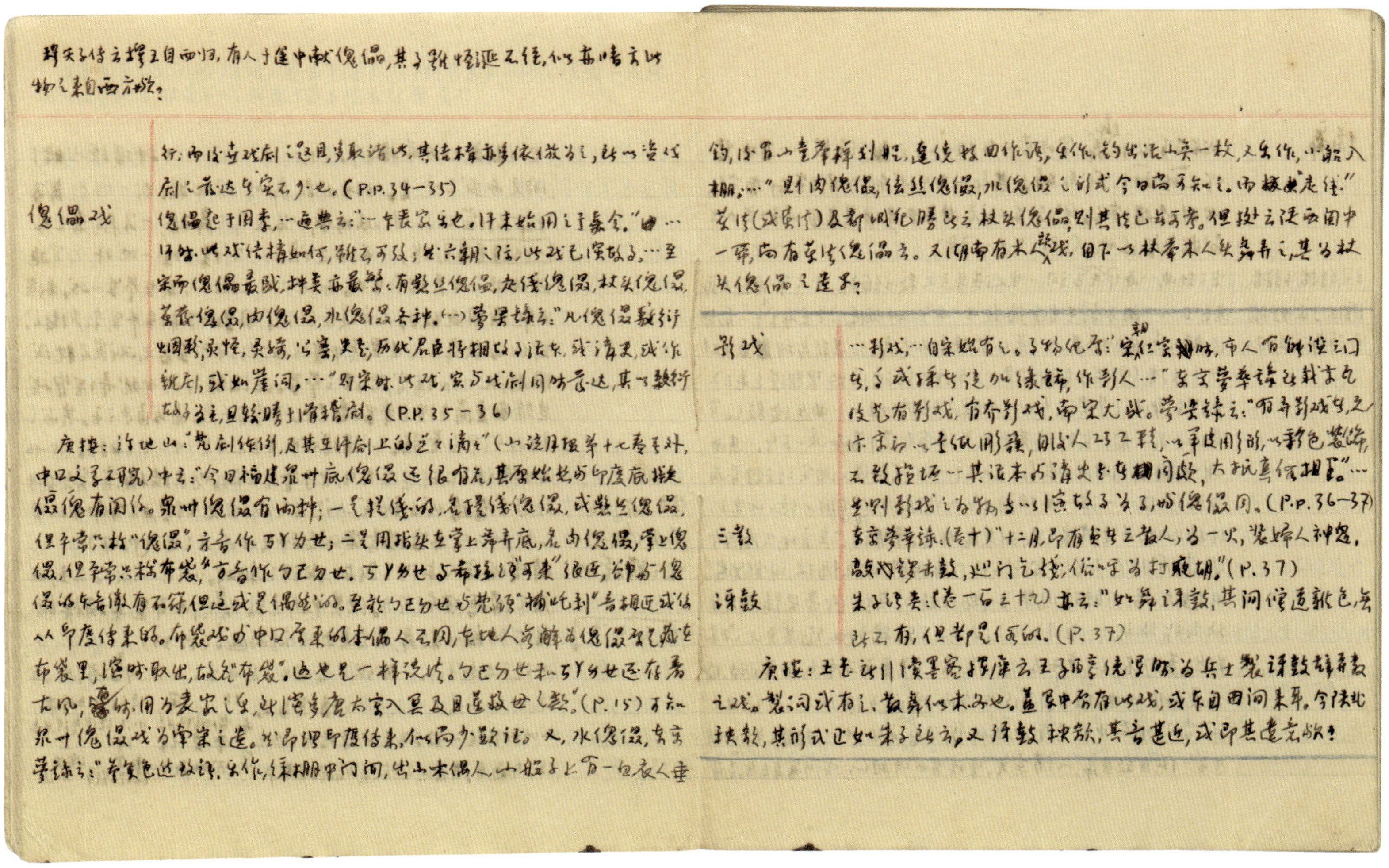
傀儡戏
影戏
三教
讶鼓

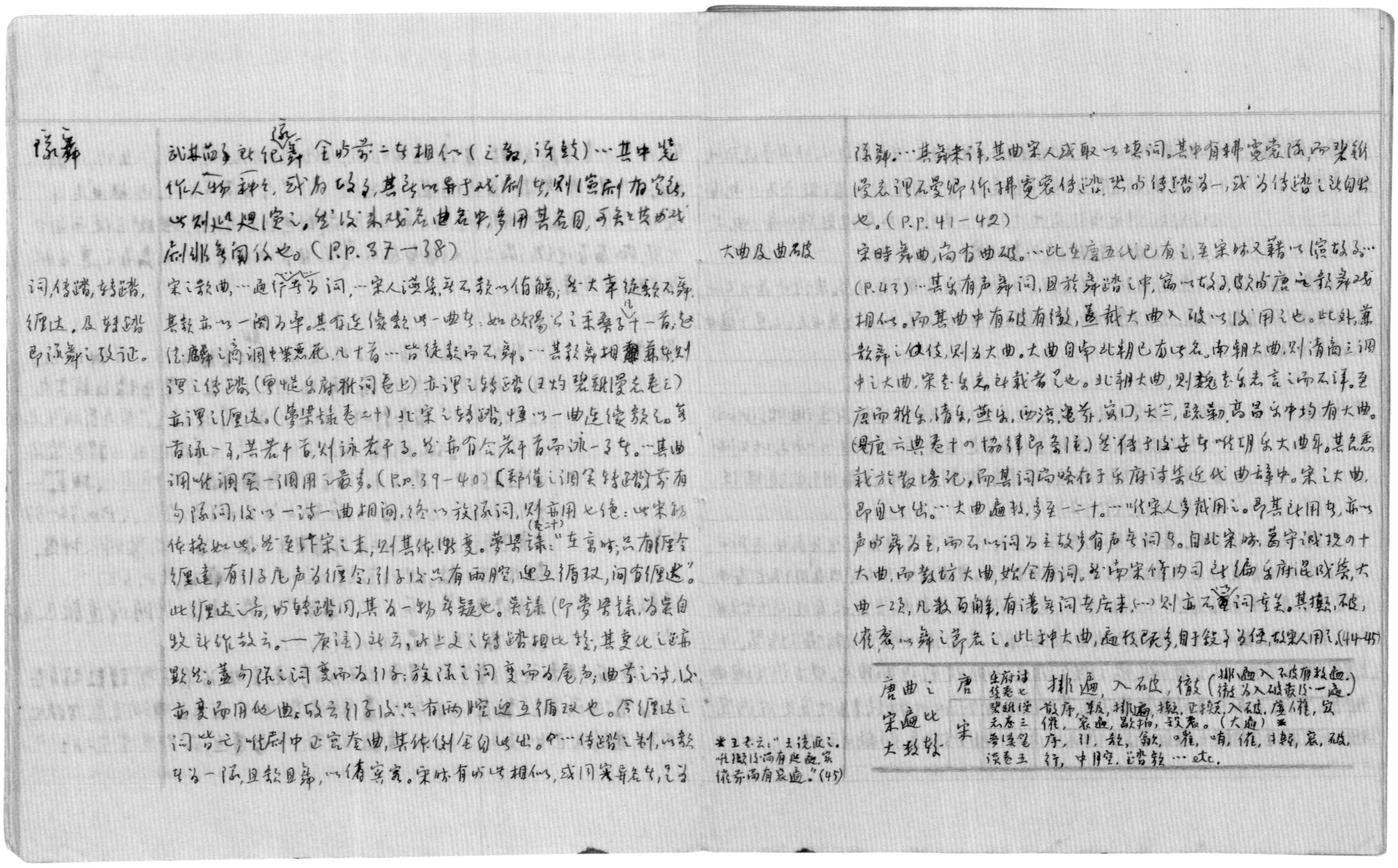

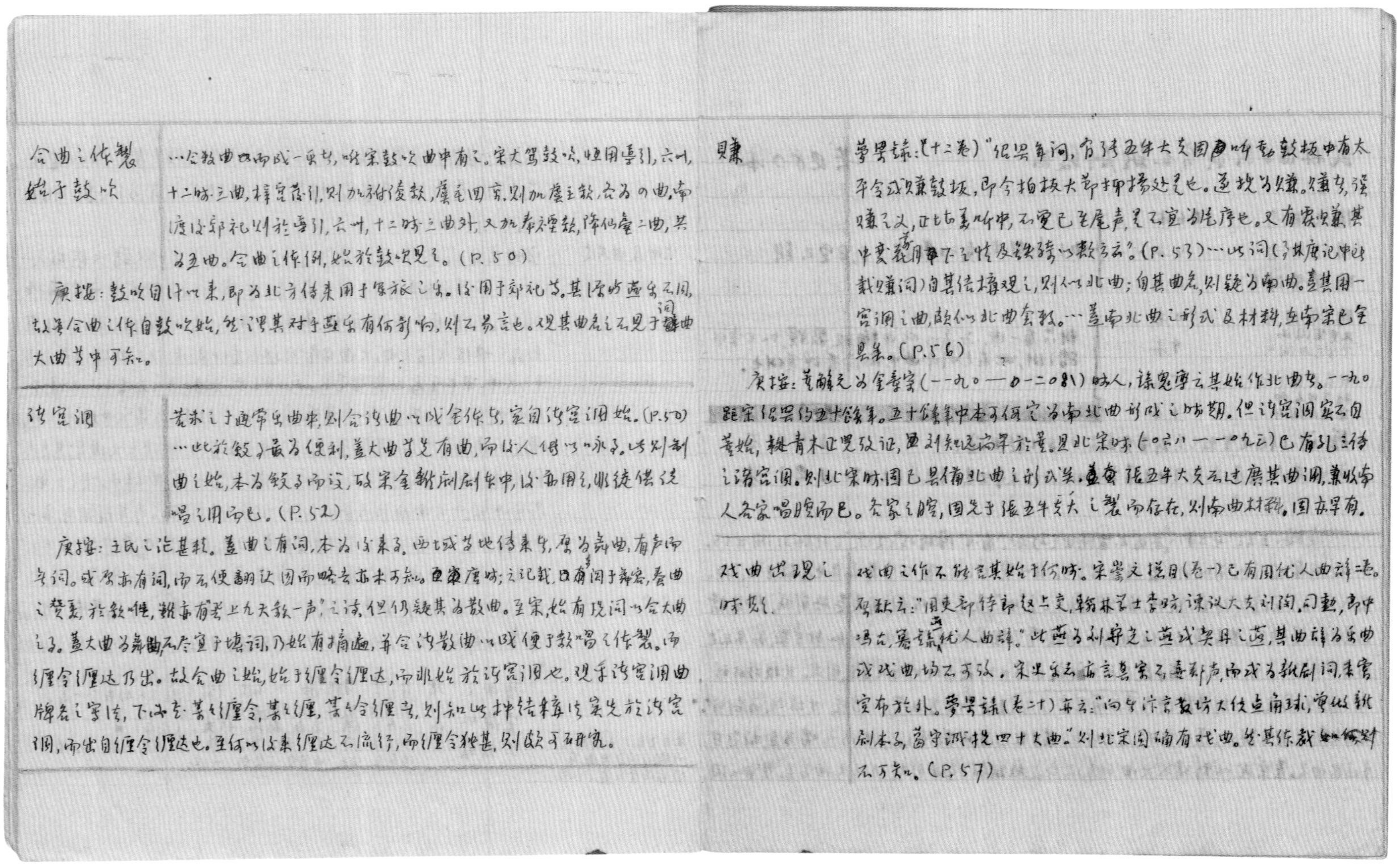

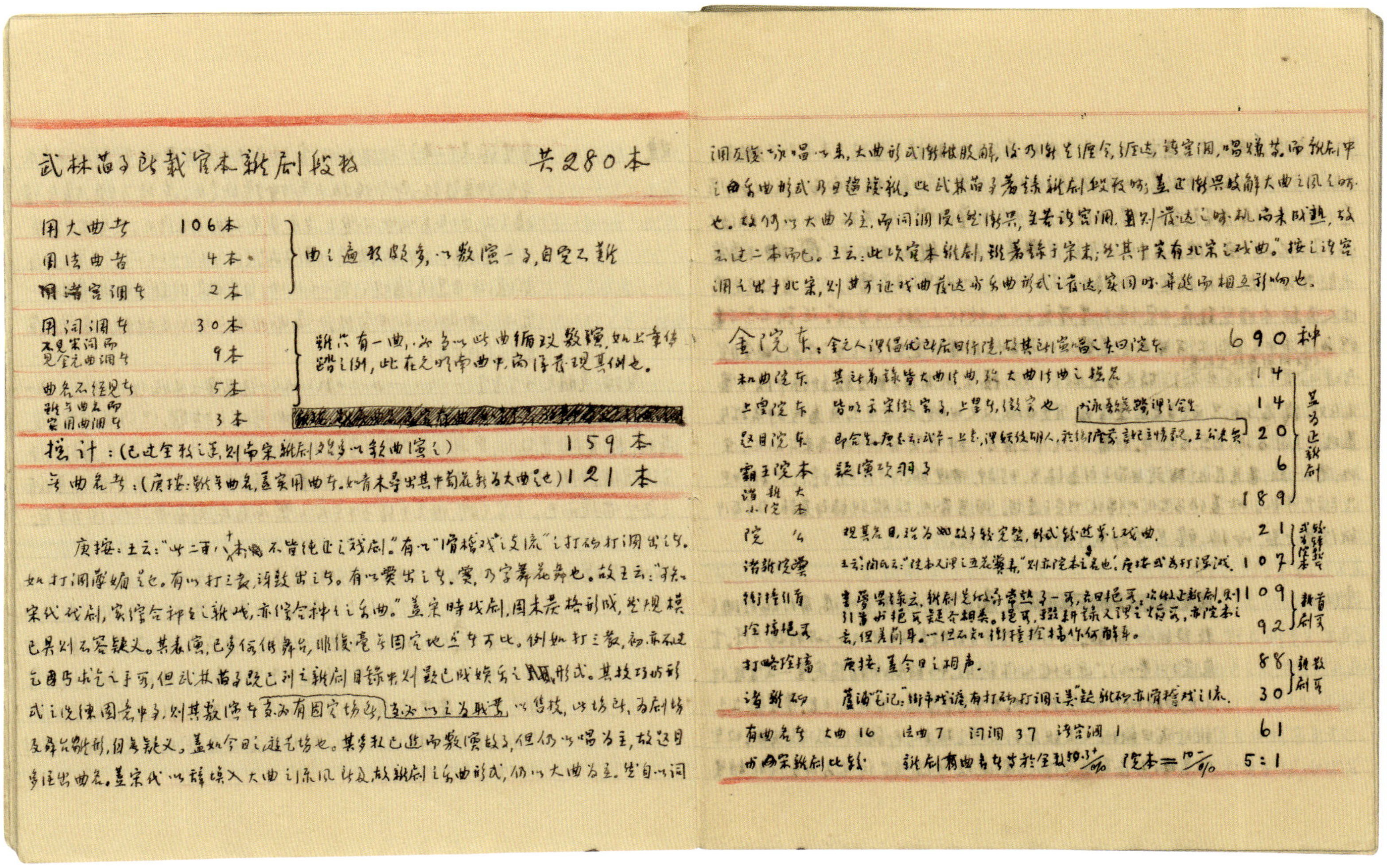
武林旧事所载官本杂剧段数　共280本
用大曲者　106本
用法曲者　4本
用诸宫调者　2本
用词调者　30本
曲名不经见者　5本
总计　159本
无曲名者　121本

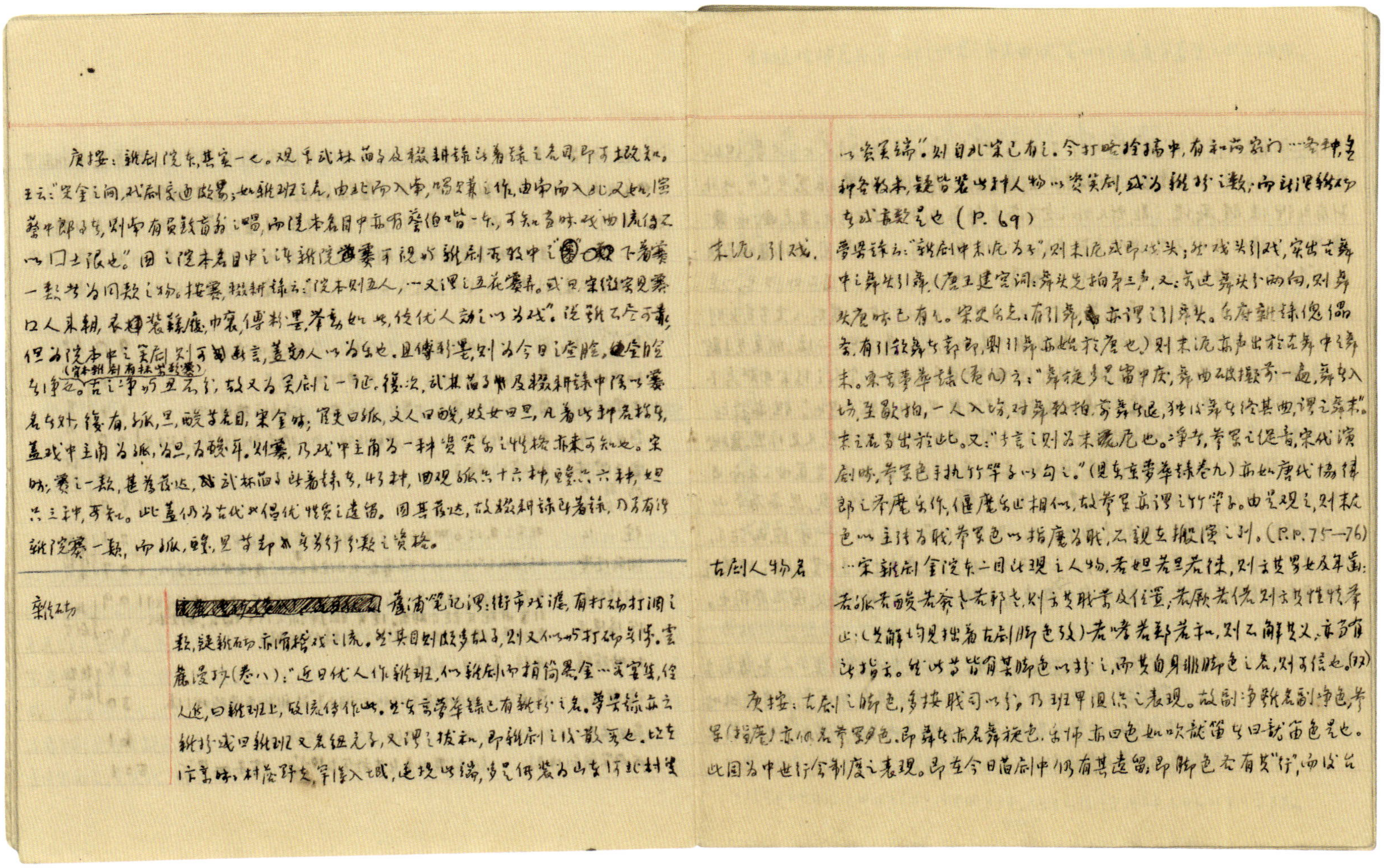
金院本　690种
和曲院本　14
上皇院本　14
题目院本　20
霸王院本　6
诸杂大小院本　189
院么　21
诸杂院爨　107
冲撞引首　109
拴搐艳段　92
打略拴搐　88
诸杂砌　30
有曲名者　大曲16　法曲7　词调37　诸宫调1　61
与宋杂剧比较　5:1

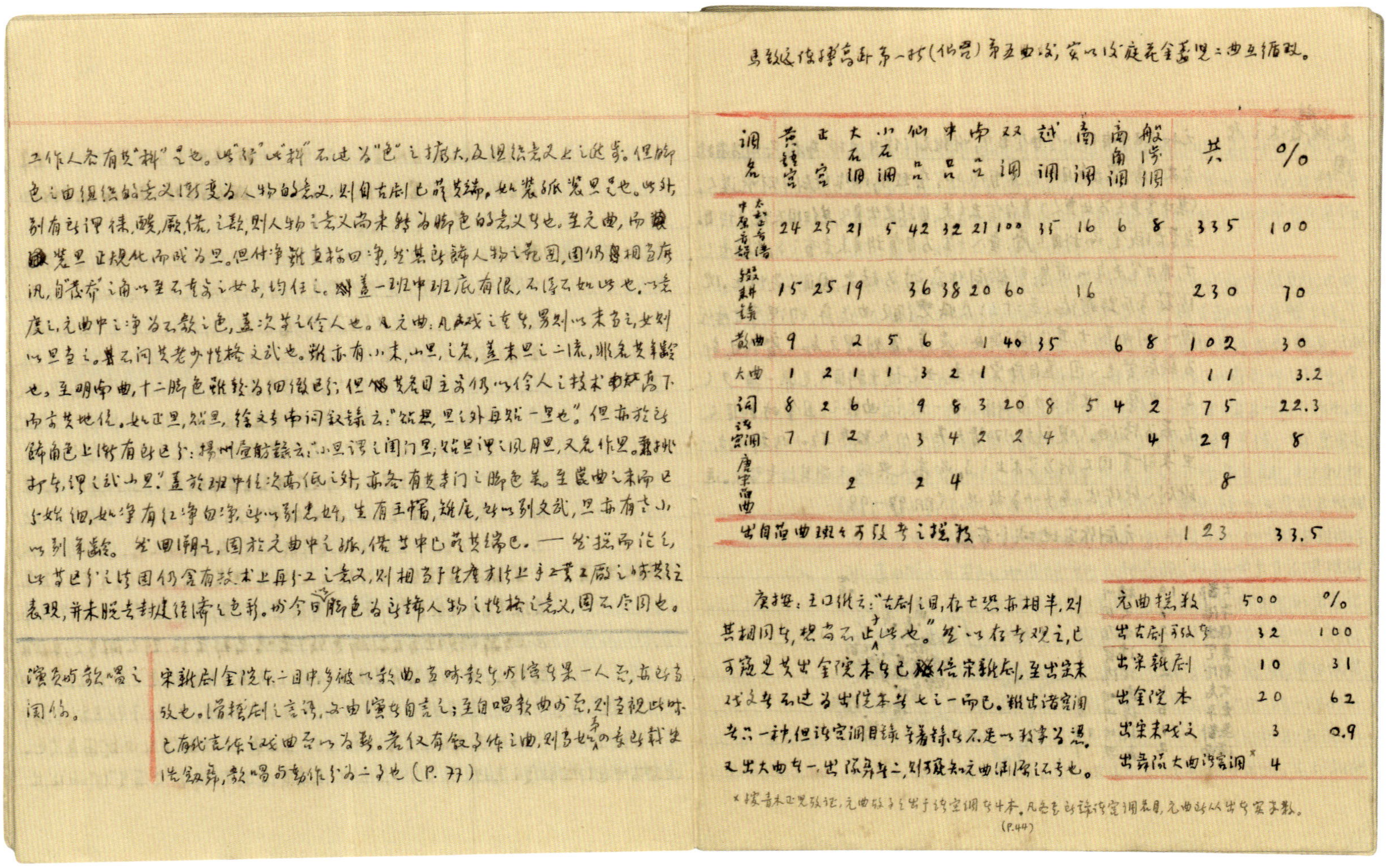

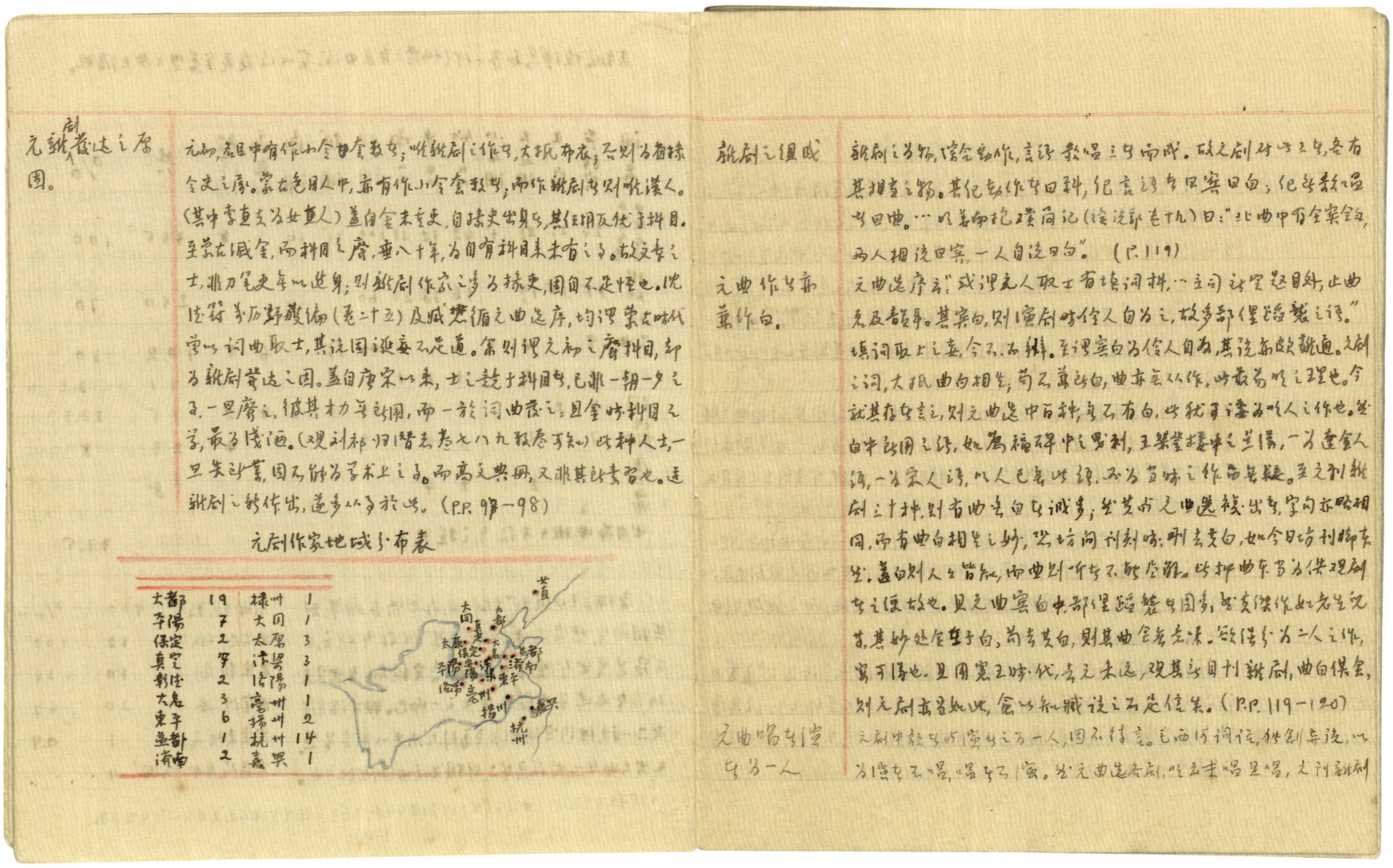

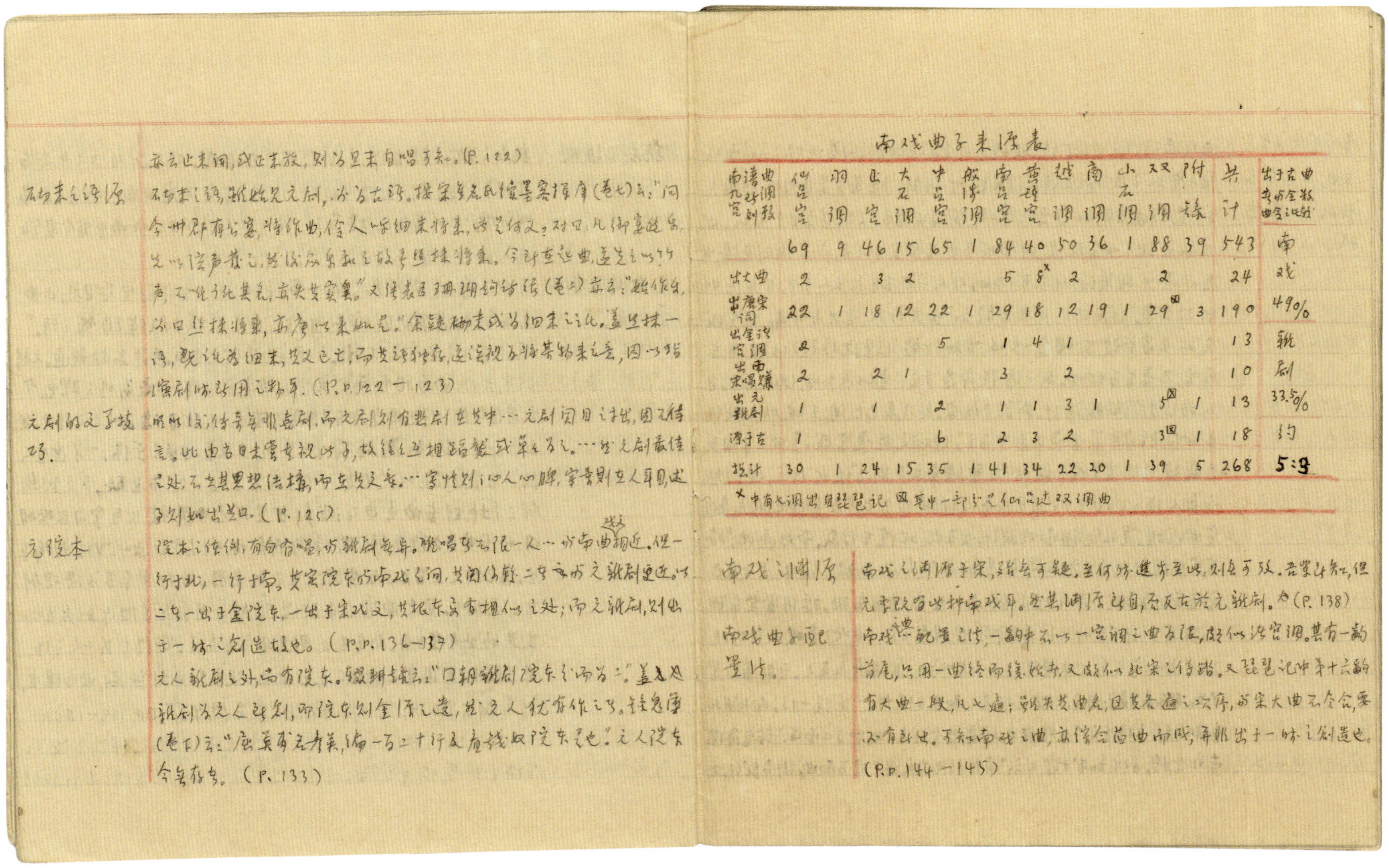

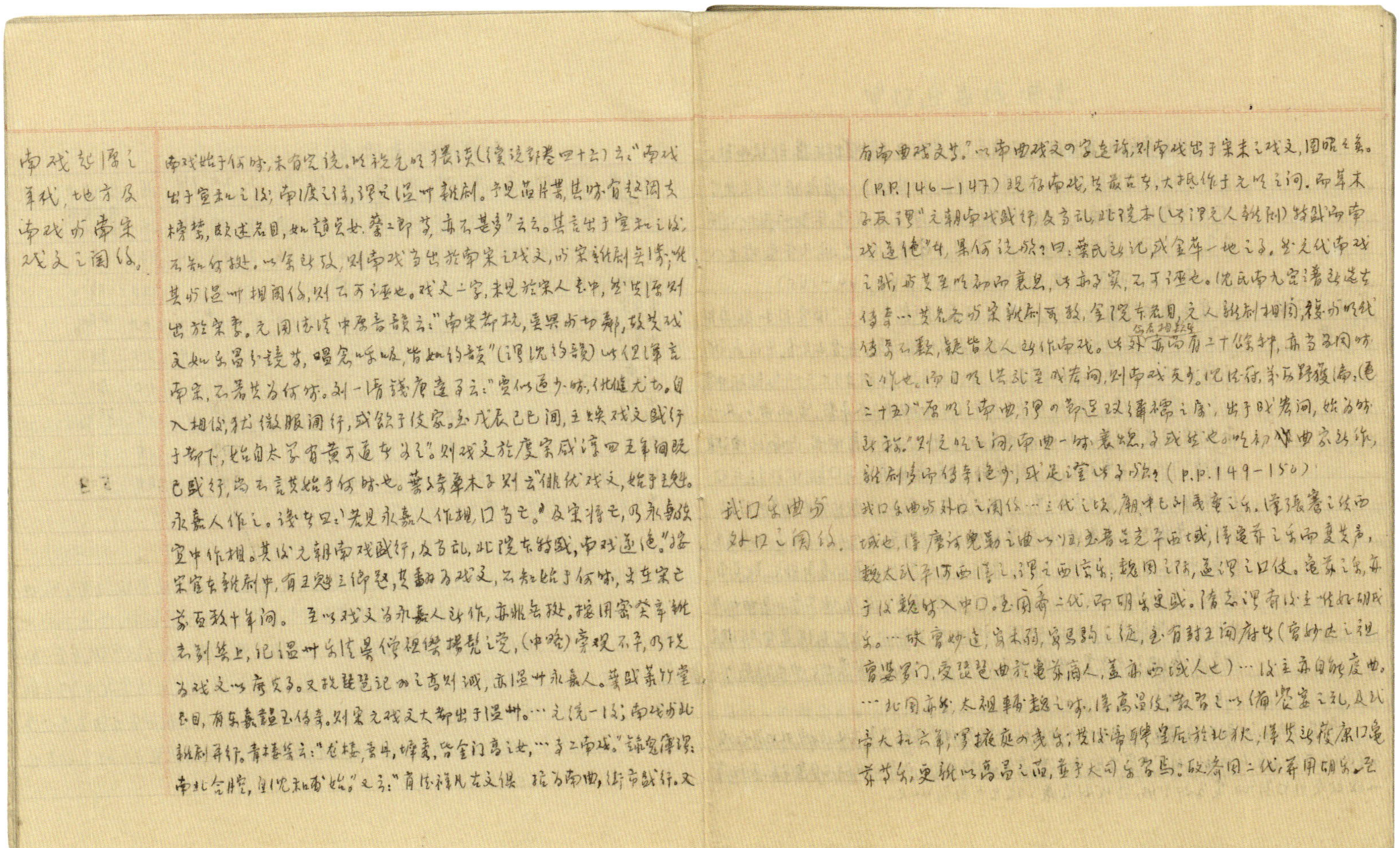

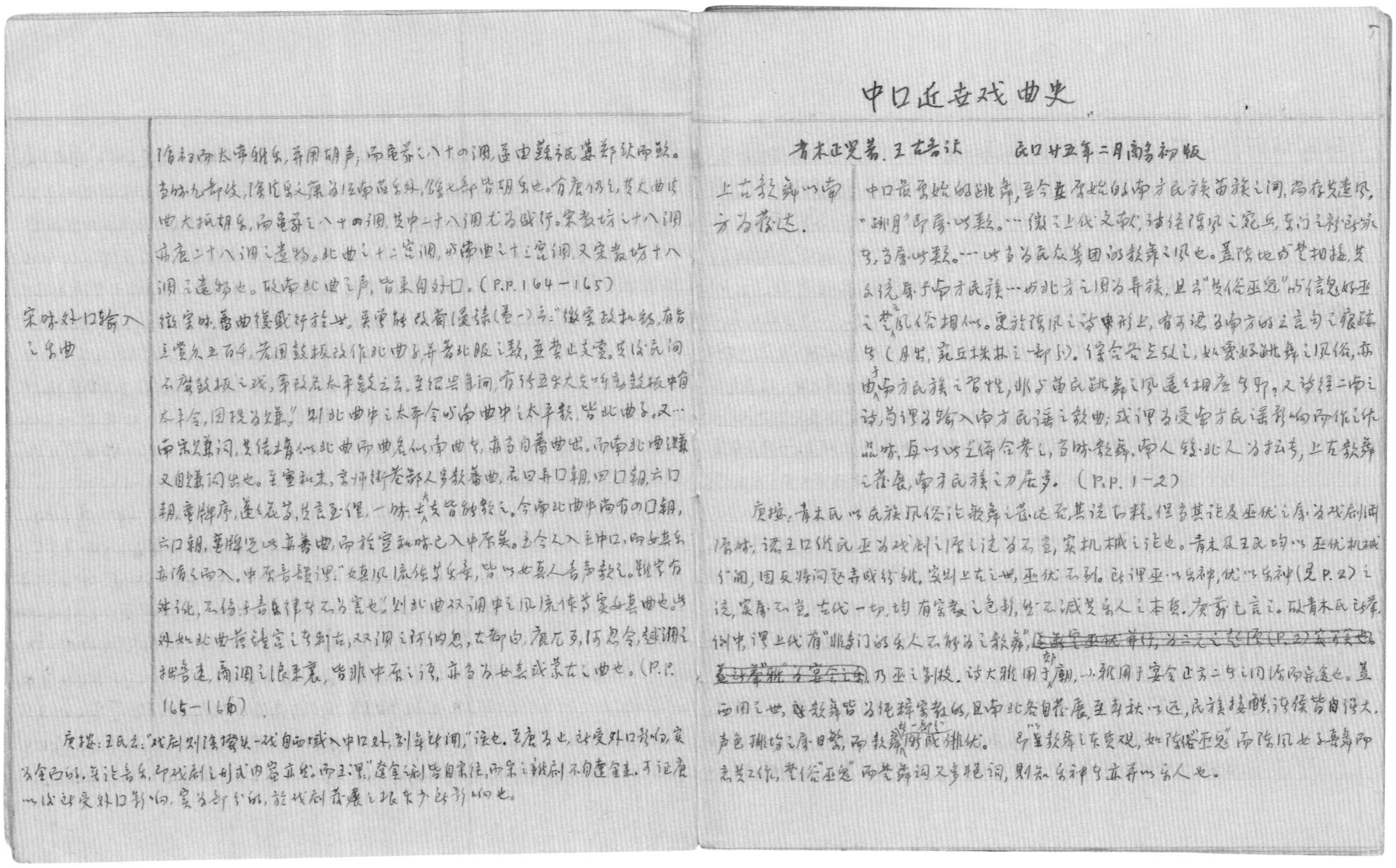
中国近世戏曲史

青木正儿著，王古鲁译　民国廿五年二月商务初版

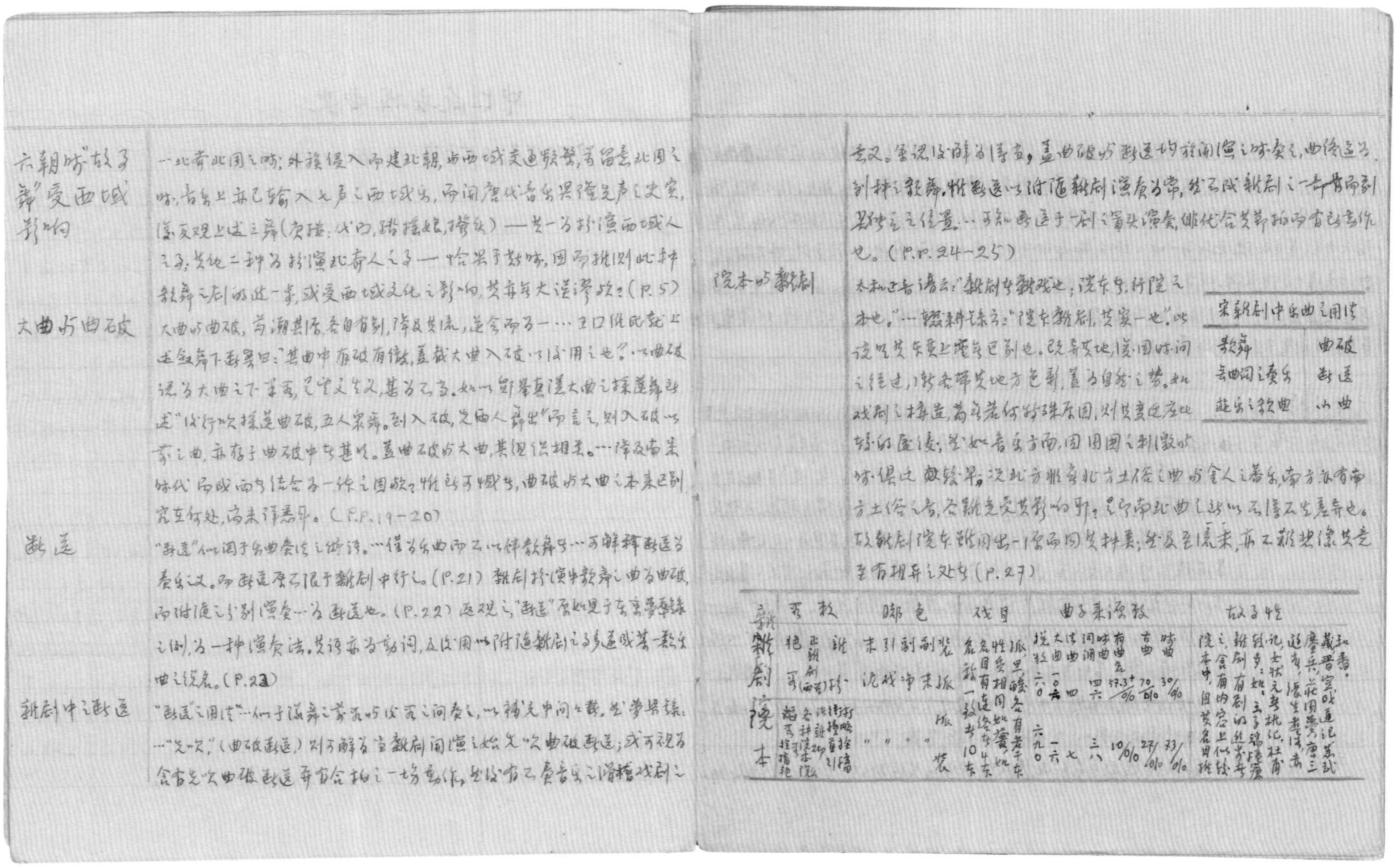

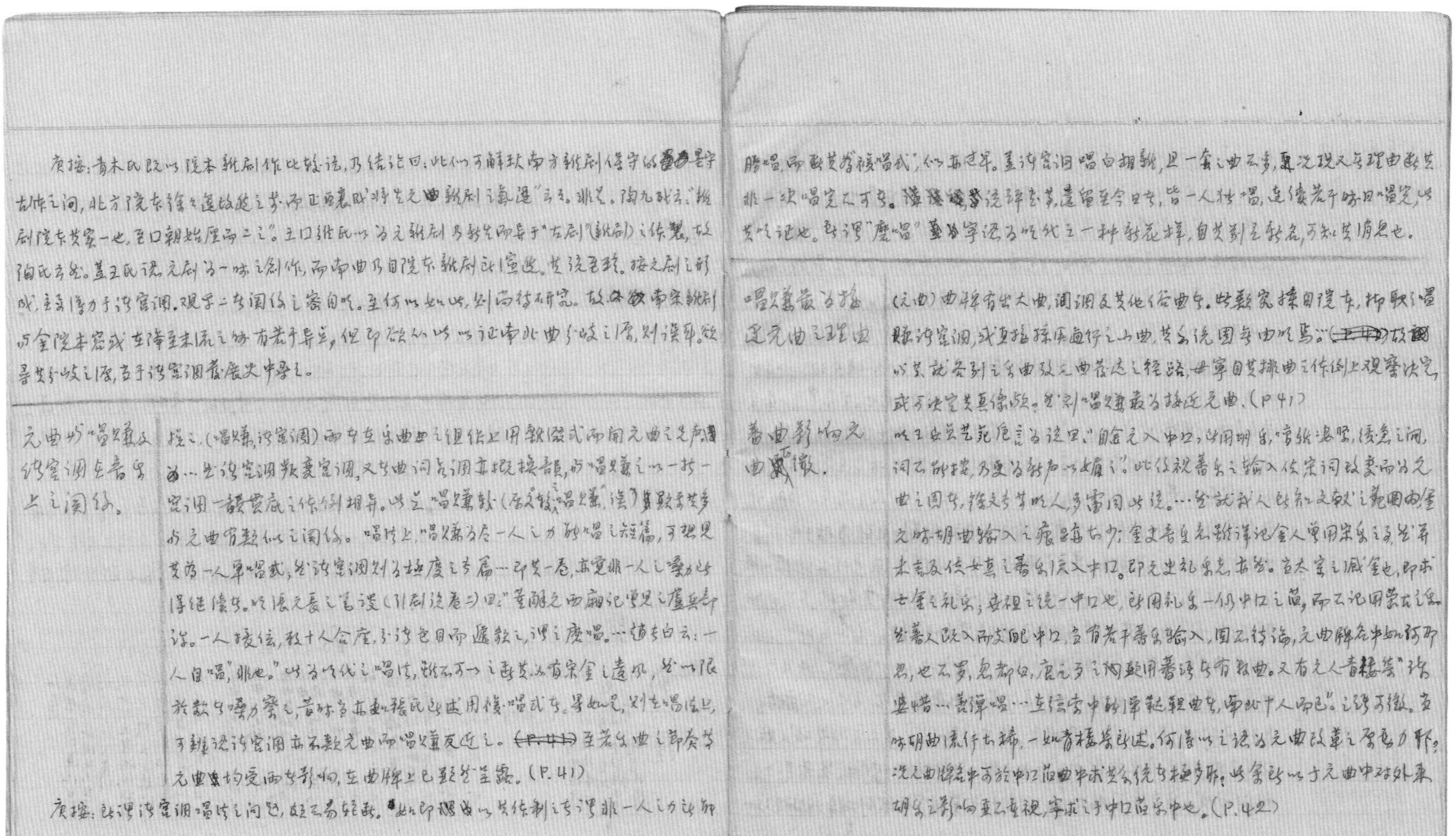

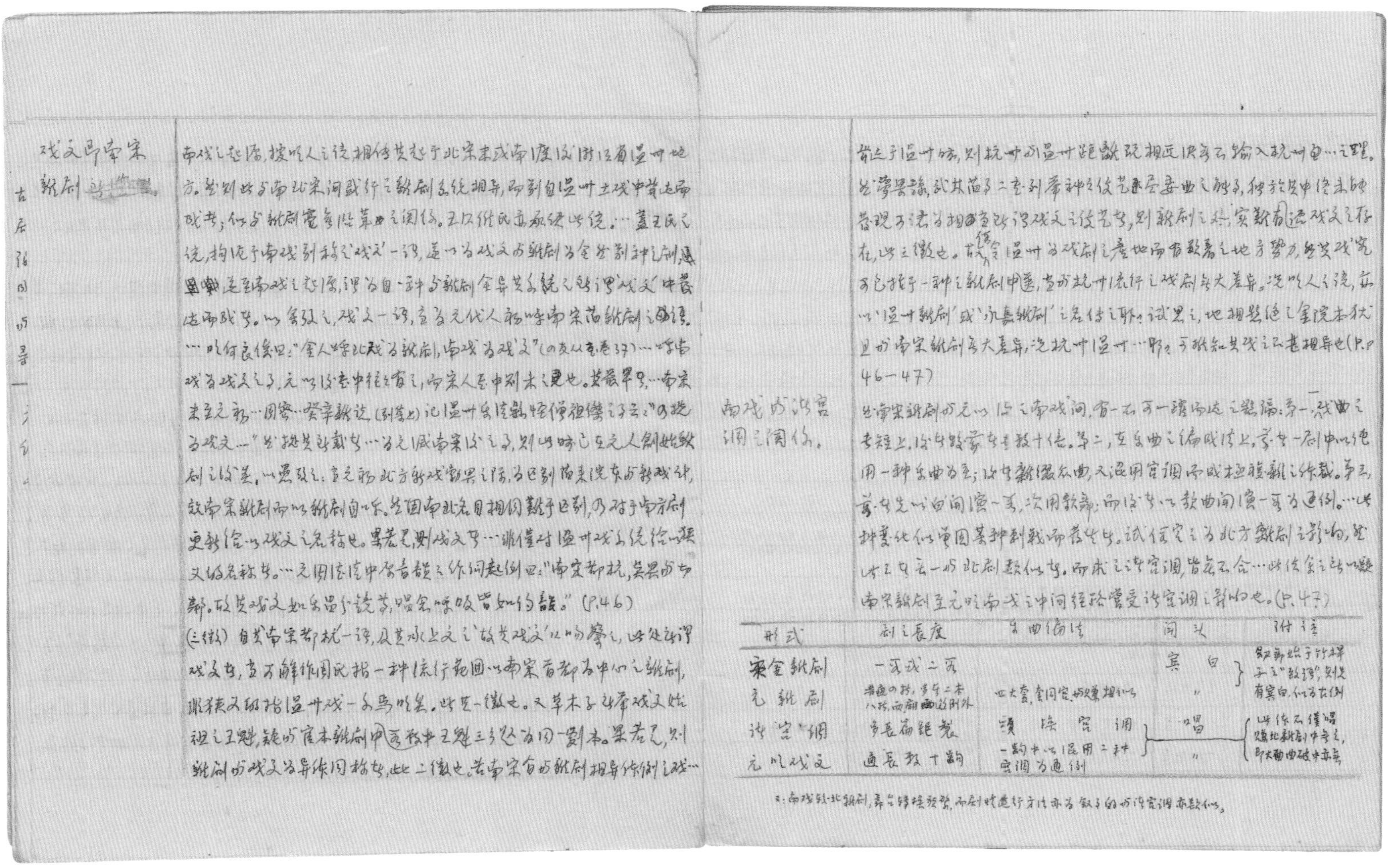

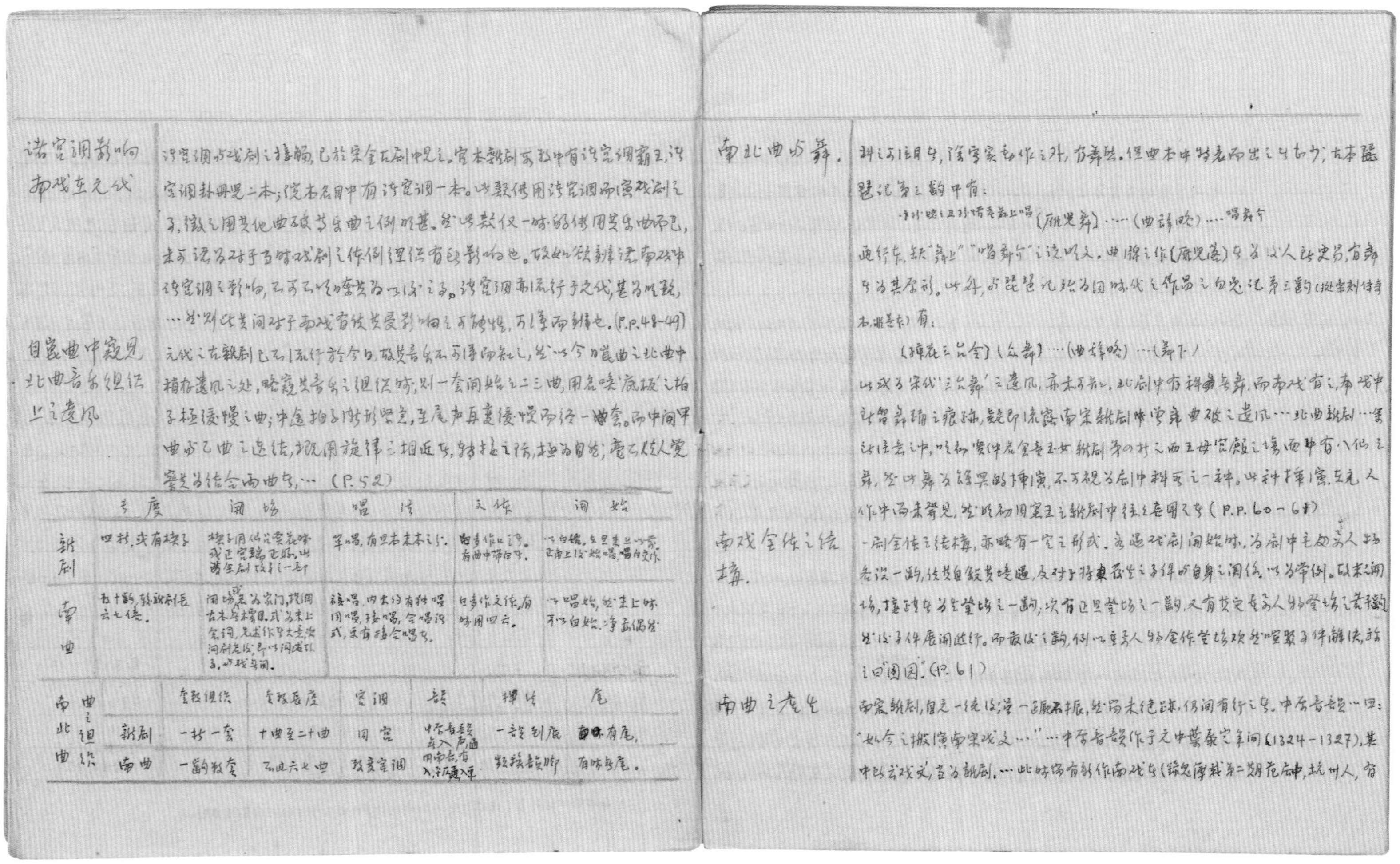

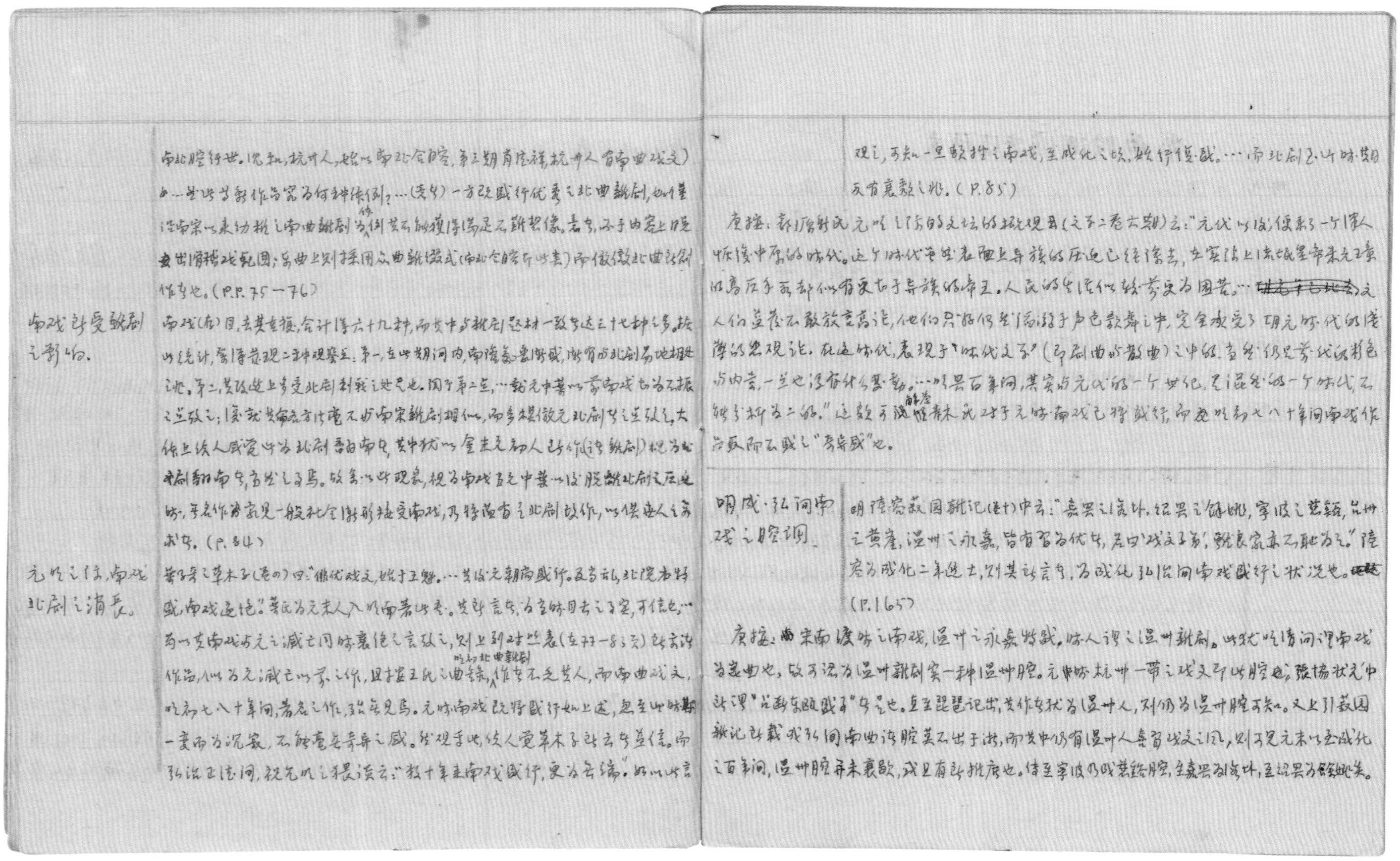

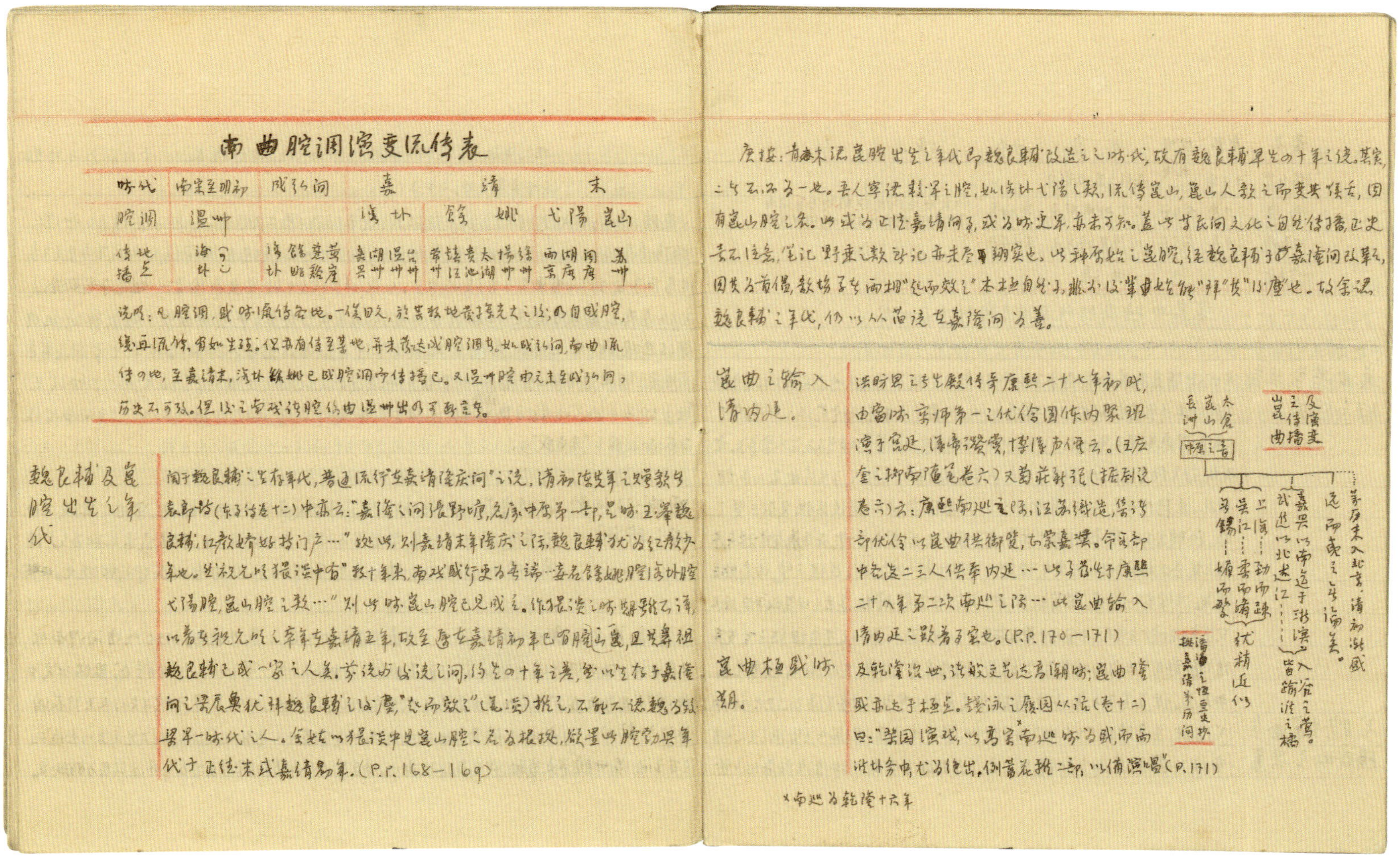
南曲腔调演变源流传表
庚按
崑曲之输入清内廷
崑曲極盛時期
魏良輔及崑腔出生之年代

書名
卷數
刊時
內容
刊者
備
考
崑曲典型崑班之始末
弋腔之崑曲全盛時之盛衰

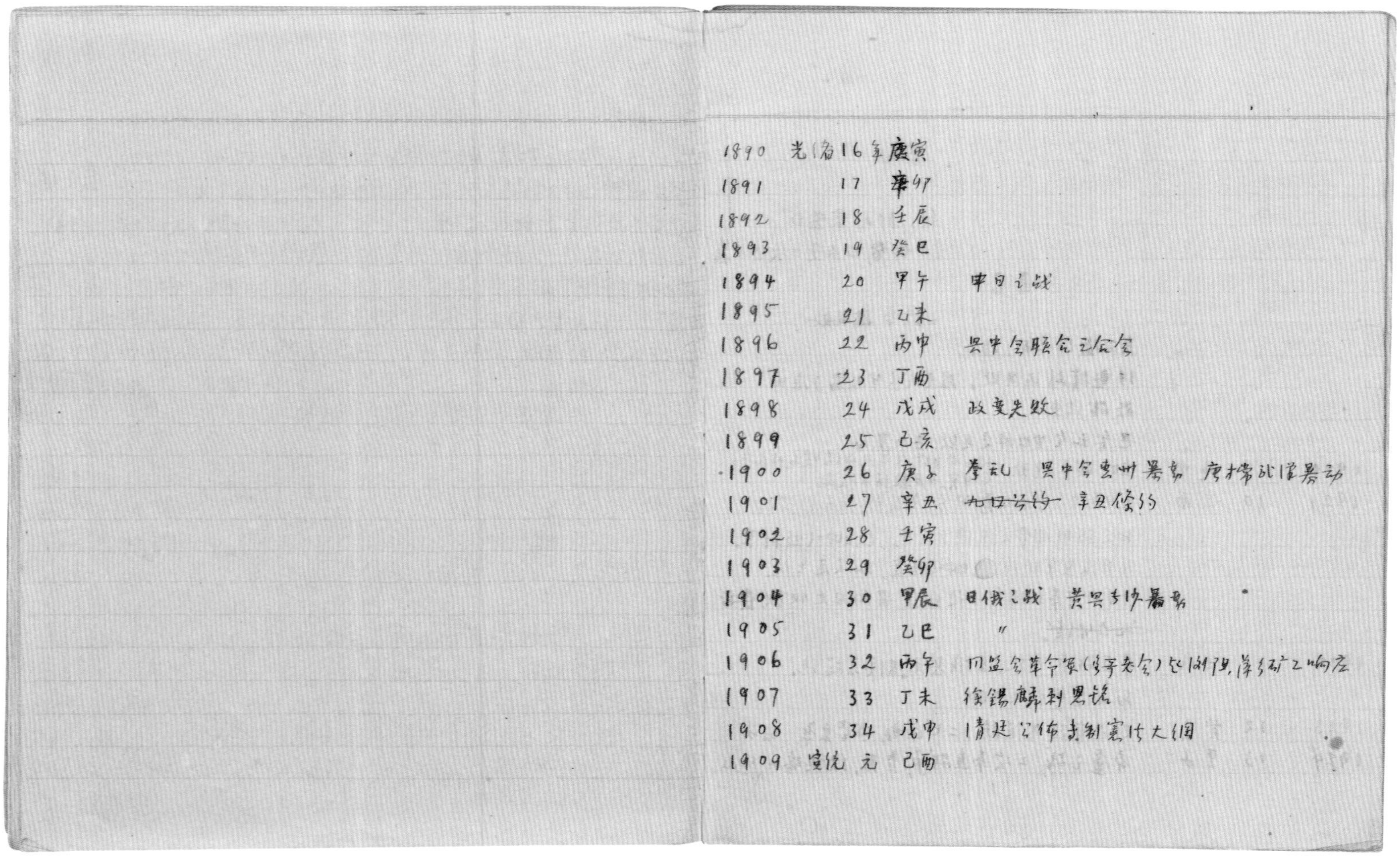

1890 光绪16年 庚寅
1891 17 辛卯
1892 18 壬辰
1893 19 癸巳
1894 20 甲午 中日之战
1895 21 乙未
1896 22 丙申 兴中会联合之会
1897 23 丁酉
1898 24 戊戌 政变失败
1899 25 己亥
1900 26 庚子 拳乱 兴中会惠州暴动 唐才常武汉暴动
1901 27 辛丑 ~~九国公约~~ 辛丑条约
1902 28 壬寅
1903 29 癸卯
1904 30 甲辰 日俄之战 黄兴长沙暴动
1905 31 乙巳 〃
1906 32 丙午 同盟会革命党（哥老会）起浏阳、萍乡矿工响应
1907 33 丁未 徐锡麟刺恩铭
1908 34 戊申 清廷公布立宪宪法大纲
1909 宣统 元 己酉

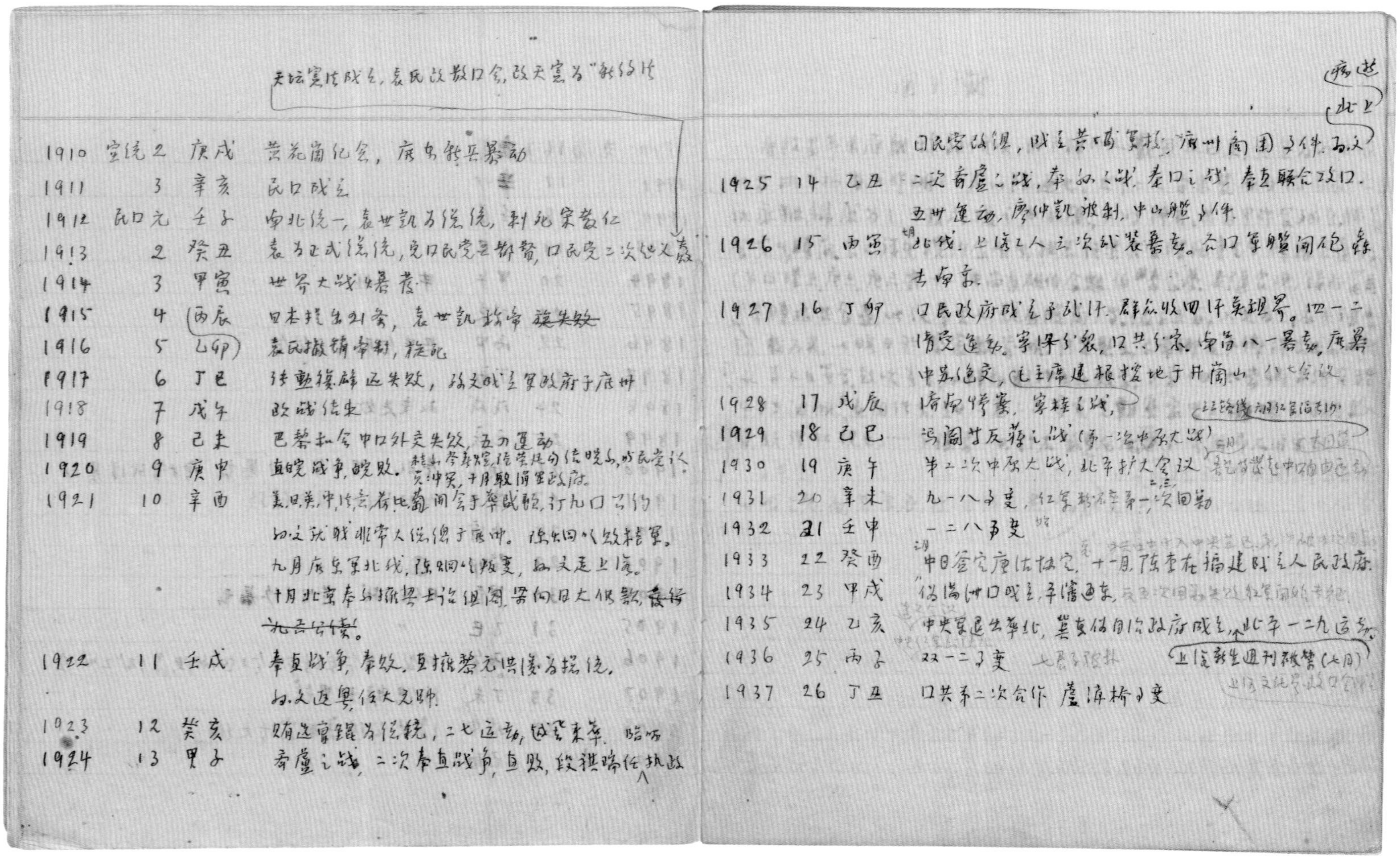

天坛宪法成立，袁氏改散国会，改天坛为"新约法"
1910 宣统 2 庚戌 黄花岗纪念，广东新兵暴动
1911 3 辛亥 民国成立
1912 民国元 壬子 南北统一，袁世凯为总统，刺死宋教仁
1913 2 癸丑 袁为正式总统，免国民党之都督，国民党二次起义失败
1914 3 甲寅 世界大战爆发
1915 4 丙辰 日本提出廿一条，袁世凯称帝 ~~旋失败~~
1916 5 乙卯 袁氏撤销帝制，旋死
1917 6 丁巳 张勋复辟运失败，孙文成立军政府于广州
1918 7 戊午 欧战结束
1919 8 己未 巴黎和会中国外交失败，五四运动
1920 9 庚申 直皖战争，皖败。桂系岑春煊、陆荣廷分化晓山，与民党冲突，十月取消军政府。
1921 10 辛酉 美、日、英、中、法、意、荷、比、葡开会于华盛顿，订九国公约
孙文就非常大总统于广州。陈炯明败桂军。
九月广东军北伐，陈炯明叛变，孙文走上海。
十月北京奉系拥梁士诒组阁，要向日本借款，~~承认~~
~~九国公约~~。
1922 11 壬戌 奉直战争，奉败。直拥黎元洪复为总统。
孙文返粤任大元帅。
1923 12 癸亥 贿选曹锟为总统，二七运动，越飞来华。临城
1924 13 甲子 齐卢之战，二次奉直战争，直败，段祺瑞任执政
国民党改组，成立黄埔军校，广州商团事件。孙文北上逝世
1925 14 乙丑 二次齐卢之战，奉孙之战，奉国之战，奉直联合攻国。
五卅运动，廖仲恺被刺，中山舰事件
1926 15 丙寅 北伐。上海工人三次武装暴动。国军舰开炮轰击南京。
1927 16 丁卯 国民政府成立于武汉。群众收回汉口英租界。四一二清党运动。宁汉分裂，国共分家。南昌八一暴动，广暴，中苏绝交，毛主席建根据地于井冈山 八七会议
1928 17 戊辰 济南惨案，宁桂之战，立三路线
1929 18 己巳 冯阎蒋反蒋之战（第一次中原大战）
1930 19 庚午 第二次中原大战，北平扩大会议
1931 20 辛未 九一八事变，红军粉碎第一、二、三次围剿
1932 21 壬申 一二八事变
1933 22 癸酉 中日签定塘沽协定，十一月陈李在福建成立人民政府
1934 23 甲戌 伪满洲国成立，予溥仪
1935 24 乙亥 中央军退出华北，冀东伪自治政府成立，北平一二九运动
1936 25 丙子 双十二事变 上海新生週刊被禁（七月）
1937 26 丁丑 国共第二次合作 卢沟桥事变

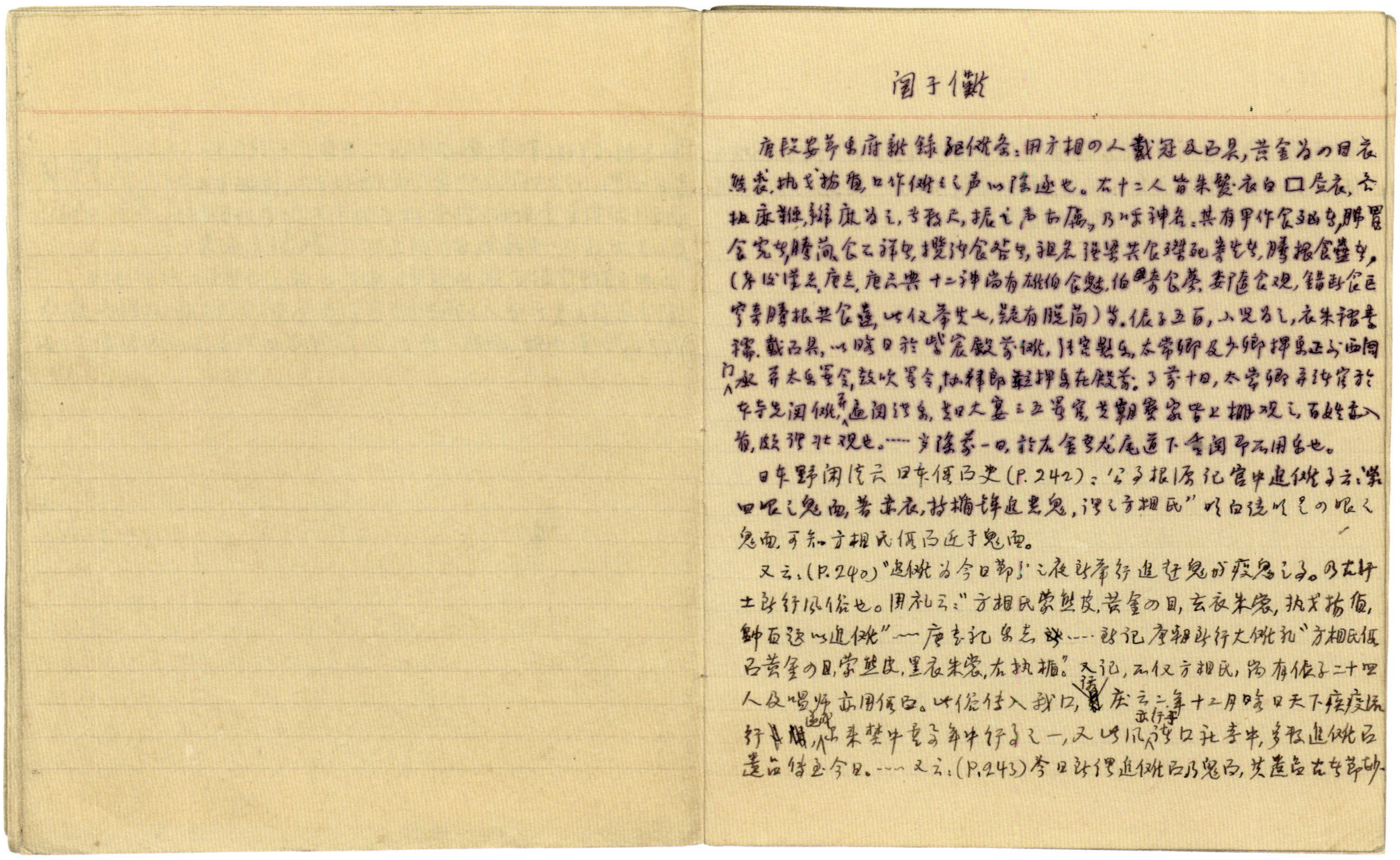

关于傩

唐段安节乐府杂录驱傩条：用方相四人，戴冠及面具，黄金为四目，衣熊裘，执戈扬盾，口作傩傩之声，以除逐也。右十二人皆朱发，衣白画衣，各执麻鞭，辫麻为之，长数尺，振之声甚厉。乃呼神名：其有甲作食殃者，胇胃食虎者，腾简食不祥者，揽诸食咎者，祖名强梁共食磔死寄生者，腾根食蛊者。（原注：汉志、唐志，唐六典十二神尚有雄伯食魅，伯奇食梦，委随食观，错断食巨，穷奇腾根共食蛊，此仅举其七，疑有脱简）等。侲子五百，小儿为之，衣朱褶素襦，戴面具，以晦日于紫宸殿前傩，张宫悬乐，太常卿及少卿押乐正于西阁门外，并太乐署令，鼓吹署令，协律郎押乐在殿前。事前十日，太常卿并诸官于本寺先阅傩，并遍阅诸乐，其日大宴三五署官，其朝贵家皆上棚观之，百姓亦入看，颇谓壮观也。——另除夕一日，于右金吾龙尾道下重阅，即不用乐也。

日本野间清六日本假面史（P.242）：公事根源记宫中追傩条云："黄四眼之鬼面，著朱衣，持楯矛追恶鬼，谓之方相氏"明白说明是四眼之鬼面，可知方相氏假面近于鬼面。

又云：（P.240）"追傩为今日节分之夜所举行追赶鬼和疫鬼之事。乃古时本土所行风俗也。周礼云："方相氏掌蒙熊皮，黄金四目，玄衣朱裳，执戈扬盾，帅百隶以追傩"——唐书礼乐志——所记唐朝所行大傩礼"方相氏假面黄金四目，蒙熊皮，黑衣朱裳，右执楯。"又记，不仅方相氏，尚有侲子二十四人及唱师亦用假面。此俗传入我日，续日本纪庆云三年十二月晦日天下疾疫流行，始行其傩，以来禁中每年年中行事之一，又此风亦行于民间社寺中，多数追傩面遗品传至今日。——又云：（P.243）今日所得追傩面乃鬼面，其遗品古者自镰仓

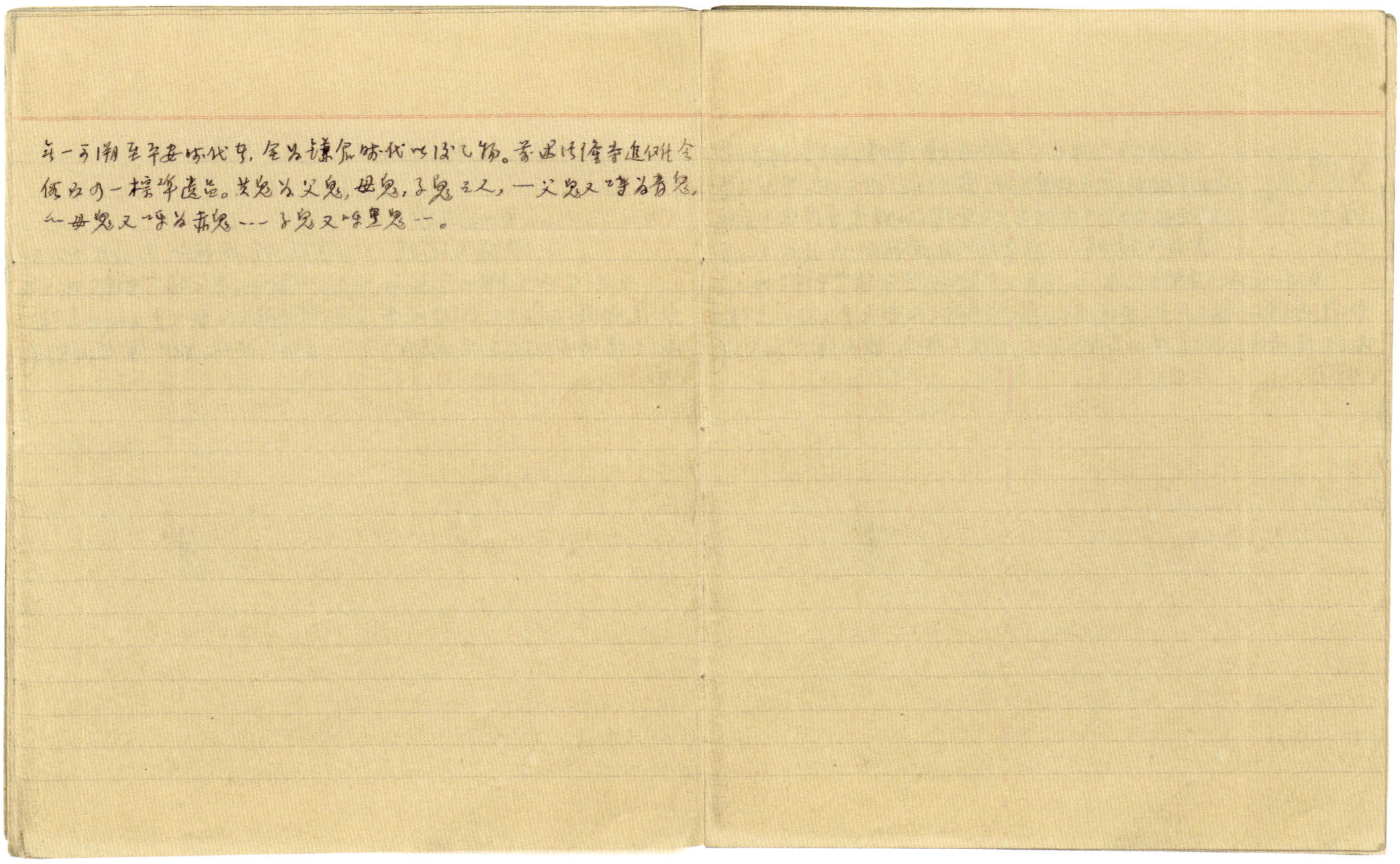

时代一方溯至平安时代者，全为镰仓时代以后之物。兴福寺追傩会假面乃一种标准遗品。其鬼为父鬼，母鬼，子鬼三人，一父鬼又呼为青鬼，一母鬼又呼为赤鬼——子鬼又呼黑鬼——。

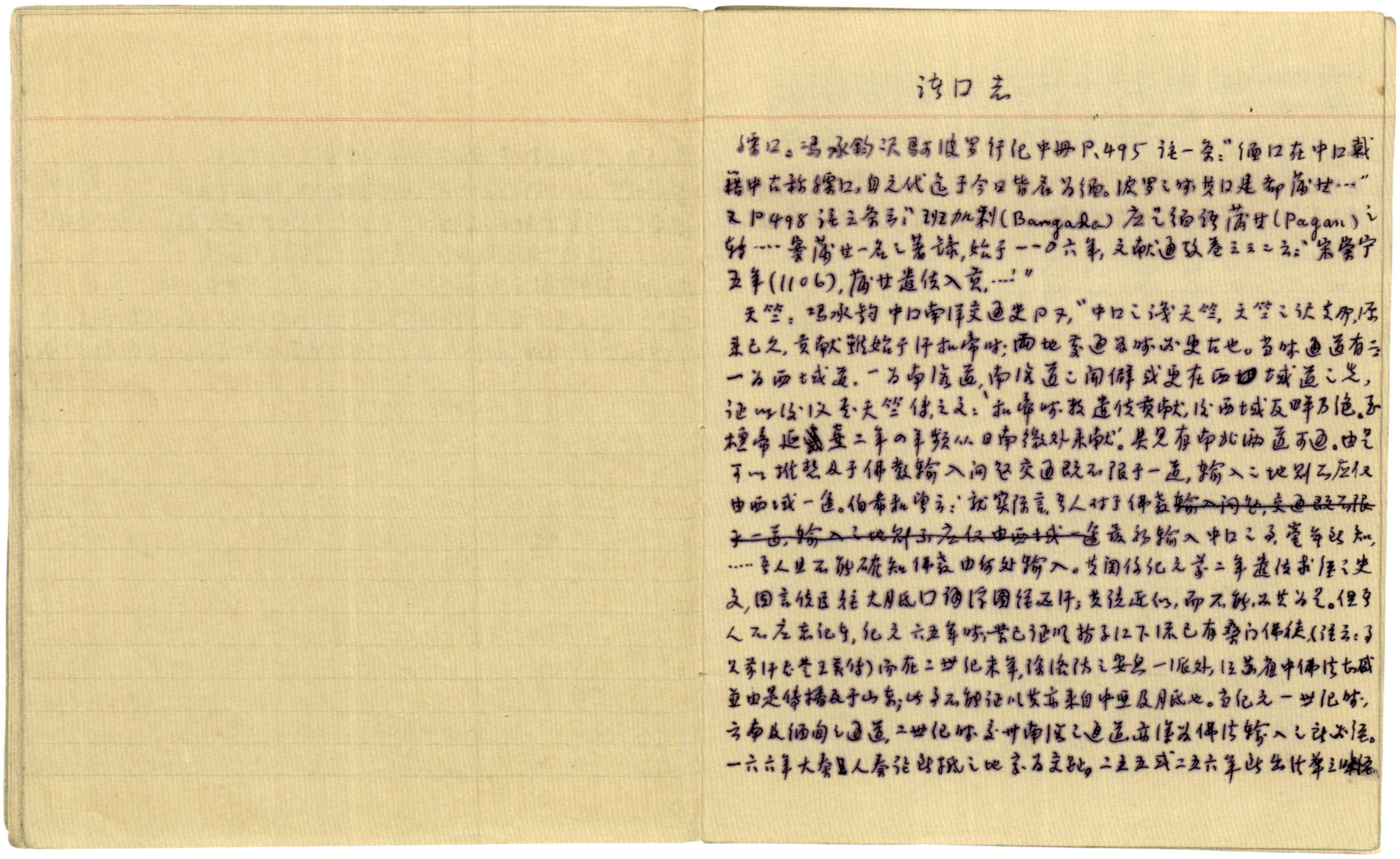

诸口志
蒲甘。冯承钧译马可波罗行纪中册P.495注一条："缅国在中国载籍中古称缅国，自元代迄于今日皆名为缅。波罗之时其国都是蒲甘……"
又P.498注三条云："班加剌(Bangala)应是缅国蒲甘(Pagan)之讹……案蒲甘一名之著录，始于一一〇六年，文献通考卷三三二云："宋崇宁五年(1106)，蒲甘遣使入贡……""
天竺：冯承钧中国南洋交通史P.7，"中国之识天竺，天竺之识支那，历年已久，贡献虽始于汉桓帝时，而两地交通为时必更古也。当时通道有二：一为西域道，一为南海道。南海道之开辟或更在西域道之先，证以后汉书天竺传之文："和帝时数遣使贡献，后西域反畔乃绝。至桓帝延熹二年四年频从日南徼外来献。"是足证南北两道可通。由是可以推想及于佛教输入问题交通既不限于一道，输入之地则不应仅由西域一途。伯希和曾云："就实际言，吾人对于佛教输入问题，交通既不限于一道，输入之地则不应仅由西域一途最初输入中国之事，毫无所知，……吾人且不能确知佛教由何处输入。或因纪元前第二年遣使求经之史文，因言佛法系大月氏口授浮图经之件；其说近似，而不能必其为是。但吾人不应忘记者，纪元六五年时，楚王英在江下(?)已有桑门佛徒，(注云：参见后汉书楚王英传)而在二世纪末年，除洛阳之安息一派外，江苏有中佛法亦由是传播及于山东；此吾不能证明其亦来自中亚及月氏也。至纪元一世纪时，交南及西南之通道，二世纪时交州南海之通道，亦得为佛法输入之孔道。一六六年大秦王人安敦遣使之地亦为交趾。二二五或二二六年时亦有大秦之贾人

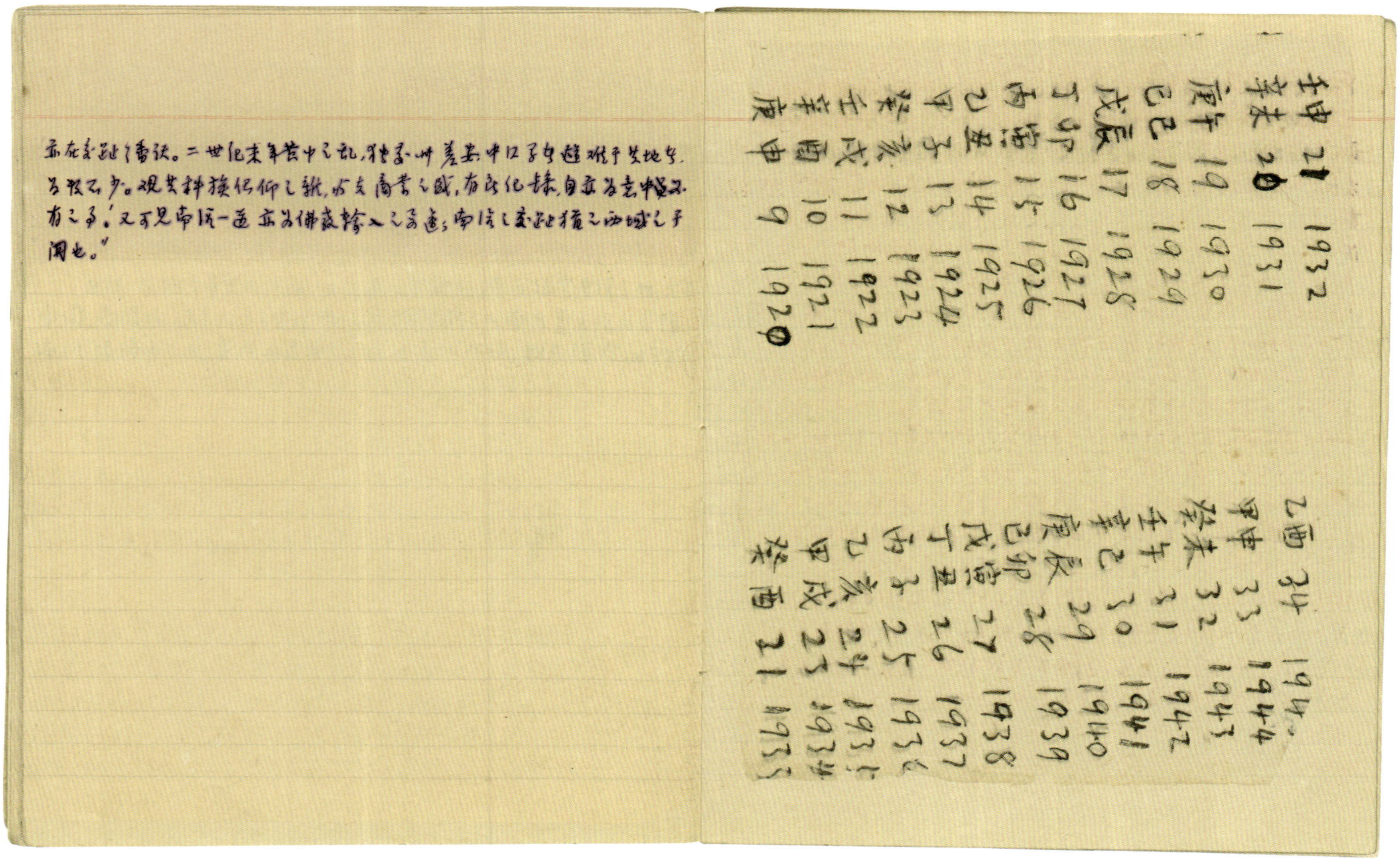

亦在交趾之海道。二世纪末年黄巾之乱，笮融等州差安，中国学者避难于其地者不少。观其牟子理惑论之说，而交广商贾之盛，有何化(?)自亦为其中之所有之事。"又可见南海一道亦为佛教输入之孔道；南海之交趾犹之西域之于阗也。"
壬申 21 1932
辛未 20 1931
庚午 19 1930
己巳 18 1929
戊辰 17 1928
丁卯 16 1927
丙寅 15 1926
乙丑 14 1925
甲子 13 1924
癸亥 12 1923
壬戌 11 1922
辛酉 10 1921
庚申 9 1920
乙酉 34 194-
甲申 33 1944
癸未 32 1943
壬午 31 1942
辛巳 30 1941
庚辰 29 1940
己卯 28 1939
戊寅 27 1938
丁丑 26 1937
丙子 25 1936
乙亥 24 1935
甲戌 23 1934
癸酉 21 1933

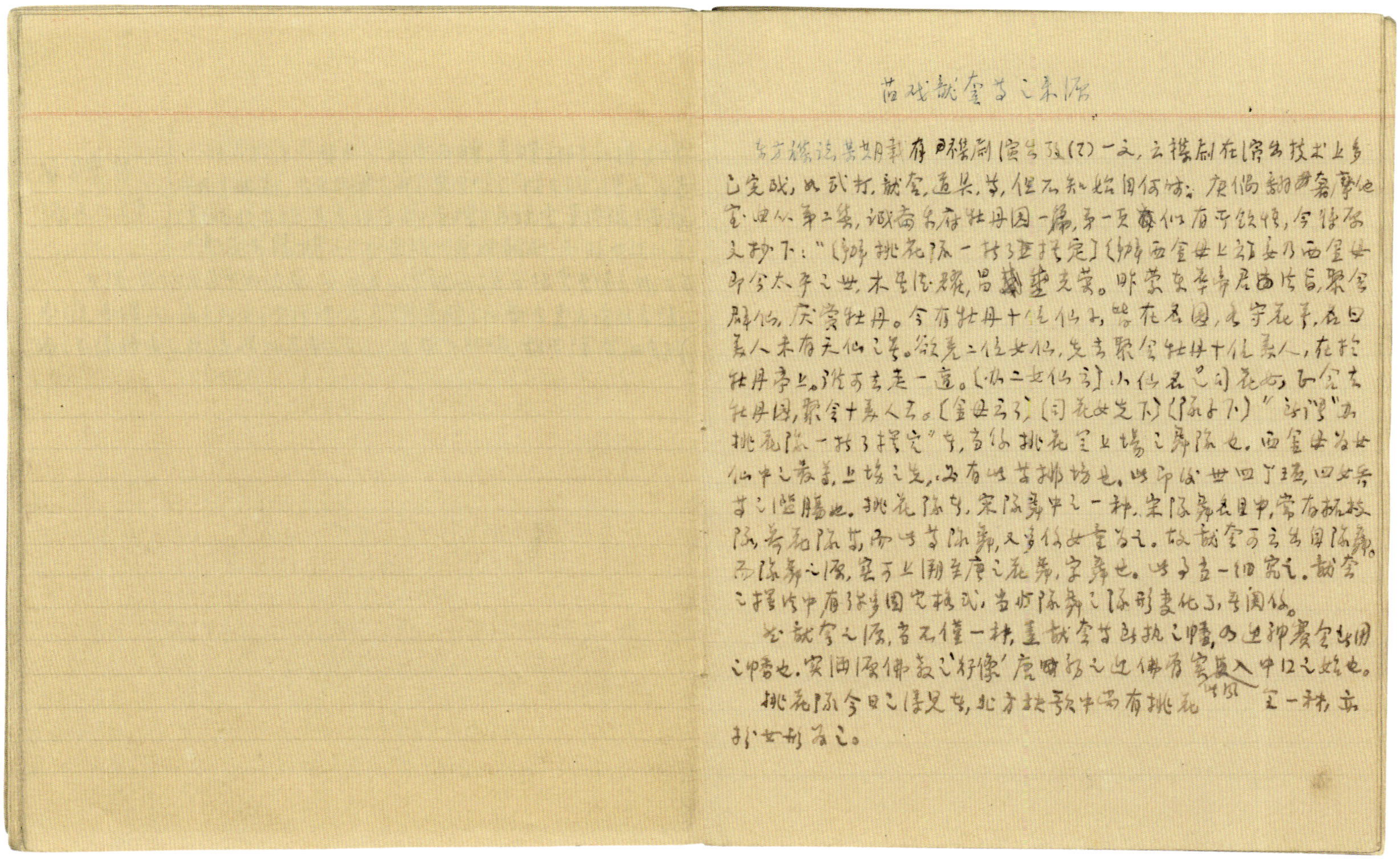

昆戏献寿节之来源

东方杂志某期载有《杂剧演出段(?)》一文，云杂剧在演出技术上多已完成，如武打、献寿、道具等，但不知始自何时。庚偶翻《……》第二集，识有名存牡丹园一篇，第一页似有可供价值，今将原文抄下："〔外扮桃花队一行引上摆定〕〔外扮西金母上云〕妾乃西金母，即今太平之世，木生凤凰，昌……之荣。昨蒙东华帝君西池宴，聚会群仙，庆赏牡丹。今有牡丹十位仙子，皆在名园，各守花界，在世美人未有天仙之貌。敕差二位女仙，先去聚会牡丹十位美人，在于牡丹亭上。须索去走一遭。〔小二女仙云〕小仙去已同花女，正会去牡丹园，聚会十美人去。〔金母云了〕〔同花女先下〕〔队子下〕"这里"外扮桃花队一行引上摆定"者，当係桃花宝上场之舞队也。西金母为女仙中之最尊，上场之先，必有此等排场也。此即后世四丁扫，四女兵等之滥觞也。桃花队者，宋队舞中之一种。宋队舞表里中，常有柘枝队、菩萨队等，而此等队舞，又多係女童为之。故献寿可云出自队舞。而队舞之源，实可上溯至唐之花舞、字舞也。此可查一细究之。献寿之摆法中有张多国宝格式，当于队舞之队形变化可……

然献寿之源，当不仅一种，盖献寿等与执之幡，乃迎神赛会出团之仪者也。实西洋佛教之行像，唐时所之迎佛骨实真入中国之始也。

桃花队今日之保见者，北方秧歌中尚有桃花（队）宝一种，亦多女形为之。

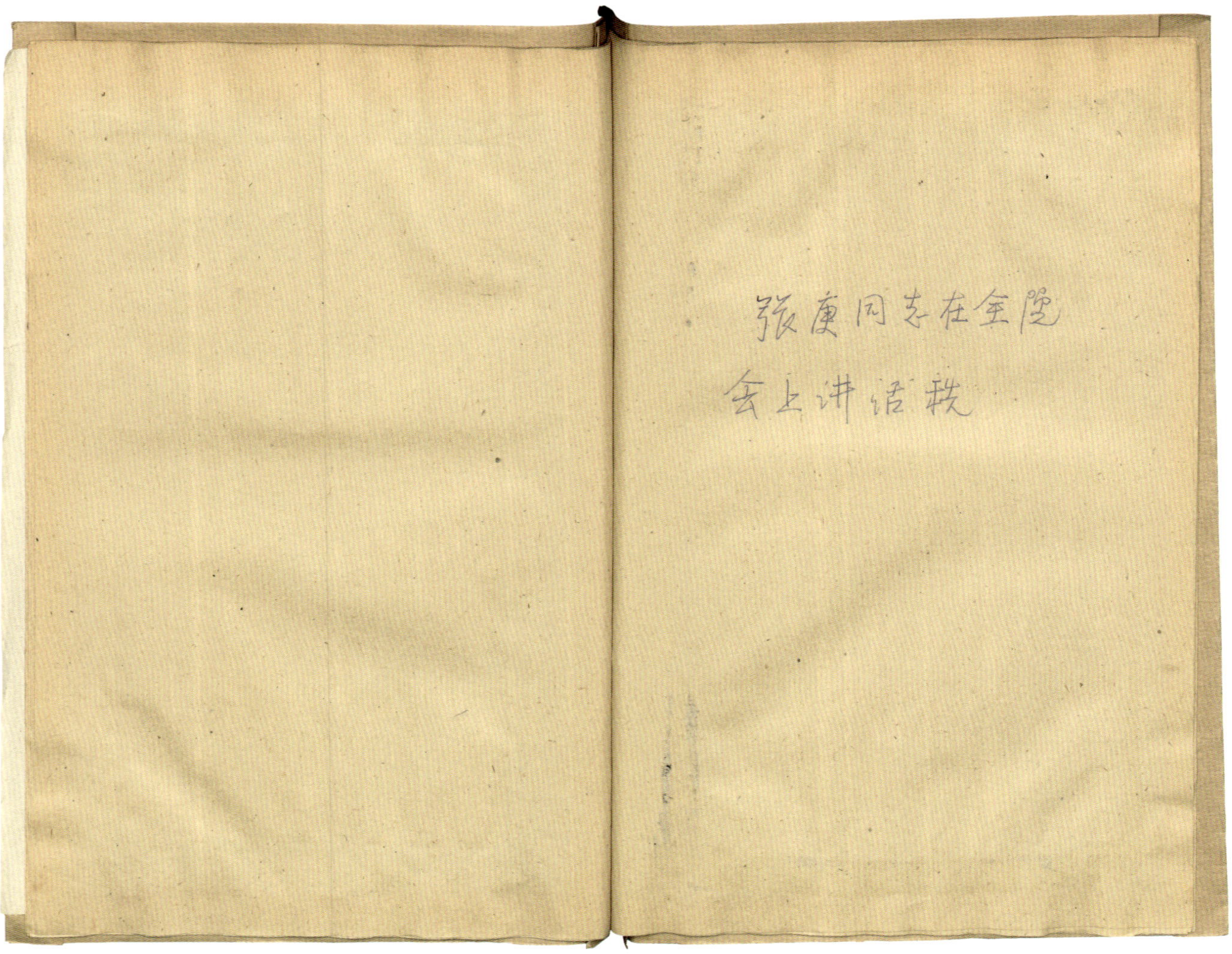
張庚同志在全院会上讲话稿

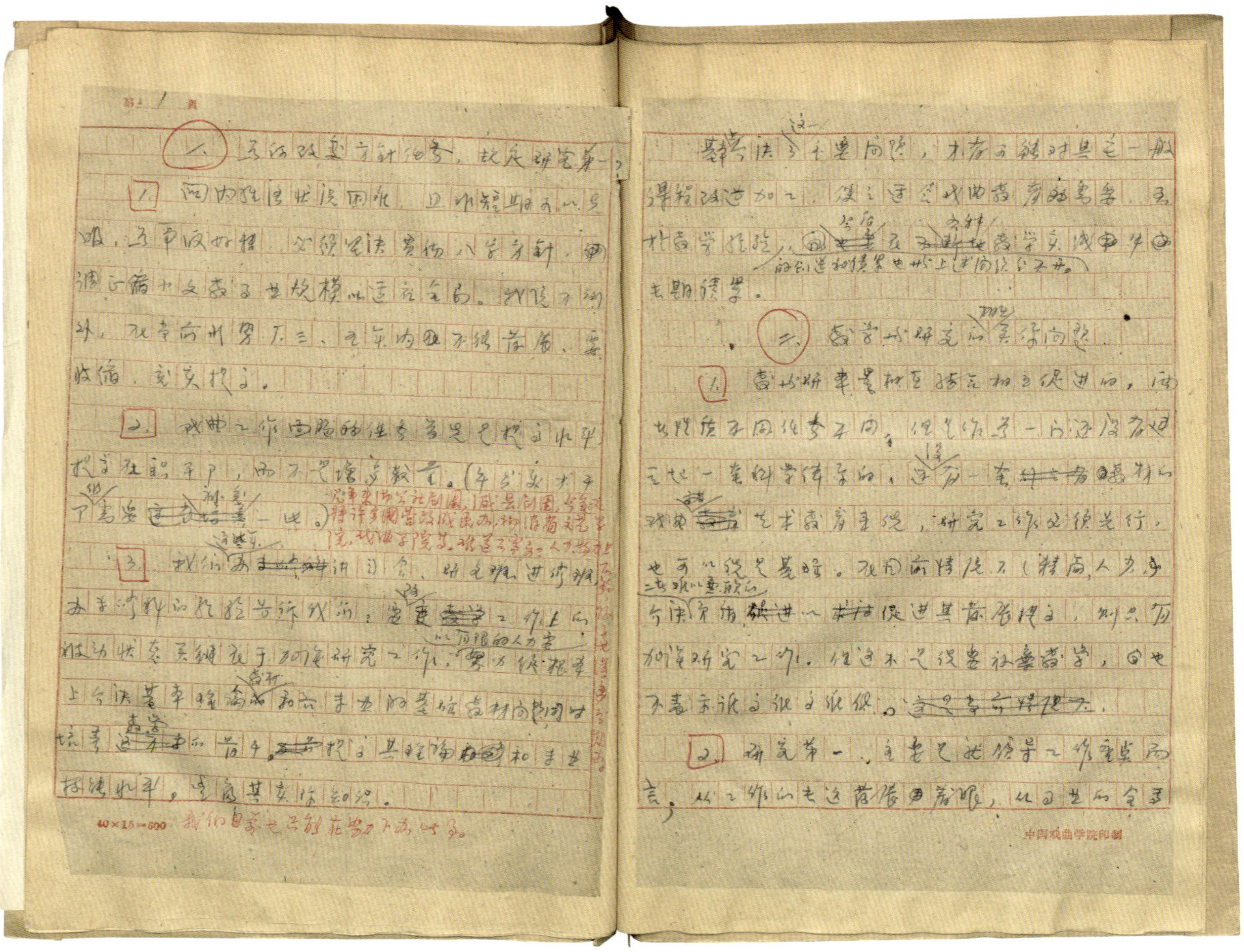

1962年7月20日，张庚在中国戏曲研究院会上谈方针任务问题的讲话

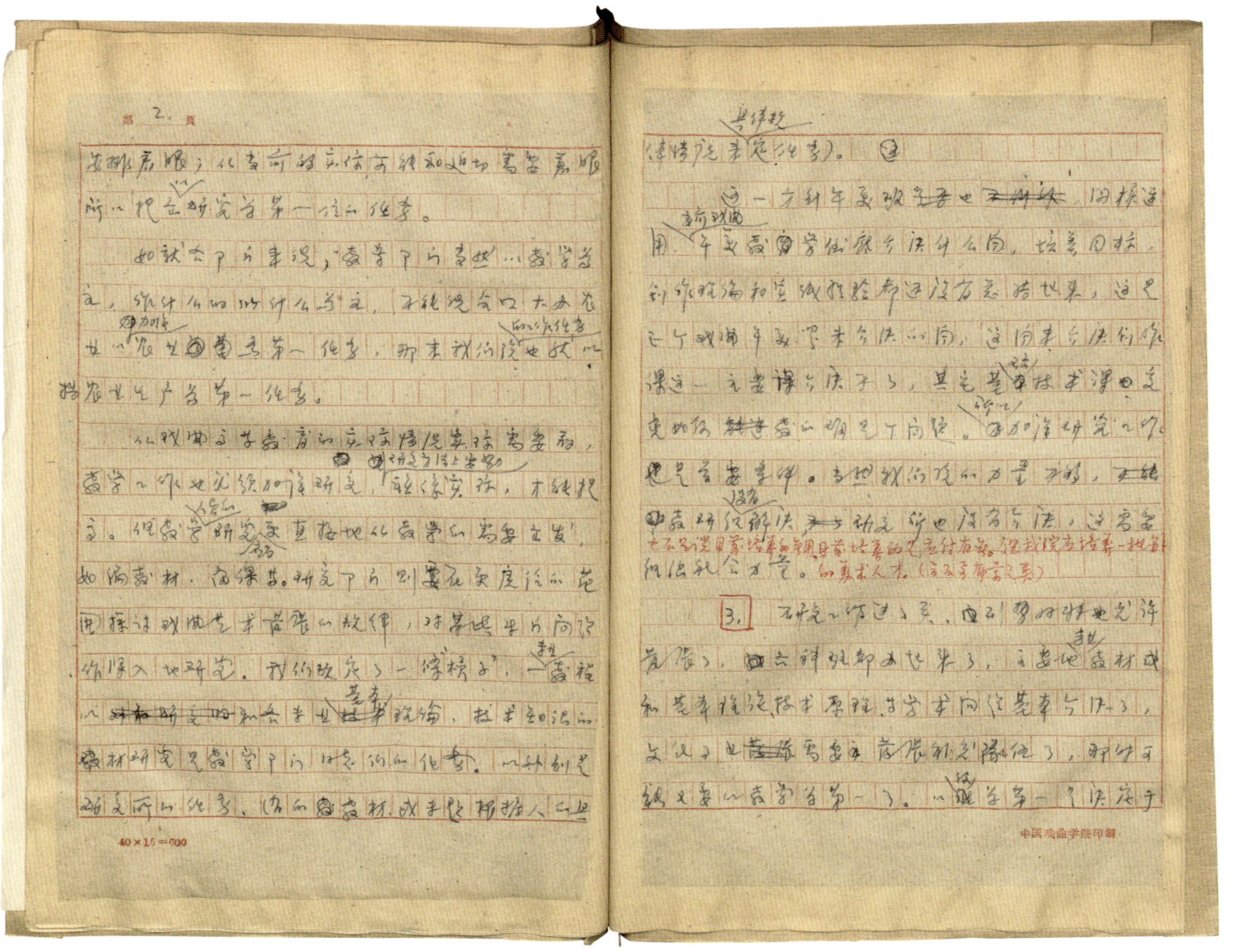

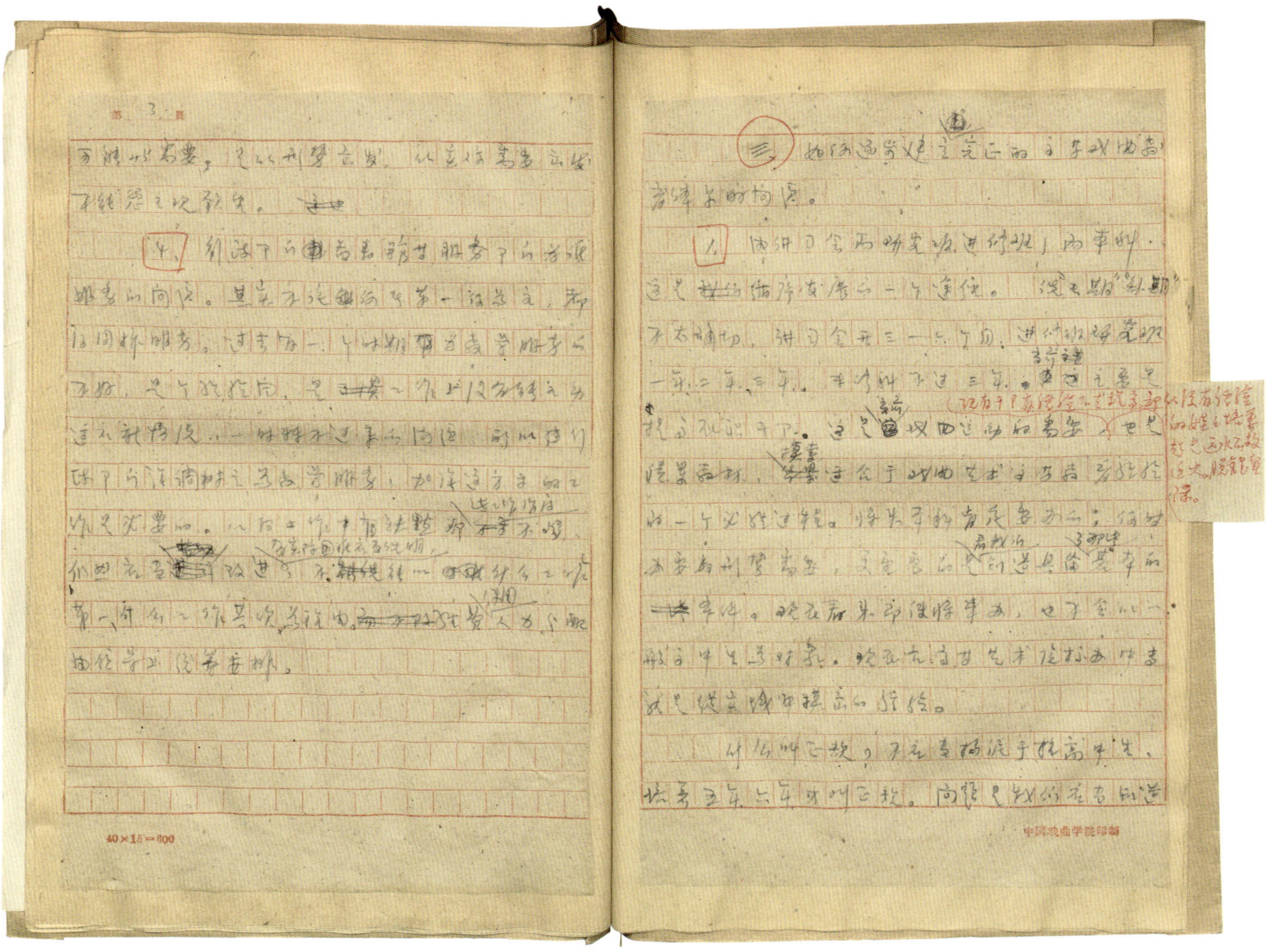

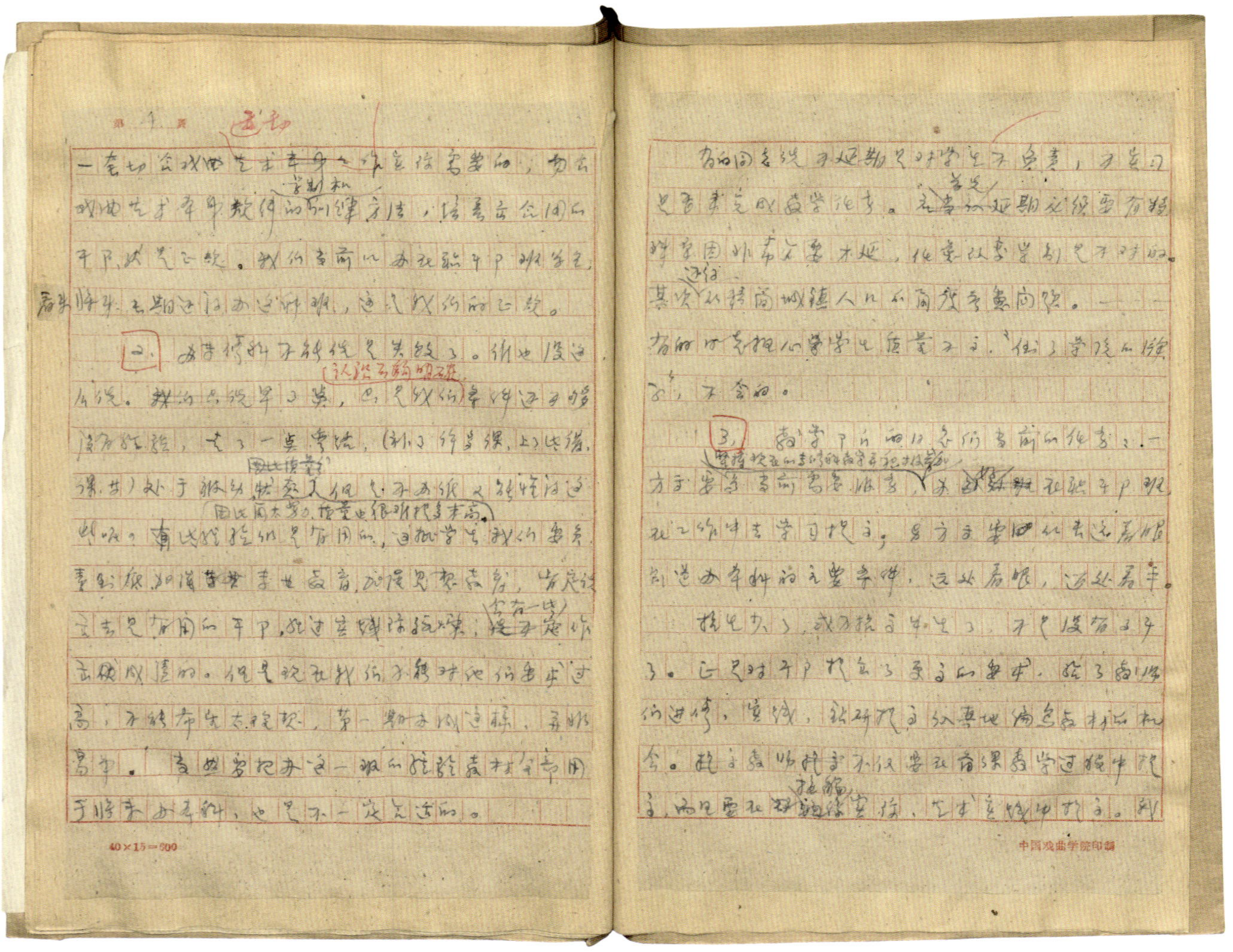
40×15=600
中国戏曲学院印制

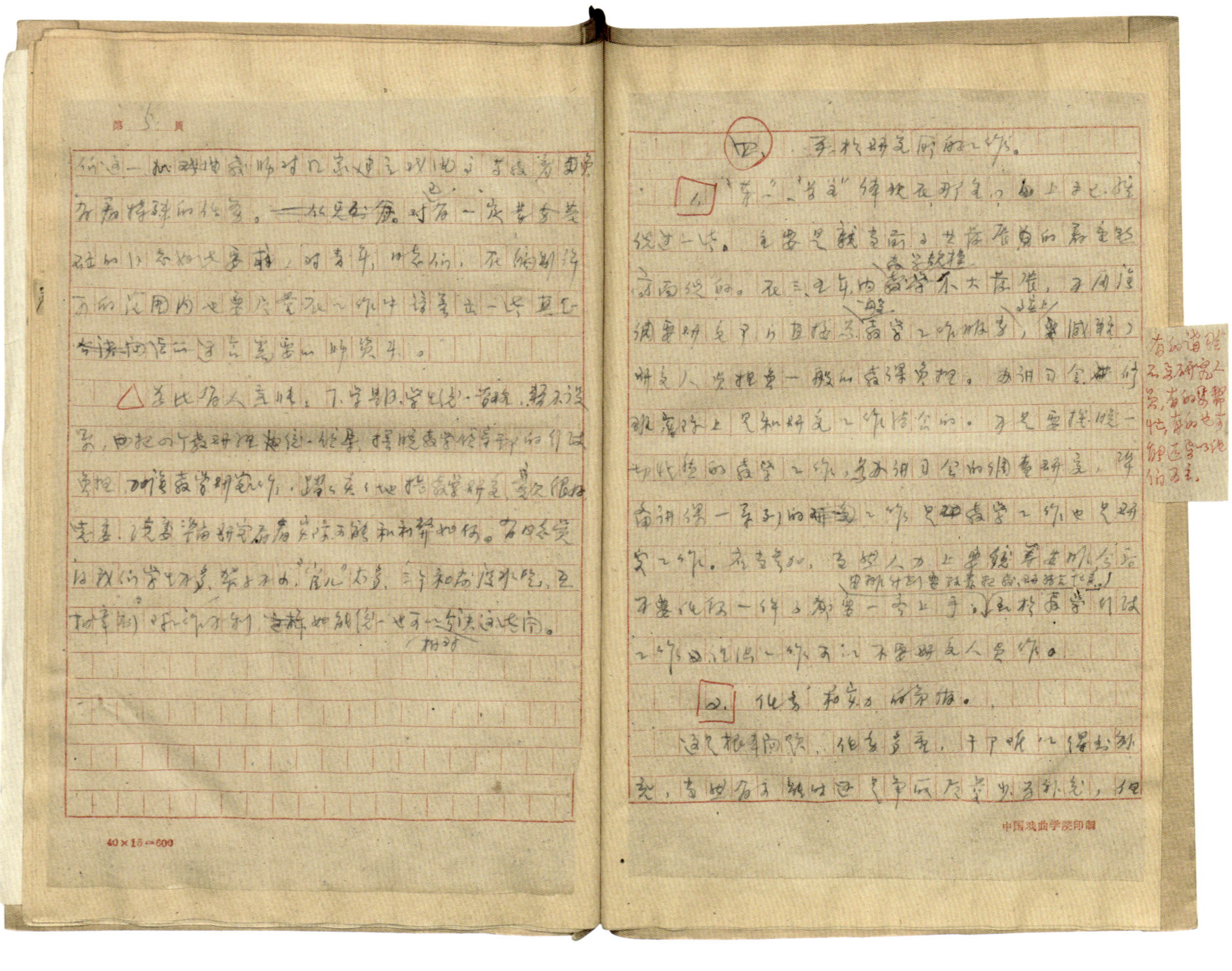
40×15=600
中国戏曲学院印制

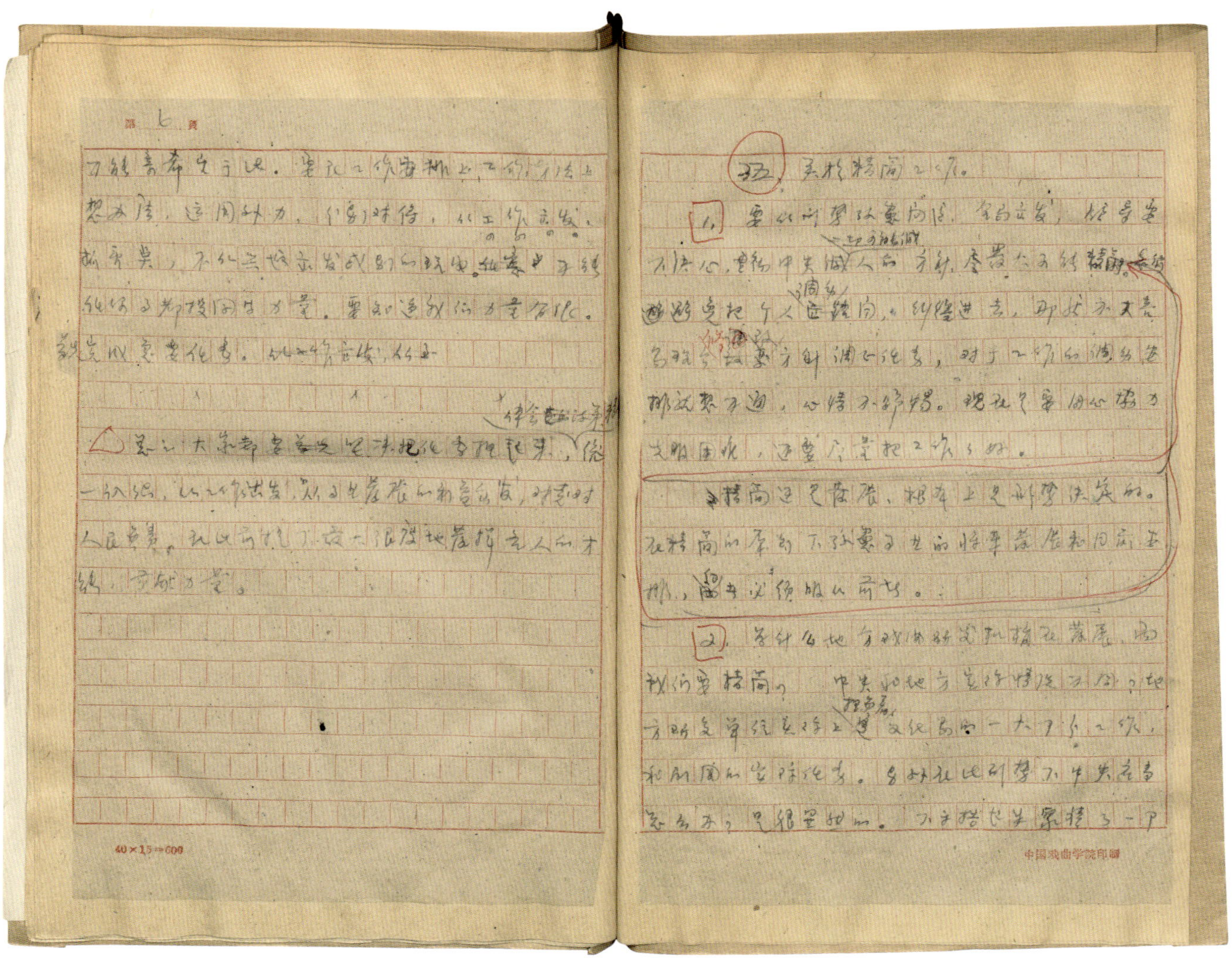

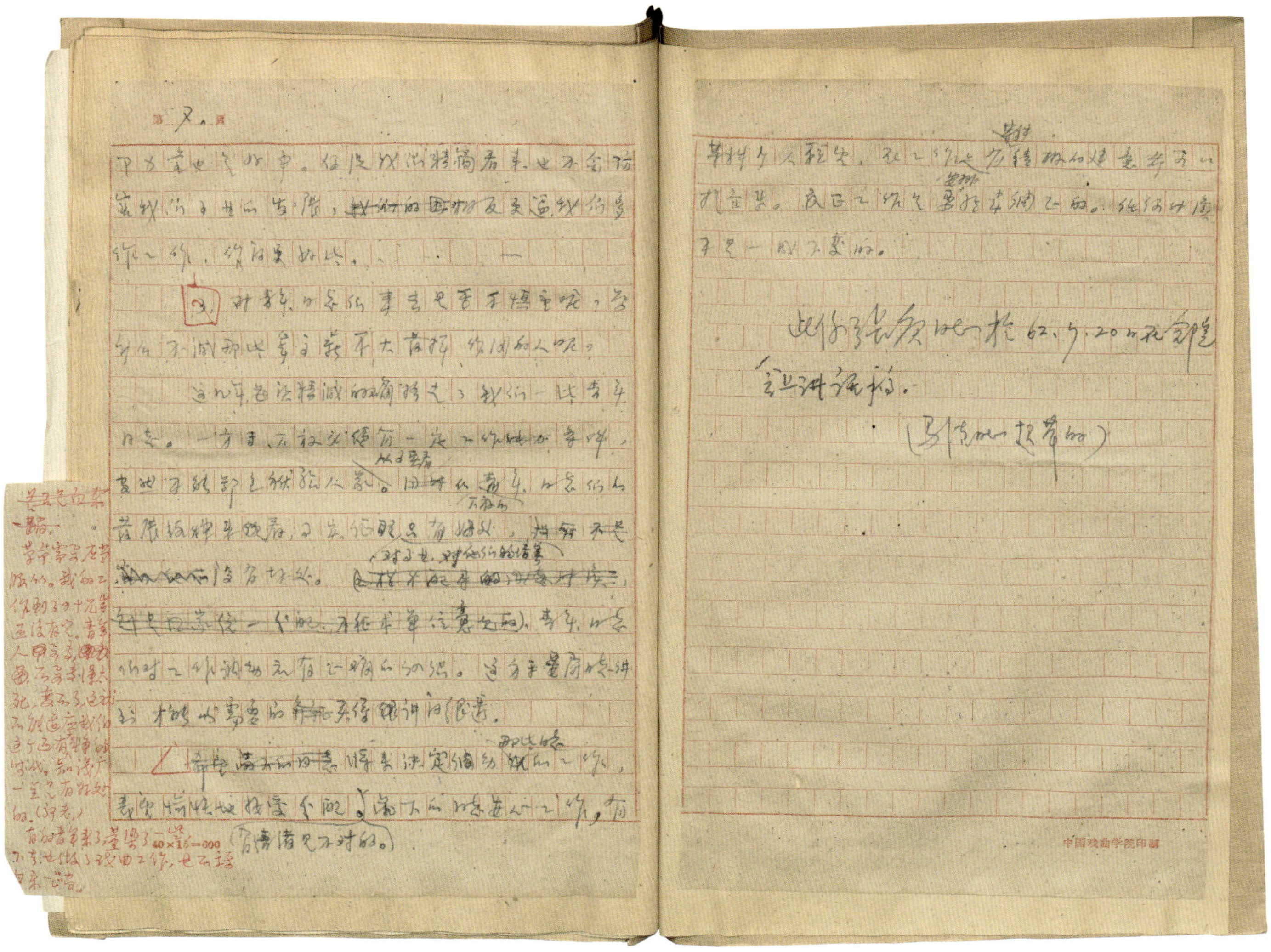

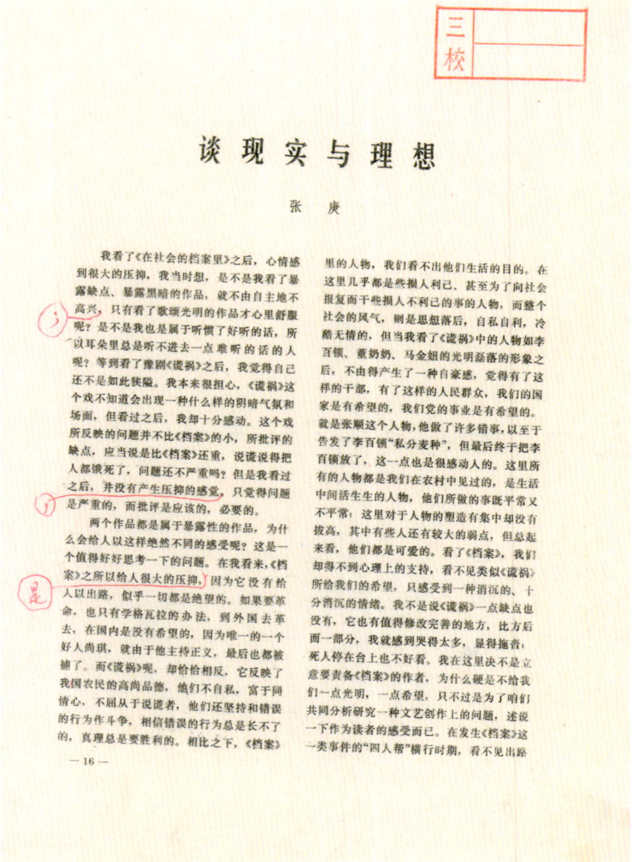

谈现实与理想

张　庚

我看了《在社会的档案里》之后，心情感到很大的压抑，我当时想，是不是我看了暴露缺点、暴露黑暗的作品，就不由自主地不高兴，只有看了歌颂光明的作品才心里舒服呢？是不是我也是属于听惯了好听的话，所以耳朵里总是听不进去一点难听的话的人呢？等到看了豫剧《谎祸》之后，我觉得自己还不是如此狭隘。我本来很担心，《谎祸》这个戏不知道会出现一种什么样的阴暗气氛和场面，但看过之后，我却十分感动。这个戏所反映的问题并不比《档案》的小，所批评的缺点，应当说是比《档案》还重，说谎说得把人都饿死了，问题还不严重吗？但是我看过之后，并没有产生压抑的感觉，只觉得问题是严重的，而批评是应该的，必要的。

两个作品都是属于暴露性的作品，为什么会给人以这样绝然不同的感受呢？这是一个值得好好思考一下的问题。在我看来，《档案》之所以给人很大的压抑，因为它没有给人以出路，似乎一切都是绝望的。如果要革命，也只有学格瓦拉的办法，到外国去革去，在国内是没有希望的，因为唯一的一个好人尚琪，就由于他主持正义，最后也都被捕了。而《谎祸》呢，却恰恰相反，它反映了我国农民的高尚品德，他们不自私，富于同情心，不屈从于说谎者，他们还坚持和错误的行为作斗争，相信错误的行为总是长不了的，真理总是要胜利的。相比之下，《档案》里的人物，我们看不出他们生活的目的。在这里几乎都是些损人利己、甚至为了向社会报复而干些损人不利己的事的人物，而整个社会的风气，则是思想落后，自私自利，冷酷无情的。但当我看了《谎祸》中的人物如李百镇、董奶奶、马金妞的光明磊落的形象之后，不由得产生了一种自豪感，觉得有了这样的干部，有了这样的人民群众，我们的国家是有希望的，我们党的事业是有希望的。就是张顺这个人物，他做了许多错事，以至于告发了李百镇“私分麦种”，但最后终于把李百镇放了，这一点也是很感动人的。这里所有的人物都是我们在农村中见过的，是生活中间活生生的人物，他们所做的事既平常又不平常；这里对于人物的塑造有集中却没有拔高，其中有些人还有较大的弱点，但总起来看，他们都是可爱的。看了《档案》，我们却得不到心理上的支持，看不见类似《谎祸》所给我们的希望，只感受到一种消沉的、十分消沉的情绪。我不是说《谎祸》一点缺点也没有，它也有值得修改完善的地方，比方后面一部分，我就感到哭得太多，显得拖沓；死人停在台上也不好看。我在这里决不是立意要责备《档案》的作者，为什么硬是不给我们一点光明，一点希望，只不过是为了咱们共同分析研究一种文艺创作上的问题，述说一下作为读者的感受而已。在发生《档案》这一类事件的“四人帮”横行时期，看不见出路

— 16 —

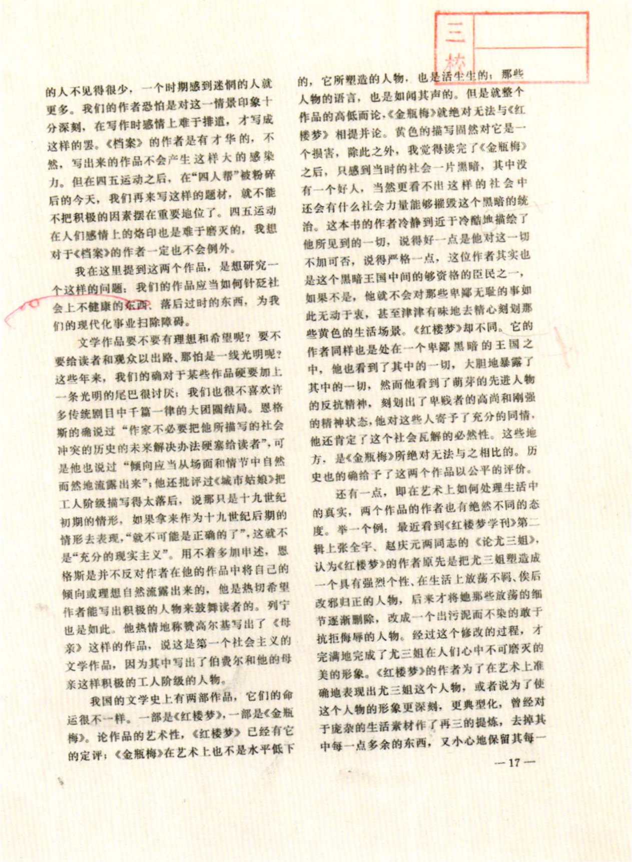

的人不见得很少，一个时期感到迷惘的人就更多。我们的作者恐怕是对这一情景印象十分深刻，在写作时感情上难于排遣，才写成这样的罢。《档案》的作者是有才华的，不然，写出来的作品不会产生这样大的感染力。但在四五运动之后，在“四人帮”被粉碎后的今天，我们再来写这样的题材，就不能不把积极的因素摆在重要地位了。四五运动在人们感情上的烙印也是难于磨灭的，我想对于《档案》的作者一定也不会例外。

我在这里提到这两个作品，是想研究一个这样的问题：我们的作品应当如何针砭社会上不健康的东西、落后过时的东西，为我们的现代化事业扫除障碍。

文学作品要不要有理想和希望呢？要不要给读者和观众以出路、那怕是一线光明呢？这些年来，我们的确对于某些作品硬要加上一条光明的尾巴很讨厌；我们也很不喜欢许多传统剧目中千篇一律的大团圆结局。恩格斯的确说过“作家不必要把他所描写的社会冲突的历史的未来解决办法硬塞给读者”，可是他也说过“倾向应当从场面和情节中自然而然地流露出来”；他还批评过《城市姑娘》把工人阶级描写得太落后，说那只是十九世纪初期的情形，如果拿来作为十九世纪后期的情形去表现，“就不可能是正确的了”，这就不是“充分的现实主义”。用不着多加申述，恩格斯是并不反对作者在他的作品中将自己的倾向或理想自然流露出来的，他是热切希望作者能写出积极的人物来鼓舞读者的。列宁也是如此。他热情地称赞高尔基写出了《母亲》这样的作品，说这是第一个社会主义的文学作品，因为其中写出了伯费尔和他的母亲这样积极的工人阶级的人物。

我国的文学史上有两部作品，它们的命运很不一样。一部是《红楼梦》，一部是《金瓶梅》。论作品的艺术性，《红楼梦》已经有它的定评；《金瓶梅》在艺术上也不是水平低下的，它所塑造的人物，也是活生生的；那些人物的语言，也是如闻其声的。但是就整个作品的高低而论，《金瓶梅》就绝对无法与《红楼梦》相提并论。黄色的描写固然对它是一个损害，除此之外，我觉得读完了《金瓶梅》之后，只感到当时的社会一片黑暗，其中没有一个好人，当然更看不出这样的社会中还会有什么社会力量能够摧毁这个黑暗的统治。这本书的作者冷静到近于冷酷地描绘了他所见到的一切，说得好一点是他对这一切不加可否，说得严格一点，这位作者其实也是这个黑暗王国中间的够资格的臣民之一，如果不是，他就不会对那些卑鄙无耻的事如此无动于衷，甚至津津有味地去精心刻划那些黄色的生活场景。《红楼梦》却不同。它的作者同样也是处在一个卑鄙黑暗的王国之中，他也看到了其中的一切，大胆地暴露了其中的一切，然而他看到了萌芽的先进人物的反抗精神，刻划出了卑贱者的高尚和刚强的精神状态，他对这些人寄予了充分的同情，他还肯定了这个社会瓦解的必然性。这些地方，是《金瓶梅》所绝对无法与之相比的。历史也的确给予了这两个作品以公平的评价。

还有一点，即在艺术上如何处理生活中的真实，两个作品的作者也有绝然不同的态度。举一个例：最近看到《红楼梦学刊》第二辑上张全宇、赵庆元两同志的《论尤三姐》，认为《红楼梦》的作者原先是把尤三姐塑造成一个具有强烈个性、在生活上放荡不羁、俟后改邪归正的人物，后来才将她那些放荡的细节逐渐删除，改成一个出污泥而不染的敢于抗拒侮辱的人物。经过这个修改的过程，才完满地完成了尤三姐在人们心中不可磨灭的美的形象。《红楼梦》的作者为了在艺术上准确地表现出尤三姐这个人物，或者说为了使这个人物的形象更深刻，更典型化，曾经对于庞杂的生活素材作了再三的提炼，去掉其中每一点多余的东西，又小心地保留其每一

— 17 —

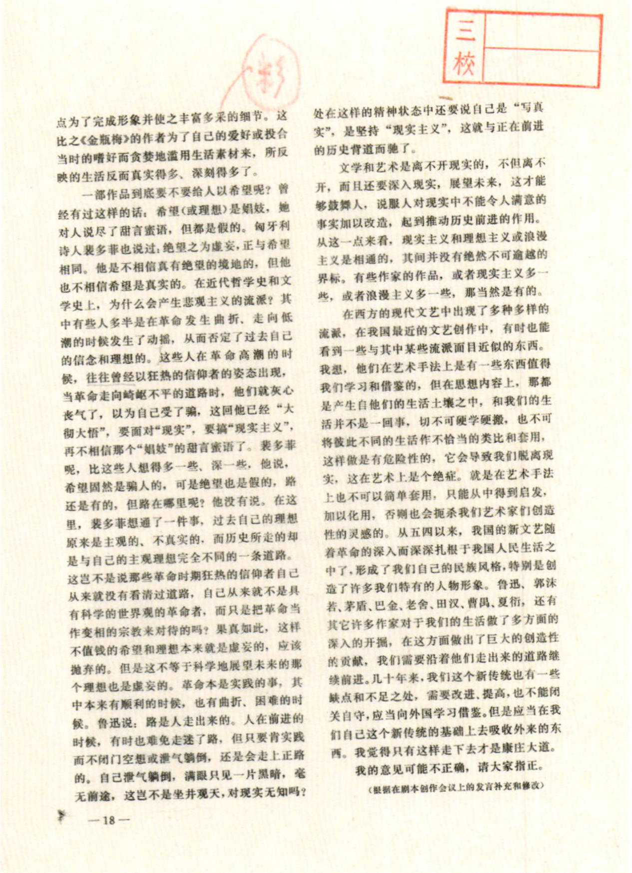

点为了完成形象并使之丰富多采的细节。这比之《金瓶梅》的作者为了自己的爱好或投合当时的嗜好而贪婪地滥用生活素材来，所反映的生活反而真实得多、深刻得多了。

一部作品到底要不要给人以希望呢？曾经有过这样的话：希望（或理想）是娼妓，她对人说尽了甜言蜜语，但都是假的。匈牙利诗人裴多菲也说过：绝望之为虚妄，正与希望相同。他是不相信真有绝望的境地的，但他也不相信希望是真实的。在近代哲学史和文学史上，为什么会产生悲观主义的流派？其中有些人多半是在革命发生曲折、走向低潮的时候发生了动摇，从而否定了过去自己的信念和理想的。这些人在革命高潮的时候，往往曾经以狂热的信仰者的姿态出现，当革命走向崎岖不平的道路时，他们就灰心丧气了，以为自己受了骗，这回他已经“大彻大悟”，要面对“现实”，要搞“现实主义”，再不相信那个“娼妓”的甜言蜜语了。裴多菲呢，比这些人想得多一些、深一些，他说，希望固然是骗人的，可是绝望也是假的，路还是有的，但路在哪里呢？他没有说。在这里，裴多菲想通了一件事，过去自己的理想原来是主观的、不真实的，而历史所走的却是与自己的主观理想完全不同的一条道路。这岂不是说那些革命时期狂热的信仰者自己从来就没有看清过道路，自己从来就不是具有科学的世界观的革命者，而只是把革命当作变相的宗教来对待的吗？果真如此，这样不值钱的希望和理想本来就是虚妄的，应该抛弃的。但是这不等于科学地展望未来的那个理想也是虚妄的。革命本是实践的事，其中本来有顺利的时候，也有曲折、困难的时候。鲁迅说：路是人走出来的。人在前进的时候，有时也难免走迷了路，但只要肯实践而不闭门空想或泄气躺倒，还是会走上正路的。自己泄气躺倒，满眼只见一片黑暗，毫无前途，这岂不是坐井观天，对现实无知吗？处在这样的精神状态中还要说自己是“写真实”，是坚持“现实主义”，这就与正在前进的历史背道而驰了。

文学和艺术是离不开现实的，不但离不开，而且还要深入现实，展望未来，这才能够鼓舞人，说服人对现实中不能令人满意的事实加以改造，起到推动历史前进的作用。从这一点来看，现实主义和理想主义或浪漫主义是相通的，其间并没有绝然不可逾越的界标。有些作家的作品，或者现实主义多一些，或者浪漫主义多一些，那当然是有的。

在西方的现代文艺中出现了多种多样的流派，在我国最近的文艺创作中，有时也能看到一些与其中某些流派面目近似的东西。我想，他们在艺术手法上是有一些东西值得我们学习和借鉴的，但在思想内容上，那都是产生自他们的生活土壤之中，和我们的生活并不是一回事，切不可硬学硬搬，也不可将彼此不同的生活作不恰当的类比和套用，这样做是有危险性的，它会导致我们脱离现实，这在艺术上是个绝症。就是在艺术手法上也不可以简单套用，只能从中得到启发，加以化用，否则也会扼杀我们艺术家们创造性的灵感的。从五四以来，我国的新文艺随着革命的深入而深深扎根于我国人民生活之中了，形成了我们自己的民族风格，特别是创造了许多我们特有的人物形象。鲁迅、郭沫若、茅盾、巴金、老舍、田汉、曹禺、夏衍，还有其它许多作家对于我们的生活做了多方面的深入的开掘，在这方面做出了巨大的创造性的贡献，我们需要沿着他们走出来的道路继续前进。几十年来，我们这个新传统也有一些缺点和不足之处，需要改进、提高，也不能闭关自守，应当向外国学习借鉴。但是应当在我们自己这个新传统的基础上去吸收外来的东西。我觉得只有这样走下去才是康庄大道。

我的意见可能不正确，请大家指正。

（根据在剧本创作会议上的发言补充和修改）

— 18 —

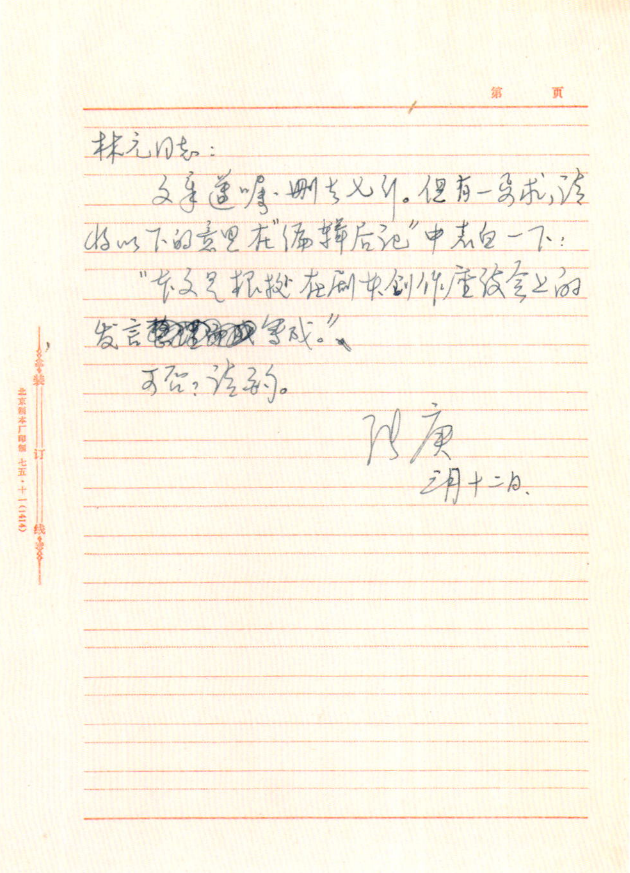

第　页

林元同志：

文章遵嘱、删去几行。但有一要求，请将以下的意思在“编辑后记”中表白一下：

“本文是根据在剧本创作座谈会上的发言写成。”

可否？请酌。

张庚

?月十二日

《谈现实与理想》，作者张庚

《谈现实与理想》根据剧本创作会议发言补充和修改，发表于《文艺研究》1980年第2期

叁

张庚年谱简编

张庚年谱简编

张静编撰

例 言

一、本谱的家族史部分，资料来源主要为家谱、官报及家族史著作等；个人史部分，资料来源主要为个人日记、论著及相关档案等。因谱主交游甚广，且与其交往的不少为文艺界、戏剧界知名人士，所以也从相关者的年谱、日记、回忆文章中采取可用之线索。

二、谱主生平历史跨度大，内容繁复，篇幅所限，本谱以纲目为主，具体事项不做详细引录和评述。谱主家族世系及早期求学期间交好的师友略作说明，单列于相关主条目之下，以不同字体加以区别。

三、本谱基本按年、月、日编列谱主的生平活动。日期确定者，按月编列；日期不能确定者，月目最末以“本月”列目，个别有在月目下以“月初”“月中”列目者；月份不能确定者，年目最末以“本年”列目，个别亦有在年目下以“春”“冬”编列者。

四、谱主的论著，主要按发表时间编列；个别未发表稿，按撰写时间编列；仅知撰写年份、月份的，则列入“本月”“本年”目下；仅知发表期（辑）而未能查知发表时间的，亦列入“本年”目下。

五、本谱征引文献，未在谱中一一说明，统一列入文末《参考文献》。

1911年

（宣统二年十二月廿二日）1月22日，出生于湖南长沙。祖籍浙江吴兴，为适溪姚氏。本名姚令圭，后改名姚禹玄。曾用笔名禹言、长庚、狐涉、哲夫、禹玄、默生、侯默、未名、默君、姚锡玄、立众、青巾、林羽等，因鲁迅亦曾以“长庚”为笔名，遂改用“张庚”，后以此代替本名。

排行老大，有两个弟弟，大弟参加抗日，1938年11月13日长沙大火时失踪。二弟学习会计专业，任职国民政府交通部，参与修建滇缅公路，后欲接母亲到昆明奉养，返乡途中死于车祸。

祖父姚肇椿（字寿慈，1856—？），字寿慈，号傚词，善化县学廪生，光绪甲午（1894）举人，“以知县分省补用”，光绪二十七年（1901）在江西筹饷捐知府，“指分安徽试用”。1907年，以江苏试用道任张家口商务总局会办，1909年，以江苏候补道调桂。宣统《吴兴姚氏家乘》记载其任安徽候补知府保陞江苏补用道加三品衔花翎奏调广西。妻李氏，为江西巡抚李桓之女，继室欧阳氏，为江苏盐城县知县欧阳桐寿之女。姚肇椿曾与郑襄、袁绪钦、易顺鼎、易顺豫、程颂芳、程颂万、周家濂、何维棣、吴式钊、王景峨、王景崧等结湘社于长沙周氏蜕园，定日集会，诗词唱和，有《梧叶秋声馆词》。姚肇椿有三子、三女，长子姚继源（1881—1898），字懈曾，过继姚肇檝；次子姚纶源（1890—1952？），字邑虞，号愿愚；三子姚缙源（1896—？），字笏宜，号愿鲁。

父亲姚纶源，不事生产，与兄弟分家后，家庭生活困顿，靠典卖和挪借度日。20世纪50年代初，曾到北京与张庚同住，后在京去世。

母亲曾宝菱（1889—？），一作宝龄，曾国藩重孙女，祖父曾纪鸿，祖母郭筠，父亲曾广镕，母亲黄氏。幼年随父母在京城居住，1900年仅10岁，母亲病亡，八国联军进京，由家中仆妇护送返湘，遂主要由祖母教养。1904年起，先后在上海晏摩氏女校、务本女校、杭州省立女子师范学校读书，在杭女师读一学期后即由祖母带回湖南嫁入姚家。

曾纪鸿（1848—1881），字栗諴，曾国藩次子。父亲亡故后荫赏举人，充兵部武选司郎官。勤奋上进，精通算学，又知天文、地理、舆图等，并深谙音律。

郭筠（1847—1916），字诵芬，自署书斋名曰“艺芳馆”，晚号艺芳老人，湖北蕲水人。清道光戊戌进士、两淮盐运使郭沛霖（1809—1959）之女。长期主理双峰曾氏富厚堂事务，以课育子孙为己任。素有才名，诗文兼工，著《艺芳馆诗集》行世。

曾广镕（1870—1929），字理初，号甄远，承父荫特赏员外郎，选授刑部员外郎，花翎二品衔湖北补任道、湖北牙厘局总办，简授湖北施鹤兵备道，署湖北按察使等。

黄氏（1868—1900），安化黄自元之女。黄自元（1837—1918），字善长，号敬舆，又号澹叟，同治六年（1867）举人，次年殿试一甲第二名，授翰林院编修。曾任顺天乡试同考官、江南乡试副考官，河南道、陕西道监察御史，甘肃宁夏知府等。善书法，自成一家，晚年亦从事实业。

1912—1916年

家住储英园，幼年常随母亲到外婆家，与亲戚子弟一起玩耍、读书。每逢春节，照惯例也会到外婆家聚会。

1917—1923年

就读于振德小学，初小三年，高小四年。

1924年

高小毕业，考入成志中学读初中一年级，学习一学期。

1925年

初一下学期，从离家较远的成志中学转入家附近的楚怡中学。楚怡中学由陈润霖先生创办。在楚怡中学，与同样爱好文学的同学唐杰侯成为好友，一起组织了“浊浪”文艺社，出版不定期刊物《浊浪》，并曾在湖南《民权报》上编辑副刊。课任老师中，受国文教员陈子展先生影响较大，阅读了许多当时北京、上海出版的文艺书籍，如鲁迅的《热风》《华盖集》《呐喊》、郭沫若的《女神》《三个叛逆的女性》及其译作《少年维特之烦恼》等。这一时期，常读《莽原》《语丝》《洪水》等新文艺刊物，喜读顾颉刚的《古史辨》、胡适的《中国哲学史大纲》、梁启超的《中国历史研究法》等学术著作，对历史和诸子百家的书颇有兴趣，特别是《墨子》和《庄子》。

陈润霖（1879—1946），字凤荒，号立园，新化县人，近代著名教育家。1906年创办楚怡小学，后又创办楚怡高级工业学校（1914）、楚怡中学及幼稚园（1924），形成“三校一园”。

唐杰侯（1910—2000），后改名唐川，湖南溆浦人，农业科学家。曾就读于上海劳动大学，后考入国立北平大学农学院农艺学系，毕业后留校任教。20世纪三四十年代曾在陕甘宁边区从事农业教育和农作物栽培工作，1949年中华人民共和国成立后，长居东北，主要在吉林省农业科学院从事组织领导与研究工作。

陈子展（1898—1990），原名炳坤，字子展，以字行，长沙人，作家、复旦大学教授。早年主要在湖南从事教育工作，自20世纪30年代起，长期在复旦大学中文系任教。杂文享誉文坛，长于《诗经》《楚辞》研究，关注近代文学，著有《中国近代文学之变迁》《最近三十年中国文学史》等。

1926年

7月

本月，北伐军攻占长沙后，和同学经常参加群众大会，上街游行。

9月

本月，升入初中三年级。

10月

本月，北伐军攻克武汉的消息传来，决心离家赴武汉，参加革命。

1927年

暮春，离开长沙到武汉，加入中央军事政治学校武汉分校（即黄埔军校武汉分校），因年龄不够入伍资格，经特准留医务所当看护兵。

5月

本月，随军校学生改编的中央独立师参加抗击夏斗寅反革命叛乱的作战。

7月

本月，因汪精卫发动反革命政变，对共产党员和革命群众进行大搜捕、大屠杀，局势日趋恶劣，学校通知可以回家，遂离开武汉，返回长沙。而长沙却笼罩在“马日事变”的阴云中，后再赴武汉，在市总工会工作，暂住丽尼（郭安仁）处。不久赴上海，以姚禹玄之名考入上海劳动大学社会学系，与在劳动大学听课的吕展青（吕骥）同住。一同进入劳动大学的还有丽尼、王敷升，时任校长为易培基（1880—1937）。

冬，接触了田汉领导的上海艺术大学所演《苏州夜话》等戏剧作品，耳目一新。

1928—1931年

在劳动大学，学习了外语，认真阅读了克鲁泡特金的《面包略取》《互助论》等著作，也阅读了日文版《共产党宣言》、河上肇的《经济学大纲》、布哈林的《历史唯物主义理论》以及普列汉诺夫的部分著作；观看南国艺术学院、南国社的戏剧演出，如《湖上的悲剧》等；组织阿波罗画社、文学社，积极参与学生话剧剧社，如民众剧团等，演出田汉改编的《卡门》及易卜生的《娜拉》、日本作家的《婴儿杀害》、爱尔兰作家的《月亮上升》等；创作小说《青年孟饶夫的第一次长途旅行》和《歌》。

1930年7月，曾参加向培良、邵惟领导的紫歌剧队所组织的上海劳动大学与上海立达学园话剧爱好者进行的游厦（厦门）演出，8月1日乘坐太原船返回上海。

1931年，与丽尼、吕骥、唐俟杰、胡安惠、薛藩等人组织清晨社。夏，因当局强行封校，驱逐学生，未能毕业。在上海无以为生，回到武汉，先后在报馆做校对、在工人子弟学校扶轮小学做教员。冬，参加盛家伦、吕骥等组织的左翼戏剧家联盟武汉分盟，任宣传部部长，其他参加分盟工作的还有丽尼、陈荒煤、刘露、董启翔等；创办左翼剧联武汉分盟机关刊物《煤坑》，并发表文学作品及文章；与湖北省女二中演剧积极分子联合成立“鸽的剧社”，演出田汉改编的《卡门》；依托时代书报流通社设立小型图书馆，为与剧联有一定联系或经过熟人介绍来的青年学生提供社会科学、文学方面的书籍；参与编辑《电影与戏剧》周刊并撰稿。

1932年

1—5月

在《煤坑》发稿十多篇，包括译作、诗歌、小说、散文和文艺理论文章等。

本年

参加张执一等组织的武汉左翼青年联盟、左翼作家联盟，参加武汉反帝大同盟。

1933年

因《煤坑》的政治倾向日渐显露，为当局不容，武汉反帝大同盟等组织又被破坏，从武汉到上海，后去福建。经丽尼介绍，到泉州黎明高级中学，担任国文教员兼班主任。任教期间，曾组织学生演戏，自己也在剧中扮演角色。后因黎明中学师生合演《出路》，触怒反动军政当局，不久学校被迫解散停办，同时福建政局也有所变化，于是返回上海。

1934年

在上海参加左翼戏剧家联盟并担任分管宣传的常委，编辑《生活知识》《新知识》《新学识》等杂志，参加艺术供应社的活动，与章泯、赵铭彝、刘斐章、袁文殊等组成理论研究组，撰写戏剧批评，为工人夜校戏剧活动进行辅导，宣传革命思想，也参与辅导麦伦中学、新旦小学等学校的业余演剧活动。

冬，经赵铭彝、肖之亮介绍，加入中国共产党（张执一称，1932年他已介绍张庚入党，后因他被捕入狱，且时间较久，所以1934年张庚在上海再次加入中国共产党）。

1935年

1月

本月，在《生活知识》第一卷第3期发表《怎样看〈钦差大臣〉》，署笔名“未名”。

10月

本月至1936年4月，在《生活知识》上设立“为观众的戏剧讲话”专栏，讲述戏剧基本知识，介绍戏曲。

12月

本月，在《文学》第五卷第6号发表《中国舞台剧的现阶段——业余剧人的技术的批判》。

本年

主办剧联组织的戏剧生活社，负责日常训练、演出及宣传，讲授戏剧概论，并对时事和左翼剧联的任务进行解说；参加主要由上海店员和职工组织的蚁社活动，帮助蚂蚁剧团排戏、演出；经剧联党团会讨论决定，与章泯、徐韬、赵丹、金山等组织成立上海业余剧人协会，协会实验剧团演出了《娜拉》《钦差大臣》《大雷雨》《罗密欧与朱丽叶》《欲魔》等欧洲古典名剧，在无法演出反映现实斗争剧目之际，磨炼演技，培养剧作家，进行剧场艺术的演出实验。

1936年

2月

20日，在《生活知识》第一卷第10期发表《国防戏剧的题材和题材处理》。

3月

8日，参加群众反蒋示威游行。

5月

17日，在《大晚报》发表《不要忘了戏剧的武器性》。

23—30日，在《大公报》连载发表《对中国旅行剧团的感想》。

本月至6月，随蚂蚁剧团先后公演《秋阳》《走私》《都会的一角》等宣传抗日思想的剧作。

本月至10月，在《生活知识》第二卷第1—10期连载发表《旧剧巡礼》。

6月

14日，星期实验小剧场公演时，上海公共租界工部局因剧中有“东北是我们的领土”台词而发出禁令，随后蚂蚁剧团演出相关剧目也被禁止。26日，与尤兢（于伶）、凌鹤、柯灵、鲁思等26人联名在上海各报电影副刊发表《反对工部局禁止演剧通启》。

本月，在《光明》创刊号发表《悲剧的发展——评〈雷雨〉》。

8月

本月，在《光明》第一卷第5号发表《洪深与〈农村三部曲〉》、第一卷第6号发表《论〈迷途的羔羊〉》；在《文学界》第一卷第3号发表《论两个口号》。

9月

5日，为了加强抗议的声势，与尤兢、田汉、史东山、陈荒煤、陈白尘等100多人联名发表《中国文化界为争取自由演剧自由宣言》。

本月，著作《戏剧概论》由商务印书馆出版。在《读书生活》第四卷第9期发表《戏剧的国防动员》；在《世界知识》第五卷第1号发表《苏联戏剧与戏剧节》。

10月

19日，鲁迅先生去世，撰写《鲁迅先生挽歌》，由吕骥谱曲。

11月

22日，与尤兢、王尘无、于雯（欧阳山）、陈毅（陈沂）、白尘、凌鹤、鲁思等36人联名发表《向艺华公司当局进一言》。

本月，在《光明》第二卷第2号发表《1936年的戏剧——活时代的活纪录》。

12月

12日，再次联名发表《再向艺华公司进一言》，揭露电影公司危害民族、社会的制片方针，保卫左翼电影运动。

本年

中国左翼戏剧家联盟解散后，以联谊会的方式组建上海剧作者协会，为负责人之一。上海剧作者协会在一次讨论会上制定国防剧作纲领，提出“国防戏剧”的口号，并在《生活知识》开辟“国防戏剧”专号，把戏剧与抗日宣传结合起来，掀起群众性国防戏剧运动热潮。根据国防剧作纲领的要求，和洪深、夏衍、尤兢、凌鹤、章泯等人积极进行集体创作，参与创作了《汉奸的子孙》（于伶执笔）、《洋白糖》（凌鹤执笔）、《我们的故乡》（章泯执笔）、《咸鱼主义》（洪深执笔）等剧作，还根据法国小说家梅里美的《马铁奥·法尔哥尼》改编了话剧《秋阳》，根据奥斯特洛夫斯基的《爱与仇》改编了《爱与恨》。

1937年

1月

14日，中苏文化协会电影戏剧音乐学会成立，加入成为学会成员。

2月

26日，参加《反对意国水兵暴行宣言》联名活动。

本月至6月，在《新学识》第一卷第1—10期上设立“艺术新话”专栏，讨论与艺术相关的理论问题。

5月

本月，在《戏剧时代》创刊号发表《1937年中国戏剧运动之展望》《谈〈日出〉》。

7月

15日，在中国剧作者协会成立会议上，加入三幕剧《保卫卢沟桥》的集体创作。

21日，被推选为《保卫卢沟桥》导演团成员。

8月

7日，《保卫卢沟桥》在南市蓬莱大戏院公演，该剧动员戏剧电影工作者近百人参加演出，观众热烈响应，发挥了很好的抗战动员作用。

本月，日本侵占上海后，作为队长，组织上海蚁社流动宣传队到江苏宜兴、溧阳进行抗日宣传演出，为期三个月。因南京面临失守，遂沿长江西行，转往武汉。沿途为农民和矿工演出，并开展社会调查，将所见所思撰写为《江南的农村》《沦陷前夕的宜兴农村》，发表于《新学识》。

12月

月中，带领上海蚁社流动宣传队抵达武汉。随宣传队到大冶石灰窑为矿工演出时，与崔嵬、陈荒煤、张瑞芳等组成的北平学生流亡演剧队相遇并交流。在矿区演出期间，考察了矿工的劳动和生活。《新学识》杂志迁到武汉后，继续参与刊物编辑工作。

25日，在《大公报》(汉口版)《中国戏剧界援助各地抗敌军募捐联合大公演特刊》发表《一点意见》:“从东战场转来后，深深感觉得单独的用戏剧去宣传，是没有效果的。现在仅仅乎宣传决不够用，主要的是组织民众。戏剧固然可以使人流泪，使人大笑，但这只是一时的，时间一过，复归平静。我们曾经眼见着自己辛苦工作过来的地方，和别的地方一样，毫无反抗地被沦陷。有一个很短的时候，我几乎怀疑了戏剧是否能发挥任何力量。但我现在想，戏剧应当和军事配合在一道，戏剧宣传之后，军队马上去组织游击队，或者演戏的就是组织者本身。所以我认为戏剧工作者应当参加军队，当然，最适当的是游击队。这次公演，是表示戏剧界和游击队第一次的合作，希望以后一步步接近，做到剧团就是游击队。”

31日，参加中华全国戏剧界抗敌协会成立大会。

本年

在《光明》《生活学校》发表一系列戏剧批评文章。

1938年

1月

12日，在《新华日报》发表《玩狮子》。

2月

月初，应周扬之邀，从武汉出发赴延安。

14日，在《新华日报》发表影评《观〈保卫我们的土地〉后所感》。

本月，在《抗战戏剧》第一卷第6—7期发表《新的剧本创作》、第8期发表《戏剧的旧概念和新概念》。

3月

月初，抵达延安，参加鲁迅艺术学院筹备工作。

7日，被任命为鲁迅艺术学院(4月10日在延安正式成立，1940年更名为鲁迅艺术文学院)戏剧系主任(《鲁字第一号》，3月7日)，此后长期担任该职。招收第一届学员，学习期三个月，主讲戏剧概论、中国戏剧运动史、各时期戏剧代表剧作研究。

12日，延安举行孙中山先生逝世13周年祭和追悼抗敌阵亡将士大会，与吕骥、崔嵬、丁力、沃渣、向隅、沙可夫、徐一新集体创作散文挽诗《献给民族解放的领导者孙总理和先烈们》。

5月

23日，按照鲁艺通告《鲁字第十二号》，今后将参与鲁艺院务会议、教务会议、编审委员会、考试委员会的工作。

本月，鲁艺招收第二届学员。原设普通部、专修部，后普通部取消。在专修部讲授戏剧概论及表演课(结合排戏，与崔嵬、姚时晓分别导演并讲课)。

6月

18日，参加抗战一周年及中国共产党17周年纪念晚会筹备工作。

7月

7日，为纪念抗战一周年，担任导演，组织鲁艺演出王震之编剧的三幕话剧《流寇队长》。

8月

1日，与左明、崔嵬、王震之一起以导演身份加入新成立的鲁艺实验剧团，在《鲁艺实验剧团成立纪念刊》上发表《关于旧形式新内容的几种见解》《本团组织系统表》。

本月，在《解放》第一卷第50期发表《剧本创作问题》。

9月

14日，担任导演，组织鲁艺戏剧系演出姚时晓编剧的话剧《林中口哨》。

本年

到延安后，与陈锦清结婚。

1939年

1月

13日，作为导演团成员并担任执行导演的歌剧《军民进行曲》在陕北公学大礼堂首演。

本月，鲁艺招收第三届学员，设普通部、专修部，普通部不设系。在专修部讲授戏剧概论、导演论、表演课(结合排戏，与崔嵬、姚时晓分别导演并讲课)。

2月

10日，作为主席团成员之一，参加中华全国戏剧界抗敌协会陕甘宁边区分会在陕北公学大礼堂举行的成立大会，被选为理事会理事。

本月至7月，导演的新歌剧《军民进行曲》、独幕剧《红灯》、三幕话剧《冀东起义》、歌剧《异国之秋》(张庚编剧，李焕之作曲)、独幕剧《棋局未终》在延安演出。

3月

21日，参加延安文化界欢迎第二战区文协筹备会代表刘巍的座谈会。

5月

15日，被任命为鲁艺普通部部长兼戏剧系主任(《迅字第十三号》，5月15日)。

17日，参加鲁艺招待苏联知名青年电影摄影师罗曼·卡尔门的聚会。

7月

8日，被任命为鲁艺专修部部长，兼理全部教务(《迅字第十七号》，7月8日)。

10月

21日，当选为陕甘宁边区剧协组织成立的工余剧人协会常委。

本月，在《理论与实践》(重庆出版)第一卷第3期发表《话剧的民族化与旧剧的现代化》。

1940年

1月

1日，鲁艺撤销专修科，成立教务处，担任处长(《艺字第一号》，1月1日)；工余剧人协会正式公演《日出》，此后一直负责组织排演该剧。

4—12日，陕甘宁边区文化协会举行第一次代表大会，当选为主席团成员、执委会成员，在会上报告抗战中的戏剧。

2月

16日，参加延安文化界座谈会，在会上谈敌后戏剧运动及《日出》在延安的演出。

20日，作为延安反侵略分会筹备会委员参与筹备工作。

5月

28日，参加座谈会，欢迎由新疆来延安参观的茅盾、张仲实，会上讨论了文艺创作取材及引用旧形式、新民主主义文化的具体内容等问题。

6月

15日，因戏剧方面工作繁忙，辞去鲁艺教务处处长，其职由吕骥兼任（《艺字第十一号》，6月15日）。

23日，陕甘宁边区剧协分会召开代表会议，当选为本届理事会理事，工余剧人协会被取消。

25日，在《中国文化》第一卷第4期发表《戏剧与观众》。

7月

本月，鲁艺招收第四届学员，学习期三年（不包括实习）。

9月

8日，在《新中华报》发表《纪念斯坦尼斯拉夫斯基与中国剧运的开展》。

12月

15日，在《大众文艺》第二卷第3期发表《什么是戏剧》。

1941年

4月

10日，八路军留守兵团政治部部队艺术学校举行开学典礼，担任兼课教员。

24日，在《新中华报》发表《关于〈竞选〉等三个时事剧的演出》，对鲁艺实验剧团排演的反映时事的独幕剧《竞选》《公事》《剿匪》予以评论。

29日，代理鲁艺戏剧部部长（《术字第十一号》，4月29日）。

6月

10日，鲁艺调整机构，成立文学、戏剧、音乐、美术四部，原有四系和五个工作团归于四部之下，担任戏剧部部长，兼任戏剧系主任。

20日，鲁艺实验剧团演出刘因编剧的多幕话剧《中秋》，担任导演。

本月，鲁艺招收第五届学员，学习期三年。

8月

本月，在《中国文化》第三卷第2—3期上发表《剧运的一些成绩和几个问题》。

10月

6日，鲁艺实验剧团改组，成为团务委员会成员（《术字第三十四号》，10月6日）。

9日，在《解放日报》发表《为什么要有一个戏剧节》。

19日，参加延安戏剧界第二次代表大会并代表剧协做一年工作报告。

11月

28日，长女张安谷出生。

12月

26日，组织鲁艺在延安演出《带枪的人》。

1942年

1月

13日，参加边区剧协执委会会议，讨论1941年剧作家奖金问题，被聘为评判委员。

2月

18日，在延安文化俱乐部组织的“戏剧日”活动中做戏剧问题演讲。

5月

2—23日，参加中共中央在延安杨家岭召集文艺工作者举办的座谈会（即“延安文艺座谈会”）并在16日的第二次大会上发言，谈文艺的普及与提高关系的问题。

29日，参加边区文委成立临时工作委员会的会议并发言。

30日，在鲁艺与师生一起听毛泽东同志讲话，关于提高与普及的关系问题及从小鲁艺到大鲁艺，向劳动人民学习，做真正的革命文艺工作者。

7月

6日，鲁艺召开抗战五年来殉难校友追悼大会，致挽联：“抗战始相交，六月师生，五年朋友。战事方吃紧，一人殉国，万众共哀。”

9月

11日、15日，在《解放日报》连载发表《论边区剧运和戏剧的技术教育》。

13日，在《解放日报》发表《对平剧工作的一点感想》。

20日，参加毛泽东同志在枣园举办的宴会，受邀为《解放日报》第四版征集戏剧方面的稿件，每月1万字。

10月

10日，参加延安平剧研究院举行的开学典礼，所撰《对戏剧工作的一点感想》收入《延安平剧院成立特刊》。

12月

17日，在《解放日报》发表《谈〈乌龙院〉》。

本年

著作《戏剧艺术引论》由延安解放出版社出版。

延安文艺座谈会后，鲁艺开展“整风”，自我检讨了教条主义。后带领鲁艺，借鉴民间艺术，尤其是秧歌，进行群众宣传工作，初步取得较好反响。

1943年

2月

春节期间，组织鲁艺宣传队伍以拥军优属、宣传生产为主题编演了《兄妹开荒》《拥军花鼓》《大秧歌》等节目。

3月

本月，参加中央文委与西北局文委联合组织的戏剧工作委员会。

4月

本月，鲁艺并入延安大学，成为延安大学鲁迅文艺学院，参与学院管理、教学工作。

12月

2日，作为团长，带领鲁艺工作团到绥德分区，通过演秧歌开展宣传工作，演出剧目有《减租》《惯匪周子山》。在演出同时，注意进行社会调查，搜集民间艺术。

本年

组织鲁艺宣传队伍编演了《赵富贵自新》《张丕谟锄奸》《刘二起家》等秧歌小戏，参与延安及陕甘宁边区秧歌运动。

1944年

4月

9日，随鲁艺工作团返回延安。

5月

15日，在《解放日报》发表《鲁艺工作团对于秧歌剧的一些经验》。结合鲁艺工作团在绥德分区的经历，从收集材料、结构剧本、刻画典型、运用语言、写词配曲、表演等方面分析了秧歌创作的得失、经验，确立了努力学习社会的目标。

24日，延安大学举行开学典礼，招收第六届学员。戏剧系、音乐系合并为戏剧音乐系，担任主任。戏音系设前方干部班和地方干部班，统称戏剧音乐系干部学习班，为学习班讲授陕甘宁边区秧歌运动。

6月

24日，参加延安文艺界在边区银行大楼举行的中外记者西北参观团招待会。

本年

为向中国共产党第七次代表大会献礼，组织鲁艺师生创作排演歌剧《白毛女》。

1945年

4月

23日至6月11日，参加在延安杨家岭中央大礼堂举行的中国共产党第七次全国代表大会。

6月

10日，鲁艺为中国共产党第七次全国代表大会代表演出歌剧《白毛女》。该剧后来成为解放战争时期、中华人民共和国成立初期演出最多、在民众中影响最大的一部戏。

11月

本月，按照中央决定延安大学各学院迁往东北办学的要求，与鲁艺师生离开延安，向东北行进。

12月

月底，到达张家口，后奉命并入华北联大文艺学院。

1946年

1月

10日，华北联大文艺学院与华北文工团部分人员组成华北联大文工团，任副团长（团长吕骥，另一位副团长为周巍峙）。

本月至3月，停留张家口，在此过春节，并编选出版《秧歌剧选集》（共三卷）。

4月

4日，看话剧《戎冠秀》后给作者胡可写信，热情鼓励并提出意见。

6月

本月，与吕骥率鲁艺迁校队伍到达哈尔滨，在大光明电影院演出《白毛女》《黄河大合唱》。

30日，在《群众》第十一卷第9期发表《谈秧歌运动的概况》。

7月

本月，随队迁往佳木斯，鲁艺并入东北大学，成为东北大学鲁迅艺术文学院，担任戏剧系主任，院长为萧军，副院长为吕骥。萧军不久离任，与吕骥成为全院工作的实际负责人。东北大学鲁迅艺术文学院设文学、美术、音乐、戏剧四个系及艺术研究室等机构，开始招收第七届学员。

8月

22日，在《东北日报》发表《关于〈白毛女〉歌剧的创作》。

11月

23日，参加中华全国文艺协会佳木斯分会成立大会，当选协会理事，后被选为出版部部长。

12月

20日，《人民戏剧》创刊，担任编委（主编为塞克）。

本月，到哈尔滨向东北宣传部汇报请示工作后，按照指示成立鲁艺工作团和哈尔滨工作小组，带领学员到农村参加土改。

1947年

1月

月初，随戏剧系、音乐系组成的鲁艺宣传队奔赴牡丹江。

19日，在《东北日报》发表《悼王大化同志》，鼓励东北文工团的同志以工作的胜利纪念王大化，在工作中培养更多新的干部。

3月

本月，完成秧歌剧《永安屯翻身》初稿。

5月

本月，担任东北鲁艺总团副团长。

7月

13日，与在佳木斯的文艺工作者一起参加《东北日报》副刊部组织召开的座谈会，发言时站在戏剧运动的高度对《反翻把斗争》等文艺创作的阶段性成绩进行总结。

本月，为配合南满解放战争和土地改革的宣传需要，从鲁艺文艺工作团一、二、三团抽调部分团员在牡丹江组成鲁艺文艺工作团四团，担任团长。

8月

本月至12月，为配合解放战争和土地改革宣传工作，带领四团在通化、安东等地演出，担任导演，兼做群众演员。

9月

本月，三卷本《秧歌剧选集》由东北书店重新排印出版。

10月

7日，在《辽东日报》发表《介绍秧歌剧》。

本月，秧歌剧《永安屯翻身》由辽东书店出版（1948年3月，三幕十二场秧歌剧《永安屯翻身》署名“鲁艺文工团集体创作”，由东北书店出版）。

本年

出版著作《戏剧简论》。

1948年

1月

本月，参加东北宣传部在哈尔滨组织召开的全东北文艺工作会议。

2月

24日，四团在安东连续演出歌剧《永安屯翻身》，反响热烈。在安东，还创作了秧歌剧《分浮财》。

3月

本月，随四团从安东出发去辽南。

4月

本月，到达瓦房店，参加当地农村工作并演出近两个月。在瓦房店期间患重病，直到夏暮才逐渐康复。

6月

本月，随团在大连并休养，期间，曾应关东文法专门学校邀请演讲《秧歌与新歌剧》。

7月

本月，参与导演的歌剧《火》（胡零创作）在大连上演，受到观众好评。

8月

本月，随四团人员乘船返回安东。

9月

本月，到哈尔滨参加东北局宣传部会议；《戏剧艺术引论》由光华书店在哈尔滨出版东北版初版。

11月

本月，和四团随部队进入沈阳，后与鲁艺文艺工作团一、二、三团及音乐工作团会合。

12月

20日，在《人民戏剧》（东北）第一卷第1期发表《开展群众文艺运动中新与旧的斗争》《五十年来剧运大事编年》（第一卷第2期连载）。

本月，东北鲁迅文艺学院恢复办学，任副院长，院长为吕骥，招收第八届学员。

1949年

1月

本月，撰写《改进创作方法克服公式主义——对东北三年来剧作的个人意见》。

2月

本月，和鲁艺师生一起听取由香港赴北平途经沈阳的鲁迅夫人许广平做《鲁迅生平事迹》报告并合影；著作《秧歌与新歌剧》由大连大众书店出版。

3月

22日，参加华北文化艺术工作委员会和华北文协联合举办的招待在平文艺界茶会，担任筹备委员会委员，同与会者共同商讨全国文学艺术工作者大会筹备工作。

6月

3日，在《人民戏剧》新一卷第5期发表《把职业剧作者的创作和群众的创作结合起来》。

7月

2日，作为东北文艺工作者代表团代表和团委参加中华全国文学艺术工作者代表大会，当选为中华全国文学艺术工作者联合会委员，在会上，以《解放区的戏剧》为题做了专题发言。会后留在北平筹建国立戏剧学院，担任筹委会筹委（8月5日，中共中央宣传部电东北局，调张庚、吕骥、向隅等人及鲁迅文艺学院音乐工作团全部、文工团一部和文学组到北京，着手接管、创办全国的戏剧、音乐学校）。

24日，当选为中华全国戏剧工作者协会（1953年更名为中国戏剧家协会）副主席（田汉任主席，另一位副主席为于伶）。

27日，中华全国戏曲改进会筹备委员会成立，被选为委员。

28日，中国戏曲改进会发起人大会在北京饭店举行，被推选为筹备委员。

9月

本月，在《文艺报》第一卷第1期发表《关于戏剧创作及形式问题》。

11月

本月至12月，国立戏剧学院筹备就绪，改名中央戏剧学院，开始办公。

本年

居住在铁狮子胡同3号中央戏剧学院宿舍，直至1953年。

在《人民戏剧》1949年新一卷第2、4、5、6期发表《五十年来剧运大事编年（未完稿）》。

1950年

1月

1日，出席北京人民艺术剧院在北京中山堂举行的成立典礼。

4月

1日，撰写《对今后戏剧运动的希望》。

2日，中央戏剧学院成立，任副院长（院长为欧阳予倩，另一位副院长为曹禺，教育长为光未然）。中央戏剧学院以华北大学第三部为基础，与东北鲁迅文艺学院戏剧组、南京剧专合并组成，设有院本部、教务处、普通科、研究部、歌剧团、话剧团、舞蹈团、乐队。除副院长外，兼任歌剧团团长。

16日，撰写总结性文章《新歌剧——从秧歌剧基础上提高一步》。

22日，参加魏连增创作的三幕四场话剧《不是蝉》座谈会，对这部反映中华人民共和国成立后工人阶级为创造新生活而自觉劳动先进事迹的作品给予肯定。

5月

26日，参加《文艺报》组织的座谈会，与在京文艺界、思想界人士胡愈之、田汉、曹禺、王朝闻等就加强刊物政治性、思想性、斗争性发表意见和建议。

本年

在中央戏剧学院讲授话剧运动史。

与陈锦清离婚。

1951年

1月

1日，与田汉、于伶联名在《人民戏剧》第二卷第4期发表号召书，要求全国戏剧工作者开展爱国主义戏剧运动等。

29日，中央戏剧学院崔承喜舞蹈研究班、舞蹈系舞蹈运动培训班成立招生委员会，担任委员。

3月

25—31日，参加华北军区政治部组织召开的华北军区戏剧音乐创作工作会议并发言，《略谈英雄人物的描写——在华北军区戏剧音乐创作工作会上的发言》后在《人民戏剧》第三卷第3期发表。

4月

28日，撰写《加强对文艺思想的领导——在中央戏剧学院总支委员会选举会上的报告》。

5月

1日，与张玮结婚。

本月，著作《新歌剧论文集》由中央戏剧学院教务处印制。

6月

16日，参加文化部召开的全国文工团工作会议并发言，《文工团工作中的几个问题——在全国文工团工作会议上的发言》后在《人民戏剧》第三卷第4期发表。

8月

8日至11月1日，随中国共产党宣传工作考察团去苏联访问三个月，观摩了歌剧、话剧和芭蕾，所记观摩日记后题为《访苏笔记（1951年8月1日—11月1日）》，收入《张庚文录》补遗卷，2014年由湖南文艺出版社出版。

9月

本月，在《人民戏剧》第三卷第5期发表《谈地方戏与新歌剧的关系》。

12月

本月，在中央戏剧学院的整风动员大会上，与院长欧阳予倩一起检讨了该院艺术工作上严重脱离政治、盲目崇拜西洋、关门提高技术的错误倾向，以及领导上脱离群众的官僚主义作风。

本年

导演贺敬之编剧的歌剧《节振国》；中央戏剧学院歌剧团恢复演出《白毛女》等剧目，后来又创作了《全家光荣》《枣红马》《花开满山头》《好军属》等一批小戏。

撰写《苏联的歌剧与舞剧》。

1952年

5月

本月，在《文艺报》1952年第10号发表《在文艺思想整风中所体会到的几个问题》。

6月

12日，参加北京人民艺术剧院建院大会，剧院由原北京人民艺术剧院话剧团和中央戏剧学院话剧团合并组成。

7月

25日，参加《人民日报》在北京组织的话剧《控诉》讨论会。

8月

1日，文化部成立第一届全国戏曲观摩演出大会筹备委员会，担任筹委会委员。

10月

本月，组织、参加、观摩文化部举办的第一届全国戏曲观摩演出大会，大开眼界，大长见识。就会演剧目《白蛇传》，撰写《关于〈白蛇传〉故事的改编》，后发表于《文艺报》1952年第23号。

11月

8日，下午参加中苏两国文学艺术工作者文艺座谈会，晚上参加文化部宴请各地来京参加第一届全国戏曲观摩演出大会的演员及戏曲工作者的盛大宴会，庆祝大会圆满举行。

12月

9日，参加中国戏剧家协会、北京市文联、北京市文化处、北京人民艺术剧院等单位在北京市文联礼堂联合举行的座谈会，讨论东北人民艺术剧院来京演出的话剧《曙光照耀着莫斯科》。

本年

组织创作歌剧《小二黑结婚》。

1953年

2月

5日，调入中国戏曲研究院，全院在军委大礼堂举行欢迎大会，梅兰芳院长发表致辞。

3月

15日，撰写《深入学习斯大林同志的学说，提高我们的工作水平》。

27日，被国务院任命为中国戏曲研究院副院长。

4月

3日，《中国戏曲研究院艺术委员会组织方案》制定出台，任艺委会副主任委员。

6月

15日，参加中国文联举办的屈原逝世2230周年纪念座谈会。

29日，长子张小果出生。

10月

6日，中华全国文学艺术工作者第二次代表大会在北京闭幕，当选为中华全国文学艺术联合会委员。

11月

应文化部艺术事业管理局之约，为来京观摩中国青年艺术剧院排演《尤利乌斯·伏契克》、北京人民艺术剧院排演《非这样生活不可》两剧的全国各地剧团导演、演员、舞台设计人员等八十余人做有关话剧艺术的专题报告。

本年

搬到南河沿中国戏曲研究院宿舍居住，直至1954年。

1954年

1月

20日，中国戏剧家协会机关刊物《戏剧报》创刊，担任主编，列为编委之一（1966年3月《戏剧报》被迫停刊，1976年3月以《人民戏剧》刊名出版，1983年恢复《戏剧报》刊名，1988年7月改为《中国戏剧》）。

3月

27日，参加中央音乐学院民族音乐研究所成立典礼并讲话。

6月

本月，在《戏剧报》1954年第6期发表《为什么上演"法西斯细菌"》。

10月

31日，在华东区戏曲观摩演出大会专题报告会上以《地方戏曲艺术怎样表现现代生活》为题做了发言。

11月

23日，中国戏剧家协会召开座谈会，讨论《中国话剧运动史初稿》（《中国话剧运动史初稿》第一章"中国话剧的萌芽""五四时期的爱美剧运动"在《戏剧报》1954年第1、2、3、4、5、7、9期连载），对其未完全否定胡适在戏剧改良运动中的作用在《戏剧报》发表文章进行批评，为此，在《戏剧报》1955年第1期发表《对〈中国话剧运动史初稿〉中错误的初步认识》。

本月至12月，参加中国戏剧家协会在北京举办的戏曲的艺术改革问题座谈会并发言。

本月，在《戏剧报》1954年第11期发表《谈"万水千山"里的人物》。

12月

30日，梅兰芳院长在全院大会上宣布文化部调整机构的决议，中国戏曲研究院自此成为戏曲研究专门机构。被任命为副院长，兼研究室主任。

1955年

6月

7日至8月9日，文化部委托中国戏曲研究院在北京举办第一届戏曲演员讲习会，任讲习会副主任并担任主讲人。

14日，为第一届戏曲演员讲习会学员讲授专题报告《谈〈蝴蝶杯〉里的精华与糟粕》。

16日，在《人民日报》发表《向杰出的印度艺术家学习》，谈观看印度文化代表团访问中国演出歌舞的感受。

24日，为第一届戏曲演员讲习会学员讲授专题报告《〈秦香莲〉的人民性》。

7月

23日，为第一届戏曲演员讲习会学员讲授专题报告《扩大上演剧目的几个问题》。

8月

9日，为第一届戏曲演员讲习会学员讲授专题报告《戏曲表演问题》并做《第一届戏曲演员讲习会学习总结》。

9月

1日至10月7日，与程砚秋作为中国戏剧家代表应邀前往德意志民主共和国参加柏林国家歌剧院落成庆典活动，所记观摩日记后题为《访德笔记（1955年9月1日—10月7日）》，收入《张庚文录》补遗卷，2014年由湖南文艺出版社出版。

11月

本月，在《文艺报》1955年第12号发表《使艺术遗产重新发出光辉——对民主德国整理歌剧遗产的点滴印象》。

本年

搬到北池子中国戏曲研究院宿舍居住，直至1958年。

1956年

3月

1日，出席在北京举行的第一届全国话剧观摩演出会开幕式。

2日，中国戏曲研究院召开汉语规范化与戏曲语言发展问题座谈会，担任会议主持。

20日，在《人民日报》发表《看彩色影片〈梅兰芳的舞台艺术〉》。

5月

15日，参加文化部召开的浙江昆苏剧团《长生殿》座谈会。

17日，参加文化部与中国戏剧家协会联合召开的《十五贯》座谈会并发言。座谈会由中共中央宣传部副部长周扬、文化部副部长钱俊瑞、戏剧家协会主席田汉、浙江昆苏剧团团长周传瑛、广东粤剧团团长马师曾五人主持，田汉担任执行主席。周恩来总理出席会议。后在《剧本》1956年6月号发表《向“十五贯”的成功经验学习——谈“十五贯”的剧本整理》。

18日，参加中国戏剧家协会召开的沪剧演出座谈会。

28日，在《人民日报》发表《〈生活的凯歌〉鼓舞人心》。

本月，中国戏剧家协会为繁荣戏剧创作，成立戏剧创作委员会，担任委员。

6月

1日，中国戏曲学院筹备委员会成立，担任常务委员。

1—15日，参加文化部在北京召开的第一次全国戏曲剧目工作会议，在会上做了《打破清规戒律，端正衡量戏曲剧目的标准》专题报告，报告后整理为《正确地理解传统戏曲剧目的思想意义》发表于《文艺报》1956年第13号。

18日至9月28日，文化部委托中国戏曲研究院在北京举办第二届戏曲演员讲习会，担任讲习会副主任、剧目教研组成员，8月27日、9月4日分别做了《正确理解传统剧目的思想意义》《戏曲表现现代生活问题》两个专题报告，9月24日，做剧目小结报告。

7月

月初，到陕西省第一届戏剧观摩演出大会观摩戏曲演出。5日，以《关于戏曲剧目问题》为题做了报告。

18日，参加中国戏剧家协会召开的《琵琶记》研究小组会议，会议讨论情况收入《〈琵琶记〉讨论专刊》，人民文学出版社1956年出版。

24日，次女张晓珍出生。

9月

9日，在《人民日报》发表《发展民族艺术必须反对洋教条》。

11日，文化部艺术事业管理局下发文件，同意撤销中国戏曲研究院原研究室机构，另设6个专业研究机构，被任命兼任戏曲史研究室主任。

30日，在《文艺报》1956年第18号发表《反对用教条主义的态度来“改革”戏曲》。

10月

29日，应国际戏剧协会印度戏剧中心主席及秘书长邀请，赴印度孟买出席国际戏剧协会召开的首届国际戏剧研究会，在会上以《二十万个祝贺》为题做了简短发言，发言后发表于《戏剧报》1957年第2期。会后，访问了德里、加尔各答等城市，观看了印度的戏剧、舞蹈，所记观摩日记后题为《访印笔记（1956年10月30日—11月7日）》，收入《张庚文录》补遗卷，2014年由湖南文艺出版社出版。

12月

月底，在中国戏曲研究院全院大会上做学术报告《试论戏曲的艺术规律》，后发表于《戏曲研究》1957年第2期。

本年

《谈“蝴蝶杯”里的精华与糟粕》《“秦香莲”的人民性》《扩大上演剧目的几个问题》《戏曲表演问题》四部著作收入《戏曲演员学习小丛书》（第一辑），由通俗文艺出版社出版。

1957年

1月

10日，《戏曲研究》（季刊）创刊，担任编辑委员，其他委员还有梅兰芳、程砚秋、罗合如、马可、傅惜华、郭汉城、黄芝冈、舒模、杜颖陶、李刚。

2月

15日，参加中国戏剧家协会、中国音乐家协会联合举办的新歌剧问题讨论会并发言，后在《剧本》1957年4月号发表《新歌剧必须与群众相结合——在新歌剧问题讨论会上的发言》。

3月

21日，出席《戏剧报》编辑部举行的《虎符》演出座谈会并发言，发言《反对阻碍“百花齐放”的论调》后发表于《戏剧报》1957年第9期。

4月

4日，文化部、中国戏剧家协会、中国戏曲研究院、北京市文化局联合发起组织整理著名老艺人表演艺术经验筹备委员会，担任筹备委员。

10—24日，参加文化部在北京召开的第二次戏曲剧目工作会议，以《关于戏曲剧目的整理改编和创作问题》为题做了专题发言。会后，着手组织编辑《戏曲选》。

24日，在《文艺报》1957年第3号发表《应该加强戏剧评论》。

30日，在《文汇报》发表《戏曲上的香花毒草之争》。

5月

21日，撰写《谈谈中国戏曲研究院的方针任务问题》。

6月

3日，参加由文化部和中国音乐家协会在北京联合召开的戏曲音乐工作座谈会并做专题发言。

15日，第三届戏曲演员讲习会上海班开课，担任上海班副主任，在会上以《戏曲编剧在表现现代生活方面的问题》为题做了发言，该发言后在《戏曲研究》1958年第1期发表。

8月

月初，浙江省举行第二届戏曲观摩演出大会，赴杭州观摩《九件衣》《龙虎斗》《麒麟带》《香罗带》等剧目的演出。

6日，在浙江党校大礼堂以《剧目开放后谈百花齐放推陈出新问题》为题做了报告。

16日，在《戏剧报》1957年第15期发表《对戏曲工作的两种估计和两种立场》。

27日，在《戏剧论丛》1957年第3辑发表《半个世纪的战斗经历——中国话剧运动史的一个轮廓》。

10月

10日，在《戏曲研究》1957年第4期发表《开放剧目与推陈出新》。

12月

28日，出席中国戏曲学校在北京举行的庆祝萧长华先生从事艺术生活70年和80寿辰大会。

本年

撰写《中国话剧大事编年》。

1958年

1月

12日，在《文汇报》发表《话剧史中的一条教训》。

14日，文化部部务会议决定成立艺术科学研究领导小组，被列为小组成员。

本月，山西省晋南专区在临汾召开第二届"时装剧"观摩演出大会，赴会观摩并以《新戏曲在迈步前进》为题做了发言，发言摘要发表于《戏剧报》1958年第5期。

2月

14日，出席中国戏剧家协会召开的理事会主席团第五次扩大会议。

本月，中国评剧院演出《三里湾》，后撰写《评剧〈三里湾〉观后感》，发表于3月22日《人民日报》。

3月

27日、28日，《戏剧报》编辑部组织座谈会，先后对中国人民解放军总政治部文工团歌舞团演出的歌舞剧《两个女红军》(又名《红仙女》)、中国京剧院一团和北京燕鸣京剧团分别演出的京剧《白毛女》进行讨论，参加座谈并发言，发言整理为《〈白毛女〉和〈红仙女〉》，发表于《戏剧报》1958年第7期。

29日，北京人民艺术剧院《茶馆》首演，后撰写《〈茶馆〉漫谈》，发表于5月27日《人民日报》。

31日，撰写《两首青春之歌》，评价北京人民艺术剧院和中国青年艺术剧院分别演出的《青春之歌》。

5月

6日，《戏剧报》编辑部与《剧本》编辑部联合邀请北京的部分戏剧家、历史学家座谈田汉新作《关汉卿》，参加座谈并发言，会议记录《座谈田汉新作〈关汉卿〉》发表于《戏剧报》1958年第9期。

15日，主持制订的《中国戏曲研究院工作纲要二十二条（草案）》出台。

6月

13日，参加文化部组织召开的戏曲表现现代生活座谈会，致开幕词《一定要重视总结经验和交流经验》，并以《论新戏曲的内容和形式》为题做了大会发言，发言后发表于《戏曲研究》1958年第4期。

28日，中国人民保卫世界和平委员会、中国人民对外文化协会、中国文学艺术联合会、中国作家协会、中国戏剧家协会在北京联合举办纪念世界文化名人关汉卿戏剧创作700年纪念大会，担任纪念大会主席团委员。同期，在故宫博物院神武门楼上举行了关汉卿戏剧创作700年纪念展览会开幕式，在首都剧场举行了世界文化名人关汉卿戏剧创作700年纪念演出周开幕式。同一天，在《人民日报》发表《让戏曲更多更好地反映现代生活》。

本月，在《戏剧报》1958年第12期发表《新戏曲随着人民的时代飞跃前进》。

7月

8日，撰写《关于社会主义的新戏曲——戏曲表现现代生活及其他》。

14日，在《中国青年报》发表《戏曲必须多表现现代生活》。

本月，参加江西省第二届戏曲观摩演出大会，并以《在继承传统的基础上创造新戏曲》为题做了报告；撰写《戏曲选》总序，该书1958年由中国戏剧出版社出版，先后出版六辑，被称为“一代曲选”。

8月

7日，在《文汇报》发表《表现现代生活是新戏曲的方向》。

9月

本月，著作《论戏曲表现现代生活》由中国戏剧出版社出版；在《剧本》1958年9月号发表《新戏曲的大跃进——对于现代题材戏曲剧作的一些随感》。

10月

1日至11月15日，作为中国作家代表团成员赴中亚塔什干参加亚洲作家代表会议，所记观摩日记后题为《访苏笔记（1958年10月1日—25日）》，收入《张庚文录》补遗卷，2014年由湖南文艺出版社出版。

12月

21日，在《文艺报》1958年第23期发表《从“畅想未来”和“今古同台”谈起》。

本年

搬到前门外鲜鱼口长巷二条中国戏曲研究院宿舍居住，直至1959年。

撰写《戏曲的形式》。

1959年

1月

3日，在《剧本》1959年1月号发表《研究新问题可以适当借鉴传统经验》。

6日，在《人民日报》发表《戏曲剧目上的两条腿走路》。

16日，在《红旗》杂志1959年第二期发表《关于戏曲剧目》，署笔名“林羽”。

22日，被国务院任命为中国戏曲学院院长。

26日，第一次组织讨论《戏曲艺术概论》写作计划草案。

3月

20日至5月20日，为迎接党的文艺工作会议，组织戏曲调查组，分四个小组赴河北、山西、河南、浙江、湖南五省做典型调查，担任河北组组长。

4月

20日至5月8日，广西壮族自治区文化局、中国戏剧家协会广西分会在南宁联合举办广西壮族自治区国庆献礼剧目汇报演出，观看了彩调剧《刘三姐》，以《戏曲与社会主义》为题做了专题报告。

本月至6月，以笔名“林羽”在《人民日报》发表《台下闲谈》系列五篇。

6月

2日，在《人民日报》发表《桂林山水——兼谈自然美》。

7月

1日，作为梅兰芳入党介绍人之一，参加中国戏曲研究院院长梅兰芳的入党宣誓仪式。

18日，在中国戏曲研究院全院大会上做小结报告，指出戏曲研究院的任务一是研究戏曲艺术的规律，争取赶上外国，二是研究中国戏曲发展的历史（包括分门别类的历史）。

20日、29日，粤剧《关汉卿》在北京演出，撰写《谈红线女的表演艺术》，发表于《新观察》1959年第15期。

8月

本月，撰写《舞剧影片〈宝莲灯〉观后》。

9月

3日，为《蒲剧十年》撰写序言，该书为晋南剧协编印的蒲剧评论集。

本月，北京人民艺术剧院演出话剧《伊索》，撰写《看了〈伊索〉，想起〈葛麻〉》，发表于《戏剧报》1959年第14期；在《文艺报》1959年第18期发表《戏曲获得了新生命》。

10月

10日，参加中国戏曲学院1959年度研究生班开学典礼并讲话。

13日，观看苏联国家大剧院芭蕾舞团在北京展览馆剧场演出的《吉赛尔》，撰写《乌兰诺娃的〈吉赛尔〉》，发表于《新观察》1959年第21期。

本年

搬到东四七条中国戏曲研究院宿舍居住，直至1979年。

1960年

1月

本月至11月，自1956年以来发表的有关探讨戏曲遗产中的人民性、忠孝节义等道德观念的文章被《戏剧报》"关于'推陈出新'问题"讨论专栏予以批判，认为一些文章的观点是修正主义思想，为此，5月24日撰写《推陈出新及其它》进行梳理和说明，在《戏剧报》1960年第11期发表。1962年，有关部门对其问题重新进行研究，予以甄别。

2月

本月，中国戏曲学院开办"戏曲艺术概论"研究班，担任班主任，带领大家用两个多月时间完成《戏曲艺术概论》初稿。

3月

15日至6月17日，文化部委托中国戏曲学院举办戏曲表演艺术研究班，在研究班上做报告。

20日，在《文艺报》1960年第6期发表《现代题材戏曲的新成就》。

6月

3日，戏曲史进修班正式开班，担任班主任，计划年底完成《中国戏曲史》初稿。

9日，在《北京晚报》发表《可喜的演出——京剧〈初出茅庐〉观后》。

7月

13日，在《北京日报》发表《蓬蓬勃勃的革新气象——祝北京青年河北梆子剧团的成立》。

22日，作为中国文学艺术工作者第三次代表大会主席团成员参加会议。

29日，参加中国戏剧家协会第二次代表大会。

8月

1日，主持中国戏剧家协会组织召开的戏曲音乐座谈会。

2日，在《光明日报》发表《民间文艺发出了新的思想光辉——〈刘三姐〉观后》。

9日，中国戏剧家协会第二届理事会第一次会议在北京举行，被选为常务理事。

11月

19日，参加中国戏剧家协会举办的历史剧座谈会。

1961年

1月

27日，下放江苏徐州专区沛县担任副县长。

4月

22日，被国务院任命为中国戏曲学院副院长（中国戏曲研究院撤销建制，并入中国戏曲学院，院长为梅兰芳）。

7月

15日，从江苏沛县回到北京。

16日，观看夫人张玮导演的评剧《钟离剑》。

8月

11日，在《人民日报》发表《悼念梅兰芳同志》（梅兰芳于8月8日逝世）。

12月

11日，参加文化部和中国戏剧家协会联合在北京首都剧场举办的纪念著名京剧表演艺术家周信芳演剧生活60年活动。

本年

经过讨论，与郭汉城主持对《戏曲艺术概论》进行重新编写。

1962年

1月

3日，在《文汇报》发表《用全身心演戏的艺术家——周信芳》。

10日，在《文汇报》“话剧语言问题”专版发表《为现代戏剧做评注工作》。

11日，在《文艺报》1962年第1期发表《〈胆剑篇〉随想》。

2月

10日，文化部下文，同意建立中国戏曲学院院务委员会，被任命为代理主任委员。

3月

2—26日，参加文化部和中国戏剧家协会在广州共同召开的全国话剧、歌剧、儿童剧创作座谈会，以《剧诗》为题做了大会发言。

本月至4月，离开广州，到海丰、陆丰、潮州、汕头、澄海、厦门、泉州、福州等地观摩话剧、地方戏，参加相关座谈会，后从上海回京。

4月

2日，中国戏曲学院党委副书记马绩代表组织宣布，其在“反右倾”中的问题不是政治问题，是思想问题和学术问题。

5月

23日，在《文艺报》1962年第5、6期合刊发表《关于“剧诗”》。

本月，在《戏剧报》1962年第5期发表《回忆延安文艺座谈会前后“鲁艺”的戏剧活动》，该文也发表于《延河》1962年第3期。

7月

14日，《戏剧报》编辑部邀请首都文艺界、戏剧界人士举行座谈会，讨论中央歌剧舞剧院为纪念毛主席《在延安文艺座谈会上的讲话》发表20周年重新排演的歌剧《白毛女》，担任主持并发言，会议记录《座谈歌剧〈白毛女〉的新演出》发表于《戏剧报》1962年第8期。

16日，主持《新建设》杂志组织召开的以戏曲舞台美术为研究对象的美术座谈会，以《不能抹杀不同的戏剧体系》为题做了发言（《新建设》杂志在6月至7月共举办3次美术座谈会）。

20日，在中国戏曲学院全院会议上讲话，从“为何改变方针任务，规定研究第一”“教学与研究的相互关系问题”“如何逐步建立完整的高等戏曲教育体系的问题”“关于研究所的工作”“关于精简工作”等方面谈方针任务问题。

8月

12日，为梅兰芳逝世一周年撰写《一代宗匠——重读梅兰芳同志遗著的感想》，发表于《戏剧报》1962年第8期。

21日，欧阳予倩去世，担任治丧委员会委员。

本月至9月，中国戏剧家协会、中国电影工作者协会就戏曲电影的艺术问题举办4次座谈会，担任会议主持。

9月

27日，在《北京日报》发表《欧阳予倩同志，你永远活在我们中间》。

本月，重新编选的《秧歌剧选》由中国戏剧出版社出版，为该书撰写了《后记》。

11月

4日，在《北京文艺》1962年11月号发表《一点建议》。

15日至1963年1月19日，中国戏剧家协会在北京举办第一期话剧作者学习、创作研究会，参加讨论并发言，发言《再谈“剧诗”——在中国剧协举办的第一期话剧作者学习、创作研究会上的发言》后在《戏剧报》1963年第2期发表。

本年

在中国戏曲学院戏曲理论进修班上做《戏曲的形式》讲座。

1963年

1月

7日，参加中国戏剧家协会读书会，讲《剧作中的诗意》。

12日，参加《戏剧报》编辑部组织召开的《七月流火》座谈会。

20日，参加成都市川剧院《燕燕》座谈会，后撰写《燕燕的性格》发表于5月20日《文汇报》；在《新建设》1963年1月号发表《试论戏曲的起源和形成》。

2月

16日，参加《文艺报》举办的评剧《夺印》座谈会并发言，会议发言摘要《〈夺印〉·评剧·现代戏》发表于《文艺报》1963年第三期。

3月

1日，主持文化部委托中国戏曲学院举办的戏曲编剧讲习会开幕式并在讲习会上发言，后将发言改写为《古为今用——历史剧的灵魂》，发表于《戏剧报》1963年第11期。

本月，观看张家口京剧团演出的《八一风暴》，后在《戏剧报》1963年第7期发表《有意义的尝试——京剧〈八一风暴〉观后》。

7月

5日，主持戏曲编剧讲习会及中国戏曲学院戏曲文学、导演、音乐三个专修班毕业、结业典礼。

8月

6日，参观文化部、中国文联、中国作家协会和故宫博物院在故宫文华殿举行的曹雪芹逝世200周年纪念展览会。

29日，参加首都戏曲界戏曲工作座谈会并发言。

9月

月初，与郭汉城一起招收姜永泰、吴乾浩、朱颖辉三名研究生，这是中国戏曲学院招收的第一批研究生。

21日，参加文化部和中国戏剧家协会联合举办的纪念欧阳予倩逝世一周年活动。

本月，根据中宣部部署，文化部、中国戏剧家协会和北京市文化局召集首都戏剧界举行戏曲“推陈出新”座谈会，出席会议并发言，发言《推陈出新与整理传统剧目》10月24日在《光明日报》发表，也发表于《戏剧报》1963年第10期，后还在《人民音乐》1963年第11期发表《戏曲音乐的推陈出新》。

10月

2日，在陶然亭公园抱冰堂举行赏月茶话会，欢迎新近划归中国戏曲学院领导的中国戏曲学校附属实验京剧团的全体同志，以及新调来的任桂林、张冶、马少波等人，致欢迎词。中国戏曲学校附属实验京剧团1964年1月1日更名为中国戏曲研究院实验京剧团。

8日，《戏剧报》编辑部邀请北京人民艺术剧院演出的话剧《年青的一代》的三位导演：中国人民解放军空军政治部文工团话剧团师涛、北京人民艺术剧院夏淳、石联星座谈该剧的创作体会和经验，担任主持，座谈记录后整理为《〈年青的一代〉导演三人谈》，发表于《戏剧报》1963年第10期。

12月

19－27日，参加中国戏剧家协会在北京召开的第四届常务理事（扩大）会议并做专题发言。会议改组中国戏剧家协会书记处，成为书记处成员之一。

24日，在《光明日报》发表《〈一捧雪〉到底宣扬了什么思想？》。

本年

为迎接全国京剧现代戏观摩演出，组织《红旗谱》和《朝阳沟》两个剧组分赴河北和北京郊区，边体验生活，边创作排练。两部剧作后来因江青干预未能参加1964年京剧现代戏观摩演出大会。

1964年

1月

3日，在《人民日报》发表《十年辛勤，开花结果——看河南省豫剧院三团〈朝阳沟〉演出后的祝词》。

6月

5日至7月31日，参加文化部在北京举办的京剧现代戏观摩演出大会，负责大会研究处工作。在京剧现代戏观摩演出大会导演研究座谈会上，以《导演要学习京剧革命的基本功》为题做了发言。

8月

12日，参加舞台美术班毕业典礼并讲话。

10月

15日，去吉林省柳河县孤山子公社参加“四清”。

本年

参加“四清”期间创作歌剧《山花红似火》。

1965年

7月

18日，结束在吉林的“四清”返京。

8月

2—15日，到广州参加中南区戏剧观摩演出大会。

30日，在长沙与湖南戏剧界二百余人座谈，主要讲述了喜剧反映内部矛盾和古老剧种演现代戏两个问题。

9月

6日，在《羊城晚报》发表与郭汉城合作撰写的《小戏的革命战斗传统》（8月15日，陶铸在中南区戏剧观摩演出大会闭幕会总结报告中强调必须重视小戏和短戏的意义和作用）。

本月，观看中南区戏剧观摩演出下乡节目汇报演出队在北京的演出，10月19日在《人民日报》发表《富于时代特色的小喜剧——从中南区戏剧观摩演出下乡节目谈起》，署名“中国戏曲研究院评论组”。

10月

9日，主持中国戏曲研究院全院会议并做报告。

1966—1976年

“文革”期间受到错误批判。

1967年5月10日，在《人民日报》转载的《红旗》杂志1967年第6期社论中，被点名批评利用旧京戏进行资本主义反革命复辟活动。8月31日，《人民日报》第4版刊发三篇文章：（一）《张庚是利用旧戏曲复辟资本主义的急先锋》，署名“中国戏曲研究院全体革命同志”，批判其是中国赫鲁晓夫在戏曲界的代理人，是中国赫鲁晓夫利用旧戏曲进行反革命复辟活动的急先锋；（二）《在“娱乐”“休息”的背后》，署名“江碧”，批判其所谓观众看戏可以得到“娱乐”“休息”的观点，包藏着利用旧戏剧来颠覆无产阶级专政，实现资本主义复辟的反革命祸心；（三）《洋奴张庚的丑剧表演》，署名“林尽染”，批判其继承胡适衣钵，做了吹捧帝国主义文化的洋奴。

1969年9月，与全院人员赴河北怀来文化部“五七”干校。

1970年初，辗转到宝坻南清沟等地的“五七”干校，夏秋之季又到天津静海团泊洼文化部“五七”干校。

1975年9月，从天津静海干校返京。11月14日，调入文化部文学艺术研究所（1975年2月27日，经国务院批准，1973年筹组的艺术研究机构正式定名文化部文学艺术研究所）。

1976年初，进入文化部文学艺术研究所领导小组。

1977年

3月

13日，在《人民日报》发表《历史就是见证——忆歌剧〈白毛女〉的创作，深揭狠批“四人帮”》。

5月

本月，在《人民戏剧》1977年第5期发表《新秧歌运动是毛主席文艺路线的实践》（该文为当时即将由人民文学出版社再版的《秧歌剧选》的后记，发表时略作删节）。

10月

19日，《人民戏剧》编辑部邀请部分在京戏剧工作者、评论工作者以及演出《枫叶红了的时候》的中国话剧团和中国煤矿文工团的创作者进行座谈，作为主编主持会议并发言，会议记录《枫红季节话〈枫〉剧——在京戏剧工作者座谈讽刺喜剧〈枫叶红了的时候〉》在《人民戏剧》1977年第11期发表。

11月

28日，参加《人民戏剧》编辑部召开的揭批“文艺黑线专政”论座谈会并发言，发言《大是大非，不可不辩》发表于《人民戏剧》1977年第12期。

1978年

1月

本月，被任命为文化部文学艺术研究所负责人（7月25日，文学艺术研究所与政策研究室合并，定名为文化部文学艺术研究院）。

5月

18—31日，参加《人民戏剧》编辑部组织的戏剧创作座谈会。

27日至6月5日，参加中国戏剧家协会第二届常务理事会第三次扩大会议，在会上以《丰富戏曲上演剧目为四个现代化服务》为题做了发言，发言6月24日发表于《光明日报》。此次会议宣布中国戏剧家协会恢复活动。

6月

本月，在《人民戏剧》1978年第6期发表《〈丹心谱〉观后》。

10月

6日，参加由文化部艺术局、文化部文学艺术研究院、中国戏剧家协会联合主办的全国戏曲、歌剧现代题材作品讨论会，同期由中国戏剧家协会组织的戏剧评论工作座谈会也一并参加，在两个会议上讲话。

本月，原中国戏曲学校改制为中国戏曲学院，参加该学院建院大会并讲话。

11月

10日，参加《人民戏剧》编辑部组织的座谈会，讨论上海市工人文化宫业余话剧队10月演出的话剧《于无声处》。15日该剧在北京正式公演后，中国戏剧家协会又于21日在北京工人俱乐部召开座谈会，再次参加并发言。

13日，文学艺术研究院全院大会宣布院党的领导小组成员名单，被任命为领导小组副组长。

12月

10日，在《光明日报》发表《看吉剧想到的》。

21日，出席纪念萧长华先生诞辰100周年座谈会，讲话《可敬的艺术教育家萧长华先生》后收入钮骠编《萧长华艺术评论集》，该书1990年10月由中国戏剧出版社出版。

本月，在《戏剧艺术》1978年第4期发表《论戏曲的表演艺术》（该文为当时即将出版的《戏曲艺术论》第四章）。

1979年

1月

本月至10月，文化部举办的庆祝中华人民共和国成立30周年献礼演出活动在北京举行，各地剧目分批轮换演出，观看了秦腔《西安事变》、越剧《三月春潮》、吕剧《姊妹易嫁》、莆仙戏《春草闯堂》、绍剧《于谦》等，在《陕西戏剧》1979年第3期发表《戏曲能够成功地塑造革命领袖形象——秦腔〈西安事变〉越剧〈三月春潮〉观后感》，在《人民戏剧》1979年第4期发表《看〈姊妹易嫁〉与〈春草闯堂〉》，在《人民戏剧》1979年第9期发表《绍剧〈于谦〉有三好》。

2月

本月，老舍话剧《茶馆》重排上演，《文艺研究》编辑部组织座谈，担任主持人，其"开场白"与"结束语"收入《演〈茶馆〉谈〈茶馆〉——北京人民艺术剧院导演、演员、舞美设计座谈〈茶馆〉》，发表于《文艺研究》1979年第2期。

3月

10日，根据院工作安排，担任1978级研究生班班主任。

12日，参加1978级研究生开学典礼并讲话。

16日，撰写《悼念田汉同志》，发表于《剧本》1979年第5期。

23日，在《光明日报》发表《〈姊妹易嫁〉是一出好戏》。

本月，在《戏剧艺术》1979年第1期发表《论戏曲导演》（该文为当时即将出版的《戏曲艺术论》第六章）；在《戏剧学习》1979年第1期发表《戏曲剧本——剧诗》。

5月

20日，参加《红楼梦学刊》编辑委员会成立大会。

6月

12日，撰写《关于戏剧评论》，发表于《文艺报》1979年第6期。

7月

12日，撰写《谈戏曲现状研究》，未发表，后收入《张庚文录》补遗卷，2014年由湖南文艺出版社出版。

本月，《戏曲研究》复刊，在第1辑发表《北杂剧声腔的形成和衰落》。

8月

17日，出席国家民委、中国戏剧家协会联合召开的《王昭君》座谈会。

10月

5日，出席中国社会科学院、教育部、北京市委联合主办的中华人民共和国30周年学术讨论会。

本月，在《戏曲艺术》1979年第1期发表《祝贺与希望》（该文为中国戏曲学院成立及《戏曲艺术》创刊而作）。

11月

4—10日，参加中国戏剧家协会第三次会员代表大会。6日，在中国戏剧家协会第三次会员代表大会上就戏曲推陈出新的经验教训以《论社会主义新时期的戏曲剧目工作》为题做了发言。9日，当选为中国戏剧家协会副主席。

12月

4—6日，主持《文艺研究》编辑部与文化部文学艺术研究院戏曲研究所在北京联合召开的戏曲“推陈出新”问题座谈会。

19日，经中组部批准，担任文化部文学艺术研究院副院长。

19—20日，出席《剧本》月刊编辑部在北京召开的讨论戏剧创作如何反映人民内部矛盾问题座谈会并发言《要有一付热心肠》，后发表于《剧本》1980 年第2 期。

20日，为《刘成基舞台艺术》撰写前言，该书1980年6月由上海文艺出版社出版。

本年

搬到崇文门外东河沿国管局宿舍（崇文门西小街一号楼），晚年一直在此居住，直至去世。

在中国戏曲学院戏曲导演训练班讲授“漫谈戏曲的表演体系问题”。

在《文艺研究》1979年第1期发表《戏曲的起源》，第2、3期发表《戏曲的形成》，第4期发表《洋为中用——〈同音乐工作者的谈话〉学习笔记》。

1980 年

1月

23日，参加中国戏剧家协会、中国作家协会、中国电影家协会在北京联合召开的剧本创作座谈会并发言。座谈会由作家协会副主席贺敬之主持，中共中央宣传部部长胡耀邦做了长篇讲话。发言后经补充修改为《谈现实与理想》，发表于《文艺研究》1980年第2期。

本月，应中国大百科全书出版社编委会副主任姜椿芳邀请，组建《中国大百科全书》戏曲编辑委员会并担任主任。

3月

18日及4月2日，主持中国戏剧家协会组织的纪念左翼剧联成立50周年座谈会。

本月，《中国大百科全书》戏曲编辑委员会举行会议讨论条目问题。

4月

26日，中国文联、中国戏剧家协会、中国音乐家协会在北京召开田汉著作编辑出版问题会议，成立田汉著作编辑出版委员会，负责编印《田汉全集》，出席会议，担任常务委员。

本月，与郭汉城共同主编的《中国戏曲通史》由中国戏剧出版社出版。该书在戏曲学界影响深远，其编写从20世纪50年代后期开始，经历了1961—1963年、1978—1979年两个编写、修订阶段，20世纪80年代初出版后，又于90年代再版前进行过修订。

6月

13日，被任命为《文艺研究》主编。

27日，给《人民戏剧》编辑部去信，一方面推荐孙浩然撰写的报告《英国话剧演出的过去与现在》；另一方面也以此为契机，强调今后应充分利用出国交流访问的机会，明确目的，认真准备，抓紧时间，调查研究，了解和掌握欧美各国在第二次世界大战以后戏剧发展的现状和得失作为借鉴。该信发表于《人民戏剧》1980年第8期。

7月

12日，参加中国戏剧家协会、文化部艺术局、文化部文学艺术研究院戏曲研究所联合召开的戏曲剧目工作座谈会，担任座谈会领导小组组长，致开幕词并发言，发言《当前戏曲工作的几个问题》后发表于《文艺研究》1980年第5期。

8月

6日，出席中国戏剧家协会在北京举行的宴会，欢迎日中文化交流协会新任会长井上靖一行访问我国。

9月

4日，为《新编聊斋戏曲集》撰写序言，该书1981年3月由齐鲁书社出版。

7日，撰写《我和戏剧》（自传），发表于《新文化史料》1990年第5期。

27日，文化部文学艺术研究院院、所两级评定学术职称委员会成立，担任主任。

10月

5日，在《南国戏剧》1980年第4期发表《中国戏曲表演体系问题——应剧协广东分会而作的学术报告》。

29日，文化部文学艺术研究院改称中国艺术研究院，院领导成员不变，担任副院长。

11月

28日，撰写《与四川省暨成都市戏曲研究人员的谈话》。

12月

7日，为《〈蔡文姬〉的舞台艺术》撰写序言，该书1981年12月由上海文艺出版社出版。

27日，出席全国舞台美术理论座谈会并发言，发言《创造新的戏曲舞台美术》后发表于《文艺研究》1981年第3期。

本月，中国戏曲现代戏研究会成立，为发起人之一。

1981年

3月

本月，《张庚戏剧论文集(1949—1958年)》由中国社会科学出版社出版。

4月

15日，为《周贻白戏剧论文选》撰写序言，文中对周贻白的戏曲史研究进行客观评价，该书1982年5月由湖南人民出版社出版。

25日，会见日本著名红学家、《红楼梦》日文全译本译者松枝茂夫、伊藤漱平。

5月

20日至6月4日，率中国戏剧家协会中国戏剧家代表团访问罗马尼亚，担任团长。访问期间，观看了戏剧演出，参观了剧场和戏剧电影学院，还与戏剧界人士进行多次座谈。

本月，《戏剧艺术引论》由文化艺术出版社重印，该书前言为1979年9月20日撰写。

6月

12日，《人民戏剧》编辑部邀请在京部分老戏剧家举行座谈会，讨论如何继承与发扬党领导戏剧事业的优良传统，加强并改善党对戏剧的领导，出席会议并发言，会议记录《继往开来——在京部分老戏剧家座谈继承发扬党领导戏剧的优良传统》发表于《人民戏剧》1981年第7期。

20日，在《蒲剧艺术》1981年第2期发表《社会主义新时期的戏曲剧目问题》。

7月

17日，为董维贤《京剧流派》撰写序言，该书1981年10月由文化艺术出版社出版。

8月

24日，文化部、中国戏剧家协会、北京市文化局、剧协北京分会、中国京剧院、北京京剧院在北京联合主办纪念梅兰芳逝世20周年演出活动，活动期间举行梅派艺术的继承与革新座谈会，在会上发言。

9月

23日，为《秋声集——程派艺术研究专集》撰写序言，该书1983年5月由北京出版社出版。

10月

18日，参加梅兰芳逝世20周年纪念演出座谈会，以《从梅兰芳看京剧艺术流派》为题做了发言，发言后发表于《人民戏剧》1981年第10期。

20日，参加中国戏剧家协会组织的座谈会，会上首都戏剧界人士讨论了叶剑英关于进一步阐明对台湾实现和平统一方针政策的谈话。

26日，中国艺术研究院成立第一届学位评定委员会，担任主席。

本月，出席在北京举行的中国戏曲现代戏研究会第一届年会开幕式并发言，年会是文化部举办的全国戏曲现代戏交流演出活动的一部分，发言《戏曲现代戏三题》后在《文艺研究》1981年第6期发表。

11月

3日，国务院批准公布中国艺术研究院为首批硕士、博士学位授予单位，戏曲历史及理论、美术历史及理论、音乐学专业获硕士、博士学位授予权，与王朝闻、杨荫浏同获博士研究生导师资格。

6日，参加文化部、中国戏剧家协会及上海、浙江、江苏两省一市文化局、剧协分会联合举办的昆曲传习所成立60周年纪念演出座谈会，在会上以《继承发展昆剧的优良传统》为题做了发言，此发言后发表于《人民戏剧》1982年第1期。

本年

被聘为第一届国务院学位委员会文学学科评议组成员。

撰写专稿《中国戏曲艺术的复兴》，收入《中国戏剧年鉴》1981年卷。

1982年

1月

16日，作为副院长兼研究生部主任，参加中国艺术研究院首届（1978级）研究生毕业典礼并讲话。

2月

本月，在《剧坛》1982年第1期发表《改革需要知识》。

3月

本月，参加国务院古籍整理出版规划小组在北京召开的第一次全体会议。6月10日，在《古籍整理情况简报》第90期发表《加强古典文献整理出版工作的建议》。

4月

7日，为吕天成撰、吴书荫校注《曲品校注》撰写序言，该书1990年8月由中华书局出版。

25日，在《文艺研究》1982年第2期发表关于《关于艺术民族化问题》。

5月

17日，作为编委会顾问之一，出席《延安文艺丛书》编辑委员会在北京召开的第一次编委会。该丛书的编辑于1981年倡议发起，从1987年开始由湖南文艺出版社出版。

25日至6月3日，江浙沪两省一市昆剧会演在苏州举行，会演期间，文化部召开戏曲工作座谈会，在会上以《昆剧在现代戏剧中的地位、任务和做法》为题做了报告。

7月

29日，为马龙文、马达志《河北梆子简史》撰写序言，该书1982年10月由中国戏剧出版社出版。

8月

本月，为西安易俗社成立70周年题词“戏曲改革的先行者”；参加知识分子在戏曲发展中的地位与作用座谈会并发言。

9月

12日，撰写《戏剧界要注重职业道德》，发表于《人民戏剧》1982年第10期。

20日至10月5日，中国艺术研究院戏曲研究所与湖南省戏曲研究所在长沙联合举办高腔学术讨论会，到会致开幕词，并做了关于现代戏曲发展问题的报告。会议论文后结集为《高腔学术讨论文集》，由文化艺术出版社1983年出版。

10月

20日至11月10日，中国艺术研究院戏曲研究所与山西省文化局戏剧工作室在太原联合举办梆子声腔剧种学术讨论会，到会致开幕词，后以《近代戏曲声腔研究方法管见》为题做了发言，会议论文后结集为《梆子声腔剧种学术讨论会文集》，由山西人民出版社1984年出版。

24日，出席由陕西省戏曲研究院在延安、西安举办的中国戏曲现代戏研究会第二届年会，并以《谈谈戏曲现代戏的成就、不足和经验》为题做了发言，发言后发表于《剧本》1982年第12期。此次会议与全国戏剧创作题材规划座谈会合并举办。

11月

本月，上海昆剧团在北京演出《牡丹亭》，观看演出并与演员座谈，后以《和“上昆”同志谈〈牡丹亭〉》为题，发表于《戏剧报》1983年第1期。

12月

12日，撰写《第一届全国舞台美术展览观感》。

24日，出席文化部艺术局、中国戏剧家协会、中国京剧院、中国艺术研究院戏曲研究所在北京联合举办的延安平剧研究院成立40周年纪念活动并发言。

本月，撰写《论中国戏剧文化的生命力》，发表于《戏曲研究》第7辑。

1983年

1月

18日，文化部、国家民族事务委员会、中国戏剧家协会联合发出《关于编辑出版〈中国戏曲志〉地方卷的通知》，被任命为《中国戏曲志》编委会主任委员。

本月，参加中宣部组织召开的文学艺术学科规划领导小组会议，与会者建议艺术学单列学科。

2月

在《文艺报》1983年第2期发表《戏曲艺术必须“推陈出新”——答〈文艺报〉记者问》。

3月

1日，在《人民日报》发表《戏曲在不断革新中前进》。

1—7日，作为全国艺术学科规划领导小组组长参加中国社会科学院在广西桂林召开的全国文学、外国文学、艺术学科规划会议，主编的《中国戏曲志》列为“六五”跨“七五”计划国家重点研究项目，与郭汉城共同主编的《戏曲艺术概论》（后改名为《中国戏曲通论》）列为“六五”计划国家重点研究项目。5日，签订《中华人民共和国哲学社会科学重点研究项目议定书》。

8—12日，出席中国戏剧家协会广西分会在南宁举办的戏剧评论工作座谈会并做学术报告。

本月，经全国艺术科学规划领导小组批准兼任《中国戏曲志》主编。

5月

23日，出席沈阳音乐学院建院45周年庆祝活动。

6月

2—11日，《戏剧报》和《戏剧论丛》举办首次“戏剧推荐演出”，并组织张继青表演艺术座谈会，在会上发言《从张继青的表演看戏曲表演艺术的基本原理》，后发表于《戏剧报》1983年第7期。

11日，出席中国戏剧家协会主席团扩大会议。

本月，当选为中国人民政治协商会议第六届全国委员会委员，任期到1988年4月；撰写《关于剧种史撰写的意见》，后收入《中国戏剧年鉴》1984年卷。

7月

2日至8月12日，文化部委托艺术局会同中国艺术研究院、中国戏剧家协会、中国戏曲学院、北京市文化局在北京举办第四届戏曲演员讲习会，与马彦祥、郭汉城、刘厚生、史若虚、任桂林、张东川、张君秋、赵荣琛、田蓝、俞琳等组成领导小组，并到会讲话。

12日，为王家熙、许寅等整理，俞振飞著《俞振飞艺术论集》撰写序言，该书1985年7月由上海文艺出版社出版。

8月

本月，《中国大百科全书·戏曲 曲艺》卷由中国大百科全书出版社出版，担任该书编辑委员会主任兼戏曲史分支主编、撰写卷首导言《中国戏曲》。

9月

14—16日，参加《中国戏曲志》编委会在长沙召开的《中国戏曲志》编纂工作会议，并就方志学理论问题及修志工作原则、方法发表讲话。

17日，由文化部主办、中国艺术研究院筹备组织的首届全国艺术学科规划座谈会在长沙召开，主持会议并致开幕词。

10月

6日至11月8日，中国戏剧家协会委托《剧本》月刊编辑部与文化部艺术司、中国剧协山东分会联合举办全国中青年戏曲作者读书会，出席会议并以《中国戏曲的美学特点》为题发表讲话，讲话后在《剧本》1984年第2期发表。

本月，观看临汾蒲剧院任跟心、郭泽民、崔彩彩等人的演出，出席座谈会，对演员表演予以高度评价。

12月

15—24日，参加中国艺术研究院在北京召开的戏曲导演艺术座谈会，以《导演在戏曲革新中的重要性》为题做了发言。

本月，在田汉学术研讨会上以《缅怀田汉同志在戏改方面的功绩》为题发表讲话。

1984年

2月

本月，《戏剧报》举办的1983年首都戏剧舞台中青年优秀演员奖评选委员会成立并举行第一次会议，被聘为顾问。该奖项后被命名为“梅花奖”，3月获奖结果揭晓，4月17日在北京政协礼堂举办授奖大会。此后，又担任第二届、第三届、第四届、第五届、第六届、第七届、第十三届顾问，第八届、第九届、第十届、第十一届、第十二届、第十四届主任。

3月

15日，文化部及有关部委、中国文联有关协会组织共同成立全国艺术学科规划领导小组，统一领导全国艺术学科规划的制订、协调发展计划，审议国家重点研究项目，落实、督促、检查其工作情况，担任副组长（组长为周巍峙）。全国艺术科学规划领导小组办公室属文化部机构，由中国艺术研究院代管，负责日常工作。

本月，主编的《中国文化专辑》中文版由中国翻译公司出版，英文版于10月由联合国教科文组织出版。

5月

21日，撰写《繁荣文艺的正路》，发表于《文艺研究》1984年第3期。该文从陈云同志《春节会见曲艺界人士时的谈话要点》出发，强调出人出戏走正路的重要性。

本月，《张庚戏剧论文集（1959—1965年）》由文化艺术出版社出版。

6月

12—24日，文化部艺术局和中国歌剧研究院在北京联合召开全国歌剧座谈会，出席会议并讲话，讲话后发表于《戏剧论丛》1984年第3期。

本月，为中国艺术研究院戏曲研究所编的《梅兰芳画册》撰写序言，该书1985年5月由书目文献出版社出版。

8月

7日，撰写《“推陈出新”与“三并举”》。

9月

22日，以《如何写好研究生毕业论文》为题在中国艺术研究院研究生部做辅导报告。

10月

15日，撰写《关于新编古代戏的几个问题——在四省戏剧创作座谈会上的讲话》。

24日，撰写《谈谈当前戏曲革新上的问题——在河南省戏剧研究所主办的学术报告会上的讲话》，发表于《地方戏艺术》1985年第2期。

29日至11月3日，参加《戏曲研究》编辑部与湖南省戏曲研究所在湖南祁阳联合举办的目连戏学术座谈会，在会上做总结发言。会议期间，与会代表观摩了祁剧老艺人恢复演出的连台大戏《目连传》。

30日，中国艺术研究院戏曲研究所成立学术委员会，担任名誉主任委员。

11月

14—24日，云南省第二届民族戏剧会演、全国少数民族剧种录像、演出观摩暨座谈会在昆明举行，20日，中国少数民族戏剧学会成立，出席大会。

12月

4日，出席中国戏曲现代戏研究会在上海举行的第四届年会并做学术报告，1985年1月30日又撰写《上海戏曲现代戏年会会后感》，在《戏剧报》1985年第3期发表。

17日，由中国戏剧家协会主办的第一届全国戏剧理论著作奖授奖大会在北京举行，担任主编的《中国大百科全书·戏曲 曲艺》卷（戏曲部分）获得特别奖，个人获荣誉奖，出席会议并接受颁奖。

本月，在《戏曲研究》第13辑发表《必须改革以角儿为中心的舞台体制》。

本年

中国戏剧家协会主办1982—1983年全国话剧、戏曲、歌剧优秀剧本评奖，担任评奖委员会顾问。

1985年

2月

12日，撰写《电影〈茶馆〉观后》，后收入《〈茶馆〉研究：从话剧到电影》，该书2007年5月由中国电影出版社出版。

28日，出席中国文联、中国作家协会、中国戏剧家协会等六单位联合举办的纪念阿英同志诞辰85周年学术讨论会并发言。

4月

12—17日，参加中国社会科学院文学研究所古代文学研究室、《文学遗产》编辑部、河南省社会科学院文学研究所、河南省文学学会共同在郑州举办的首届中国古代戏曲学术讨论会。

18—24日，中国戏剧家协会第四次会员代表大会在北京举行，当选为第四届理事会副主席，在闭幕式上致闭幕词，后发表于《剧本》1985年第6期。

28日，在中国戏曲史志论讲习会上发表题为《关于"三并举"》的讲话。

5月

7日，为沈尧《戏曲与戏曲文学论稿》撰写序言，该书1986年10月由中国戏剧出版社出版。

8月

6—13日，参加《文艺研究》编辑部和黑龙江省艺术研究所在哈尔滨联合举办的戏剧理论讨论会并发言，发言《中国戏曲的未来》后发表于《文艺研究》1986年第1期。

本月，为《袁玉堃舞台艺术》撰写序言，该书1986年9月由四川文艺出版社出版。

9月

10日，出席中央戏剧学院建院35周年庆祝活动。

23日，出席在安徽泾县举办的皖、浙、赣、闽四省戏剧创作座谈会，并以《目前的戏剧危机与思想危机》为题发表讲话。

10月

30日，出席由湖南花鼓戏剧院在长沙举办的中国戏曲现代戏研究会第五届年会并做专题发言《繁荣喜剧是时代的需要》，发言后收入中国戏曲现代戏研究会编《荒诞与真实——喜剧论文选》，该书1986年11月由湖南文艺出版社出版。

11月

21日至12月15日，文化部在北京举办1985年全国戏曲观摩演出，担任评选领导小组成员。12月2日，在《人民日报》发表《珍惜舞台上的诗意——莆仙戏〈秋风辞〉观后》，15日，参加闭幕大会，为获奖剧团颁奖。

12月

本月，在《戏曲研究》第17辑发表《关于"三并举"的一点看法》。

本年

《谈延安平剧研究院——我党领导戏改的一个历史阶段》收入《延安平剧活动史料集》。

1986年

1月

3日，为中国艺术研究院戏曲研究所编《马可戏曲音乐文集》撰写序言，该书1987年12月由人民音乐出版社出版。

17日，全国政协京昆室成立，担任副主任。

2月

本月，为常静之《中国戏曲及其音乐》撰写序言，该书1986年12月由黄河文艺出版社出版。

3月

15日，中国昆剧研究会在民族文化宫举行成立大会，在随后召开的第一届理事会上，被推举为会长、常务理事。17日、19日，研究会召开两次振兴昆剧座谈会，从15日至20日，江苏省昆剧院、上海昆剧团、浙江昆剧团、湖南昆剧团、北方昆曲剧院暨北京昆曲研习社演出了六场昆曲折子戏以示庆贺。《中国昆剧研究会会刊》（后改名为《兰》）由文化部振兴昆剧指导委员会主管，担任名誉主编。

4月

7—13日，出席中国戏剧家协会在北京召开的工作会议并发表讲话《迎着困难前进》。

本月，当选为中国艺术研究院研究人员高级职务评审委员会委员。

5月

20—27日，出席《文艺研究》编辑部与广东省珠海市委宣传部在珠海联合召开的全国戏剧美学学术讨论会并发言，发言后修订为《戏曲规律与戏曲创新》，发表于《文艺研究》1986年第5期，又收入《戏剧美学思维》，该书1987年9月由中国戏剧出版社出版。

本月，在《戏剧报》1986年第5期发表《戏曲演员要面向未来——与第三届梅花奖获奖演员的谈话》。

11月

20日，出席文化部、中国戏剧家协会、中国艺术研究院、江西省文化厅联合在北京举办的汤显祖逝世370周年纪念活动周开幕式。

本月，卸任中国艺术研究院副院长。

1987年

2月

本月，出席张庚戏剧理论研讨会并发言，发言在《戏剧评论》1987年第2期（张庚戏剧理论研究专辑）发表；在《文艺报》1987年第2期发表《既是探索，应有总结》，回顾上一年的戏剧界，展望新发展。

4月

13日，为薛若邻《尤侗论稿》撰写序言，该书1989年7月由中国戏剧出版社出版。

15日，为《范钧宏戏曲选》撰写序言，该书1988年

12月由中国戏剧出版社出版。

15—21日，与郭汉城一起主持中国艺术研究院主办的首届中国戏曲艺术国际学术讨论会。后在《北京日报》发表《加强中外戏剧交流——为中国戏曲艺术国际学术讨论会开幕而写》。会议期间，与会代表参观了梅兰芳故居、中国艺术研究院戏曲研究所戏曲史陈列室、北京故宫、恭王府古戏台、中国戏曲学院等地方，观摩了中国京剧院、江苏省昆剧院、湖南省湘昆剧团、北方昆曲剧院、广西柳州市桂剧团的演出及部分优秀传统戏曲剧目录像。

24日至6月2日，参加《中国戏曲志》编辑委员会第一次全体会议，致开幕词，在大会上提出戏曲研究的层次架构：资料—志—史—论。

28日，中国戏曲学会成立，当选为会长。学会是全国性戏曲学术团体，宗旨是关注戏曲的当代发展与走向，为此，他提出戏曲研究者要“三通”：与搞创作实践的戏曲院团和同行相通，与高等院校师生相通，与海外的学者、戏曲工作者相通。学会设立中国戏曲学会奖，一方面在全国范围内选拔、奖励优秀的创作演出，另一方面也是加强学会与戏曲院团的联系。

5月

中旬，为纪念毛泽东同志《在延安文艺座谈会上的讲话》发表45周年，总结交流各地振兴戏曲的经验，进一步推动戏曲艺术的革新发展，文化部邀请陕西省文化厅、西安市文化局共同组成陕西省振兴秦腔汇报演出团晋京演出，观看了眉户现代戏《二虎守长安》《酒醉杏花村》，后撰写《要把生活摸得熟熟的》，以二剧为例分析当前现代戏的优点和不足，发表于《当代戏剧》1987年第5期。

22日，在《光明日报》发表《到人民群众中间去——在首都文艺界重新学习〈在延安文艺座谈会上的讲话〉的座谈会上的发言》。

27日，为欢迎陕西省戏曲研究院进京演出现代戏，受邀出席中国戏曲现代戏研究会与中国评剧院联合举办的茶话会。

7月

3日，参加中国艺术研究院第一批戏曲理论研究班结业大会，作为班主任，介绍了开办研究班的目的和相关情况。

5日，参加文化部顾问、中国艺术研究院顾问马彦祥80寿辰庆贺活动。

9月

11日，文化部调整全国艺术科学规划领导小组成员，担任副组长（组长为周巍峙）。

本月，出席中国戏剧家协会为豫剧《石头梦》（河南许昌市豫剧团演出）举行的座谈会并发言，发言后发表于《戏剧评论》1987年第5、6期合刊。此外，还在《戏剧报》1987年第11期发表《漫谈〈石头梦〉——兼论戏曲导演的重要性》。

10月

17日，在《文艺报》发表《对于戏曲现状与前途的思考》。

本月，出席由四川省川剧艺术研究院在成都举办的中国戏曲现代戏研究会第六届年会并以《社会主义初级阶段戏曲发展的几个问题》为题发表讲话，讲话后发表于《四川戏剧》1988年第1期。

11月

20日至12月15日，由中国戏剧家协会和中国昆剧研究会牵头，北京大学中文系、中国艺术研究院戏曲研究所、北京高校京昆研究协会联合主办北京大学戏曲艺术讲习班，在讲习班讲授第一讲《戏曲艺术的成就及其在中国文化史上的地位》。1988年，讲习班授课讲稿整理编印为《中国传统戏曲艺术》，由江苏人民出版社出版，受聘为该书顾问组成员。《戏曲艺术的成就及其在中国文化史上的地位》后发表于《中国戏剧》1992年第1期。

12月

17—25日，出席文化部在北京举办的全国昆剧抢救继承剧目汇报演出活动。

25日，参加文化部艺术委员会、中国戏剧家协会、中国艺术研究院、中央戏剧学院、中国戏曲学院、中国戏曲志编委会、中国戏曲学会、中国昆剧研究会等单位联合举办的张庚同志从事戏剧活动55周年、阿甲同志从事戏剧活动50周年祝贺会暨张庚、阿甲戏剧理论研讨会，接受文化部表彰。

28日，参加在人民剧场举行的大型座谈会，与阿甲一起同延安时期的老同事、老朋友畅谈往事及戏剧的未来发展。会后，中国戏剧出版社出版《张庚阿甲学术讨论文集》。

本月，撰写《中国戏曲通论》第一章《中国戏曲与中国社会》。

本年

与夫人张玮应邀到日本访问。

1988年

1月

15日，出席中国艺术研究院戏曲研究所在北京举办的首届戏曲现状与趋势研讨会并做学术报告。

2月

8日，出席在民族宫礼堂召开的纪念马彦祥同志座谈会。

4月

本月，当选为中国人民政治协商会议第七届全国委员会委员，任期至1993年3月。

5月

12日，撰写《中国新文艺大系1949—1966戏剧集上卷》导言，该书1991年8月由中国文联出版社出版。

13日，参加文化部召开的全国文化工作会议，讨论艺术表演团体体制改革问题。

23—25日，出席沈阳音乐学院建院50周年庆祝活动。

6月

3—4日，出席中国戏剧家协会、中国戏曲学院、中国戏曲学会、中国京剧院等单位联合举办的马少波剧作研讨会，祝贺马少波从事文学、戏剧创作活动55周年。

14日，出席中国戏曲学会在江苏徐州召开的第一届常务理事扩大会。16日，主持讨论当前戏曲的形势和中国戏曲学会的任务。23日，中国戏曲学会与江苏省戏曲学会在中国矿业大学举办中国戏曲学术讲座，讲授《中国戏曲艺术体系的探讨》。

6月

18日，在《戏剧报》1988年第6期发表《马少波同志的勤奋、才华与责任感》。

7月

15日，作为研究生部主任，出席第三届研究生毕业及戏曲编剧班结业典礼，后在中国艺术研究院《科研动态》1989年第3期发表《在中国艺术研究院1988级硕士研究生课程进修班毕业典礼上的讲话》。

9月

15日，撰写《田汉老是位伟大的战士》，发表于《新文化史料》1988年第6期。

24日，在《文艺理论与批评》1988年第5期发表《以史为鉴以史育人》（该文主要论述对中国艺术研究院重点科研项目《延安文艺史》编纂的认识和建议）。

本月，出席中国戏曲学会在山东淄博举行的探索性戏曲研讨会。

10月

23日，出席全国艺术科学规划领导小组召开的全国十部文艺集成、志书工作首届表彰会。

11月

27日，在《光明日报》发表《我在鲁艺所学到的》。

28日至12月16日，参加中国戏剧家协会在北京举办的中国戏剧节，12月18日，在《戏剧电影报》发表《首届中国戏剧节断想》。

12月

15日，出席文化部在天津举办的京剧新剧目汇演开幕式，受聘为汇演评委会顾问。1989年1月10日在《人民日报》发表《京剧：发展中的艺术——"京剧新剧目汇演"观感》，又在《艺术研究》春季号发表《从新剧目汇演看戏曲的改革与创新——在"全国京剧新剧目汇演"期间作的报告》。

本年

担任中国艺术研究院第三届学位评定委员会主席。在《戏剧评论》1988年第1期发表《关于戏剧评论问题》；在《延安文学》1988年第4期发表《我在延安的戏剧活动》。

1989年

1月

2日，在《光明日报》发表《〈山鬼〉的探索是成功的》。

3月

29日，为《吉剧艺术》（第二辑）撰写序言，该书1989年3月由文化艺术出版社出版。

本月，参加中国戏曲学会、上海市文化局、《人民日报》文艺部在上海联合召开的京剧《曹操与杨修》座谈会，在发言中提出要认识导演的重要性，认为通过鲜明生动的舞台艺术语言表达深刻的思想，能够争取新观众，促进戏曲艺术不断发展。

5月

4日，撰写《怀念林元同志》，发表于《文艺研究》1989年第4期。该文既为怀念《文艺研究》主编林元先生，也为《文艺研究》创刊十周年而作。

9月

本月，与郭汉城共同主编的《中国戏曲通论》由上海文艺出版社出版；向湖南首届映山红民间戏剧节发去贺信，指出民间戏剧节是湖南的首创，它可以促进民间职业剧团的提高和发展。此后，与中国戏曲学会一直长期关注和扶持这一活动。

10月

7日，出席中国戏曲学会在北京政协礼堂为上海京剧院创排的《曹操与杨修》举行的颁奖仪式，授予该剧首个中国戏曲学会奖，并在研讨中发言。

23日，出席在梅兰芳纪念馆举行的梅兰芳诞辰95周年纪念会及梅兰芳雕像揭幕式。

本月，为《艺海风帆——史行文论集》撰写序言，该书1990年12月由浙江文艺出版社出版。

1990年

1月

11日，出席中国戏曲学院建院40周年庆祝大会。

18日，在《中国戏剧》1990年第1期发表《戏曲界要有社会主义理想》。

21日，在《文艺研究》1990年第1期发表《戏曲美学三题》（其中"第三题"《戏曲是不断发展的》被《中国戏剧》1990年第4期转载）。

22日，中国艺术研究院、中国戏剧家协会联合主办张庚从事戏剧活动60周年庆祝活动，适逢79岁寿辰，与部分在京的学生和在其领导下工作过的部分同志300余人一起庆贺。

2月

15日，出席《中国京剧史》首发式。

3月

2日，撰写《谈附中、学院办学问题》。

9日，为袁世海、徐城北《京剧架子花与中国文化》撰写序言。该书1990年10月由文化艺术出版社出版。

12日，出席中国艺术研究院戏曲研究所在北京举行的《中国戏曲通论》出版新闻发布会。

18—20日，中国人民政治协商会议第七届全国委员会第三次会议在北京举行，提出倡议，与白杨、李准、陈伯华、王玉磬、周而复等42名委员联名提交建立戏曲博物馆的提案。

4月

8—12日，出席在济南举行的中国戏曲现代戏研究会第八届年会暨戏曲现代戏创作座谈会并发言。

5月

21日，出席中国艺术研究院、中国延安文艺学会、《文艺理论与批评》编辑部等在人民大会堂联合举行的纪念毛主席《讲话》发表48周年学术研讨会。

7月

12日，出席中国文联、中国戏剧家协会、《中国戏剧》杂志社在北京人民大会堂联合召开的欢迎著名京剧表演艺术家张君秋访美载誉归来座谈会，并以《树立文化意识　弘扬民族文化》为题做了发言，该发言后在《中国戏剧》1990年第8期发表。

17日，出席中国艺术研究院戏曲研究所在北京举办的第三届戏曲现状与趋势研讨会并发言。这次会议的主要议题是讨论新时期导演艺术。

23日，出席中国戏曲学院、中国戏曲学会、中国艺术研究院戏曲研究所、李紫贵导演艺术研究小组在中国戏曲学院联合举办的李紫贵教授表、导演艺术研讨会并发言。

9月

1日，撰写《探求川剧的基本规律——〈席明真戏剧文选〉序》，收入《席明真戏剧文选》，该书1990年10月由四川文艺出版社出版。序言后改名《四川戏剧的基本规律——〈席明真戏剧文选〉序》发表于《四川戏剧》1991年第1期。

18日，在《中国戏剧》1990年第9期发表《有关戏曲导演的两个问题——在1990年戏曲导演座谈会上的发言》。

19日，为谭志湘、吴乾浩《彩虹集》撰写序言《谈戏剧批评——序谭、吴合著〈彩虹集〉》，曾发表于《中国戏剧》1992年第7期，该书1993年10月由贵州民族出版社出版。

12月

17日，出席中国戏剧家协会、中国艺术研究院、中国戏曲学会、中国戏曲学院、中国京剧院等在北京联合举办的祝贺翁偶虹先生戏剧活动60年座谈会。

20日，出席由文化部在北京举办的纪念徽班进京200周年振兴京剧观摩研讨大会开幕式，大会活动从20日延续到1991年1月12日，由京剧优秀剧目荟萃演出、振兴京剧学术讨论会、振兴京剧艺术展览、第五届全国戏曲演员观摩讲习会组成。同一天，在《人民日报》发表《深深植根于人民群众》，为徽班进京200年而作。27日，在振兴京剧学术讨论会上以《戏曲现代的历程》做了发言，后发表于《中国戏剧》1991年第2、3期，又在《蒲剧艺术》1991年第3期发表《戏曲演员怎样才能出梅兰芳——在第五届戏曲演员观摩讲习会上的讲话第一部分》。

本年

担任文化部首届全国新剧目文华奖评选顾问。其后长期参与文华奖评选工作。

在中国艺术研究院《科研动态》1990年第4期发表《关于艺术研究的体系——在全国艺术研究工作座谈会上的发言》。

1991年

3月

1—5日，出席中国艺术研究院戏曲研究所、中国戏曲学会、福建省文化厅、福建省艺术研究所联合在福建福州、莆田、泉州举办的中国南戏暨目连戏国际学术讨论会，在会上做了发言并宣读论文。会议期间，与会代表观摩了莆仙戏《傅天斗》、打城戏《救母》、梨园戏《刘文龙》等。

12日，为黄克保《戏曲表演研究》撰写序言，该书1992年4月由中国戏剧出版社出版。

4月

10—11日，出席延安文艺研究会在中央戏剧学院举行的张庚戏剧研讨会。

15日，出席中宣部文艺局、文化部艺术局、中国戏剧家协会、中国艺术研究院戏曲研究所、中国戏曲学会等在北京人民大会堂联合举办的纪念毛泽东题词“百花齐放，推陈出新”发表40周年大会及学术研讨会，在研讨会上发言，《要解决对戏曲现代化的认识问题》后在《剧本》1991年第5期发表。

5月

4日，在《人民日报》发表《昆剧〈桃花扇〉和石小梅的表演》。

8日，为《路漫漫——晏甬戏剧创作》撰写序言，该书1992年3月由中国戏剧出版社出版。

11日，出席在北京人民大会堂举行的《清蒙古车王府藏曲本》首发式，该书由金沛霖主编，首都图书馆编辑，北京古籍出版社1991年出版。

21—30日，参加文化部主办，江苏省文化厅、扬州市人民政府承办，在扬州举行的中国戏曲现代戏观摩演出活动。

23日，出席在扬州举行的中国戏曲现代戏研究会成立10周年大会并讲话。

7月

1日，作为国务院批准的文化部首批做出突出贡献的专家，开始享受国务院政府特别津贴。

本月，为王玫罡《乾隆艺苑览胜》撰写序言，该书1992年4月由北方文艺出版社出版。

8月

17日，在《人民日报》发表《一出好戏——看豫剧〈儿大不由爹〉》。

28日，为《湘桂线上——李超剧作选》撰写序言，该书1992年11月由广西民族出版社出版。

30日，出席在中国革命博物馆举办的新民主主义革命时期革命文化史料展览开幕式。

9月

本月，与郭汉城一同向第二届映山红民间戏剧节发去贺信；撰写导言的《中国新文艺大系1949—1966戏剧集下卷》由中国文联出版公司出版。

10月

4日，出席在北京人民大会堂举行的《文艺理论与批评》创刊5周年座谈会。

11月

5日，到中国社会科学院研究生院为马克思主义文艺理论高级研修班学员讲授戏曲改革。

12日，参加文化部、中国文联、中国戏剧家协会、中国艺术研究院和中国田汉研究会在北京人民大会堂举行的田汉诞辰94周年、中国左翼剧联成立60周年纪念会，代表主办单位以《发扬革命传统 争取更大成绩》为题做了报告（报告后发表于《中国戏剧》1991年第12期，21日，报告稍作修订为《发扬革命戏剧的优良传统》，发表于《人民日报》）。党和国家领导人、来自全国各地的左翼剧联健在的老戏剧家及戏剧界人士到会，国家副主席王震在会上发表讲话。

18日，为涂沛《程砚秋传》撰写序言，该书1993年8月由四川民族出版社出版；在《中国戏剧》1991年第11期发表《悼何为同志》。

12月

1—7日，参加中国戏剧家协会、国际剧协中国中心联合主办的亚洲传统戏剧国际研讨会并宣读论文。

1992年

1月

24日，参加文化部、《人民日报》联合举办的农村题材戏曲研讨会。

31日，出席中国艺术研究院举办的1991年中青年优秀论文评奖颁奖大会并参加颁奖。

2月

15日，出席中国艺术研究院曲艺研究所与《文艺研究》编辑部在北京联合举办的首届中国曲艺美学研讨会并发言。

3月

10日，出席中国艺术研究院为日本著名舞蹈家花柳千代、中国电影研究专家森川和代授予名誉研究员活动。

13日，为《中国舞蹈艺术（1942—1992）》撰写序言《龙飞凤舞五十年——祝贺〈中国舞蹈艺术〉（1942—1992）的出版与成功》，序言6月12日在《人民日报》发表，该书1992年3月由江苏文艺出版社出版。

18—27日，参加中国人民政治协商会议第七届全国委员会第五次会议。

4月

10—11日，参加中国艺术研究院和院戏曲研究所、中国戏剧家协会、中国戏曲学会、《中国京剧》杂志社联合在中国艺术研究院东四八条礼堂举办的郭汉城学术成就研讨会并发言，发言《漫长岁月结“战友”》后发表于《中国京剧》1992年第3期。

20日，出席由浙江越剧团、宁波市甬剧团在杭州、宁波举办的中国戏曲现代戏研究会第十届年会开幕式，24日，做大会发言。

6月

26日，出席北方昆曲剧院在北京市政协礼堂举办的庆祝建院35周年座谈会并发言。

7月

14日，出席中国戏剧家协会、中国艺术研究院戏曲研究所、河南省文化厅、河南省文联等在北京联合举办的杨兰春编导艺术研讨会并发言。会议论文集《杨兰春编导艺术论》1993年1月由中国戏剧出版社出版，以此会议发言作为序言。

17日，出席中国戏剧家协会召开的纪念中日邦交正常化20周年座谈会并讲话。

9月

10日，出席中国戏剧家协会在北京人民大会堂举行的第六届（1990—1991）全国优秀剧本创作奖颁奖大会并发言。

20日，出席北京戏曲学校举行的建校40周年庆祝大会。

21—25日，出席文化部艺术局、中国戏曲学会联合在北京召开的戏曲工作座谈会。

12月

为常丹琦编《名家论名剧》撰写序言，该书1994年6月由首都师范大学出版社出版。

本年

担任中国艺术研究院第四届学位委员会主任。

出席《剧本》月刊创刊40周年刊庆并讲话。

出席梅兰芳金奖大赛座谈会并讲话，收录讲话内容的会议纪要发表于《中国京剧》1993年第1期。

1993年

1月

27日，出席文化部振兴京剧指导委员会、文化部艺术局、中国京剧院、中国艺术研究院戏曲研究所、中国戏剧家协会、中国戏曲学会、中国演出管理家协会、中国延安鲁艺校友会、中国延安文艺学会、延安鲁艺戏曲改革研究社联合主办的纪念毛主席题词“推陈出新”和延安平剧研究院成立50

周年活动。

3月

12日，在长沙出席湖南省纪念田汉诞生95周年暨田汉铜像揭幕典礼。

15日，到南馆剧院了解映山红民间戏剧节准备情况和当前存在的问题，并题字“还戏于民”。

17日，与郭汉城在《人民日报》发表《观众和“戏曲危机”》，提出“还戏于民”的口号。

4月

1—8日，出席《新剧本》杂志等单位在无锡举办的剧本研讨会。

11—13日，出席中国昆剧研究会在苏州举办的昆剧座谈会。

21日，中国社会主义文艺学会成立大会暨关于建设中国特色社会主义文艺理论研讨会在北京举行，被聘为学会顾问。

5月

23日，中国东方文化研究会戏曲艺术分会在北京政协礼堂召开成立大会，受邀担任顾问。分会由原北京高校京昆艺术协会、延安鲁艺戏曲改革研究社联合组成。

本月，为湖南省艺术研究所编《目连戏研究论文集》撰写序言；《中国戏曲脸谱艺术》由江西美术出版社出版，为该书撰写的序言《中国戏曲脸谱的艺术特征》，发表于《美术之友》1994年第1期。

6月

9日，出席文化部振兴京剧指导委员会召开的座谈会。

本月，《中国戏曲在农村的发展以及它与宗教的关系——在戏曲研究所的讲话》在《戏曲研究》第46辑发表。

7月

本月，与曹禺、林默涵、吴雪、冯牧、陈荒煤、周巍峙、阿甲、刘厚生、郭汉城、吴作人、赵寻、李玉茹、丛兆桓、柳以真等联名呼吁中央有关部门和社会各界重视昆剧，加强领导和扶植。为石生朝、黎建明合著《目连戏·南戏源流与声腔形态研究》撰写序言，该书1994年10月由文化艺术出版社出版。

8月

5日，出席中国京剧程派艺术研究会成立大会。

9月

4日，出席在全国政协礼堂举行的穆藕初先生逝世50周年纪念会并做书面发言，后发表于《中国戏剧》1993年第10期。

10月

8日，出席在北京人民大会堂举行的庆祝《中国大百科全书》胜利完成大会。

18日，为浙江小百花越剧团创排的《西厢记》颁发中国戏曲学会奖，这是中国戏曲学会颁发的第二个中国戏曲学会奖。20日，参加越剧《西厢记》讨论会。

25日，中国戏曲表演学会成立，是该学会发起者之一。

11月

11—14日，出席由湖北省京剧院在武汉举办的中国戏曲现代戏研究会第十一届年会并以《导演与文学》为题做了发言，后经整理在《中国戏剧》1994年第2期发表。

12月

2日，出席中国戏曲导演学会、中国艺术研究院戏曲研究所、河北省霸州市政府等在河北霸州举行的中国戏曲导演学会成立大会暨研讨会并讲话。

3日，在《人民日报》发表《发扬“敬业、奉献、合作”的小百花精神》，后收入《小百花〈西厢记〉创作评论集》，该书1994年6月由百花文艺出版社出版。

8日，出席文化部艺术局、中国戏剧家协会在北京国际饭店举行的1993年上海戏剧赴京展演座谈会并发言。

18日，为《中国歌剧史》撰写序言，该书2012年4月由文化艺术出版社出版。

1994年

1月

8日，在中国戏曲学院为文学班、导演班学员讲授"导演与文学"。

2月

22日，出席中国艺术研究院举办的院第三届优秀科研成果颁奖大会，与郭汉城共同主编的《中国戏曲通论》获得一等奖。

3月

3—5日，主持中国戏剧家协会在北京召开的主席会议。

4月

主编的《当代中国戏曲》由当代中国出版社出版。

6月

15日，上午出席中国戏剧家协会全国工作会议，晚上出席在人民剧场举行的首届全国昆剧青年演员交流演出大会开幕式。

16日，主持中国戏剧家协会举办的当代戏剧大师陈白尘、黄佐临先生追思会。

27日，出席中国艺术研究院戏曲研究所受文化部艺术局委托在北京举办的戏曲传统剧目改编研讨会并发言，会议代表观摩了越剧《西厢记》、赣剧《荆钗记》、晋剧《富贵图》、川剧《刘氏四娘》录像。

7月

18日，为《张东川剧本评论选集》撰写序言，该书1995年12月由辽宁人民出版社出版。

28日，出席中国戏剧家协会主席会议。

8月

1日，出席文化部艺术局在烟台召开的京剧音乐研讨会开幕式并致辞，3日，在研讨会上发言。

9月

本月，为《戏曲研究》第50辑出版题词"把刊物办成戏曲界百家争鸣的论坛"；在《田汉研究》第1辑发表《在纪念田汉诞生九十五周年座谈会上的讲话》。

10月

6日，为李晓、黄菊盛主编《周信芳与麒派艺术》撰写序言，该书1994年12月由华东师范大学出版社出版。

11月

11日，出席中国戏剧家协会主办，《剧本》月刊、剧协创委会等承办，在北京人民大会堂举行的1992—1993曹禺戏剧文学奖颁奖大会。两年一届的全国优秀剧本评奖从本年开始改名为曹禺戏剧文学奖，一年举行一次。

12月

19日，参加《中国戏曲志·北京卷》初审会并讲话。

21日，在《文汇报》发表《舞台上光彩照人，生活中平实质朴——回忆梅兰芳几件事》。

27日，参加在中南海怀仁堂举行的纪念京剧艺术大师梅兰芳、周信芳诞辰100周年座谈会，中共中央总书记、国家主席江泽民，中共中央政治局常委、全国政协主席李瑞环出席座谈。

29日，在《人民日报》发表《梅兰芳的美学风格》。

1995年

1月

2日，为《刘静沅文集》撰写序言，该书1997年11月由安徽文艺出版社出版。

13日，出席中国评剧院召开的纪念建院40周年座谈会。

2月

24日，出席文化部教育司、中国戏剧家协会等单位在文化部老干部活动中心举办的追思李超同志的座谈会并发言，发言《点滴的回忆——忆李超》5月10日发表于《人民日报》（海外版）。

28日，出席文化部振兴京剧指导委员会、中国文联、中国戏剧家协会、中国艺术研究院、中国京剧院、中国戏曲学院、中国京剧艺术基金会等单位在北京市政协联合举办的阿甲同志缅怀追思会并发言，发言《阿甲走得太早了》发表于《中国戏剧》1995年第4期。

4月

15日，在《新文化史料》1995年第2期“纪念《白毛女》50年专栏”发表《歌剧〈白毛女〉在延安的创作演出》。

5月

3日，到北京电影学院参观纪念钟敬之参加左联60周年及85岁寿辰而举办的“辛勤的劳动，平凡的业绩”个人艺术成果展。

25日，到北京图书馆出席陈白尘生平与创作展览开幕式。

6月

7日，为刘文峰《山陕商人与梆子戏》撰写序言，该书1996年6月由文化艺术出版社出版，序言后发表于《中国戏剧》1996年第6期。

20日，为荆蓝主编《丁里艺术集》撰写序言《战斗中留下的宝贵遗迹》，该书1999年8月由解放军文艺出版社出版。

24日，参加中国歌剧研究会、中国戏剧家协会、中国音乐家协会、中国延安鲁艺校友会、中国社会主义文艺学会等单位联合主办的歌剧《白毛女》诞生50周年学术研讨会。

27日，出席中国戏曲学院举办的任桂林诞辰80周年纪念研讨会并讲话。

7月

6日，出席在中国文联举办的《中国新文艺大系》出版50种记者招待会。

21日，出席北京市文联召开的纪念中华全国文艺界抗敌协会及老舍的座谈会。

本月至10月，撰写、修订《中国戏曲表演体系提纲》。

8月

31日，出席《中国京剧》编辑部召开的京剧能否辉煌讨论会并发言。

9月

20日，出席中央戏剧学院45周年院庆活动。

本月，《中国京剧》1995年第5期“认真学习讲话，振兴京剧艺术”专栏刊发4篇学习心得，围绕江泽民总书记在纪念京剧艺术大师梅兰芳、周信芳诞辰100周年座谈会上发表的讲话《弘扬民族艺术　振奋民族精神》展开，《保持京剧特色　展现当代生活》为其所作。

10月

31日，出席在北京人民大会堂举行的《中国京剧音配像精粹》发行座谈会。

11月

6日，出席在北京人民剧场举行的中国京剧院建院40年庆典。

17—24日，参加文化部振兴京剧指导委员会、中国京剧艺术基金会、中国文化报社、中央电视台、天津市文化局共同在天津举办的首届中国京剧艺术节，担任顾问。

26日，出席中国戏曲表演学会召开的中国戏曲表演体系全国性讨论会。

本月至12月，在中国戏曲学院讲授中国戏曲表演体系。

12月

6日，出席在北京人民大会堂举行的《京剧经典大观》出版座谈会。

11日，出席北京人民艺术剧院举办的纪念戏剧大师焦菊隐先生诞辰90周年大会。

27日，主持中国戏剧家协会在北京市政协举办的纪念洪深诞辰101周年座谈会。

28日，出席在北京人民剧场举行的阿甲逝世一周年纪念活动，1996年1月6日，在《人民日报》发表《怀想阿甲》。

本年

被聘为中国艺术研究院中国京剧研究中心顾问。

1996年

1月

15日，出席由中国评剧院、中国京剧院、中国艺术研究院戏曲研究所在北京举办的中国戏曲现代戏研究会第十二届年会开幕式并讲话。21日，参加闭幕式并讲话。

3月

14日，出席在新华社新闻发布厅举行的中国田汉基金会成立大会并讲话。

4月

10日，到中国艺术研究院出席戏曲研究所主办的第一届戏曲编剧进修班开学式；5月30日，为学员授课；7月1日，出席结业式。

13日，为《中国近代文学大系（1840—1919）戏剧集》撰写导言，该书1996年2月由上海书店出版；与郭汉城共同署名为《〈京剧泰斗传记〉书丛》撰写序言，该书1996年12月由河北教育出版社出版，序言后发表于《中国戏剧》1997年第9期。

6月

24日，到国史学会参加《白毛女》演出50周年纪念座谈会。

8月

29日，出席在石家庄举行的第十三届中国戏剧梅花奖颁奖活动。

9月

4日，出席文化部主办，文化部振兴昆剧指导委员会和北京市文化局承办，在北京人民剧场举行的全国昆曲新剧目观摩演出开幕式。9日，参加观摩演出活动组织的座谈会并发言。

20日，出席文化部艺术局、中国艺术研究院、中国戏剧家协会等联合举办的郭汉城从事文艺、戏剧活动50周年座谈会并发言。

24日，中央民族大学民族戏剧研究中心举行成立大会，被聘为高级顾问。

10月

20日，出席在北京人民大会堂举行的曹禺剧本奖颁奖会。

21日，出席中国戏剧家协会、北京市文化局共同主办，在首都剧场举行的第三届BESETO（北京—汉城—东京）戏剧节开幕式。

26日，出席中国话剧艺术研究会在北京保利大厦举行的第三届中国话剧金狮奖颁奖大会。

11月

1日，为中国艺术研究院戏曲研究所举办的戏曲导演进修班学员授课，讲稿《谈戏剧中的现实主义问题》后发表于《文艺研究》1997年第2期。

27日，参加文化部主办的程长庚诞辰185周年纪念活动闭幕式。

12月

16日，参加中国文联第六次代表大会。

30日，出席中国京剧院举办的纪念范钧宏诞辰80周年座谈会。

1997年

1月

21日，出席中国少数民族学会、文化部民族文化司、中国戏剧家协会、中国艺术研究院、中国话剧艺术研究会、中国民族大学民族戏剧中心、北京越剧艺术研究会联合在北京举办的纪念回族戏剧家李超从事戏剧工作60周年座谈会。

25日，出席在北京人民大会堂举行的中国十部民族民间文艺集成志书出版百卷嘉奖会并讲话。

2月

21日，到文化部参加邓小平同志追思会并发言。

3月

19日，参加金耀章主编《中国京剧史图录》首发式，为该书题词“回顾历史是能得到教益的”。

26—29日，文化部振兴京剧指导委员会、中国京剧艺术基金、上海市文化局、文汇报、上海京剧院联合举办上海京剧发展战略研讨会。虽由于身体原因未能到会，但提交书面发言，该发言后发表于《中国戏剧》1997年第5期，收入《上海京剧发展战略论集》时改名为《京剧随时代前进》，该书1997年12月由文汇出版社出版。

4月

10日，到中国艺术研究院出席戏曲研究所举办的第二届戏曲编剧进修班开学式；之后于6月23日，为学员讲授戏曲美学；6月26日，出席结业式。

25日，出席在长安大戏院举行的祝贺马少波文学艺术生涯65周年暨收藏品捐赠仪式。

5月

21日，到中宣部参加毛泽东同志《在延安文艺座谈会上的讲话》发表55周年讨论会并发言。

23日，出席由中国艺术研究院主办、《文艺理论与批评》杂志社承办的纪念毛主席《讲话》发表55周年座谈会。

6月

4日，参加文化部科技司召开的全国艺术科学“九五”规划重点课题评审工作会议。

5日，出席在北京市政协举行的薛若琳主编《中国巫傩面具艺术》首发式。

20日，出席北方昆曲剧院在北京湖广会馆举办的建院40周年庆祝活动。

9月

25日，到中国艺术研究院出席戏曲研究所举办的第四期编导讲习班开学典礼。

10月

21日，出席中国戏剧家协会召开的话剧90周年座谈会。

11月

10—11日，参加、主持中国戏剧家协会在北京举行的主席团会议。

15日，出席中国戏剧家协会、广州市人民政府联合主办，广州市文化局承办，在广州举行的第五届中国戏剧节开幕式晚会，同期还出席第十四届中国戏剧梅花奖颁奖活动，在颁奖会上以《德艺双馨才是好演员》为题做了发言，后发表于《中国戏剧》1998年第1期。

12月

12日，文化部振兴京剧指导委员会、中国京剧艺术基金会、北京市文化局、湖北省文化厅联合主办的纪念谭鑫培先生诞辰150周年纪念活动分别在北京和武汉举行，出席在长安大戏院举行的纪念活动。

15日，到中国艺术研究院为戏曲研究所举办的编导研究生短训班学员授课。

29日，出席在北京人民大会堂举行的中国话剧90年纪念大会，接受中国戏剧家协会为表彰从事话剧50年的老艺术家颁发的纪念奖章和荣誉证书，在中国话剧发展战略研讨会上发言。

1998年

1月

8日，到《人民日报》社出席《人民日报》《光明日报》《求是杂志》组织召开的话剧90周年座谈会。

16日，经文化部批准，被任命为中国艺术研究院研究生部名誉主任。

23日，出席在北京人民大会堂举行的曹禺戏剧评论奖颁奖会，向获奖者颁奖。

2月

12日，主持中国戏剧家协会举办的田汉诞辰100周年座谈会。

18日，在《中国戏剧》1998年第2期发表《〈京剧“样板戏”音乐论纲〉序》，该书著者为汪人元。

4月

7日，出席中国艺术研究院在北京举办的中国文化艺术发展战略学术研讨会。

25日，为张绪武、梅绍武主编《张謇与梅兰芳》撰写序言，该书1999年1月由中国工商联合出版社出版。

本月，在《求是》1998年第8期发表《话剧中国化的历程及其启示——纪念中国话剧90年》。

5月

29日，出席中国艺术研究院话剧研究所、戏曲研究所、影视研究所、音乐研究所联合发起，中国艺术研究院主办的田汉百年诞辰学术研讨会。

6月

20日，出席文化部、广播电影电视总局、中国文联在北京人民大会堂联合举办的田汉诞辰100周年纪念座谈会并讲话，讲话后收入《田汉研究》，2001年8月由中国电影出版社出版。

7月

本月，在《文艺研究》1998年第4期发表《21世纪的中国文化艺术与20世纪应该有什么不同》。

10月

本月，为陈颙《我的舞台艺术》撰写序言，该书1999年4月由中国戏剧出版社出版。

11月

21日，在《文艺研究》1998年第六期发表《田汉是后来者的楷模》。

12月

14日，出席在北京举行的曹禺戏剧文学奖·剧本奖颁奖大会。

27日，出席中国戏剧家协会第五次全国代表大会，致开幕词，被推举为名誉主席。《开幕词》后发表于《中国戏剧》1999年第1期。

本年

担任中国艺术研究院第五届学位委员会主任。

为中国艺术研究院戏曲研究所举办的戏曲编导进修班学员授课。

出席中国少数民族戏剧学会在北京举办的第四届少数民族作家戏剧讲习班开幕式并讲话。

1999年

3月

17日，为《〈曹操与杨修〉综合本》撰写序言。

4月

5日，撰写《生活·艺术·戏曲》，发表于《文艺研究》1999年第3期。

16日，在《中国文化报》发表《话剧民族化戏曲现代化——20世纪的中国戏剧》。

5月

28日，出席中国艺术研究院举办的纪念《文艺研究》创刊20周年暨世纪之交中国文艺理论研讨会，发言《博采众长多听意见更加完善》后发表于《文艺研究》1999年第4期。

6月

28日，出席文化部艺术司、中国艺术研究院、河北省新闻出版局、中国美术家协会、中央美术学院、全国城市雕塑建设指导委员会、中华美学学会共同主办，中国艺术研究院美术研究所、河北教育出版社承办，在北京人民大会堂举行的祝贺《王朝闻集》出版暨王朝闻从事学术活动70周年座谈会。

8月

15日至10月15日，观看庆祝中华人民共和国成立50周年优秀剧目献礼演出。

12月

6日，向文化部、全国艺术科学规划领导小组在北京人民大会堂举办的《中国戏曲志》出版庆祝活动提交书面发言。

8日，为庆祝中华人民共和国成立50周年，全国哲学社会科学规划领导小组举行首届国家社科基金项目优秀成果评奖，文化部举行首届文化艺术科学优秀成果奖评选，个人获文化部文化艺术科学优秀成果奖特别奖，与郭汉城共同主编的《中国戏曲通史》（专著）获文化部第一届文化艺术科学优秀成果奖一等奖。

本年

为中国艺术研究院戏曲研究所举办的戏曲编导进修班学员授课。

2000年

7月

20日，出席中国少数民族戏剧学会在北京举办的第六届全国少数民族戏剧创作讲习班开幕式。

本月，会见甘肃省歌剧院来京人员，回顾历史上的新歌剧，分析民族歌剧创作要点，后在《歌剧艺术》2000年第4期发表《漫谈民族歌剧——兼评〈红雪〉》。

9月

6日，出席由河北省大厂评剧团在大厂举办的中国戏曲现代戏研究会第十四届年会开幕式并讲话。

17日，中央戏剧学院、中国戏剧家协会、中国艺术研究院、中国艺术研究院戏曲研究所、中国戏曲学院、北京广播学院联合主办的周贻白百年诞辰纪念座谈会和周贻白纪念文集《场上案头一大家》首发式在中央戏剧学院举行，出席会议并发言。

本月，在《中国戏剧》2000年第9期发表《我们为什么悼念赵丽蓉？》。

10月

27日，撰写《我记忆中的吴雪》。

本月，为《艺海风帆》撰写序言，该书为潮剧演员李学希舞台艺术经验总结。

12月

本月，担任文化部举办的全国京剧优秀青年演员评比展演评委会顾问；向杨兰春从事艺术创作65周年戏曲语言艺术研讨会发去贺信。撰写《跨世纪的中国戏剧》，该文2001年1月2日发表于《人民日报》，文中指出："民族化"与"现代化"的命题，仍然是中国戏剧在新的世纪之中所要完成的，这个过程仍要继续下去。

2001年

1月

9—11日，《戏曲研究》编辑部与浙江省戏剧家协会在浙江海宁举办中国王国维戏曲论文奖颁奖活动及新世纪戏曲学术论坛，为大会题词："新世纪，新学术。"

2月

本月，撰写的序言《他代表了一个时代》收入李笑非《川剧的好老板——李宗林》，由巴蜀书社出版。

5月

16日，出席中国少数民族戏剧学会在北京召开的颁奖会，向河北省承德话剧团创作演出的话剧《圣旅》颁发学会综合大奖。

6月

24日，出席北方昆曲剧院为庆祝昆曲被列入人类口头与非物质遗产代表作暨北昆建院44周年在北京市政协举行的学术研讨会。

25日，出席中国戏剧家协会组织的庆祝中国共产党建党80周年戏剧创作座谈会。

7月

本月，向吕剧表演艺术家郎咸芬从艺50周年座谈会发去贺信。

9月

15—25日，国家民委、文化部、广电总局和北京市人民政府共同在北京举办第二届全国少数民族文艺会演期间，出席中国少数民族学会主办的中国少数民族戏剧发展战略研讨会，观看了西藏自治区藏剧团演出的《文成公主》。

10月

29日，出席在北京人民大会堂举行的中国艺术研究院建院50周年座谈会，在发言中强调了“百花齐放，推陈出新”这一方针的正确性及指导意义，勉励大家坚持优良学风，努力研究新问题，开辟新领域，掌握新方法，取得新成果，做出新贡献。

本年

为延安鲁迅艺术文学院集体创作《五幕歌剧〈白毛女〉总谱》撰写序言，该书2004年9月由上海音乐出版社出版。

开始编辑《张庚文录》，确定收录篇目以及文稿处理办法，有的原文收录，有的稍作修订。

2002年

8月

为《迁想妙得——胡度戏曲研究文集》撰写序言，该书2003年4月由重庆出版社出版。

本年

在王安奎、张小果、张章、李布尔、申文等人协助下处理与《张庚文录》编辑工作相关的事务，提出意见，比如不收录主编的集体著作，只收入本人撰写的篇章；不收录“反右”时的表态性的文章和其他少量工作报告等。

2003年

2月

13日，出席中国延安鲁艺校友会活动。

6月

本月，在家中听取第七届映山红民间戏剧节活动筹备情况介绍并题词“万山红遍”。

7月

28日，确定《张庚自选集》篇目，该书2004年由中国戏剧出版社出版。

9月

中旬，因治疗白内障住进北京协和医院。

27日，18点18分，因病在北京协和医院去世，享年92岁。

31日，《人民日报》“要闻”版发布“当代著名戏剧理论家张庚同志逝世”。

本月，《张庚文录》（七卷本）由湖南文艺出版社出版。生前未看到该书。

本年

病中为《芳洲拾翠——中国戏剧梅花奖20周年文集》撰写序言《祝贺梅花奖20年》，该书2004年1月由中国戏剧出版社出版。

参考文献

《政治官报》，光绪三十三年（1907）第94号、宣统元年（1909）第701号。

《南洋官报》，宣统元年（1909）第65号。

《吴兴姚氏家乘》，宣统二年（1910）刻本。

《劳大周刊》，1929—1931年。

钟敬之：《延安鲁艺——我党创办的一所艺术学校》，文物出版社1981年版。

钟敬之：《延安十年戏剧图集（1937—1947）》，上海文艺出版社1982年版。

《徐懋庸回忆录》，人民文学出版社1982年版。

《曾宝荪回忆录》，岳麓书社1986年版。

中国戏剧家协会研究室编：《戏剧家通讯》增刊（中国戏剧十年大事记）。

艾克恩编纂：《延安文艺运动纪盛（1937.1—1948.3）》，文化艺术出版社1987年版。

《左翼戏剧运动大事记（1929年1月—1937年8月）》，中共上海市委党史资料征集委员会1987年编印。

《湖北文史资料》1988年第2辑（总第23辑）《张执一自述》，中国人民政治协商会议湖北省委员会文史资料委员会1988年编印。

吴书荫：《张庚与戏曲文献》，载《戏曲研究》第27辑，文化艺术出版社1988年版。

《李伯钊文集》，解放军出版社1989年版。

钟敬之：《在延安舞台上》，文津出版社1989年版。

钟敬之：《延安戏剧图系》，辽宁美术出版社1990年版。

张向华编：《田汉年谱》，中国戏剧出版社1992年版。

艾克恩编：《延安文艺回忆录》，中国社会科学出版社1992年版。

孙国林、曹桂芳编著：《毛泽东文艺思想指引下的延安文艺》，花山文艺出版社1992年版。

文化部党史资料征集工作委员会、《延安鲁艺回忆录》编辑委员会编：《延安鲁艺回忆录》，光明日报出版社1992年版。

钟敬之：《延安文艺的光辉十三年（1935—1948）》，华龄出版社1993年版。

张庚主编：《当代中国戏曲》，当代中国出版社1994年版。

陈鸣树主编：《二十世纪中国文学大典（1897—1929）》，上海教育出版社1994年版。

陈鸣树主编：《二十世纪中国文学大典（1930—

1965）》，上海教育出版社1994年版。

陈鸣树主编：《二十世纪中国文学大典（1966—1994）》，上海教育出版社1996年版。

丁景唐主编：《中国新文学大系：1949—1976 第20集 史料·索引卷2》，上海文艺出版社1997年版。

秦国经主编：《中国第一历史档案馆藏清代官员履历档案全编7》，华东师范大学出版社1997年版。

北京市/上海艺术研究所组织编著：《中国京剧史》（上、下），中国戏剧出版社1999年版。

郝汝惠主编：《鲁艺在东北》，辽海出版社2000年版。

戴云、戴霞编写：《中国戏曲研究院暨中国艺术研究院戏曲研究所大事记（1951—1975）》，载《戏曲研究》第61辑，文化艺术出版社2003年版。

李悦、万素编写：《中国艺术研究院戏曲研究所大事记（1976—2000）》，载《戏曲研究》第62辑，文化艺术出版社2003年版。

《张庚文录》（1—7），湖南文艺出版社2003年版。

《张庚自选集》，中国戏剧出版社2004年版。

中国戏剧家协会编：《芳洲拾翠——中国戏剧梅花奖20周年文集》，中国戏剧出版社2004年版。

《张庚学术研究文集》，中国戏剧出版社2005年版。

余从、王安葵主编：《中国当代戏曲史》，学苑出版社2005年版。

伍雍谊：《人民音乐家吕骥传》，中国文联出版社2005年版。

张桂兴编撰：《老舍年谱》，上海文艺出版社2005年版。

成晓军：《曾国藩家族》，重庆出版社2006年版。

姚辛：《左联史》，光明日报出版社2006年版。

中国第一历史档案馆编：《光绪帝起居注16》，广西师范大学出版社2007年版。

《李肖聃集·〈程十发集〉序》，岳麓书社2008年版。

《马少波文集》，北京出版社2008年版。

《与新中国同行——中国戏剧家协会六十周年纪念文集》，中国戏剧家协会2009年编印。

王蒙、王元化总主编：《中国新文学大系：1976—2000 第30集 史料·索引卷 2》，上海文艺出版社2009年版。

古今、杨春忠编著：《洪深年谱长编》，中国戏剧出版社2009年版。

朱冰：《钟敬之传：一个时代的艺术记忆》，作家出版社2010年版。

中国社会科学院文学研究所《左联回忆录》编辑组编：《中国文学史资料全编·现代卷：左联回忆录》，知识产权出版社2010年版。

吕品、张雪艳：《延安音乐史》，太白文艺出版社2012年版。

李怡主编：《中国当代文学编年史》第1卷“(1949.07—1953.12)”，山东文艺出版社2012年版。

《中国歌剧史(1920—2000)》(上、下)，文化艺术出版社2012年版。

中国艺术研究院戏曲研究所编：《戏曲学的新发展——张庚先生百年诞辰国际学术研讨会论集》，文化艺术出版社2012年版。

《张庚诞辰100周年纪念文集》，中国戏剧出版社2012年版。

《中国戏曲现代戏研究会成立三十周年纪念文集》，中国戏剧出版社2012年版。

《何孝充谈戏曲现代戏》，文化艺术出版社2012年版。

王永敬主编：《昆剧志》，上海文化出版社2013年版。

《含章可贞：秦含章传》，上海交通大学出版社2013年版。

《张庚文录》(补遗)，湖南文艺出版社2014年版。

张军锋编：《延安文艺座谈会的台前幕后》上册《口述实录》，陕西师范大学出版总社有限公司2014年版。

肖亚男主编：《清代闺秀集丛刊54·艺芳馆诗集》，国家图书馆出版社2014年版。

袁志成、曾娟：《晚清民国湖湘词坛研究》，湖南师范大学出版社2014年版。

《黄芝冈日记选录》(1—40)，《艺海》2014年第1期—2017年第12期。

王巨才主编：《延安文艺档案》，太白文艺出版社2015年版。

刘润为主编：《延安文艺丛书·文艺史料卷》(上、下)，湖南文艺出版社2015年版。

安葵：《诗情史笔　培兰育菊——张庚评传》，商务印书馆2015年版。

刁之：《吴晗年谱》，群言出版社2015年版。

《张庚日记》(1—3)，中国戏剧出版社2017年版。

田本相、阿鹰编著：《曹禺年谱长编》(上、下)，上海交通大学出版社2017年版。

李西安主编：《马可选集》，人民音乐出版社2017年版。

《黄芝冈日记选录补遗》(1—5)，《艺海》2018年第1期—第5期。

杨秀峰编著：《中国戏曲大事辑要　(1949—2009)》(上、下)，文化艺术出版社2018年版。

陈松青：《易佩绅易顺鼎父子年谱合编》，湖南师范大学出版社2018版。

景李斌：《欧阳予倩年谱》，中国戏剧出版社2019年版。

中国戏曲研究院档案、《戏剧报》、《人民日报》、《光明日报》、《中国戏剧》、《中国戏剧年鉴》、《中国文艺年鉴》。

肆

编后记

编后记

张庚先生是中国现代戏曲学、中国艺术学的重要奠基人，也是中国艺术研究院及戏曲研究所的创建者、组织者之一。2021年是张庚先生诞辰110周年，戏曲研究所为此从2020年即开始启动了《张庚画传》的编撰工作。当年10月召开第一次工作会议，由现所长王馗组织戏曲研究所前辈学者王安奎、张庚先生哲嗣张小果和戏曲研究所在职学者柯凡、李玲、张静、郑雷、王志勇，以及院科研处陈曦、院艺术与文献馆刘晓辉等老师，共同组成课题组，展开图片收集、遴选和文字撰写工作。根据分工，王安奎、柯凡负责《张庚评传》的写作，作为画传的导语；张静编撰《张庚年谱简编》，置于画传之后，记述张庚先生的人生轨迹，与画传主体相表里；其他人则投入图片整理和说明撰写工作，图片及相关说明由李玲、郑雷根据相关图文信息进行整理校准。

2020年12月，在刘晓辉的努力下，从院藏遴选出与张庚先生有关的全部图片。2021年初，课题组经过几轮筛选，最终确定了画传所用的主要图片内容。张小果先生除提供家藏老照片外，又引导课题组成员到张庚先生居所进行了相关内容的拍摄。所有材料提交出版社后，课题组先后在6月初和7月底举行了两次审稿会，邀请龚和德、薛若琳、吴乾浩、谭志湘等先生，与王安奎、张小果先生一起审看照片。张庚先生走过的道路代表了中国艺术研究院的学术追求和精神指向，2021年也是中国艺术研究院成立70周年，韩子勇院长亲自撰写序言。在画传最后定稿阶段，王馗、郑雷亦组织课题组相关成员共同审定图文内容，对全书的文字进行了最后的把关。

为配合院庆整体活动，课题组加快工作进度，与出版社的编辑密切配合，审核版式，商定封面，增删图文，校对稿样，以最短的时间完成了工作。编撰《张庚画传》的过程，是整理资料的过程，也是学习的过程，通过对张庚先生人生与学术轨迹的梳理，课题组仔细回溯了戏曲研究所乃至整个中国艺术研究院成立、发展、成熟的历史，进一步认清了新中国戏曲研究的未来方向，也从中找到了戏曲研究所为民族艺术进行理论体系构建的初心。

最后，要感谢中国艺术研究院领导及院科研处、财务处等相关职能部门对这本画传的支持与指导，感谢各位前辈和同仁的鼎力相助，感谢文化艺术出版社的全程配合和辛劳付出。此外，《张庚画传》在图片收集中、《张庚评传》《张庚年谱简编》在写作中得到课题组及中国艺术研究院学者和社会各方贤达的大力协助与指点，其中《张庚年谱简编》参考借鉴了梁爱娟整理的《张庚创作年表》，在此并致谢意。时间匆促，错误和疏漏在所难免，敬候各位方家批评指正。

中国艺术研究院戏曲研究所《张庚画传》课题组

2021年8月3日